中国专业作家
小说典藏文库

雨中玫瑰

陶纯 著

中国文史出版社

写作的意义（代序）

　　关于写作的意义，以前我并没有过多考虑，就像我没有过多考虑人生的意义一样。人们活着为了什么？若要刨根问底寻找答案，可能有很多——有人为了贪图享乐，追求欲望的充分满足；有人为了事业的成功，一生孜孜不倦；有人为了一己私利，一辈子只知索取，不知奉献；有人稀里糊涂过一辈子，也不知道为了啥……

　　同样，写作为了什么？

　　用世俗的看法，不外乎下列几种：一是为了初心和梦想；二是为了名利；三是把写文章当作梯子往上爬，谋取官位；四是为了养家糊口。

　　关于写作的意义，古今中外的伟大作家有很多高论。《左传》上说，人生有三不朽：立德、立功、立言。立言即指具有真知灼见的言论文章，它能流芳百世。曹操的儿子曹丕似乎站得最高，他在《典论·论文》中说："盖文章，经国之大业，不朽之盛事。年寿有时而尽，荣乐止乎其身，二者必至之常期，未若文章之无穷。"意思是文章它能关乎国家兴亡，是治理国家必不可少的重器，是万代不朽的大事业，人的寿命、荣乐随时会中止，而好文章会代代相传，所以写文章要用心。杜甫在《偶题》一诗中说："文章千古事，得失寸心知。"意思是文章是传之千古的事业，而其中甘苦得失只有作者自己心里知道。龚自珍在《咏史》诗中说："避席畏闻文字狱，著书都为稻粱谋。"意思是，文人骚客一听到文字狱的事就胆战心惊，离席而去，他们著书立说的目的只是为了生活糊口，不敢揭露社会的阴暗面。法国作家大仲马说："历史是

1

一颗钉子，在上面挂我的小说。"大仲马很自信，他把自己的作品当成了历史的一面镜子，事实上他也做到了。阿根廷作家博尔赫斯说过："我写作不是为了名声，不是为了特定的读者，我写作是为了光阴流逝使我心安。"可见他是一个淡定的写作者。巴金说："我写作不是我有才华，而是我有感情。"巴金先生非常平易近人，不故弄玄虚。鲁迅说："文章怎么写，我说不出来。"鲁迅先生此话并非谦虚，他可能想说，作家是课堂上教不出来的，作家需要天赋，文无定法，没有现成的路数教你们成功……

若问我写作为了什么？

为了名利吗？肯定有这个因素，否则就缺乏某种动力，而现实又很严酷——只有成功，才能获取名利。为了往上爬？真没想过，我比较散漫，心直口快，不适合当领导，事实上我一辈子只是一名专业创作员，从没担任过任何官职，连个班长、小组长都没干过。为了初心和梦想？这个没问题，绝对是，我主要是为初心和梦想而创作。为了养家糊口吗？我开始写作的时候，已经是一名军官，生活说得过去，吃饭不成问题，也没想着靠写作发大财，所以这条不成立。归根结底，对于我来说，写作是我生命的一部分，是生命和灵魂的需要，写作于我就像空气和阳光，不能离开。写作照亮了我的生活，使我有勇气面对艰难困苦和悲观孤独……

我们的生活中，几乎干什么都要花钱，大概只有三样东西不要钱：一是阳光，二是空气，三是文字。这三样东西，是可以随便取用的，不用掏腰包。我觉得自己这辈子很幸运很幸福，把三样东西都占了。

我女儿劝我，你光会写不行，还得学会吆喝。我说，先写出好东西再说吧。文坛就像官场，并不是坐在高位上的都是好官，文坛上有些名气大的，也没见他写出什么让人服气的大作。文坛犹如一池水，水上面难免有泡沫，泡沫浮在最上面，阳光一照，花花绿绿，可能很好看晃眼，人们首先看到的就是泡沫，但它是虚的。自己既然做不了泡沫，那就做一颗水中的石子吧，石子不显山不露水，沉甸甸地在下面趴着，多少年之后，泡沫没了，但石子还在。

我还想说，有时候，写作与创作不是一个概念，写作与创作的区别在于写作是物理反应，而创作是化学反应。真正的创作是创新——塑造新的人物，描写新的生活，发掘新的细节，抒发新的情感。

特别感谢中国文史出版社，使我的主要作品以这种形式与读者见面。这不是我写作的终点，而是又一个起点。

此为序。

陶　纯
2018 年 5 月 13 日

目　录

秋　水

一

初夏的一个傍晚，突然刮起了大风，大风携带着垃圾和尘土往李秋水身上扑打，肆虐地掀起她的短衫，疯狂地撕扯她的头发，转瞬之间，她面前的地摊上就落满了厚厚的灰尘。街上的行人像遇到打劫的强盗那样，惊慌失措地往家跑，他们以为一场大雨会不期而至。

李秋水默默整理着地摊上的那点家当——香烟、小孩玩具、小食品之类，把它们分门别类装进若干个纸箱里。她看到几片青叶在眼前飞舞，这才意识到风的确有些凉了，凉风将燥热的空气一扫而光。对于即将来临的这场大雨，李秋水并不感到唐突，反而有一种期盼的心理。与她的摊子相隔不远的老康吸着烟，望着她撅起屁股忙碌。老康的摊子大，货物也全，用一间屋子大小的帆布篷子罩着，因此老康不担心刮风下雨，他一年四季就住在篷子里。此刻老康一定非常想过来帮她的忙，但她不叫他，他又不好意思过来。见她收拾妥当后，老康冲她咧嘴笑笑，没话找话说："我刚进了一车西瓜，这一下雨，就不好卖了。"

李秋水努力不去接老康的话茬，她推起三轮车，只是说："要下雨了，我得走了。明儿见。"

她住的房子是她原先的丈夫赵天呈单位的，灰色的四层楼，已经很破旧了。在楼门口前，李秋水看到一个男人东张张西望望，像是在找人。李秋水不由警觉地打量了那人几眼。这一阵子，总有些不三不四的男人同女儿赵冬来往，很让她心里不踏实。幸好，那人没有久留，而是

1

踱到别处去了。

这场期盼中的大雨却没能降下来,仅仅是落了几个铜钱大的雨点。天黑之后,风也小了,云也淡了,空气重又变得干燥了。李秋水一身疲惫地回到家里,见客厅里的窗户没关严,一块玻璃在刚才的大风中震碎了。而女儿赵冬却躺在她的小房间里睡大觉,她戴着网状的胸罩,穿着几乎透明的短裤,她蜷缩在床上的样子像一只正在冬眠的大蛇。那台老式的绿漆斑驳的台扇蹲在桌子上,开足了马力旋转,发出的噪音像个小型拖拉机那样刺耳。李秋水的火气立马就蹿了上来,她踢了踢门,猛地抬手拽下电扇的插头,大声呵斥道:"赵冬,你死了吗!刮大风了,你连窗户都不知道关!"

赵冬翻了个身,很不高兴地说:"我死了倒好,免得你天天看我不顺眼。"说罢,赵冬像什么事都没发生那样接着睡,把个圆圆的屁股对着她。女儿房间的墙壁上、窗子上贴满了中外电影明星的大照片,桌上的玻璃板下也是,各种姿势各种神态的都有,乍一看这里像个电影展览馆。让那些享尽了人间荣华富贵的明星待在这个寒酸的家里,真是委屈他们了。李秋水不由长叹一声,返身到厕所里尿了一泡长长的黄尿,然后用凉水一遍一遍地洗脸。每次生气都是这样,洗过几遍脸,她的火气就消。李秋水原先的脾气是很火暴的,有点宁折不弯的劲头,但随着年龄的增长,尤其是女儿赵冬长大成人后,她的脾气变得比以前好多了。而女儿的脾气却变得令她越来越不能接受,母女二人发生冲突就成了家常便饭。她想人可能都是这样的,到什么年纪说什么话。

李秋水站在客厅里发了一会儿呆,就去厨房做饭。她将晚饭摆上餐桌时,赵冬仍不想起床,她就进去好说歹说把她拽起来,拉到餐桌前。赵冬撇撇嘴说:"天天就吃这样的烂饭,没劲!"赵冬扒拉了几口饭菜,就把筷子放下了。

李秋水强压着火气,说:"你还想吃什么样的饭?山珍海味咱吃不起呀。"李秋水其实想说你他妈的一分钱挣不来,都是老娘风里来雨里去,靠摆个小摊挣点小钱养活你,容易吗?可你还挑三拣四的,还想不想让老娘活命?……李秋水想到这里,眼睛不由罩了层雾气。她停止咀嚼,放下筷子,低下头去,抹了把脸。赵冬自知理亏,又把筷子拿起来，塞进母亲手里，自己也拿起筷子，象征性地吃了几口。

李秋水再明白不过了，女儿这一阵子老是和她过不去，原因就是她想自费上艺术学院，但学费需要一万元！让她上哪儿弄这么多的钱？她当然没有答应她，娘儿两个就为这事闹上了别扭，双方都暗暗较劲。见母亲气色平缓下来后，赵冬说："妈，你要想开点，攒钱有什么用？不如痛痛快快拿出一万让我上学，说不定我将来就成了大明星，到那时候，你就过神仙日子吧！"

"命里八尺，难求一丈呀……"李秋水敷衍道。

可能赵冬觉得还有说服母亲的希望，不想搞僵，就没有发作，咬牙忍住了。吃完后，还帮助李秋水收拾了一下碗筷，这在以前是很少见到的。

晚上看电视时，赵冬对那些又臭又长的电视剧恨得咬牙切齿，不停地换台，说要是让她出演某个角色，肯定比谁谁强得多。电视是十年前买的，十四英寸，图像模糊，声音也不好，按赵冬的话说，该送博物馆了。但李秋水现在没有能力换新的。李秋水因受女儿的熏陶，也不喜欢看那些粗制滥造的电视剧，当她看到某个台正在演歌剧《白毛女》时，示意赵冬就看这个得了。虽然看了不知多少遍了，连某些唱段都能背下来，但现在仍然感到亲切。赵冬耐着性子陪母亲看了一会儿，打着哈欠说："这个剧思想太陈旧，已经过时了。你看喜儿，傻不傻呀，放着黄世仁这样的大款不去傍，非要嫁给穷光蛋大春，这不是自找倒霉吗？你瞧她还哭，哭啥呀……"末了，又补一句："真是个傻瓜！"

李秋水愕然地看着赵冬进了她的小房间。女儿的这种观点她实在无法接受，但只要女儿晚上不出去疯，她就是放火烧房，李秋水也不想阻止她了。过了一会儿，赵冬又探出头来说："我再给你几天时间想想，你要还是不想掏，我就自己去想办法。不就一万块钱嘛，嘁！"

听赵冬的口气，像在对她的母亲下通牒。李秋水愣在那里，半天没动。

二

李秋水原在街道上办的一家副食品店当售货员。她当过下乡知青，回城后，一直在那个散发着浓郁气味的店堂里上班。她丈夫赵天呈是机械厂的采购员，她回城后结识的。赵天呈经常在外跑生意，很少回家，年轻的李秋水甚感生活寂寞。十年前，李秋水一念之差，和一个经常来买东西的男人好上了。她没想过非要嫁给他，但当赵天呈执意要和她离婚时，她才发现自己付出的代价是多么惨重。他们终于离婚了，那个男人也突然不见了踪影，紧接着，赵天呈以闪电般的速度结了婚。李秋水忽然感到，也许赵天呈早就有了和她离婚的打算，不然他不会这么快就再婚，她的所作所为不过是使他有了一个千载难逢的借口而已。

尽管如此，她一点都不怪赵天呈，她怪的是自己。这些年来，她一直不能原谅自己，觉得最对不起的是女儿，是她毁了赵冬的前程。赵冬虽然判给了她，但赵冬和父亲的感情可能更深一些。也许赵冬看上了父亲的钱包，常常背着李秋水去找赵天呈，当然她也得背着父亲的后妻。赵天呈后来当上了单位的供销处长，虽然单位垮台了，但他照样富得流油。有一次，赵冬颈上突然多了一条水波纹项链，李秋水吓了一跳，以为赵冬做了什么极其见不得人的事，她毕竟才十五岁不到，就戴上了项链，这是多么让人疑心的事情！赵冬轻描淡写地告诉母亲，是赵天呈给她买的。李秋水马上说："你不要花他的钱，他的钱不干净。国家都快让他这种人搞垮了。"赵冬当即反驳说："钱就是钱，世上只有钱是好东西，其他的都靠不住，那些没钱的穷人才认为钱是不干净的。至于国家垮不垮，用不着你操心。"李秋水没话了。她终于感到，在女儿面前，她这个没钱的穷人是难有发言权的。

赵冬不止一次地指责她："都是你，如果你不背叛赵天呈，我们家的钱多得要用麻袋装。"她想女儿提钱也许是次要的，主要的是指她对丈夫的背叛，于是就噤声不语，心里宛若刀割。两年前，赵天呈突然得肝癌死了，李秋水不便去参加追悼会，此时的她早已同前夫形同路人，谈不上爱，也谈不上恨。赵冬哭丧着脸从火葬场回来后，李秋水叹口气说："他死了，他有再多的钱也没用了。"赵冬冷笑道："可惜他不是死在咱家。"赵冬的意思显然是她无法继承遗产。这时候的赵冬已经疯狂地喜欢上了表演，她原打算指望父亲出一笔钱，资助她上艺术学院。现在，一切都泡了汤。

赵冬性格的怪异李秋水早就察觉了，她想这一定与家庭的变故有关，她每每都让着她，只要赵冬不太出格，她能不管则不管。赵冬的学习成绩一直就很差，她热衷于打扮和享受，勉勉强强高中才毕了业。李秋水从没想过要女儿有多大出息，就像当年她父母没指望她这辈子有多大出息一样。李秋水替她到街道办事处报名，希望她能被哪家工厂招去做工，当一名纺织女工也行，或是到某些效益好的大商店当个售货员也不错，挣一份工资，能养活自己就可以了，将来找一个老实巴交的对象，生个小孩当良民过日子，不是挺好吗？世上大多数的人不都是这么过的吗？可赵冬对招工的事恨之入骨，仿佛人家要招她去下地狱。她气呼呼地指着母亲的鼻子说："你不睁眼瞧瞧，会是些什么样的工作在等着我！你纯粹是想把我往火坑里推呀……"

天底下还有不想做工的人，李秋水感到这世道变得太快了，变得她连自己的女儿都认不清了。她问："不想招工，你想干什么？"

"什么挣钱多我就干什么！"赵冬毫不含糊地说。

"你说，干什么挣钱多？"她惊愕地问。

赵冬愣了愣，说："我也没想好，反正我不去做工。"

说这话时，赵冬还没迷上演戏，她只是喜欢追星。等她认准了自己也要成个星时，她就说："我想当演员，做明星，这就是我的目标，我最崇高的理想，总可以吧？"她列举了很多的例子，什么梦露、费雯·丽、英格丽·褒曼、斯特里普、林青霞、巩俐之类，啰里啰唆一大堆。之后，她又拍拍母亲的肩膀说："当然，在我有出息之前，需要你的投资。"

李秋水不知道怎样为她投资。赵天呈活着时，赵冬经常从他那儿弄个零花钱，李秋水单位的效益也还凑合，日子尚能过得下去。但不久，单位就不行了，街道办事处的主任干脆把店铺租给自己小舅子开起了舞厅，已经人老珠黄的李秋水想让老板给找个差使做，那家伙像打量一件过时的旧衣服那样盯了她一眼，连个屁都不放，扭头就走掉了。她每个月只能领到一百八十元生活费，这时别说投资，连吃饭眼看都成了问题。她原本是很看重做工的，现在她做不成工了，只好在街头摆了个小摊，靠卖点七零八碎的小玩意补贴家用。

赵冬高中毕业已经快两年了，一直待在家里吃闲饭，压根儿没有出去挣份工资的打算。李秋水每提起让她找个活干，娘儿俩就得顶嘴。后来李秋水干脆不提了，心想我可以养活你，你爱干啥就干啥，只要不违法乱纪就行，反正我没钱给你投资，我可不想让那几个活命钱打了水漂。

但赵冬的变化李秋水真真切切看在了眼里。赵冬越来越懒散，朋友越交越乱，张嘴就说粗话，仿佛对什么都满不在乎，还恬不知耻地说搞艺术的人都这样。直觉告诉李秋水，她的女儿离一个坏女人已经不远了，这正是她最忧心忡忡的事情。

李秋水把赵冬变化的原因归结为女儿对演戏走火入魔了。她不止一次悲哀地想，看样子我已经无法把她拽回来了，但我又没法顺着她，真不知咋办好呀。

这天，她忍不住踱到老康的摊子前，把她的忧虑讲了。她非常想倾诉一下，因为她这一阵子受够了女儿的白眼，心里很不痛快。老康摆出一副受宠若惊的样子，期期艾艾地说："孩子想学习，是好事，你要支持她。"

"可是，我没法支持她。"李秋水捂着腮，仿佛牙疼得受不住，"上艺术学院，听说要交一万块钱。"

老康一愣，他也为这个数字感到吃惊。李秋水吐口酸水，说："我不是怕花钱，如果她能学出名堂，我去卖血也要供她。就怕钱甩出去了，到头来一事无成。"

老康点上支烟，徐徐吸了一口，像在思考重大问题。末了，老康一挥手，将烟头甩得远远的，然后庄重地说："舍不得孩子打不了狼，还是要豁出去供她，没准儿她将来成了二巩俐，你可就跟着享福吧。如果你手头紧，我这里有，随便你拿。"

李秋水忙摆摆手说："不不，我不是这个意思……我得过去了，那边有人想买东西。这事以后再合计吧。"

老康若有所思地望着她走向自己的小摊位，又点上一支烟，狠狠吸了一口。因为有风，烟雾很快就消散了。

三

赵冬没事的时候，喜欢到艺术学院的校园里去转转。她家住的地方离学院不算远，走着去也就是二十分钟的样子。她不想坐车，也不想骑自行车，每次都走着去。就像进行一次朝圣那样，她觉得奔赴的过程其实是一种享受，在路上的过程甚至比到达目的地的结局更令人着迷。

艺术学院的大门和校园不算漂亮，连对过的那家小酒店的格局都不如，似乎表明，在这个商业时代，艺术连装饰的作用都起不到了，艺术只是人类前行之路上的几处残败的风景。但对于赵冬来说，这个地方仍是她心中的圣地，她想真正的艺术是从心底流出来的，而不是别人赋予的，她觉得自己已经具备了艺术的潜质，只是没有机会施展罢了。

第一次站在艺术学院大门外，想想已是两年前的事了。她不想待在家里，家里的两间小屋老是散发着母亲带回来的肮脏店铺的气息，那种酸腐的气味令她感到窒息。母亲的一张过早陈旧的黄脸也让她不快，尤其是母亲喋喋不休的唠叨更是使她心烦，她开始向往一种有诗意的生活，可是那种生活一直背离着她。她默诵着《卡萨布兰卡》中的台词，想象中把自己变成了英格丽·褒曼饰演的依尔沙，演对手戏的自然是饰演里克的汉弗莱·鲍嘉。在巴黎蒙玛特区的一家小饭馆内，黑人琴师山姆在弹奏《时光流转》。街上的广播喇叭在播送盖世太保的鼓噪。房内，赵冬苦笑着对里克说："整个世界在崩溃，我们却挑了这个时候恋爱。"里克也笑着说："是呀，这个时候挑得很不好。"赵冬柔情地望着里克说："里克，管他希特勒不希特勒，吻我。"里克热烈地吻她，在他俩紧紧拥抱的时候，隆隆的炮声隐约可闻……他们要分别了，赵冬认为在这个疯狂的世界上，什么事情都可能发生，她告诉里克，假如发生了什么意外，不论怎样，她都希望里克明白，她非常爱他。她仰起脸，凑近里克："吻我，就当作——就当作最后一次。"里克直视着赵冬的眼睛，两人拥抱、热吻。此刻，山姆又弹奏起《时光流转》的曲子……

她住了脚，在门外呆立了片刻，校园里飘出的一股气息终于被她捕捉到了，她突然就被这种气息攫住了，觉得这才是她向往的地方。咬咬牙往里走时，她以为门卫会拦她，但门卫毫无反应，他一定把她当成了学院的学生，而且是学表演的。那天，她在校园里到处转来转去，什么都感到新鲜，直到肚子饿得咕咕直叫，她才恋恋不舍地离开。

后来有一次，她壮着胆子走进明亮的阶梯教室听了一堂课。一位留着络腮胡子的老师正在讲述达斯汀·霍夫曼的表演技巧。没有人注意到她的到来，但她却把自己当成了这里的一员，只是自卑感使她如坐针毡，往后没敢再往阶梯教室里钻。赵天呈死后，她失去了经济上的支持，已经失业的母亲李秋水把钱看得比命还重，她想买一台 VCD，自己在家里多看点片子，但她筹不到买机子的钱，唯一的办法就是到书店里买回一些表演方面的书籍和电影脚本，死背某些经典台词，聊以度日。

再往后，她就认识了青岛姑娘阎妮。阎妮也是学表演的，长相清纯，束着一根又黑又亮的大辫子。一个下着中雨的午后，校园里没人，赵冬透过雨伞看到，阎妮从一辆高级小车里下来后，歪歪斜斜到一棵海棠树下呕吐，满眼都是泪，腐败的酒气一下子洇开来。赵冬觉得这个女孩不寻常，就想结识她。见附近没人，她赶过去帮阎妮捶了几下背。阎妮抹了把泪站起来，咳嗽着问："哥们儿，谢谢谢谢。你是哪个系的?"赵冬尴尬地笑笑："我家住附近，来这里玩。"阎妮说："你气质相当不错呀。"赵冬眼睛一亮："是吗?"阎妮点点头："你演戏准行。"赵冬仿佛受到了天大的鼓舞，随即用心疼的口吻回报阎妮："喝这么多酒，伤身体。"阎妮叹口气："不喝不行。那些臭男人，有钱的臭男人……"

阎妮一点也不盛气凌人，赵冬成了她寝室的常客。小小的寝室住了八个人，床叠床人挨人，里面终日弥漫着烟酒气味，高级化妆品的气味，还有女人特有的气味，味道确实不佳。但赵冬喜欢这种带点堕落的气味，她想起书上说的一句话：堕落与艺术是有联系的。阎妮她们抽十块钱一包的绿色摩尔烟，喝二两一瓶的小二锅头，花起钱来个个大手大

8

脚，一点也不爱惜那些昂贵的时装。赵冬不知道她们哪儿来的钱。她们互相传递着影视圈的信息，天天盼着有上镜的机会，嘲笑某些狗屁不是的女演员，咬牙切齿地说将来要把她们全盖了。

阎妮让赵冬抽烟，赵冬一点也不推辞，免得她认为自己是个老土。赵冬去的次数一多，寝室里所有的人都知道她是个戏迷，言谈之中不免轻薄她。她也不恼，只在心里暗暗较劲，心想将来谁盖谁还他妈不一定呢。赵冬认为阎妮有眼光，她气质的确是出众的，尽管她容貌一般，但她体形好，三围绝对不差，她认真观察过，阎妮她们寝室里的八个女生哪个也不如她三围惹眼，胸脯和腰就不说了，单是她的臀，她的明显上翘的臀尖，在黄种人里并不多见，这就足以让人另眼相看。尤为重要的，是她上镜，她有几张照片简直就像某些大明星的招贴画。对于一个演员来说，镜头形象好比什么都关键。巩俐就是个现成的例子，她曾在某个场合见过巩俐一次，她没看出巩俐的长相多么出众，但巩俐上镜，巩俐三围好，这就足够了。

赵冬通过和阎妮的交往，知道艺术是用金钱堆砌的，机会更重要。她没有那么多的金钱来支撑，只好耐心等待机会。大约半个月前，阎妮告诉她，下学期学院招收表演专业的自费生，她怦然动了心。她想，这也许是自己一生中最后的机会了，必须抓住它，否则将抱憾终生。想做演员，不经过学院镀镀金，即便你再优秀，又有哪个导演会从大街上的茫茫人海里发现你？艺术学院就是最好的跳板。

但是，李秋水把口袋捂得紧紧的，她还是在金钱面前碰壁了。

阎妮开导赵冬说："自费生和正式生，学的东西是一样的，多好的机会呀。"

赵冬为难地说："这我知道，就是……就是学费有点高。本来我老爸挺有钱，可是他死了；我母亲又下岗了，她本来挣钱不多。"

阎妮感到不可思议："这点钱你还犯愁？随便就能挣到的。"

赵冬不清楚到底怎么随便才能挣到，就低头不语。

阎妮又说："赵冬你挺棒的，错过机会太可惜了。"

赵冬似懂非懂地点点头。就在这时，她暗暗地下了一个决心。

四

李秋水渐渐有点吃不住劲了。

赵冬铁了心上艺术学院，天天像黄世仁逼杨白劳那样逼她拿钱。她也是铁了心不松口，摆出一副要钱没有要命有一条的架势。几天过后，赵冬突然不再逼她，她窃喜了一阵，以为女儿改变了主意。但她很快发现，自己的判断极其错误。赵冬开始像一只掐了头的苍蝇那样四处乱窜，而且晚上进家的时间越来越迟。问她干什么去了，她要么赌气啥也不说，要么说："我又不是小孩子，不会杀人放火的，不用你操心！"

这一天晚上，将近十一点钟赵冬才进家。李秋水开门的时候，猛然闻到了一股刺鼻的酒气和烟味。赵冬的眼睛红红的，像个从赌场上失意而归的赌徒。一种不祥的预感攫住了李秋水，她抬手指着女儿的鼻子说："赵冬，你太不像话了！"

赵冬呆望着李秋水，冷气丝丝地从她牙缝里钻出来，赵冬说："都是你逼的。"

丢下这句话，赵冬闪身进了她的小屋，砰的一声关上门。李秋水眼泪汪汪站在客厅里，满腹的委屈不知向谁诉说。夜已经很深了，外面没有一点声音。她叹口长气，神色恍惚走进自己狭小的卧室，从床下摸出一个人造革小皮包，拿出四张存折。这是她全部的积蓄，不用数也知道，一共五千二百元，一分不多一分不少。她反反复复抚摸着这几张油乎乎的存折，像在抚摸自己困顿无助的心肠。后来她渐渐想通了，觉得赵冬没有什么大错，赵冬不过是想上艺术学院，关键的问题在于钱。她想她一个做母亲的，不能满足孩子的愿望，该是多么无能啊！可她只有这点钱，她已经没有能力再挣更多的钱了，即使她拉下脸皮，像那些拿身体做赌注的女人那样去掏男人的腰包，也不会有人看上她这个黄脸婆了。

李秋水一夜未合眼。第二天上午，她红着眼圈出摊，老感到脚底下发飘。路过老康的摊子时，老康眯缝着眼睛打量她一阵，关切地问："李师傅，你病了吗？"

李秋水强打精神向老康露出一个惨惨的笑，她说："没啥，就是有点头疼。"

老康忙说："不舒服干脆歇一天，没有过不去的火焰山。"

李秋水冲老康感激地点了点头。几年来，她不记得谁关心过她，倒是这个此前没什么交情的老康时常关照一下她，向她说几句体己话。老康快五十岁了，黑脸膛，大高个，虎背熊腰，走起路来咚咚作响；一脸的络腮胡子，头发乱糟糟的，仿佛从来不曾梳理过，使他看上去像个地痞恶霸。老康原先是铸件厂的工人，响当当的八级钳工，一次和人打架时犯下过失杀人罪，判了十年，单位借机将他除名，老婆孩子也成了别人的。获释后他发现这世上已没了自己吃饭的地方，就办了个地摊，又从乡下叫来一个呆头呆脑的远房侄子帮着打下手，生意不错，日子也算宽裕。

老康的心肠是善的，这一片的人都知道，他虽然面露凶相，但他从不欺负穷人，他和周围摆小摊的所有生意人关系都比较融洽，他只是喜欢朝那些有钱的无赖或工商所的收税人瞪眼睛，他们拿他一点办法没有。一次，一个小青年来找李秋水，说她刚才找给他的一张五十元的钞票是假币，非要李秋水给他换一张，不然掀她的摊子。李秋水吓得心怦怦跳，一再解释她绝没有把假钱找给别人。关键时刻，老康大步流星赶来，他二话不说，提起小青年的脖领，手一挥，小青年就飞到了三米开外。要不是李秋水紧着上前拉住盛怒不休的老康，老康说他要"废了这个婊子养的"。

李秋水为此非常感激老康。周围几个摆摊的都恭维说，有你老康在，我们什么也不怕了。老康并不忌讳他的过去，他豪迈地拍着胸脯说："我人都杀过了，还有啥可怕的！"去年秋天，杨树叶子往下掉时，李秋水注意到老康剃了胡子，理了头发，买了一套挺刮刮的西服穿在身上，也不大声咳嗽吐痰了，说起话来嘴里没了脏字，和李秋水见面时，居然摆出一副羞涩的模样，很使李秋水感到奇怪。但过了几日，李秋水就明白了。那天下午，对过摆冷饮摊的姜大妈迎着夕阳摇着小脚踱过来，神秘兮兮地对她说，想给他们撮合撮合。她一时没反应过来，愣在那里。姜大妈一边斜眼瞅着她的冰柜一边说："你觉得老康咋样？"李秋水明白过来，脸当即红了，她说："大妈你真是哪壶不开提哪壶，是老康托你做媒的吧？你瞧我都快成老太婆了，哪还有心思做新娘子呀！"姜大妈进一步开导说："过了这村就没这店了，老康虽然人长得粗相，心眼儿却是正经不错的，这年头，好心眼儿的人真是难寻了。"

她心里动了一下。以前，她确曾有过再婚的打算，但越来越沉重的生活迫使她掐掉了那种念头。说穿了，她曾经是个不洁的女人，并为此付出了惨重的代价，她不愿再陷进感情的旋涡里挣扎。她尽力抑制着自己的心跳，终究没有答应下来。并非她认为老康配不上她，而是她一时还转不过弯儿来。她对姜大妈说："先别忙，让我再想想。"

赵冬并不反对母亲再婚，但赵冬有赵冬的条件，那就是将来和她们娘儿俩一起生活的那个人必须有足够的能力改变她们一家的命运，她可不想让母亲随便嫁一个穷光蛋，如果那样的话，她宁肯像现在这样生活。夜里睡不着觉时，李秋水想到老康，觉得她的顾虑也许更多的是在女儿身上，女儿是绝不会同意她嫁给老康的。

果然赵冬知道这件事后大发雷霆。赵冬气呼呼地说："如果那个杀人犯敢迈进这个家门一步，我就再也不回这个穷家了！"赵冬似乎觉得还不解气，又补充说："除非那家伙先把我杀了！"李秋水无力地说："我没说过非要嫁给他，你别发神经。老康其实是个好心人，你不要污辱人家。"赵冬说："他就是个杀人犯，你当我不知道！你还替他说好话，明明是有心做杀人犯的老婆！"

李秋水一阵怅然。过了几天，姜大妈又来催她，她噙着眼泪说："姜大妈，请你给老康捎个话吧，就说我李秋水对不起啦……"

老康很快恢复了原来的邋遢模样，那套很显眼的价格不菲的西装再也没见他穿过。每逢打照面，感到浑身不自在的换成她李秋水了。她觉得她可能伤了老康，但她实在没有办法。

李秋水早已不再考虑婚嫁的事，她现在最关心的是给女儿赵冬筹集昂贵的学费。她的父母都已去世，唯一的哥哥应该说五千块钱能够拿得出来，但那位恶嫂子什么话难听说什么，别说五千，借五百也休想，因此李秋水压根儿指望不上。她想她认识的人里，除了老康，是不会有人借钱给她的。老康上次曾明确表示过可以借给她，她相信老康是个说话算数的人，问题是她实在不便张口。

这天下午，李秋水没有出摊。临近黄昏时，有人敲门，她迷迷糊糊从床上爬起来开门，门外站着的竟然是老康。老康脸刮得露出青光，还穿上了那套仍然很新的西装，手里提着一大网兜水果，像个从远方来串亲戚的客人。李秋水愣了好一阵才想起把老康让进屋，她有点后怕，心想幸亏赵冬外出了，不然她和老康都下不来台的。

老康坐下后，开门见山地说："李师傅，我知道你为钱犯愁，没必要嘛，我说过我那儿有，随便你拿。"

李秋水连忙顺着老康的话茬说："借钱容易还钱难，我怕还不起呀。"

"你说这话就见外了，"老康急乎乎地说，"你怕我逼你还债吗？"

"我不是这个意思。我只是……心里不安。"李秋水的眼圈红了，她觉得是老康感动了她。

"你心眼太小。"老康责怪道，"不就一万块钱嘛，我早就替你准备好了，我现在就去拿。"

李秋水忙上前拉老康，说她只需五千块就够了，需要时再拿不迟。他们二人的手不经意地碰了一下，又都怕烫似的缩回去。老康接着用悲壮的语气说："只要孩子有出息，就是倾家荡产也值！"李秋水琢磨着老康话里的意思，回味着刚才的举动，脸上不由露出了笑。

老康告辞后，李秋水感到心里踏实多了。她起身做饭，盼着赵冬早点回来。

五

璀璨的灯光里，黄河大酒店像一柄巨大的利剑，刺向城市茫茫的天空。酒店门前的停车场上，各式各样的小车排列有序，红男绿女们穿行其间，他们优雅的身影同这个五光十色的世界非常般配。莲花状喷水池伴随着略带伤感的音乐，激起层层水帘。赵冬以前很少到这种地方来，现在她站在广场的入口处，觉得这里的生活才是真正值得她全身心投入的。这里的色彩和气味弥漫开来，一直浸润到她的心里，使她兴奋和不安。

阎妮确实想帮她。阎妮前几天曾带她来过这里一次，介绍她认识了孙郭先生。阎妮悄悄说，孙郭先生是一家合资公司的大老板，在省里市里都有后台，当然他也很有钱。孙郭先生与别的大款的不同之处在于他喜欢艺术，懂艺术。他曾当过几部电视剧的独立制片人，还亲自导演过一部六集连续剧，省电视台播放过。阎妮说出了那部连续剧的片名，赵冬回忆了一下，没有什么印象，她想可能是自己对电视剧不感兴趣的原因，她只是对一些中外经典影片情有独钟。阎妮对她说："赵冬，你可不能太清高哎，原先我也瞧不起电视剧，总想着被国内那几个大导演看中，上大戏。但你想想，怎么可能呢？啥事都有个过程呀。"赵冬想，阎妮的话有道理。

阎妮又说："孙郭先生的目标是先挣足了钱，当一个成功的商人，然后安心干制片人或导演。如果给他机会，谁敢说他成不了张艺谋陈凯歌？话说回来，如果他对你赵冬感兴趣，别说帮你上学，以后拍戏时，女一号的位置都舍得给你，有他出面捧，不愁红不起来。"

赵冬心里惴惴的，她戳了戳阎妮的腰，说："还是先让他捧你吧。"

阎妮不接话，只是意味深长地顺着思路说："师傅领进门，修行在个人。我们吃艺术饭的，里面道道很多，赵冬，你努力吧。日后发达了，别忘了我这个小姐妹就行。"

赵冬忙说："哪能呢，忘了谁也不能忘了你呀！"

阎妮拍拍赵冬的肩膀说："这话听着带劲。"

她们嘻嘻哈哈笑了一阵，眼角里溢出了泪滴。

孙郭先生四十多岁，大鼻子小眼睛，嘴唇厚实，个头中等，脖子上有几个粉刺，并不是西装革履的打扮，而是随便穿一件夹克衫，面相显得很严肃。这与赵冬想象的情景大不相同。那晚孙郭先生请她们吃饭，赵冬喝了点洋酒，虽说味道不咋样，但心里舒坦，这比什么都重要。用过餐后，孙郭先生又把她们带到十八楼的歌舞厅唱歌跳舞。阎妮唱了两首歌，但阎妮不跳舞，她说她最烦跳舞。她坐在阴暗的角落里喝橙汁、抽烟。陪孙郭先生跳舞的任务自然全落在了赵冬身上。

孙郭先生搂着赵冬跳得很规矩，这又使赵冬颇感意外。跳最后一曲时，孙郭先生同赵冬约定了下次见面的时间。赵冬暗暗记下了这个时间，觉得有戏。离开酒店后，阎妮告诉赵冬，他们这一晚上的消费至少在一千元以上。阎妮还透露说，孙郭先生平时极少回家，他在酒店二十四层租下了一个单间，年租金七八万。赵冬舌头都伸直了，她想这人花钱比流水还快，还在乎她的区区一万块学费吗？于是她说："以后咱们一块儿去二十四层找他玩吧。"

阎妮正色道："那个地方并不是你想去就去的。我的同学里面，很多人想去二十四层，但孙郭先生让她们吃了闭门羹。"

赵冬想问阎妮进去过没有，里面什么摆设。想了想，她还是忍住了。她一点都不想伤害阎妮，因为阎妮算是她追求艺术之路上的第一个引路人。

晚七时整，赵冬按照上次约定的时间，准时走进一楼东面的餐厅。餐厅里人不少，但轻柔的音乐遮住了喧杂的人语，显得新鲜洁净。里面没有孙郭先生，赵冬有点疑惑，她问领台小姐，对方说今天一直没见孙先生。她只好沉住气，坐在一个角落里耐心等。半个多小时后，还不见孙郭先生的影子，赵冬心里钝钝地痛，认为他有意躲她。她难过地想，肯定是那个姓孙的家伙瞧不上我，不然他为什么失约？如果一个男人看上了一个女孩子，他断断没有失约的道理……

时针指向八点时，孙郭先生终于赶到了，赵冬悬着的心这才放下来，她站起来迎接他。孙郭先生一脸的抱歉，说和一个客户谈生意，谈得地动天摇，实在脱不开身。他进一步解释说："我在为一部八集的连续剧筹集赞助款，烟台的一家公司想出八十万买下独家赞助权。我出的价码是一百万，少一个子儿也不行。这不，谈到现在还没结果。"

孙郭先生叫了几个价格不菲名字怪怪的菜，又要了两杯威士忌。赵冬的肚子早就饿了，要在平时，她会狼吞虎咽的。但现在她极力做出一副优雅闲适的淑女模样，仿佛她享受的是这个环境和气氛，而非面前的食物。她尽力回忆那些她崇拜的好莱坞女明星在银幕上同男友进餐时的情景，渐渐进入了角色。她想她的表演很成功，因为孙郭先生的眼神已经走样了。

吃过饭照例去十八楼歌舞厅。这回孙郭先生的本相全露出来了。他像脱一件衣服那样脱掉了伪装，怎么舒服怎么来。他紧紧抱着赵冬，二人走走停停，犹如在拧麻花。大厅里光线极暗，赵冬不担心别人发现。她隐约看到其他的舞伴基本也是这种跳法。孙郭先生边跳边轻吻她的耳廓和脖颈，双手在她的臀尖上划动，他断断续续气喘吁吁地说："赵冬，小赵，冬冬，阿冬，我亲爱的小猫，你知道吗，我顶讨厌那些风月场上的女戏子，阎妮的同学里就有不少那样的，她们都和我逢场作戏，一点真心都不用；我最钟情的是你这种单纯干净的女孩子，有教养，有潜质，稍加栽培，就是一棵好苗子……"赵冬胸脯紧贴着他，发出轻微的呢喃声，她说："孙先生，认识你是我的万幸，我真是相见恨晚呀。"孙郭先生说："你是一颗埋藏在泥土中的珍珠，总有大放光彩的时候，我想我愿意做那个让你重见天日的人。"赵冬激动得浑身发热，她用充满激情的语调说："爱上你的姑娘会很幸福……我真希望自己就是你喜欢的那种姑娘，能和你永远在一起。我离不开你……"

说完这话赵冬吓了一跳，因为这是《一夜风流》中的一句著名的台词，是饰演艾莉的克劳黛·考白特说给饰演彼得的克拉克·盖博听的。艾莉是华尔街富商安德鲁斯的女儿，彼得是个报社记者。赵冬不是富商的女儿，她现在同乞儿差不多；孙郭也不是风度翩翩的记者，他充其量是个有钱的款爷而已，艺术不过是他的一种粗鄙的装潢，她不相信他能鼓捣出像点样的片子。所幸他没听出这句台词的出处，赵冬的不自然仅仅是一瞬间。

歌舞厅里人变得稀少了，赵冬猜想孙郭先生的下一个节目肯定是把她带到二十四层去。果然，他咬着她的耳朵，用不容置疑的腔调说："跟我去上面，我会给你带来快乐的！"

赵冬有一种恐惧感。她想她并非多么珍惜自己的身体，而是担心没有什么结果，如果让他轻易达到了目的，很有可能她将一事无成。她是抱着不见兔子不撒鹰的想法来的，虚假的感情可以多付出，香艳的肉体却必须多上一把锁。见她发愣，孙郭先生说，你怕什么，我又不是狼，难道吃了你不成？她仍呆着不挪步，孙郭先生又说，你的想法我都知道，不就是上艺术学院吗？我跟学院领导和戏剧系的头头都很熟，推荐个把学生没问题。赵冬忙说，上学要交钱的，妈的一万块呢，有了钱就不愁上学了。孙郭先生捏了捏她的胸，说这事交给我了，你什么都不要管了。

尽管犹豫，赵冬还是随他去了房间。但是，她想，如果他不把票子放在她手上，她仍须有所保留。对于别人的承诺，她是不相信的，在她眼里，承诺就像黑夜，可以很充实，也可以一无所有，空空荡荡。如果概括一下她这个晚上的所作所为，可以说是该干的都干了，不该干的都没干。她死死把住腰带，坚守着最后的阵地，他急得一点招数没有，到后来便放弃了。

赵冬离开酒店时已是深夜。她不可能在这儿过夜，她对孙郭先生说，好事还在后头呢，急不得的，凡事都有个过程，就像演员进入角色那样，不可能一上来就入戏。"我回去得向我老娘编瞎话，说到艺术学院看片子去了，不然她会气得吐血。"她说。孙郭先生拉开一个小皮包的拉链，她心慌得不行，以为他要点票子。但他只是拿出了两粒小小的耳钉送给她。她果断地推掉了，心想你这点烂东西打发不了我的，我不如不要。他有点尴尬，拿过一支雪茄点上，说冬冬我不会亏你的，你也不能太急，不就是想上学吗？

酒店周围的路边上和灯影里仍有一些渴望发财的女人聚集，她们希望哪个有钱的男人能选中她们，好给口袋添几张票子。赵冬经过她们身边时，感觉到了她们对她的妒忌情绪。她们一定把赵冬当成了已经得手的同路人。但赵冬打心眼里瞧不上她们，她们单纯为了金钱，为了粗俗的生活而卖身，赵冬却不是。她想，一个人如果为艺术而活着，所有的苦难都是可以承受的。

六

一个珠光宝气满面红光的肥胖女人犹犹豫豫朝她走来，她觉得这人有点面熟，下意识地合计着，如果她来买东西，"宰"多少合适。她做小本生意，多挣个三角五角的就知足了。那人走到跟前，她们同时大声叫出了对方的名字，引得老康和他的呆头呆脑的乡下侄子引颈朝这边观望。

李秋水说："王萍，哪阵风把你吹来了？"

王萍说："秋水姐呀，我想你都快想死了，这不，专门来看你，打听了好几个人才知道你在这里。"

李秋水无奈地摇摇头，说："咱原来干活的地方变成了舞厅。"

王萍说："我刚才去过了，里面骚哄哄的，熏死人。"

这个叫王萍的女人同李秋水一块儿招工进副食品店的，但王萍干了不几年就辞了工作，跟着男人跑生意。听说他们卖海货、卖服装什么的，店里的姐妹们相聚时，常常提起她，有说她发了大财的，也有说她赔得不轻的。李秋水想起，一晃已经七八年没见王萍了，看样子她混得不错，看看她这身打扮和这身肉就明白了。

"找我干什么，来扶贫吗？"李秋水边说边笑了，她这几天心情尚可，不知不觉幽默了一下。

王萍脸上露出一副做作的严肃相，她示意李秋水小声点，仿佛天机不可泄露。没有地方坐，李秋水把小马扎让给她，自己一屁股坐在马路牙子上。王萍说："秋水姐呀，你要交好运了，天上就要往你头顶落馅饼了。你摔了一跤，爬起来一看，原来被一块金子绊倒了；你干脆把这个小烂摊子丢到黄河里去吧……"

王萍像在说胡话，李秋水给她弄得如坠云里雾里。仔细一问，才知道王萍是来做媒的。对方是她母亲的堂哥的表弟，关系曲里拐弯。王萍拍着李秋水的手掌说："他大号叫白展望，今年六十有一，一直住在台湾，老家在胶县。白先生前几天到北京、西安、洛阳等好地方旅游去了，我男人陪他坐飞机去的，三天后回来。要论起来，我还得叫他舅舅呢。他老家没什么人了，每次回大陆都是我接待。"

李秋水愣愣的，仍是不解其意。王萍说："白展望先生离家多年，现在老了，老伴儿也死了，孩子们都长大了。人一寂寞，就想落叶归根，在大陆找个夫人，安度晚年。"

李秋水仍觉得这件事离自己很遥远，脸上就没有表情。王萍猛一拍她的手背，说："白先生提了几个条件，我觉得你李秋水最合适！"

李秋水脑子仍转不过弯来，她自嘲地说："瞧，我一个半老娘儿们，一个名声不好的女人，倒成了香饽饽了。"

"快不要这么说!"王萍打断她,"像咱这样的成熟女人,老头子们最喜欢。秋水姐呀,你可睁开眼,别犯糊涂,人活一世,不就图个衣食无忧,钞票满兜吗?嫁给白先生,你后半辈子可就抖起来了。不瞒你说,连我都动了心,要不是和他有亲戚关系,这种好事还真轮不到你呢。老东西什么都缺,就是不缺钱。他说要在这里买一栋小楼,还要买车,车不让别人开,就让夫人开。"

"我不会开车。"

"可以学呀,交几千块钱就行。在大陆住烦了,就去台湾住一阵,两地轮着住。他那边有两栋别墅。"

李秋水扑哧一笑:"瞧你说的,好像我已经嫁给了他似的。"

"我觉得他那边没问题,关键在你一句话。当然,捆绑不成夫妻,主意要你自个拿。如果你有意,我安排你们先见个面,谈谈再定。"

李秋水觉得身上发热,脸跟着红了。末了,她说:"这不是小事情,我得先和赵冬通个气。"

王萍满意地点点头。临走时,王萍又正色道:"老头子的签证二十天后到期,他想马上定下来,你千万别拖。不瞒你说,我把风放出去后,想当白夫人的人都挤破了我家门槛,有些还是二十几岁的黄花闺女。我不放心她们,总觉得她们像潘金莲,领了结婚证,头一件事情就是存心折腾死老头子,好独吞他的财产!"

李秋水揣着一颗乱跳的心等了三天。她好几次想张口听听赵冬的意见,又想到八字没一撇呢,等有点眉目再告诉她不迟。其实她能猜到,女儿会一万个同意的,只要有钱,赵冬什么都不在乎。三天后,王萍果然又来找她,说白先生回来了,住黄河大酒店,去见见吧。李秋水故意推托了一下,王萍不由分说上来拉她。她笑着说:"看你急的,总得让我收拾一下吧。"

她坐在大衣柜前整理自己。蒙了一层灰的镜子里映出一张仍显年轻的脸。她才四十五岁,面庞依然红润,仔细打扮打扮,并非没有魅力。以前她认为自己老,不过是心里感觉老而已。可她没有像样的衣服,换了几件老掉牙的衣裤,没有一件满意的。王萍等不及了,说:"越随便越好。白先生喜欢朴素、自然,你若是打扮得花枝招展,白先生反倒不放心。"

走出家门，她第一眼就看见了老康。她觉得有点对不起老康。

白展望先生是个干瘦的精神矍铄的老头，一点不显老，只是耳朵有点背。他的头发油黑瓦亮，显然是染的。他叫李秋水李小姐。酒店房间里装潢考究，李秋水头一次到这种地方来，她像刘姥姥进了大观园，难免露出呆相。房间里冷气开着，她身上仍是止不住冒汗。白先生殷勤地劝她吃他从台湾带来的肉干、鱼片和花生豆，说着对大陆的观感，还说外国人都不是东西，普天之下还是咱中国人好。看上去他兴致极高。王萍一个劲儿地冲李秋水挤眼睛，意思让她放开些，别拘谨。王萍借故走开后，李秋水才多少放松了点，问了问白先生个人和家庭的情况。白先生一九四九年兵败去了台湾，很快就离开军界做起了生意，他原先的老伴儿是祖籍福建的客家人，五年前得癌症死了，三个儿子三个女儿都已成年，有的在台北或新加坡做事，有的在日本或美国读书，前景都看好。他哈哈笑着，说我快老了，思乡心切，爱国心也强了，很想回大陆居住，如果再找个合适的夫人，还能过几年舒心日子。情况同王萍说的差不离。当他得知李秋水有一个二十岁的女儿时，忙说我最喜欢女孩，女孩懂孝道。李秋水还说了自己的处境，说了自己摆地摊的遭遇。她叹口气，眼圈一下子红了："我可能是大陆上混得最差的人。"

白先生安慰说："李小姐，你很诚实，我喜欢诚实的人。大家都在世道上混，都有苦处啊。不过，以后会好的。"

又待了一会儿，李秋水告辞。白展望先生起身送客，李秋水见他跟跄了一下，动作有些迟缓。他走路的姿势要比年龄显老。王萍并没走远，见她出来，忙迎上来问："怎么样？"李秋水想了想，说："还行。我还没征求赵冬的意见呢，过几天再给你回话。"

晚上，赵冬冷着脸进家。她又陪了孙郭先生一个下午，那坏家伙仍然没掏腰包，光是嘴上说帮她办事。她按既定方针办，仍是没让他得手。她已经知道母亲同意她上学，听说还要向老康借钱时，她觉得不妙了。她想既然自己有挣到钱的希望，干吗花老娘的血汗钱。我自己争口气给你看看，她想，也好让你知道我不是吃干饭的。李秋水却笑吟吟地问她饿不饿，如果饿了，她去做鸡蛋面。母亲突然变好的态度使她生疑。但很快她的疑虑便烟消云散了。李秋水没把这几天的新动向讲完，赵冬就像五月里绽开的鲜花那样笑了。她直勾勾地盯着母亲说："真的吗？真的吗？"

李秋水笑而不答。赵冬上前搂住李秋水的肩膀，猛地摇晃了几下。赵冬说："真是再好不过了。你这把年纪，还能傍上大款，不得了呀！"

"瞧你这话，多难听。"李秋水嗔怪道。

"这是人生的大机遇，机不可失，时不再来，我们一定要抓住！"赵冬双手向空中抓挠了两下，像在舞台上表演："哈哈，我们家时来运转了，我们就要翻身得解放了！让那些穷酸日子见鬼去吧！"说着说着，她眼里涌出了泪水，仿佛一步登上了天。

七

王萍来接李秋水，说是白展望先生请客，赵冬也要一起去。赵冬问："在哪儿请？黄河大酒店，还是法兰西美食城？"

"天仙居，离黄河大酒店不远。"王萍说。

"那个破地方呀。"赵冬不屑地说。

王萍马上解释："白先生图实惠，最反对浪费。"

李秋水打圆场，道："吃饱就行呗。只有那些不花自己钱的人，才到那些宰人不眨眼的地方去，国家不都是让他们给搞穷了。"

刚下楼突然遇到了老康，他骑一辆破三轮车，看样子是去进货。李秋水心里咯噔一下，不想打招呼。老康却讨好地说："李师傅，干啥去呀？"

赵冬抢先说："相对象去！"

"谁去相对象？"老康不知趣地又问。

"你说谁去？"赵冬剜了他一眼。

李秋水忙不迭地道："老康，别听她瞎说。你忙吧，我们走了。"

路上，赵冬变着法儿问王萍，白老先生到底有多少钱。王萍打着哈哈绕弯子，说老头子拔根汗毛都比你认识的那些大陆大款的腰粗。"到时候我让老头子也给你买辆小车，大侄女。"王萍说。听口气就好像她是白先生的后台老板，她说什么他听什么。赵冬恨恨地想，到时候谁说了算还不一定呢，轮不到你这个粗俗的女人指手画脚。

白展望先生已由王萍的男人陪着等她们。天仙居的菜确实实惠，白先生点了一桌子，赵冬估摸了一下，不会超过三百元，她想这个老东西真会选地方。开吃之前，白先生在腰间的皮包里摸索了一阵，捏出两枚小巧玲珑的戒指，说是送给李秋水母女二人的见面礼，一点小意思。李秋水推辞了半天，说是刚认识，怎么好要白先生的东西。赵冬起初不吱声，后来大大方方把戒指戴上了手，劝道："妈，既然白先生真心实意，你就甭客气了。"李秋水活这么大，第一次碰金子，她哆哆嗦嗦捏着那枚戒指，像捏着一块火炭。赵冬心里直埋怨母亲没见过世面。

吃饭时，白先生不住地夸赵冬漂亮，说她长得像王祖贤；夸李秋水有福气，养下这么一个靓姑娘，比金山银山都金贵。李秋水很少同白先生说话，只是低头和王萍拉家常。赵冬特想借这个机会同白先生多侃侃，摸摸他的底细。她倒不是怕母亲被骗，而是想早一点知道白先生的真实家底。既然母亲拉下脸来傍大款，傍个百万富翁是傍，傍个千万富翁也是傍，为什么不傍个重磅炸弹。可恨的是，王萍的那个贩卖臭鱼烂虾的男人不断插话，拼命朝白先生献殷勤，一口一个老舅，根本没把她们母女放在眼里。而且这个长着猪脑袋的家伙特别能吃，一桌子的菜让他搞去了一半。赵冬愤愤地想，假若白先生真的成为她的晚爹，她要控制他，一点肉汤都不能给这个猪头男人喝。

"姑娘，听李小姐说你喜欢演戏，这是好事情，我赞同。"白先生说。白先生只喝了一小杯酒，脸却红得像关公。

"白先生，"赵冬像落水之人见到了稻草，立刻接上说，"白先生，我秋天就去艺术学院读书，专门学表演，我妈妈已经把一万块钱的学费准备好了。"

"一万美金吗？"白先生怔了怔。

"人民币。"赵冬仔细观察着白先生的反应。

白先生爽朗地笑了："不过三万新台币嘛，蛮便宜的。我一个月的养老金就有五万新台币。"

"你们富，我们穷。我妈妈一年的收入还不到一万。"赵冬说，"要是咱们翻过来，台湾的人早都跑回大陆了。"

李秋水瞪了赵冬一眼，意思是别让她信口开河。赵冬装作没看见。

王萍的男人给白先生夹了一筷子烧鹅肉。白先生说："你来你来，我喜欢吃青菜。"那家伙打了个响亮的饱嗝，乘机把鹅肉放进了自己面前的盘子里。赵冬心说，撑死你个狗舅子才好。她绞尽脑汁逮着刚才的话题往下说："我要上的学校其实不咋样，如果能上北京的中央戏剧学院或者北京电影学院，我很快就会出名的，再想见我，您老就得去电影院啦。"

白先生哈哈一笑："去美国不更好嘛。到老美那儿镀镀金，对以后的发展有好处。台湾也看重这个。要是咱们有缘，我送你到美国读书，我说话算数。"

白先生的话使赵冬心花怒放。她想，台湾人就是比大陆上的人实在，不要滑头。她端起一杯雪碧，同白先生手中的雪碧碰了一下，说："我真高兴。干!"

白先生说："我也高兴。姑娘放心，供你到美国读书，我还供得起。"

赵冬兴奋之余，细细品味白先生的话，觉得"供你到美国读书，我还供得起"这句话证实了她最初的判断。白先生肯定不是大富商，他身上见不到一点大商人的气派，在台湾，他充其量不过是一个生活水平中等偏下的老百姓而已。但如果把他的钱拿到大陆来花，可能还是比较可观的。赵冬又想，李秋水能跟上这样的人，也算可以了，因为母亲没有多少挑剔别人的资本。

饭罢，王萍的男人陪白展望先生回酒店，王萍打的送李秋水母女回家。赵冬把她的猜测说给王萍听，意思是白先生不是什么了不起的大人物，以后你们别太牛。李秋水给女儿使眼色，她怕王萍下不来台，本来王萍好心好意帮忙，把她们娘儿俩往富裕的道路上领，不管怎样，都应感激人家才是。王萍倒不介意，她戳了下赵冬的额头说："小丫头，你这张嘴好厉害，你妈照你差远了。"

事情初步定下来了。

八

　　天气越来越热。往年这时候，李秋水和赵冬烦躁得不行，但今年不同，她们都有了一个好心情，光明就在前面，苦难是暂时的，她们憧憬着即将来临的美好生活，感到说不出的喜悦。

　　赵冬基本上不再同孙郭先生来往，她不需要他了。但阎妮那里她时常去转转，主要是打听什么时候报名。谈起孙郭先生，她对阎妮说："那个姓孙的家伙光想占我便宜，口袋捂得紧紧的，没劲。"

　　阎妮说："男人都是这德行。"

　　阎妮还透露说，孙郭先生正在为一部八集的电视剧忙活，内容是反映拐卖妇女的，题材不错，拍出来很有可能打响。阎妮提醒道："这个戏有好几个主要的女性角色，赵冬你应该找找孙老板，争取上一个。他是制片人，说话管用。你没上学先上戏，对你以后发展有好处的。"

　　赵冬撇撇嘴说："我又没和他上床，他不会给我角色。"

　　"那可不一定。你的感觉特好，戏路也宽，他会考虑的。"

　　"但愿如此。"赵冬说。她记住了这件事。

　　李秋水仍坚持每天出摊，赵冬劝她在家歇着算了。她说干惯了，多挣一点是一点。赵冬说："你真是个劳碌命，眼看就成款婆了，还斤斤计较。"

　　李秋水说："以后咋样难说，咱不能高兴得太早。"

　　赵冬警觉地说："你的情绪不对。你应该多去陪陪白先生，加强交流，增进感情。无论如何，得抓住这条大鱼。如果弄砸了，我惹出乱子，你别怪我。"

　　赵冬的话多多少少让李秋水感到寒心。她觉得自己成了女儿手中的一棵摇钱树，摇下钱来，啥都好说；摇不下钱来，就等着瞧好吧。这多么可怕呀。她不敢往下想了。

　　老康似乎听到了一点风声，每逢和李秋水打照面，话比以前少了，还常常故意躲她，动不动就冲他的呆头呆脑的乡下侄子发火。她想应该帮老康介绍个女人。老康是个好人，这样的好人应该有人热汤热水地

24

侍候。

白展望先生离境的时间马上就到了，李秋水不可能在这么短的时间里和他成婚，赵冬倒是恨不得他们今晚就钻洞房，但李秋水不同意，坚持说还需要进一步了解。白先生嘱咐李秋水和王萍留意一下买房事宜，并答应给赵冬留下一万元学费。他决定年底前重返大陆举行婚礼。

这天下午，李秋水到商店买了一大包糖酥煎饼，然后赶往黄河大酒店。白先生喜欢吃老家的煎饼，虽然他牙口不好，吃起来仍津津有味。李秋水想，东西不在多少，这是她的心意，何况她和赵冬收过人家的两个戒指，总得对人家有点表示。

白先生刚洗过澡，显得容光焕发。他劝李秋水也洗个澡，舒服舒服。李秋水一下子想到了那种事情，脸唰地红了。白先生蹲下身子从他的旅行包里往外掏吃的，她把几粒鱼皮花生放进嘴，慢慢地嚼。白先生说，李小姐，我要走了，我会想念你的。家里装个电话吧，我出钱，咱们保持热线联系。李秋水不吭声，任他说。他过来拉住李秋水的一只手，笑吟吟一下一下地捏。李秋水小声说我的手真粗，是干粗活的手。他捏了一会儿女人的手，又慌慌地到一个皮包里翻出一叠画片递给她。她看到上面都是光屁股的男人女人，心慌得提到了喉咙口，眼里直冒金星，嘴巴也不听使唤，全身的血管仿佛都胀破了。

房间里死一般地静。李秋水糊里糊涂，不知道发生了什么。等她睁开眼时，发现他们已到了床上。李秋水无力地挣扎了一会儿，感到疲倦。她已经好多年没有这样的体验了，对所有的一切都感到陌生和新鲜。白先生上上下下地忙乎，可他使不上劲，他像个爬上树的猴子，但就是够不着树尖上的果子，急得抓耳挠腮也没用。李秋水听到他长叹一声，说我老啦，不中用啦。过了一会儿，他突然想起什么，翻滚着下了床，从皮箱里摸出一个小瓶子，折进了卫生间。李秋水猜出他是用药去了。

时间过得很慢。李秋水无聊地翻着床头柜上的一堆报刊，瞥见了他的一份证件，便抓过来瞄了瞄。她看到姓名下面的一栏上写着——出生年月：一九二八年八月。

李秋水脑袋嗡地响起来。这么说，他并不是六十一岁，而是七十一

25

岁！这么说，王萍把他的实际年龄瞒了整整一旬！怪不得老东西看着年轻，行动起来却迟缓。李秋水傻眼了。她呆望着瘦骨嶙峋的老东西，不知所措。老东西喘着粗气靠近她，又奔忙了一阵，仍是不见起色。他哀哀地说："药是假的，糟糕。"李秋水闭上眼睛，怜悯自己也怜悯着他，觉得自己正朝着堕落的深渊下沉。她又听到他焦灼而痛苦地说："我真的老啦，不行啦……"随后，他居然悲伤地流起了泪，喉咙里发出猫叫般的呜咽声。

李秋水默默地穿好衣服，她的眼里也噙着泪滴。她想，我这是图什么？图他的钱吗？要那么多的钱有什么用？她不敢往下想了，只是感到自己太丑了，要多丑有多丑啊！白先生像个做了错事的孩子，光着多皱的上身提裤子，腰带却总也系不牢。他唉唉地叹着气，嘴里冒着昏话，他说，李小姐，你别离开我呀，我给你钱，你要多少钱都行。他跌跌绊绊奔到皮箱跟前，裤子滑到了脚面上，从后面看去，他撅起的屁股像河边的一块弃之不用的顽石。他搜出一叠叠的票子扔在地毯上。然而等他抬起头来时，却不见了李秋水。

大街上阳光猛烈，李秋水睁不开眼睛。她像风中的一片枯叶，不知要飘向哪里。这天下午，街上的很多人都看见了她的泪水。

九

临近傍晚时，赵冬打的去黄河大酒店。孙郭先生捎信给她，说是那部拐卖妇女题材的电视剧已经启动，打算分给她一个比较重要的角色，让她速去洽谈洽谈。这时候她并不知道，她的母亲正在大街上失魂落魄地游走。

孙郭先生在一楼大餐厅里等她。她觉得自己马上就是大富翁的女儿了，所以从动作、表情、语言到心理，都较过去有了明显的变化。和孙郭先生交谈时，嘴里不再唯唯诺诺，心里不再惴惴不安。她侃侃而谈，语言睿智幽默，表情生动撩人，动作潇洒柔软，处处透着自信和成熟。她的变化不仅再一次打动了孙郭先生，而且吸引了周围众多的目光。他们就像在欣赏一场高质量的演出。瞧瞧吧，她想，其实这才是我的本色形象，如果给我机会，我会成为一个出类拔萃的本色演员。

她优雅地吃着桌上的食物，又提出加一瓶纯正的法国白兰地和一只南海龙虾。孙郭先生嘬了嘬腮，看出来他有点舍不得。她心里不由生出一丝快意。孙郭先生边吃边讲了讲剧本和筹拍的情况，说如果顺利，秋后播出没问题。他还说因是妇女题材，剧中女人戏占主要地位，三个主要的女性角色到现在还没正式定下来。"我有意让你演女二号。"他说，"她是四川一个偏远小镇上的女中学生，随同学到县城逛街时，被两个人贩子花言巧语骗到了甘肃黄土地上，卖给了一个五十岁的老光棍，后来她又被老光棍的两个光棍兄弟强奸了，历尽千难万险才获救。"

赵冬点上一支摩尔，徐徐喷出一股烟雾："我很喜欢这个角色。"

"机会难得呀。我已向导演郑重推荐你了，我的话他听，过几天就带你去电视台试镜头。"

赵冬感到幸福。但经验告诉她，在没签合同之前，说变就变，现在的人都这样，各行各业都是这德行，骗子是无处不在的。用过餐后，孙郭先生没像头几次那样带她进舞厅，而是直接领她上楼。他说："剧本在我房间，你可先上去看看本子，找找感觉。"赵冬却想，这回他连过程都不要了，想直奔主题而去。但孙郭先生的承诺毕竟有很大的吸引力，她无法拒绝。

真皮沙发上果然有一个打印好的剧本。赵冬粗粗翻了翻，用心回忆着她过去看过的同一题材的片子，然后故作老练地谈了谈自己的想法。她说，拐卖妇女是个世界性的问题，在各国都很普遍，它的社会根源在于贫穷和愚昧。为了金钱，人贩子铤而走险，那些受害妇女因为向往外面的世界才昏了头。我觉得应该多挖挖受害妇女的内心世界，就像这个女二号，她天真幼稚是一个方面，但她骨子里多少也有一点甘愿被骗的心理，她认为外面的世界不论多糟糕，也总比自己的家乡强……

孙郭先生目不转睛地盯着赵冬："说得好！你分析得很正确，艺术感觉就是好，我没看错人。"

房间里光线暗淡。再往下，就是重复上一次的过程了。孙郭先生几下子就把自己扒得光光的，赵冬开始轻微地反抗，接着有分寸地迎合，但到了实质性阶段，她仍是抓定腰带不放松。事后她想，要是她此刻已经知道白展望先生永远成不了她的后爹，也许她的堤防早就崩溃了。但这时她不知道，于是他们围绕腰带展开了激烈的攻与守。他说冬冬我要给你带来快乐，其实你一点都不亏，这就好比火柴棍掏耳朵，你说火柴棍舒服还是耳朵舒服？赵冬心想这个坏家伙这种时候还玩幽默，狗舅子真是杆老枪了。她忍不住咯咯笑起来，说我不是耳朵，你也不是火柴棍，我要的不是这种快乐。他说你他妈的难道还想当贞洁烈妇吗？赵冬说我从没想过，我只要你把事情敲定了，你想怎么着都行。他说你个小姑娘可真会讲条件。赵冬说这是秃子头上的虱子明摆着的嘛。他说你不是口口声声说献身艺术吗，你就这样献身？赵冬说我是要献身艺术，但我不能轻易糟践自己。他终于发怒了，涨红着脸说："我告诉你赵冬，要想吃艺术饭，这是必经之路；不光你，很多女孩都这样！"

这是一句很厉害的话，似乎击中了赵冬的要害，她有点没辙了。她对自己说，再坚持最后三分钟。但就在千钧一发之际，咚咚咚，有人使劲拍门，并尖声呼叫孙郭的名字。孙郭先生脸立刻黄了，他火烧火燎一般穿衣，并喝令赵冬动作快点。他像喝醉酒似的，摇摇晃晃去开门。

先飘进一股香风，接着冲进来一个浓妆艳抹的女人。赵冬心慌意乱，不知发生了什么事。她见这个女人比自己年龄稍大些，身段和容貌都挑不出毛病。她突然想起来了，好像在一部又臭又长的电视剧里见过她。

那女人像个遭到侵犯的母兽那样，目光灼灼轮番在孙郭和赵冬身上扫射。孙郭先生说，噢，你刚从外景地回来？外景地选好了吗？噢噢，这位叫赵冬，是个戏迷，托人找我要角色，你看你看……

那女人冷若坚冰，一声不吭。赵冬赶紧告辞。出门走了几步，她又蹑手蹑脚折回到门口。她隐隐听到那个女人恶声恶气地说，姓孙的，你个大浑蛋。姓孙的干笑着说，这种女孩子，骚得不行，她硬往你怀里钻，推都推不出去，幸亏你来得及时，否则……

赵冬听不下去了，捂着发涨的脸，钻进电梯间。电梯无声地下滑，她觉得自己正向地狱挺进。

十

李秋水在家躺了两天，不吃不喝，像生了场大病。她什么也没对赵冬说，只说当妈的真是无用，不能给你带来幸福，你骂啥我都听着，你怎么着都行，就是不能出去作践自己，不然对不起祖宗。赵冬哭着说我没有祖宗，我的祖宗是钱，是艺术，但它们都没了，我还能干什么？你干脆拿刀杀了我吧。李秋水狠狠心说，你放心，我就是出去卖，也要挣钱供你上学。我还不算老是不是？赵冬捂上耳朵说，我不想听这些。

第三天，李秋水把自己收拾得干干净净，蹬着三轮车出摊。路过老康的摊子时，她没同他打招呼。她看到老康蹲在一堆西瓜前，头压得低低的，像在为谁祈祷。

赵冬现在又把全部希望寄托在孙郭先生身上。她认为他还是喜欢自己的，后悔没有及时献身给他。说不定他真的能帮我上学或是给我一次上镜的机会，她想。这天傍晚，她趁母亲未回家，赶紧冲了个澡，化好妆，骑上自行车直奔黄河大酒店。她在总台往孙郭先生的房间打电话，没人接。服务小姐告诉她，孙先生外出拍电视剧了。

"拍戏？"她急问，"拍什么戏？"

服务小姐顺手扔给她一张当天的晚报。她翻到文化版，看到右下角登了一条简短的消息，说是八集电视连续剧《命若秋水》开机仪式昨日在某县某镇举行，这部电视剧主要反映被拐卖妇女的命运云云。剧中主要角色分别由任蕾、阎妮、方小艺扮演……

赵冬终于想起来了，这个任蕾就是那天突然闯进孙郭房间的那个女人。她丢下报纸，感到浑身的筋骨仿佛都折断了。她像个梦游症患者，惨白着脸走出酒店大厅。

外面已是华灯璀璨。她没有流泪，也不觉气愤，只是感到空洞，无边无际的空洞。在酒店门前的广场上，她和不少打扮光鲜而俗气的年轻姑娘迎面相遇，显然她们大都是婊子。她想，我和这些烂婊子有何区别？自古以来，有的女人既要当婊子又想立牌坊，更是恶俗。还有艺术，艺术和婊子又有何区别？还有那个对艺术狗屁不通的孙郭先生，这男人，太坏了，你他妈成不了张艺谋，我他妈也当不上巩俐，大家都悠着点吧……

她朝停放自行车的地方走。一个大腹便便的中年男人不知从什么地方钻出来，尾随她走了一段。她闻到一股刺鼻的男用香水气味，便回过头，嫣然一笑。那人说，小姐，开个价吧。

她没想到自己会说出这样的话——她拖长声调说，滚开，你这个浑蛋男人。那人一下子矮了半截，居然一声未吭抬脚就溜。她按捺不住情绪，又冲着他仓皇的背影喊，国家眼看就要被你们搞糟了，你们这些浑蛋！

回家的路上，赵冬心里平静了许多。

十一

除了那张《卡萨布兰卡》的剧照，赵冬把房间里所有明星的照片画报都取走了。她的小卧室顿显清爽。

现在她唯一要做的事情就是在家睡懒觉，她似乎对任何事情都没了兴趣。她的母亲李秋水每天更是早出晚归。如果不能为女儿凑齐学费，李秋水觉得这是自己一生最大的遗憾。

炎热的中午，没有一丝风。赵冬几乎全裸着身子吹电扇，仍是不解热，身上水淋淋的。她骂着狗娘养的鬼天气，下楼买冷饮。路过一个街角时，赵冬突然看到了她的母亲。她的母亲坐在小马扎上，守着那个小小的烂摊子。烈日像箭镞，透过一棵杨树稀疏的叶子，射在李秋水身上。这么热的天，李秋水仍不愿回家，她不想放过任何挣钱的机会，多挣一分是一分，多挣一毛是一毛。此刻，李秋水正在啃一个馒头。每天早晨出门前，她预先把午饭给赵冬做好，自己就带一个馒头和几片咸菜当午饭。

有个骑车路过的人想买一盒烟，李秋水放下吃了一半的馒头，接钱，递烟，找零，然后在裤子上拍拍手，拿起半个馒头接着啃。赵冬扶住一棵树，久久望着她母亲的侧影。母亲已经摆了两年地摊了，赵冬不记得到她的摊子前去过，一次也没去过。赵冬突然觉得鼻子酸酸的，一股东西涌在喉咙口，老想往外冲。

李秋水艰难咽下最后一口馒头，拿起脚边的一个塑料绿瓶子。那个大瓶子原先盛着雪碧，赵冬喝干了雪碧，李秋水就用它盛白开水。李秋水猛灌了几口水，然后讨好地问一个过路人想买点啥。赵冬不忍再看，扭头往家的方向走。她发现手中的两只冰糕已经融化得不像样子，就厌恶地扔掉了它们。

赵冬边走边揉眼睛，心里总也抹不去母亲刚才的形象。这就是母亲，摆一天小摊只能挣十几块钱的母亲。赵冬想，和后来的苦难相比，她年轻时的几次荒唐又算得了什么？她不该遭受这样的惩罚。现在，赵冬又想起了她的生父赵天呈，她开始诅咒他了。

这大中午，李秋水突然晕倒在马路边。老康和他的呆头呆脑的乡下侄子奔过来，先喂她喝了几口水，然后要打的送她去医院。李秋水已经醒过来，她坚决不去医院，说是回家躺一会儿就行。老康拗不过她，吩咐侄子替她守好摊，他送她回家。

赵冬把李秋水扶进屋。老康站在门口，进也不是退也不是。李秋水看着赵冬的脸色，嘴里含混道："老康，进来坐坐吧。"

赵冬由衷地对老康说："您请进，真是太谢谢您啦。"

老康规规矩矩地说："刚才把我吓坏了。李师傅你往后可不能不要命。"

赵冬递给老康一块西瓜，老康不接，说要留给李秋水吃。老康说："李师傅你安心休息，摊子不用管，我会替你守好。"

老康走后不久，他的呆头呆脑的乡下侄子抱来了两个大西瓜。李秋水说："这个老康，真是的。"

赵冬也说："这个老康。"

夜里起了风，天气凉爽下来。李秋水躺在床上，感觉好多了。她翻身时被一个小东西硌了一下，手伸进去摸出来了那枚戒指，白展望先生送给她的礼物。她突然想起王萍说过，如果老东西这次恋爱不成，可能以后就不回大陆了，毕竟年纪大了，经不起路上折腾。李秋水捏着那枚戒指想，白先生在外漂泊大半生，也挺不容易呀……

赵冬往她母亲的额头上放了一条湿毛巾。李秋水握着女儿光滑的小手说："啥时候报名，你告诉我。学费的事，问题不大。"她又想起了老康。

赵冬犹豫了一阵，这样回答她的母亲："人家今年……不招收自费生……"

"什么？"李秋水坐起来，"说得好好的，怎么又变了？明年招不招？如果明年招，咱一定上！"

赵冬嘴唇哆嗦了几下，发出一声轻轻的叹息。

立秋那天，没出太阳，赵冬执意陪李秋水外出玩玩。她们路过老康的摊子时，老康建议说，公园、商店都没啥好逛的，听说黄河来大水了，多年不见的大水。收音机里说，很多人都去看水，你们也去看看吧。赵冬和他开玩笑，说康大款，干脆咱们一块儿去，车钱你来出，我们今天就傍你啦。老康差一点跳起来，说我就等你这句话呢，咱们不打面的，打轿的去！

靠近市区的河岸上果然站了不少人，有些还是举家出动来看水。浑浊的大水卷着泡沫往下游奔走，居然有鸥鸟贴着河面飞。赵冬长这么大，头一次见到如此雄壮的奔流场面。她沉浸在一种境界里，不能自拔。她觉得有音乐在她耳边流淌，韵律很像《卡萨布兰卡》里的《时光流转》。于是，她又把自己当成了依尔沙，她温柔地对黑人琴师山姆说："为了怀念过去，你再弹一遍《时光流转》吧!"他俩和着琴声齐唱："你一定要记往，接吻终究是接吻，叹息却只是叹息……"

这时，老康脱口道："今天立秋，这已经是秋天的水了!"

李秋水微微一笑。赵冬觉得老康的话很有点诗情。

回去的路上突然下起了雨。他们没带雨具，这一带也没地方躲雨，又打不到车，老康急得团团转。李秋水说淋淋雨舒服，好久没到雨里去了。赵冬兴奋地说，咱们步行吧!

三人在风雨中下了河堤。老康走在前面，赵冬搀住母亲的手臂大步跟上。此刻，她仍沉浸在《时光流转》的旋律中，并且听到里克说："依尔沙，我并没有什么值得人尊敬的地方。但是不难明白，在这个疯狂的世界上，三个小人物之间的事情，根本算不了什么。有一天你会了解的……"

雨越下越大，团团雨雾包围了他们。

（1997 年）

尘　烟

一

那个多风少雨的春天，成浩总感到没有来由的烦躁。他常常无端地冲着某一件东西发火，骂了半天出够了气又觉得更加无聊，心里像塞了团乱麻那样不舒服，想不清道不明，最后除了朝自己还算结实的胸脯拍几掌外，真是没别的办法了。

这天中午没有事情干，成浩睡了一觉。还在睡梦中，他就被一阵呛人的烟雾弄醒了。他现在所在的地方邻近工业区，南边伫立着十几家厂子，有几十个大烟囱整天咕嘟咕嘟冒黑烟黄烟，一刮南风，黑烟黄烟就像引爆了的原子弹那样，蘑菇云可着劲儿往这边飘。成浩租下的这间房子门窗关不严，那种呛人的烟尘颗粒就格外垂青他。他想这可能是他心情烦躁的一个原因。正想着时，鼻孔里痒得难受，他使出吃奶的力打了几个喷嚏，翻身下床，打开房门。外面原本阳光明媚，可满天的烟雾使空气显得肮脏不堪。成浩倚着门框点上一支烟，狠狠吸了两口。门楣上方木牌上的"成浩摩托车修理部"几个红字已变得斑斑驳驳，像公共厕所里的脏迹。街对过卖包子的刘大有看了成浩一眼，嘴巴一咧，露出两颗玉米状的金牙。成浩说："老刘，你的人肉包子，生意怎么样？"

刘大有并不恼，反而高兴地说："我他娘的要是真卖人肉包子，没准儿生意挺兴隆。这年头，想吃人肉的人有的是！"

成浩一琢磨，觉得刘大有的话很有一点道理，心想以后不能再瞧不起刘大有了，能说出这种话的人算得上半个哲学家了。刘大有本是乡下人，因为超生了两个孩子，家里的老屋给村里扒掉了，耕牛也充公了，他就携老婆孩子来到城里，租房开起了包子铺，一晃七八年了，算得上半个城里人了，腰包也鼓起来了。去年夏天，刘大有从老家请来个叫小萍的村姑帮着干活，没多久二人就爬到了一张床上，有时还偷偷溜到成浩的房子里苟合，当然每次都忘不了给成浩捎两斤肉包子来。事情被老婆察觉后，他那高头大马的老婆一脚就把村姑小萍踢出了门，从此对成浩也爱理不理的，仿佛成浩勾引了她男人。

刘大有把一笼蒸好的包子端下来，然后远远地朝成浩甩过一支烟。成浩问："嫂子呢？"

刘大有摇摇头："进货去了。这娘儿们原先傻子一个，如今跟你们城里人学精了，天天像防贼一样防着老子。如果我早两年来城里，哪能轮到她钻我的被窝？还是你好，一个人过，没人管没人问，多他娘自由。"

成浩说："你行了，别这山望着那山高，嫂子多能干，在城里根本找不到这么能干的。"

刘大有撇撇嘴说："兄弟，你是饱汉子不知饿汉子饥。哪怕她顶得上你的李欣宇、任小蕾一根手指头，我也没啥抱怨的。"

李欣宇和任小蕾都是成浩的女朋友。成浩说："别他妈瞎猜，我们只是一般的朋友。我不像你，见了女人就想抱人家上床。"

刘大有急赤白脸地说："咦，咦，还想骗你老哥我不成？我就不信，你们到了一块儿光动嘴不动手。世上哪有不吃腥的猫！"

成浩辩解道："管你怎么想，反正我们没做违法的事。"

一阵南风挟着烟尘刮来，成浩不由咳嗽了几声。他将烟蒂甩得远远的，抬头看了看南边仍在喷着浓烟的大烟囱说："在这地方待着真他妈倒霉，早晚要生癌。电视上天天叫唤治理环境污染，真是骗鬼。狗日的烟囱，等着吧，什么时候老子拿炸药包炸了你们！"

听了成浩的话，刘大有嘿嘿笑起来，说："兄弟，你们城里人就是怪。城市没有烟囱还叫城市吗？乡下没有烟囱，你们赶紧去乡下吧，咱们换换地方。"

成浩懒得再跟刘大有拌嘴，说："今儿个怪了，一个来修摩托的也没有，纯粹想叫老子喝西北风嘛。"说完，返身进了房间。

成浩原先并没想到要开这个摩托车修理部，去年春天，在倾城夜总会当服务员的任小蕾提醒他说，你整天晃晃悠悠吃闲饭，为啥不找点事干？难怪你爹妈不给你好脸色看。成浩说，别提他们，一提他们我就心烦。又说，妈的，天底下的好活儿都让婊子养的占去了，你说我能干啥？说话间，正巧一辆摩托车在他们面前熄了火，骑车人鼓捣了好一阵，不见起色，急得直冒汗。任小蕾一拍巴掌说，对了，你学修摩托车。我表哥就在老家的县城里修摩托，挣了不少钱，盖了五间大瓦房，年底就要娶媳妇呢！

成浩想，街上的摩托真是多起来了，像掐了头的苍蝇那样四处嚣张，没准儿修理它们是个不错的主意呢。于是，他就听了任小蕾的话，把自己先前在厂里做工时攒下的一千块私房钱拿出来，到北郊的一家技校刻苦钻研了三个月，结业后，就租下了这间门头房，凑合着鼓捣摩托车。

成浩的手艺进步很快，他原先在机械厂做工，对技工活儿不陌生。但生意却是不冷不热，因为这地方不是繁华地带，再就是大街上的修理铺太多了，而摩托车的质量越来越好，活儿少是自然的。不过，每日的进项保证他抽烟喝酒没问题，成浩基本知足了。他对任小蕾说，我从没想过我这辈子会发财。你睁眼瞧瞧，现在发起来的有几个好人？像我这样的好人要想发财，除非太阳从西边出来。

类似这样的话成浩又对漂亮姑娘李欣宇说起过。李欣宇像刚认识似的仔细打量他两眼，说那可不一定，你天庭饱满，招风大耳，我觉得你将来能发财。成浩笑了，说难得你这么高看我，我这人表面上不像个好人，其实心肠挺软，一个软心肠的好人怎么能够发财？李欣宇说，谁说好人发不了财，我就比你有钱，难道我不是个好人吗？成浩忙说，我没说你不是好人嘛，再说，你那点钱离大款远着呢。李欣宇说，这倒是，我还得继续努力，朝女大款的目标迈进。

李欣宇就住在前面不远处的一个居民小区里，每次出门，这儿都是必经之地。她骑一辆豪华木兰摩托，戴着头盔，加上她长相、身材极为出众，很是惹人眼目。她找成浩修过几回车，一来二去，两人就混熟了。李欣宇起先是省艺术学院表演系的学生，据说因为上学期间同外国人来往，做了出格的事，被校方开除了。李欣宇有一次颇为伤心地说，如果学院不开除我，说不定我也成名角了，我的同学里已经有人获过国家级大奖了。妈的，都是院长那个老浑蛋臭流氓捣的鬼，他想睡我，我不同意，就找借口收拾我，其实我那点事算啥呀，学院有多少人傍大款呀，他都睁只眼闭只眼，专门给我难堪。成浩就哄她说，院长是为你好，怕你染上艾滋病。再说，你们女的成了名演员又能怎么着，还不照样给男人当床垫，我觉得你这样也挺好，至少在咱这小城市，你是女一号。边说边趁机在她身上的某些部位摸了两把。

李欣宇回到这个城市后，一直没找到合适的工作，就在社会上游荡。谁也不清楚她都干些啥，但成浩能猜个八九不离十。一个敢于同外国人动真家伙的女孩子，又是艺术学院学过表演的，在这个地级城市里，简直鹤立鸡群一般，她想做什么，没有做不成的。成浩知道像李欣宇这样经多见广的女孩子不可能成为他的老婆，所以同她来往起来也是有一搭无一搭的，并不投入太多的感情。更多的时候，成浩趁李欣宇路过时说几句荤话，开开玩笑，有时李欣宇也进他的修理铺坐坐，有时他们逛逛公园看场电影什么的，偶尔也进一次馆子，虽说每次都是李欣宇抢着付账，说她挣得比他多，但成浩死活不同意，说你这是瞧不起我，我虽是个穷光蛋，一顿饭钱还付得起。成浩觉得和李欣宇保持这样的关系也不错。如果他实在被李欣宇撩拨得熬不住，还可以找任小蕾放放火，反正任小蕾不在乎。

成浩在他脏兮兮的小床上躺了一会儿，仍是不见有人来修车。他想今天霉气了，居然一桩生意也没有。外面空气中的二氧化碳二氧化硫什么的毒气不停地往小屋里灌，他又不能关门，怕误了生意。百无聊赖之际，他打开靠墙角放置的那台老式的十四英寸黑白电视，不停地换台，本来就收不到几个台，画面又极不清晰，他拨弄了一阵，就停在本市电视台的频道上，懒得管它了。因为信号发射距离近，这个节目能凑合着看清楚。

成浩是这台北京牌的老电视机陪着长大的，家里买了彩电，它就给放到大衣柜上了。铺子开张后，成浩决定把它搬来，想继续让它发挥余热。当了一辈子平头工人的老爹说，干活就干活，还看什么电视。成浩反驳道，你每天不也看电视吗，不看到半夜不罢休，凭什么不让我看？不把这台彩电搬走就算给你留面子了，买它时我添了一半钱，你忘了？老爹给他说得哑口无言。临走时成浩又甩下一句：一点都不通情达理，难怪你一辈子被人管着，没个出头之日。老爹气得直打哆嗦，又讲不出道理来。

电视机像个糟了牙口的牲畜那样剌啦剌啦响着，正在重播昨天的晚间新闻。女播音员拿腔捏调地说："我市财经工作会议今天在东郊宾馆召开，副市长项为民同志到会并做了重要讲话……"一听到项为民这个名字，成浩脑子里咯噔咯噔响，他对这个人一点好感也没有，甚至可以说非常憎恨他。每逢看到项为民同志在电视上出现，成浩都像吃了只苍蝇那样难受好一阵子，心情顿时变坏。现在，他实在无聊，便耐着性子看下去。项为民同志的那副嘴脸令他浑身起鸡皮疙瘩。镜头摇过的地方，其他同志的嘴脸也不怎么耐看，一张张胖乎乎的蠢脸占据了画面。成浩想，从这些胖脸上你就能看出他们是偷油吃的耗子。

成浩再也没有心情看下去，抬手关了电视机。他对自己说，像项为民同志这样的人，为什么就没人管一管？他凭什么坐在主席台上得意扬扬地发号施令？正胡思乱想外加嘴里不干不净嘟囔着，一辆摩托车在门口停了下来。

二

李欣宇骑的这辆豪华木兰是红颜色的。她喜欢红色，这种颜色最醒目。就连她戴的头盔也是红色的。这天她穿着一套牛仔装，显得英气十足。李欣宇把车停在马路牙子边，摘下头盔，一头乌发就披在肩上。她大声冲里面嚷："成浩你在骂谁，也不出来迎接我。"

成浩大步跨出门，笑说："我现在什么人都可以骂，唯独不骂你。"

李欣宇说："天天见你发牢骚，对现实不满，是个典型的不安定分子，早晚要给弄进去。"

成浩说："我给弄进去没关系，只要你别进去就行。"

38

李欣宇有点不自然地咧咧嘴。话一出口，成浩才感到分量重了，戳到了李欣宇的痛处。李欣宇前些日子曾被公安局盯上过，成了犯罪嫌疑人。起因是本市最大的大款、做房地产生意的林兆伦被人残杀于家中，这桩血案一时间搞得沸沸扬扬，不仅成为百姓们茶余饭后久议不衰的话题，即便那些坐办公室的国家干部，也是谈起来没个完，种种猜测像风一样在这座城市里飘来荡去。林兆伦一案至今仍是悬案，市公安局的人都累劈了，一点头绪都理不出来。据说不少人与林兆伦的血案有关联，李欣宇是其中之一。当然，李欣宇只是一般的牵连，无非是床上的交往多了点，警察在对她进行过几次调查之后，已经放弃了对她的怀疑。但她毕竟曾被当作怀疑对象，面子上很有些过不去。有一天，成浩在公安局刑侦处工作的朋友孙天海来找他玩，孙天海远远地看到李欣宇和成浩在马路边告别，一副恋恋不舍的样子。进得维修部后，孙天海目光炯炯地望着成浩说，你怎么和她来往？她与林兆伦的案子有牵连的。成浩说，你他妈少给我来这一套，看你模样，倒像林兆伦是我和她合伙杀的。孙天海直勾勾地盯着成浩说，你还别说，并非没有这种可能。成浩差不多跳起来说，那你赶快把我抓走，我他妈早就不想修破摩托了。孙天海笑笑，说即便她没有杀人嫌疑，起码是个婊子吧。成浩说，她是不是婊子我不管，你也管不着，婊子归治安处管。

成浩改个话题，说："你猜我刚才骂谁？项为民，一个贪官！"

李欣宇说："我说你呀，真是狗拿耗子多管闲事，本来生不着的气嘛。我的车轮胎扁了，帮我打点气。"

成浩拉过冷气瓶，给轮胎充足了气。然后他邀请李欣宇到房里坐坐。那边，卖肉包子的刘大有拼命朝他挤眉弄眼，样子很猥琐。成浩也朝他做了个鬼脸。这时，他那比他高半头的老婆从屋子里奔出来，一把揪住他的耳朵，像拎一只小鸡那样把他拽进屋。这边，成浩让李欣宇坐，李欣宇嫌他的床和凳子脏，不肯坐，站着同成浩说话。成浩不怀好意地笑说，光让我给你的车子充气，啥时候也让我直接给你充充气。李欣宇虽一下子没明白过来，但听出这不是一句好话，就用指头戳戳成浩的额头说，臭贫嘴。成浩借机在她坚挺的胸脯上摸了一把。

成浩租赁的这间小屋大约有十五个平方米大小，除了一张单人床和

39

一张长条桌外，其余的东西就是靠墙摆着好几个木头箱子，里面装着各式各样的摩托车零件，有些零件被成浩直接摆放在地板上，看上去凌乱不堪。门后放着一口盛水用的粗瓷水缸。屋子里终日弥漫着一股呛人的机油味儿，李欣宇不住地抽鼻子，同时还得抵挡成浩时不时伸过来的脏手。

二人闲侃了一阵，成浩还是忍不住提起了林兆伦的案子。他无法相信李欣宇会勾结杀手作案，李欣宇先前和林兆伦来往无非是盯着他的钱包罢了，真要她去犯案，她是不会干的。

成浩试探着说："欣宇，最近公安局的人没找你吧？"

李欣宇说："我总觉得他们派了便衣跟踪我。我从内心里讨厌警察，就是知道线索也不会告诉他们。对了，还有你那个朋友孙天海，实在不怎么样。"

成浩条件反射一般，急问："怎么，你知道线索？"

李欣宇忙说："随便说说，我要知道线索不就好了？"

成浩说："到现在还没任何结果吧？"

李欣宇不屑地说："你看看人家美国的警察，再看看咱们的警察，水平差得太远了。他们要是破了这个案，我就不姓李。林兆伦啊林兆伦，你的冤魂永无昭雪之日了……"李欣宇字正腔圆，满怀感情，像在背台词。

待了一会儿，李欣宇告辞。她说后天省歌舞团来演出，省里的几个名角都来，票十分抢手，她得马上去一个朋友那里拿票。临了，她问："成浩你愿不愿看？如果想看，后天晚六点我们一块儿去。"

李欣宇刚走，成浩就见一个戴乳白色头盔的男人推着辆台湾产的野狼车往这边走。成浩心中暗喜，便想这份运气是李欣宇给带来的，今天有这么一个活儿，抽烟喝酒的钱就有了。他故意不看那人，而是仰脸看天上的烟尘。那人气喘吁吁来到近前，说："师傅，能修车吗？我的车怎么也打不起火来。"

成浩迎上去说："没问题，你坐一边等着吧。"

成浩用一个小时的时间修好了那辆车，其实毛病不大，输油管给堵住了。但为了显出故障挺大，挺麻烦，成浩只有装出费力巴拉的样子。

他收了那人一百元钱。然后，他关上小铺子的门，到隔壁江源泉的烟酒铺里给孙天海打了个传呼。

孙天海和成浩同岁，原先他们两家住在一个大杂院里，二人的父亲同在一个厂里做工。他们打上幼儿园就在一起，高中毕业后，孙天海考上了省公安专科学校，而成浩榜上无名，只得托门子进了机械厂做工。而当时机械厂的效益还是不错的，现在不行了，早垮掉了。

成浩觉得在他所有的同学朋友中，他和孙天海的关系是最铁的。小时候他们最崇拜最幻想的就是将来当一名警探，他们喜欢看侦探小说和电影，喜欢玩破案的智力游戏。成浩觉得自己非常适合干警察，他想如果给他机会，他会成为一名出色的警探。但他的命运中没有这种机遇，眼看着孙天海穿上了警服，混进了人民警察的队伍里，他成浩只有跑到这个整天乌烟瘴气的地方修摩托车，真让他气不顺，意难平，看什么都不顺眼，越想越来气。

除了学习成绩比不上孙天海，成浩不服气地对自己说，你哪一点都比他强，至少比他有头脑。

尽管当不成人民警察，但成浩对社会上发生的恶性案件却极有兴趣，隔三岔五就给孙天海打个电话，或是亲自去公安局孙天海的办公室，打听一下最近有什么稀奇古怪的案子。他把打听到的案子讲给开烟酒铺的江源泉听，江源泉常常听得两眼放光。这家伙虽然快五十岁了，却也像个年轻人那样，对杀人放火抢劫强奸的事极感兴趣。江源泉就对成浩说："以后你可以免费在我这里给你公安局的朋友打电话。"

成浩呼过之后，孙天海过了好长时间才复机。他说他正在出现场，今天中午，东郊别墅区一个大款家又被盗了，现在的盗贼真是厉害，光天化日之下如入无人之境，铜墙铁壁都挡不住他。成浩问最近有没有人被杀，孙天海说你他妈的安的什么心，老盼着杀人。成浩又问林兆伦的案子有进展没有，孙天海说你是哪壶不开提哪壶，我们处长急得都快上吊了，这案子怕是悬了。说完，孙天海就急急忙忙挂了机。江源泉望着颇为失落的成浩说："小子，有什么大案吗？"

成浩摇摇头，说："有个大款家被盗了。"

江源泉说："没劲没劲，我对小偷小摸的事不感兴趣。"

成浩奚落道："老江，你也天天盼着有人被杀呀？"

江源泉不置可否地嘿嘿一笑，那样子像一个老谋深算的杀手。成浩认真盯了贼眉鼠眼的江源泉一阵，江源泉有点不自然地说："小子，你看我干什么？"

成浩说："老江，我怎么越看你越像个犯罪分子。"

江源泉推了成浩一掌，说："净你娘的说屁话，如果连我这样的都是罪犯，那么天底下就没好人了。"

三

这天傍晚，成浩早忘了李欣宇约他看演出的事。他把维修用品从马路边收拾进房间，推出一辆已经修好而主人尚未取走的旧车，锁上门，准备去任小蕾所在的倾城夜总会转悠转悠。经常有人把车丢在这儿让他修，而不急着取走，这车暂时便成了成浩的坐骑。

成浩锁好门刚要上车，李欣宇骑着摩托突然从后面赶上来。她打扮得很花俏，像个即将登台演出的大明星。没等成浩说话，李欣宇先冲他扬了扬手，说："快点骑，再过二十分钟就开演了。"

成浩一愣，才想起李欣宇前天下午同他的约定。说实在的，他不怎么喜欢看演出，狗男女们在台上扭来扭去假模假式的德行令他觉得恶心。人们都在传说哪些明星靠走穴赚了多少钱，成浩感到自豪的是，他们没赚过他一分钱。

李欣宇说："今晚是省歌舞团来演出，不是草台班子走穴，我好不容易弄到两张票，跟我去开开眼界吧，对你来说，这种机会太少了。"

李欣宇话说到这个份儿上，又不用花他的钱，他没有理由不随她去。于是，他抬腿跨上那辆旧摩托车，跟在李欣宇后面，朝市府礼堂驶去。

天有点阴沉，一副想要下雨的样子。成浩想起开春以来，老天还没下过一滴雨，空气干燥得要命，仿佛一把火就能点着。一路上他们骑得飞快，成浩骑的车是别人的，没有执照，他总担心被警察给逮着，不仅看不成演出，还要被狠狠地罚一下子。李欣宇说没关系，这几个路口的交警她都熟悉，逮住了也不会有事的。成浩这才放下心来。他们嘻嘻哈哈说笑着，并排以很快的速度朝前蹿，把不少车辆摞在了后面。平时十五分钟的路程，这次他们仅用十分钟就赶到了。

把车子存放好，他们检了票往里进。就在这时，成浩看到了一张熟悉的面孔。

这张面孔几年前成浩差不多天天见到，后来他三天两头在电视里看到。此人不是别人，正是现在的副市长项为民同志。

项为民同志偕夫人孩子从侧门往里进。成浩望着他的背影，呆愣在检票口。李欣宇催他快进，他说："我不想看了，我想一个人到大街上走走。"李欣宇脸色就拉下来，说："你这人真他妈够呛，要是不想看你早说，我好不容易弄到票，到了门口你却不想进了。"

成浩解释道："不是我不想看演出，而是我不愿和那个人坐一块儿。"

李欣宇问："哪个人？"

成浩说："项为民。"

李欣宇生气地说："你他妈真是个神经病！"说完，她丢下成浩，一个人往里进。成浩却又马上改变了主意，一咬牙追上她。她这才面露喜色，挎起成浩的胳膊，按票上的号码，找到了座位。

他们坐好后，开演的时间也到了。市府礼堂里几乎座无虚席，进到里面的都是有点身份的人物。李欣宇说："看到没有？要不是我，你想来还来不了呢。"

顶灯关上的一瞬间，成浩看到项为民一家就坐在前面不远处的嘉宾位置上。李欣宇嘴巴凑到成浩耳边，说："以后你少找那个叫任小蕾的村姑，我都怀疑你现在已经染上性病了。"

成浩打哈哈，说："净扯淡！我和她还没上过床呢。"李欣宇身上释放的强烈气味使成浩的脑子嗡嗡作响。他在她大腿上捏了一把，补充说："你又不和我睡，我不找任小蕾找谁，总不能把我憋死吧。"

李欣宇轻轻捣了成浩一拳，说："三句话离不开裤腰带。闭上你的臭嘴吧，演出开始了。"

演出现场的气氛确实很热烈，演员们起劲儿地唱和跳，观众们起劲儿地鼓掌、叫好。可能是小城里的人没怎么见过大世面，连那叫好声都透着一种浅薄和俗气。可李欣宇是见过世面的人，她居然也随着曲子的节拍摇头晃脑，不能自控。成浩感到不理解。成浩想，李欣宇绝不是被演出感染的，而是平淡的生活压抑了她，当有一个施放能量的机会时，她就甘愿被俘虏。现在，成浩却没有任何心情看演出，借着朦胧的舞台灯光，成浩看到项为民同志的后脑勺像一块黄昏时分挂在他面前的黑布，让他极不舒服。

成浩在机械厂做工时，项为民同志还是机械厂的厂长。成浩那时还不到二十岁，年轻气盛，血气方刚。大伙眼看着厂子在项为民同志的手里成了烂摊子，但人们敢怒不敢言。成浩却不管三七二十一，写了封长长的意见书，直接送到了厂办。成浩以为他这封措辞严厉的意见书会在厂里激起波澜，谁知过了半个月，一点反应也没有，就像压根儿没这回事一样。成浩去厂办问，人家说，你一个刚进厂不久的青工，纯粹是吃饱了撑的，这哪是你能管的事，信嘛，早让人揩屁股了。成浩气得两眼冒火，又写了一封送到市机械局，心想这回总应该有点动静吧。又是半个月过去了，还是没任何动静，成浩彻底凉了心，上班时就不正经干了。因为厂里效益不好，工人工资没有保证，一些手脚不干净的人开始往外偷东西。成浩就鼓励他们说，大胆地偷吧，既然没人管，偷光了才好。

成浩不想暗地里偷，他是明目张胆地往外拿。一天，他扛着两根铜管，哼着小调大摇大摆往外走，到大门口就给门卫拦住了。门卫是个退了休的老头，古板得很。门卫老头说，你是哪个车间的，把东西放下。成浩说，你不要管闲事。老头说，这怎么叫闲事？你偷东西，我就要管。成浩说，我偷两根铜管算个毛，厂长天天大吃大喝，公费出国旅游，工人工资都发不全，他还敢花三十多万买车，和他相比，我他妈拿两根管子算什么！正下班路过的工人们齐声为成浩叫好。门卫老头没料到成浩会说出这样的话，一时不知怎么办好。成浩冲他打了个响指，扛着管子夸张地出了厂门，到不远处的一个废品收购站处理了那两根管子，当即买了两包好烟扔给弟兄们抽。

从那以后，成浩每次下班都不空手往外走。他坚持了约半个月，直到有一天，车间主任找他谈话，说他的恶劣行为影响极坏，再发展下去将会走上犯罪道路，厂长项为民同志决定将其除名。成浩听后一点都没后悔，他哈哈笑着说，老子早就不想在这种窝火的地方干了，我先滚蛋，用不了多久，你们也得滚蛋，不信走着瞧吧。成浩脱下那身油渍麻花的工作服，远远地甩上车间顶棚，头也不回地走出了厂区。果然，他走后不出半年，机械厂就彻底垮了，工人们作鸟兽散，偌大一个厂子关了门。

成浩和父母亲关系搞僵，他被机械厂开除是个直接原因。父母亲当了一辈子的平头工人，致使全家一辈子没有翻身的机会，子女们都跟着倒霉，什么好处也捞不到。他们反而怪成浩不争气。成浩说，都是我们厂长项为民给搞糟的，你们怪我干什么？父母亲说，项厂长为啥不开别人，专门开你？成浩说，你们最好去问问他。父母亲又说，别人都老老实实待着，你逞什么能？明明是发神经嘛。成浩说，好好好，你们说我是神经病我就是神经病，这回总行了吧？

失业之后，成浩没有了经济来源，他得时时看父母亲的脸色行事。俗话说吃人家的嘴短，拿人家的手软，这话用在自己家里，一样的恰当和妥帖。为了避免尴尬，成浩能不回家尽量不回家。在一年多的时间里，他像一只屁眼里被塞上黄豆的耗子，在人群里撞来撞去。他试着做过贩卖臭鱼烂虾的生意，赔得掉了帽子，吓得他再也不敢玩生意了。他在人群里出入，常常能看到章鱼一样游动的贼手，那些贼手游刃自如，掏钱包犹如捡一片树叶那样容易。成浩的手也不觉痒痒起来，心想，如果我愿意去做贼，我会成为一个出类拔萃的贼；如果我愿意当杀手，我会成为一个出类拔萃的职业杀手。

每逢这样的时刻，成浩就有点控制不住自己的思路。他想，世上的每个人都会在某一特定的瞬间产生犯罪的念头，即便再善良的人，也不会例外。至于他是否实施犯罪行为，那又另当别论，反正犯罪念头大家都产生过。

一天下午，成浩像一个游魂那样走进新开张的华联商厦。货架上琳琅满目的商品使他无地自容。他看到一个有钱的中年男人牵着一个秀色可餐的年轻女人，在时装柜台前走走停停，那女人买过好几件后，仍不罢休，乐得女售货员眼角的皱纹一跳一跳的。成浩想，因为那个长得猪头小队长一样的中年男人有钱，那个如花似玉的年轻姑娘才肯委身于他，他才得以温香在怀，软玉在抱。钱确实他娘的是个神奇的东西……

成浩就这么想着想着，下楼时和那个中年男人的身体轻轻一接触，手心里就变得沉甸甸了。那个瞬间，成浩甚至没有思维，他是下意识的，他料不到自己会干出这样的事情。但事实上，他已经在极短的时间内完成了一个结果。

成浩慌慌张张往外走，他并非害怕别人捉住他，而是担心自己承受不住良心的责问。那个掖在裤兜里的真皮钱夹像一枚小型炸弹那样，令他感到突起的战栗。他漫无目标地穿越了三个街区，一路上见到所遇之人差不多个个獐头鼠目，龇牙咧嘴，面目狰狞。路过护城河的时候，成浩右手伸进衣兜，摸索着将钱夹里的钱掏净，然后像丢一只烟头那样把钱夹甩进了护城河中。一个在他身后的垃圾箱里捡破烂的小老头说，兄弟，你往水里扔的什么？成浩说，一个真皮钱包，我偷来的，你想下去捡吗？小老头冲他咧嘴一笑，说我才不上你的当，你扔下去的是一张你吃剩下的油饼。油饼？成浩觉得这个小老头挺有趣，就从兜里摸出一张十元的票子递给他。老头拿在手里掂了掂，又对着阳光照了照，说不会是假的吧。

天暗了下来，成浩走进一家档次不低的饭馆。他兜里有了五百多块钱，他记得自己好久没有这么阔气了。正要点菜时，他突然想起刚进公安局刑侦处工作的好朋友孙天海，就给他拨了个电话，约他来喝酒。以前总是沾孙天海的光，这回他得回报一下。孙天海骑着三轮摩托在他的视野里出现时，成浩已点了满满一桌子菜。孙天海惊呼，你他妈的发了大财咋的？成浩说，没发大财，发了点小财。孙天海说，偷来的还是抢来的？成浩说，偷来的偷来的。孙天海把警服脱下来，搭在椅背上，说我不信，哪有用偷来的钱请警察喝酒的。成浩说，那可不一定。

二人推杯换盏，喝得起兴。他们回忆起小时候的友谊和恶作剧，都有点惆怅。这时，孙天海的呼机叫唤起来，是他的处长呼他，说有紧急情况，让他马上赶到局里。孙天海抱歉地告辞了，成浩一个人吃不下喝不下，遂结了账，晕晕乎乎往外走。

路过护城河边的小树林时，成浩看到一个土里土气的女孩蹲在路边哭泣。他忍不住上前打问。这个女孩就是任小蕾。

　　任小蕾刚来城里打工不久，人生地不熟。她在火车站附近的一家酒吧间当女招待，只要能挣钱，她别的都顾不上了。傍晚时，一个西装革履、看上去挺有钱的男人约她出来，那人把她带到护城河边的松树林里，说定了干完后给她二百元钱。谁知那家伙完事后不仅不给钱，反而扇了任小蕾两个耳光，还把她随身带的几十块钱掏走了，说社会风气都让她这样的女人给污染了，要把她扭送到公安局去。那人走后，任小蕾越想越窝囊，又饿又羞，忍不住就哭起来。

　　成浩跑到路口处的一个夜市排档那儿，买来两张烙饼一只卤猪蹄。他看着任小蕾吃，任小蕾边吃边流泪，边流泪边讲她的遭遇。成浩听她讲完后，对她说，今晚你遇到的那个嫖客是世界上道德品质最差的嫖客之一，你真是不走运。成浩把身上仅剩的两百块钱拿出来，递给任小蕾。任小蕾也不客气，收下了，然后就靠在成浩身上，强做出风情万种的样子。成浩知道她误会了，就说，我给你钱并不图什么。任小蕾弄清成浩的真实想法后，再一次感动得落了泪，说大哥你以后想干那事就找我，我免费侍候大哥。成浩劝她不要在火车站附近混，因为那种地方很容易被警察抓住，客人成分也太复杂。他们分手时，成浩又把自家的地址告诉了她，说有什么事尽管找他，大家都不容易。

　　任小蕾坐上一辆面的走远后，成浩摸摸自己空空如也的口袋，心里这才踏实下来，长出了一口气。

　　他没想到一个多月后，任小蕾真的来找他了。幸亏那会儿他父母去菜市场买便宜菜去了，不然他们见一个年轻姑娘来找他，又要审问半天。任小蕾告诉成浩，她跳槽进倾城夜总会当了服务员。倾城夜总会处在市区繁华地带，很多人都知道它。

　　成浩把任小蕾送到楼下，挥手同她告别后，随便在路边的报摊上买了份当天刚出版的晚报。他在报纸的重要位置上看到，市第几届第几次人代会已进行到选举阶段，在今天上午的选举中，某某某同志、项为民同志当选为副市长，另有某某某同志被选为什么长。成浩愣了一下，心想不会是原机械厂的厂长项为民吧。成浩想肯定是重名，中国人重名重姓的忒多。但成浩很快就在第二版上项为民同志的简历中发现，他就是那个当过机械厂厂长的项为民。成浩感到很沮丧。成浩已有两年多不念叨这个名字了，但他并没有忘记他。当年项为民同志搞垮了机械厂之后，官不仅没丢，还被提升为机械局的局长，气得机械厂的工人们翻白眼。如今，他却又当上了副市长。成浩想此人一定有很大的背景，不然他凭什么当副市长？

成浩甚至赌气地想，就是我他娘的当副市长，也比他强呀，起码我不搞腐化。

父母亲提着菜篮子回来时，成浩仍站在楼门口发呆，脸色像母亲提在手中的臭豆腐那样青一块紫一块。他的父亲大声说，你发什么愣，刚才我在市场上见一个小伙子卖地瓜干，买的人很多，一天挣三四十块没问题。父亲的意思显然是，他连一个卖地瓜干的乡下人都不如，他只知道吃他们的闲饭。成浩气得不行，他恨不得对全世界的人说，你们听听，这就是我们的人民群众，他们目光太短浅了，他们只盯着每天挣三四十块钱，而不关心国家大事。他的父亲不管他的情绪变化，仍在鄙夷地追问他，你愣着干什么，丢了东西吗？成浩晃了晃手中的报纸说，我没丢东西，项为民同志当上副市长啦。父亲说，你真是吃饱了撑的，你管他呢，他当副市长关你个屁事，你要是眼红，也想办法混个副市长干干，好让你爹我跟你沾个光。成浩说，我不当副市长，我当副市长他爹还差不多。

有个男高音唱了首老歌，还没唱完李欣宇就鼓掌。成浩也跟着拍巴掌。李欣宇问："他唱得好吗""成浩说："嗯，很好，很好。"李欣宇使劲掐了一下成浩的胳膊，说："你根本就没进入情境，脑子开了小差，白白浪费了我一张票。"

项为民同志的后脑勺总在成浩眼前晃悠，成浩觉得坐在这里就像坐牢一样难受。估计演出刚进行过一半，成浩就以上厕所为由出了市府礼堂。他绕着礼堂转了一圈，发现礼堂北面的院子就是市府二宿舍，市政府的头头脑脑大都住在里面，当然项为民同志家也住在里面。成浩以前曾多次进过这个大院，他有个同学的父亲在市政府当一般干部，同学家就住这里，那个同学如今在北京读研究生，每逢他回来休假，都约成

48

浩、孙天海等当年关系铁的同学来家里聚一次。

成浩对里面的地物地貌还是比较熟悉的。他站在东门口外不远处的马路牙子上，脑子里的计划正一点一点地形成。几年前，成浩看过一张报纸，那上面有条消息成浩一直没忘，说的是某市有个小偷光顾了市委书记的家，盗走了一大宗物品，计有金项链多少条，高档烟酒多少多少等等。几天后，小偷在大街上贴出告示，说如果被盗的领导能够说出所失物品的来源，那么他就去投案自首。成浩当时就觉得那个小偷是个极有水平的人，现在成浩更觉得他精神的可贵，成浩自己这时也有了某种献身般的崇高感觉。

正胡思乱想思绪飞扬之际，有个机关干部模样的人推着自行车从院里出来，成浩镇定自若地迎上去，很容易就问清了项副市长家的具体住址。

成浩再次走进礼堂时，演出已接近尾声。李欣宇给他弄得没脾气，也不再责怪他。他却像突然清醒真正受了感染似的，大声地为演出叫好，起劲儿地拍巴掌，礼堂里就数他的动静大。李欣宇拍拍他的肩膀，说："兄弟你怎么回事？"

成浩握着她柔若无骨的手，说："演得太好了，难道不是吗？"

四

连续阴郁了三天之后，雨丝终于在第三天夜幕降临时落下来，干燥了一春的城市在淡淡的雨雾中突然变得可爱起来。雨虽然不大，但湿润的气息非常迷人。

警官孙天海这天的晚饭是在家里吃的，他已经记不得上次在家吃晚饭的时间了，干警察这一行的，与别人最大的区别就是在家吃饭的机会少。孙天海端着饭碗站在窗前，望着外面沥沥渐渐的春雨，觉得家里的饭菜真是香甜可口。吃罢饭后，他躺在沙发上舒舒服服看电视，心想在这样美好的夜晚，估计不会出什么案子啦，谁还会在这么美妙的时刻作奸犯科呢？看来，他可以幸福地度过一个宁静的夜晚了。这时他自然想到了漂亮而又风骚的李欣宇姑娘，李欣宇千娇百媚的姿容不停地在他眼前闪烁。他想，如果此时和她共度良宵，天底下最迷人的事情莫过于此了，让当皇帝都不干。

这一阵子，刑侦处的人很是狼狈，都是林兆伦的案子给闹的。半年多来，林兆伦的血案就像黑夜中的暴风雨那样，让整个城市都跟着摇晃。林兆伦原是个经济学硕士，曾因流氓罪被判刑两年半，出狱后，他在这个城市最早做起了房地产生意，很快就大发了，在东郊的风景区买了小别墅，还买了皇冠车，据传他个人的资产至少在千万元以上，成了本城的首富。

虽说他曾当过流氓犯，但现在有钱就有地位，因此他和市里的某些领导混得很熟，来往密切，他还经常在新闻媒体上露面，俨然一方名流。林兆伦最大的爱好就是醉卧花丛。他没有老婆，又有的是钱，这就为他大搞女人提供了两点最基本的保证。他的性伙伴遍布全市，几乎什么职业的都有，当然那些女人图的是钱。去年秋末的一天下午，林兆伦的几个同样有钱的邻居去找他赌钱，他们刚走进他的小院，就闻到了一股淡淡的血腥味。他们来到他的房门前，那股血腥气已经浓得化不开了。接到报案后，处长带着孙天海等人火速赶到现场，他们撬开门，看到林兆伦倒毙在巨大客厅的中央，身上被捅了二十多刀，血流向四面八方，在木板地上凝固成了枫叶的形状，他家里的财物也被洗劫一空。要命的是，凶手几乎没在现场留下任何蛛丝马迹，显然是职业杀手干的。林兆伦是个有身份的人，他的死在上层引起了震动，市领导要求公安局迅速破案，惩办凶手，安定民心。这个案子公安局一把手亲自挂帅，刑侦处处长带领孙天海等几个弟兄具体负责。调查这件案子，自然要从与林兆伦最熟悉的人入手，以便从他们那里获取线索。而与死者最熟悉的人，就是那些花枝招展的女人。按说这些漂亮的女子不可能持刀杀人，但不能排除她们中的某个人勾结别人联合行凶的可能。在调查的过程中，孙天海真是大开了眼界，那些与林兆伦有过床笫之欢的女人一个比一个靓丽，孙天海止不住地想，林兆伦狗日的与这么多漂亮女人睡过，即便死了也没什么遗憾的了，够本了。经过一轮又一轮艰苦卓绝的调查之后，他们根本无法得到有价值的线索，急得局长和处长们眼里冒火星子，动不动就冲部下发火。半年时间过去了，他们南上北下调查取证，光差旅费就花了好几万，案子仍是一点头绪没有，弄不好就要成无头案了。孙天海就是在调查的过程中，认识了李欣宇，他觉得李欣宇是他所有见过的女人中最有味道的一个。

孙天海躺在沙发上用遥控器指挥着电视。本市电视台的晚间新闻正在播放一条消息：在这几天的为残疾人献爱心的活动中，我市各界人士纷纷捐款捐物。孙天海从镜头里看到了一些他认识的大款，他们慷慨解囊的行为很容易使人联想到已成刀下之鬼的著名大款林兆伦。在不久前进行的为希望工程捐款的活动中，大款们已经很好地表现了一回，他们一改过去为富不仁的毛病，突然变得大方了，生活上也不那么糜烂了，显得规矩多了。这自然是林兆伦之死给他们的启示。房是招牌地是累，攒下银钱是催命鬼，老祖宗早就得出了这种高明的结论，可还是有些当代人并不明白这一点。

约莫十点半钟的时候，孙天海扔在沙发边上的呼机尖锐地叫起来，他吓了一跳，心想不好，拿过一看，果然是处长在呼他，让他以最快的速度赶到市府二宿舍项副市长的家。直觉告诉他，这个夜晚又不会清静了。

孙天海边穿衣服边往外走，等他骑着三轮摩托轧着路上的水花赶到项为民家时，雨已经停了，湿漉漉的空气沁人心脾。孙天海看到处长已先他一步赶到，片刻之后，又一辆警车停在项家门口，局里分管刑侦工作的于副局长等人从车里钻出来。

项为民的爱人老周描绘说，晚上老项带她去东郊宾馆看望一个省里来的客人，孩子们也都不在家。快十点时，老项让司机先送她回家，他再和客人多聊一会儿。她在家门口下车后，发现铁栅栏门开着，而她离开家时明明关得好好的。进了院子后，她看到院子里的东西被人动过，再看房门，也被人撬过。她这才知道家里遭了贼，遂报了案。

处长指挥孙天海等人勘查现场。项家住着一幢两层的小楼，独门独院，也就是大院里面套着小院，院墙和大门只能起到装饰作用而无法用来防盗，这也是许多领导干部的居所共同的特点。项家小院的位置处于整个大院的西北角，十分幽静。孙天海他们发现，盗贼已经撬开了一楼的房门，但房间里并无任何被翻动过的迹象，项夫人进屋后核对了半天，也确认并没丢任何东西。这使警官们都感到奇怪。是盗贼听到了外面的动静后中止了犯罪仓皇逃走，还是突然良心发现打消了犯罪的念头？但不管怎么说，没丢东西就好，警察们不怕老百姓丢东西，就怕领导家被盗，因为清查赃物时麻烦很多。孙天海看到于副局长和处长都轻松地笑了。于副局长对项夫人说，周大姐，罪犯没有得手，真是万幸呢。老周眉开眼笑，说局长呀，还不是托你们公安的福。孙天海蹲在院子里抽烟，他看到一个小水池边上有几个醒目的脚印，显然是窃贼留下的。他就问处长："需要提取脚印吗？"

处长请示于副局长，于副局长说："又没丢东西，我看算了。"

项夫人老周的脑袋也伸过来，她仔细看了看，突然脱口道："坏了，水池里的老鳖不见了，一个也不见了，都让贼给逮走了！"

这个一米见方的小水池平时用木板盖着，现在木板给掀到了一边。于副局长问："周大姐，你说什么给逮走了？"

老周说："老鳖，就是王八、甲鱼。"

于副局长严肃的表情随即松弛下来，说："周大姐，原来是老鳖呀。"

老周说："局长，丢了不老少呢，有好几十只呢！"

于副局长说："到底多少只？每只大约有多重？"

老周回忆了一下，说："大概有四五十只，每只一斤多重吧。"

于副局长叫过处长，二人核计怎么办好，是立案还是不立案。如果按老周说的，丢了四五十只，每只一斤多重的话，按眼下的市场价格计算，每斤一百五十元左右，那么所失物品的数额不小了，完全够得上立案的标准了。但是，立案后怎么进行调查？

正当于副局长和处长不知怎么办好的时候，一辆奥迪车驶过来。副市长项为民下车后，见好几个警察在迎接他，不由怔在了那里。于副局长赶紧把情况讲了。当讲到盗贼仅仅是偷走了老鳖时，项为民哈哈一笑，说："太有趣了，居然有人喜欢这玩意。噢，那几只老鳖是乡下的亲戚养的，前些天他们进城时顺便捎来的，我本来不喜欢吃这东西，嫌腥气，就扔进养鱼池了。正好，小偷拿走了它，省得我再为它们操心。"

孙天海注意到，项副市长说只有几只老鳖，而且是乡下的亲戚养的。于副局长借坡下驴，说："项市长，既然是这样，那我们就不立案了，就当今晚来您这里串个门吧。"

项为民哈哈笑着说："老周，怎么不请同志们进屋坐呀？你呀，太小心眼了，丢几只王八都要报案，害得同志们休息不好。快快，老于，带你的人马进屋喝茶。"

进屋后，于副局长陪着项为民聊了一会儿。项为民问起林兆伦的案子，于副局长说这个案子非常特别，不像一般的谋杀案，因为死者生前接触的人很多，三教九流，什么样的人都有，调查起来难度极大，再说，犯罪分子没在现场留下任何罪证，也为破案带来了困难。项为民说，林兆伦是个有影响的人物，难度再大也要破，不然没法向群众交代。于副局长说，请市里领导放心，我们会继续努力的。

他们告辞的时候，已经快十二点了。雨后的夜晚空气清新，像被滤过似的。天也放晴了，能看到隐隐闪烁的星星。孙天海越琢磨越觉得今晚的事情奇怪，不会这么简单。盗贼好不容易撬开了项家的房门，却不进去席卷一番，仅仅将水池里的王八盗走，孰轻孰重，难道他不清楚吗？孙天海就把自己的忧虑讲给处长听。处长说："案子嘛，有时需要往深处想，有时却不需要。好在项为民家只丢了王八，而不是金银财宝被盗。我不相信歹徒会拿这几个王八做文章。"

孙天海说："我们走后，项为民肯定会狠狠训老婆一顿，差点让他出洋相嘛。"

处长回避了这个话题，只是叮嘱道："林兆伦的案子你还得动动脑筋，这才是最要我们命的事情！"

五

成浩在这天晚上十点钟左右回到他的修理铺时，发现衣服已经湿透了。可能是雨水淋的，也可能是他的汗水濡湿的。他把别人的旧摩托车推到屋里，又把后座上的蛇皮袋子搬下来，塞进床下面。蛇皮袋里的东西便是他这次行动的成果。

成浩打开门，往外看了一会儿，并没见什么异常。这条路上的路灯差不多全坏了，天黑之后，要不是偶尔有车亮着灯驶过，要不是路两边的一些店铺放出点光来，这条路简直跟地狱一样。成浩看到刘大有的包子铺已经灭了灯，老小子仍然没改变在农村时养成的习惯，天一黑就上床睡觉。

重新关紧门之后，成浩心里踏实多了，点上一根烟慢慢地吸。两个小时前，他怀着一种非常矛盾的心理，居然顺利地撬开了项为民同志家的房门。他原以为房门很结实，撬不开的，他想若是撬不开，他就往门上撒一泡尿，然后再打坏几块玻璃，吓唬吓唬姓项的，自己出口恶气，也就罢了。从今以后好好做人，奉公守法，当一个良民，过普普通通的日子，不也很好吗？

然而成浩没有想到，他没费多少劲就把房门给撬开了。可见这些领导干部自恃住在深宅大院，门口有人给站岗，盗贼们轻易不敢来犯，从而疏于防范。如果天底下的小偷们都知道了这个情况，天下可就热闹了。

这场姗姗来迟的小雨使成浩在行动的过程中十分从容。他站在房门口，感到非常为难，如果他进入室内洗劫一番，那么肯定违背了他的初衷，他并不是为了钱财而来的，老天爷可以做证。既然如此，他无论如何也不能进屋，但他又不想空手而归。成浩犹豫了一阵，就离开房门，在项家栽满了花卉的小院里东瞅西看。雨丝凉凉的，仿佛不是雨，而是悠悠的雾气，抚摸着他的脸颊。虽然已是晚九点左右，但天色并不是太暗，尚能辨别出面前的景物。周围静极了，成浩清楚地听到了自己怦怦的心跳。忽然，一种鱼类的声音传到他的耳朵里，他仔细谛听了一会儿，就发现了那个盖着木板的养鱼池。成浩小心翼翼掀开木板，一股猛烈的腥气直冲脑门。他用包着红布的微型手电筒一照，立马就傻眼了。天哪，老东西家居然养着一池子王八！那些送礼的家伙可真大方，竟然弄来这么多的王八献给他。成浩还在机械厂上班时，就听说他们的项厂长喜欢吃王八，工人兄弟找他办事时不用送别的，带只王八就行。

现在成浩真算是开了眼界。

成浩找来一只蛇皮袋子，一个不落地把那些王八装了进去。他觉得他这一刻就像刚刚远航归来的渔民那样，正喜气洋洋地从舱里往外倒腾新鲜货物。而且他一点都不感到紧张，往外拎王八时居然吹了两声口哨。

撤退时，成浩没敢走大门，他想如果门卫盘查起来，他实在无法解释这些活蹦乱跳的王八是怎么回事。他像一个战争年代的侦察兵那样，灵巧地迂回到大院西北角的墙根下，踩着一个废弃的垃圾箱上了墙头。墙外是一条小巷子，见不到行人。成浩稍一用力，先把蛇皮袋子推下去。成浩听到王八们在落地的时候，齐声发出宛若男女亲呢时的声音，哼哼唧唧，令人肉麻。但随着袋子落地，成浩看到两个人影像受惊的小鹿那样，猛地站起来，蹿到路中央。原来从墙上滚下的沉甸甸的袋子差点砸到这两个倚墙根而坐的恋人。下雨都出来约会，可见爱情的力量有多大，成浩镇定下来后这样想。

成浩飞身落到地上。那个受惊的小伙子搂住他惊魂未定的恋人，说："袋子里装的什么东西？"

成浩不慌不忙地说："王八。"

小伙子马上就不高兴了，说："你他妈的怎么骂人？"

成浩说："孙子才骂人。"他松开袋口，指着里面说，"你给我好好看看，是不是王八？"

小伙子探头一看，立马就不吭气了。他的女朋友哇一声，说："哪来的这么多老鳖哟？"

成浩说："偷的！"

成浩不想再同他们费口舌，他弯腰拎起袋子，扛在肩头，在那对恋人惊愕的目光里，大踏步朝他停放摩托的地点走去。

成浩在他的警察朋友孙天海躺在沙发上对李欣宇意淫的时候，正骑着别人的旧摩托车快速奔向他的修车铺。孙天海他们屁颠屁颠赶到项为民家时，这起事件的主人公成浩已美美地抽完了第三支烟。外面静极了，一点动静也没有，成浩深感人在暗夜里可以主宰自己的命运，可以完成白天里所无法完成的事情。他怀着激动的心情，从床下拖出那只脏污不堪的蛇皮口袋，老鳖们突然暴露在光线里，一时不能适应，便羞答答地把脖子缩回到硬壳里。成浩仔细数了数，共四十八只。这四十八只透着奇光异彩的甲鱼在他的眼里，很像刚刚发掘出来的出土文物，而这

55

批文物的发现者和挖掘者，便是平时不显山不露水的修车铺铺主成浩！成浩想到这里，不由得两颊发烫，激动不已，浑身充满了力量。

但更要紧的问题又摆在了成浩面前：怎样处理这批胜利果实？首先要防止它们死掉，如果它们死在成浩手里，那么成浩就和毁坏文物的犯罪分子无异了。要想保证它们不死，最起码要给它们水喝。成浩的目光一下子落在门后的那口粗瓷水缸上，他租的这间门头房没有水，用水时要到南边不远处的公用水管那儿提，为了方便，铺子开张时，他就备下了这只水缸，现在看来，就像是专门为这些王八预备的，不是天意又是什么？成浩把王八们扔进水缸，因水缸体积不是太大，王八们全住里面显得比较拥挤。成浩想，你们先凑合着住吧，我们人类虽然是世界的主宰，住房问题不也是仍没解决好吗？本市的住房特困户还有一万多家呢，报上刚刚登的。

因为有水缸，成浩可以保证王八羔子们暂时死不了。往下怎么办？如果拿到菜市场上卖掉，他可以发一笔不大不小的财。但这样做的结果，只能使他沦落为一般的小偷，从而失去了自己应有的价值，大街上这样的小偷有的是，成浩绝不想让自己等同于他们，他们是不折不扣的贼，而他不是贼！虽然他缸里的东西是偷来的，但他不认为自己是贼，我为什么是贼？如果我是贼，那么，项为民同志是不是贼？

成浩躺在小床上，睁着眼睛想到天明，也没想出高招来。天亮后，他一边干活一边思索，仍无头绪。中午，他吃了几个刘大有刚蒸好的包子，踱到江源泉的烟酒铺里传呼孙天海。孙天海正在一个饭馆里喝酒，马上回呼了。成浩诡谲地问孙天海，昨晚是不是又出现场去了。孙天海矢口否认，说没有，昨晚风平浪静，一直待在家里蒙头大睡。成浩抬高嗓门，说："你他妈的连我也敢骗了，昨晚副市长项为民家被盗，丢失钱财好几十万，全城都在传说这事，你当我不知道！"

孙天海急了，说："谣言谣言，他妈的这年头谣言比真话多多了。项家昨晚确实招了贼，但只丢了几只王八，根本没丢钱。其实罪犯完全可以盗走大宗财物，而且这类涉及领导干部的案子办起来棘手。但不知为什么，盗贼只偷走几只王八，真是个傻子！"

成浩在心里说，你才是傻子！他接着又问："林兆伦的案子有什么进展?"孙天海咬牙切齿地说:"你他妈给我听着,以后不要再问这个案子,这桩案伤透了我们的脑筋。我一直怀疑你就是杀人凶手,李欣宇和林兆伦一起睡觉,夜里,林睡得像头死猪,李悄悄爬起来,打开门,放你进来,你们共同实施了犯罪,然后将财物洗劫一空……"

成浩笑着说:"是我杀的,我坦白。小子快来抓我呀!"

孙天海说:"不扯淡了,有空到一块儿扯。他们喊我喝酒了,再见!"

成浩放下电话后,江源泉痴痴地望着他,就像记者面对新闻发言人。成浩说:"老江,不好了,有个姓项的副市长家被盗了。"

江源泉支起耳朵,说:"光图财,没害命?"

成浩摇摇头。江源泉失望地说:"没劲没劲,领导家丢东西不心疼,反正是别人送的,丢了再送就是了。"

成浩说:"老江,你总盼着杀人,我看你早晚会变成杀人犯。"

江源泉不依不饶地说:"你狗日的老咒我。我要想做杀人犯,第一个先杀你小狗日的!"

成浩回敬道:"老东西你等着吧,谁先杀谁还一定呢。"

同江源泉拌了几句嘴,成浩感到心里很痛快。往回走时,就像一道闪电蓦地划过漆黑的夜空,成浩突然一拍脑门:主意有了,那些王八羔子可以派上大大的用场了!灵感的火花终于击中了成浩,他按捺不住内心的喜悦,跨上那辆顾客仍未取走的摩托车,开足马力,疯狂地在大街上骑了几圈。

有人在呼唤他,他刹住车,见是李欣宇骑着她的豪华木兰从后面赶上来。李欣宇这身打扮成浩几乎认不出来了,越看越像三十年代上海滩的红舞女。成浩挖苦道:"又傍上大款啦?"

李欣宇说:"快了,我现在就去东郊宾馆。"

成浩说:"你要注意点。你和林兆伦好,林兆伦被人剁了,你再和别个大款好,保不准他也会被人杀掉。刚才公安局的人还对我说呢,他们仍在怀疑你。"

李欣宇说:"随便,我天天等他们来抓我。"

李欣宇的这副骚模样突然使成浩感到恼火,心想谁要是娶这样的人

57

做老婆会倒霉的，你要首先做好戴绿帽当乌龟的心理准备，最后即便她不雇凶暗害你，也会活活把你气死。既然这样，孙天海这个傻瓜蛋还执迷不悟，对她充满了幻想呢！成浩这一刻甚至也产生了歹毒的念头：林兆伦的死在某种程度上与李欣宇有关，在她的背后，有一个复杂的黑社会网络……

成浩被这个突兀的想法吓得一激灵。望着李欣宇飘飘远去后，他回过神来，觉得还是自己的事情重要。于是，他急急返回自己的铺子。

天黑尽之后，成浩关紧房门，拉好窗帘门帘，拿出白天准备好的小刀和红漆，又从水缸里拎出三只王八，开始了他别具一格、极富才华的行动。

六

这起轰动一时的事情后来被人们称为"王八事件"。在柳絮飘飞的春末和莺飞草长的夏初时节，有关王八的话题曾一度成为本城人的重要谈资，其影响不亚于著名大款林兆伦的被杀。由于事件发生时，本城晚报曾在一版右下角的"街头即景"专栏里登载过消息，所以，事件发生的时间人们就以这天晚报上的时间为准。

这天的晚报上说，住本市北京路的张老太太来电称，今晨六点她外出晨练时，在百货大楼西面约一百米处捡到一只重五百五十克的甲鱼，奇怪的是，甲鱼的背壳上写着一个"民"字，字用小刀刻成，红漆描过，很是醒目。无独有偶，在柴油机厂工作的孙先生也来电称，今晨六点左右他骑车上早班，路过百货大楼东首的一个电话亭时，捡到一只重六百多克的甲鱼，甲鱼的背壳上刻有一个"项"字，红漆描过。两只流落于街头的甲鱼显然为一人所失，至于背壳上所刻之字的含义以及刻字的时间，尚需有关专家鉴定，云云。

下午四点多钟的时候，孙天海伏在办公桌上昏昏欲睡。中午他又被人叫出去喝酒，同去的还有其他处的几个警察，请他们吃饭的是油料商郭全景。郭全景的私家车给人盗了，孙天海他们帮着破了案，并将那辆皇冠车物归原主。郭全景已经请他们吃过一次饭，他觉得意思还不到，又安排了第二次。席间，有人说快抓紧时间喝吧，听说省公安厅马上就要颁布禁酒令，全省公安都执行。孙天海说，这是好事，王八蛋才喜欢喝酒，我的胃都他妈让酒烧坏了。酒过三巡之后，郭全景嘴巴凑到孙天海耳边说，他已经把那个上过艺术学院的小姐李欣宇给"办"了，还说只要肯出钱，什么样的女人都能搞到手，这是他屡试不爽的经验。孙天海情绪马上就变坏了，心想有钱人就是他妈的这么生活的，这些挥霍无度、骄奢淫逸的家伙同过去的地主资本家有什么区别？真是杀了活该，法律为何还要保护他们？孙天海恶狠狠地仰脖灌下一口酒，脸上透着阴森之气对郭全景说，老兄，你要当心，不要成为林兆伦第二。郭全景闻听此言脸色骤变，连说兄弟你可别吓唬我。

处长走进来，把当天的晚报往孙天海面前一甩。孙天海粗粗浏览一下，脑子立刻就清醒了。他说："下雨那天晚上，咱俩的忧虑是对的，事情不会那么简单。肯定是三只甲鱼跑到了大街上，刻有'为'字的那一只或者被一个爱占便宜的人捡到了，或者是它钻进了某个地方，暂时未被发现。"

处长说："项副市长刚给于副局长打过电话，问怎么回事。于副局长接着找我，让我们认真研究一下，怎样制止事态进一步扩大。"

孙天海说："我觉得这种事不归我们处管，应该归治安处管。"

处长说："我也这么认为。但于副局长坚持说，前天晚上，我们处的人到过现场，更了解情况，因此事关系到市领导的声誉，不宜让更多的人知道。所以，局里决定还是由我们处负责。"

处长带全处同志研究决定，先给各报社、电台、电视台打招呼，以后再接到消息，无论什么人捡到什么样的甲鱼，无论刻字的还是不刻字的，都请马上与公安局联系；而且由于案情需要保密，请不要再刊登、播出类似的消息。处长还亲自给市区各派出所的所长打电话，再三交代说如果发现辖区内有人捡到甲鱼，立即收交市局刑侦处，不得藏匿，更不准私自吃掉。

安排完毕后，处长对孙天海说："小孙，'王八事件'由你具体分管，有情况随时报告我。估计罪犯不会就此罢休，我要求你明天早晨天亮之前，到市区各繁华地段巡逻一下，看能不能抓点线索。没准儿你能

59

当场捉到他。"

孙天海却嘿嘿笑了，说："处长，罪犯的意图很明显，无非是给项市长一点难堪罢了。我记得项市长说过，他家不过是丢了几只王八。今天已经出现了三只，剩下的也不多了嘛，即便我们不管不问，罪犯往下也没啥文章好做了。"

处长打断他，说："不行，如果再出现身上写着人名的王八，就是我们的失职。我们必须尽快抓住罪犯。"

孙天海说："我想，即便抓住了这个人，也很难给他定罪。他虽偷了王八，但他并非出于经济目的，无法定他盗窃罪；他在王八身上刻上项为民的名字，当然侵害了项的名誉权，但这属于民法范畴，而且王八本身又是项的，处理起来就轻多了。你说他违反社会治安吧，他除了用项为民自己的王八和项为民作对外，并未招谁惹谁，也不大好定性……"

处长说："这个嘛，你先别考虑，只要能阻止事态进一步扩大，就算你完成了任务。"

第二天一大早，孙天海很不情愿地钻出热被窝，骑上三轮摩托，沿着市区的几条繁华路段转了一圈，根本没发现任何异常。整整一天，也没得到关于王八的任何消息。

但在第三天，情况发生了突变。孙天海刚一上班，电话铃就响个不停，从各个渠道反馈上来的信息表明：这天早晨，有十二只甲鱼出现在市区最繁华的北京路和上海路上，还有三只分别在市委、市政府门口和新修的立交桥上被人发现。与上次不同的是，这次每只甲鱼的背壳上都刻有"项为民"三个字。

处长将全处的人派出去搜寻，到了下午才将十五只幽灵般的甲鱼带回办公室。全局的人都跑来看稀罕，闹闹嚷嚷，说什么的都有。局长火了，往走廊里摔了一个茶杯，才将好事者们吓跑。

处长愠怒地盯着孙天海，那眼神分明在责怪他侦查不力。孙天海自己也后悔早晨贪睡懒觉没有出动，否则他极有可能当场擒获肇事者，立下头功。

这十五只王八像十五颗炸弹，在全市引起了连锁反应。人们议论纷纷，小道消息古怪而又离奇。有人传说项副市长家丢失的财产在两百万元以上，光原始股票就有上百万；丢失的王八至少有两百只，人们上交的这十几只仅是极少的一部分，大部分王八被人拿走了，卖给了饭馆，或是自己炖着吃了。那几天，早起锻炼的人格外多，全市睡懒觉的人明显减少，人们都到一些繁华地段跑步，其目的当然是看看能不能捡到一只甲鱼。那段时间里，上馆子吃饭的市民也明显比平时多，有的惦记着去吃甲鱼，据说吃了刻有财主名字的甲鱼会发财的。

有的即便舍不得吃，也会问一句："有甲鱼吗，是不是背上刻字的？"而被问的饭馆老板回答时则含含糊糊，不说有也不说没有。一些有身份的人见了面，喜欢这样问对方："这两天吃没吃甲鱼呀？我昨晚炖了一只，味道蛮好的。"还有人绘声绘色地描述道，他某一天下夜班回家，见两个乞丐在立交桥下用酒精炉炖甲鱼吃，吃得他们两眼放光，像四只小灯笼……因为本城甲鱼热销，听说外地的不少甲鱼贩子正日夜兼程，往这里运送货物呢。

由于"王八事件"的发生，人们又把久未破获的林兆伦一案重新提起，说是市里某位领导花高价雇职业杀手干掉了林兆伦，因为那位领导得了林兆伦许多好处，领导怕事情败露，于是就如此这般地下了手。编排得头头是道，谣言四起，全城鼎沸。

据说市里专门为此召开了常委会，研究对策，常委们严肃批评了副市长项为民同志，批评他不该在家里养这么多王八，让坏人钻了空子，在社会上造成了不良影响。会议还责令公安局，限期破获林兆伦一案，严惩凶手，以正视听，同时尽快查处"王八事件"的肇事者，绝不能让王八身上再出现人的名字。

孙天海感到，由于近期工作不得力，他正渐渐失去处长对他的信任。他从省公安专科学校毕业后，分到了基层派出所工作，是处长看中了他，认为他是个办大案的材料，就把他调到了公安系统里最富传奇色彩的刑侦部门。来刑侦处后，他确实办了不少漂亮案子，令全市人民记忆犹新的前年"5·14"碎尸案在一星期内破获，即是孙天海的杰作。年轻漂亮的中学英语教师余巧玲被人奸杀后，尸体被肢解，丢弃于护城河中，刑侦处所有的人都把目标对准了与余巧玲来往密切的男性，只有孙天海独具慧眼，从被害者生前爱吃爆玉米花一事着手调查，最终将两个从乡下进城来爆玉米花的罪犯逮捕归案。本城居民一向有爱吃爆玉米花的传统，余巧玲一案真相大白后，居民们突然厌弃这种食品了，数百名进城做爆玉米花生意的农民只好卷铺盖回家。孙天海靠一个出色的案例，居然改变了本城居民的饮食传统，毫无疑问，他称得上这个城市的风云人物。

但现在，处长已经怀疑他的办案能力，至少对他的懈怠十分不满。林兆伦一案久无结果，到目前为止仍几乎找不到一点有价值的线索，局里上上下下都很被动，处长的脸色越来越难看了。孙天海觉得这不能怪他，虽然他曾吹嘘过两个月内结案没问题。警察吹吹牛皮是很正常的。这个扑朔迷离的案子，局里一把手亲自牵头，刑侦处的主要力量都投入了，一直破不了案，全体涉案人员都有责任。至于"王八事件"，孙天海确实没太当回事，他想大家的主要精力还是应该放在林兆伦一案上，现在看来他失算了。

从这天起，孙天海整个扑在了"王八事件"上。他走访了几乎所有捡到甲鱼的人，他们提供的情况没什么价值，只有一个清扫大街的环卫女工回忆说，那天一大早，她正在上海路上干活，见一个人骑辆旧摩托车从她身边过去，车开得很快，她没看清那人长得什么样，从背影上看，是个二十多岁的小伙子。她往前清扫了一段，就见马路牙子边卧着一只背上有红字的王八。她不敢肯定王八是那人丢下的，但那人为啥车开得那么快，她感到不解。

孙天海当即感觉到，那个骑旧摩托车的人是重大嫌疑人。

一连三天，孙天海半夜出门，潜伏在市区几个主要路口，弄得疲惫不堪，但他一无所获。好就好在这几天没人捡到王八，市面上比较平静。局里不少人据此认为，罪犯已经把所有的王八都出手了。孙天海不敢大意，咬咬牙找到了项副市长，问他到底丢了多少。项为民沉思片刻，说："具体多少我也搞不清，乡下的亲戚往水池里一丢就离开了，估计也就是十来只吧。"

孙天海说："如果是十来只，那就可以判定，坏人手中已经没有了，以后可以放心了。"

项为民立刻摇摇头，说："小孙同志，可不要大意哟，如果那个家伙真想诋毁我，他完全可以自己弄些老鳖往马路上丢嘛。"

七

外面又下起了零零星星的小雨。自开春第一场雨来临后，似乎就一发而不可收了，隔三岔五就来一场，整个城市给雨水滋润得生机勃勃，连路边槐树上的虫子都比往年个头大，人们积攒了一冬天的浊气在清风和雨雾的荡涤下，已经消失净尽。人们在春末夏初时节都感到浑身有使不完的劲。

成浩伴着孤灯抽烟，夜晚的风雨声敲击着耳膜。这阵子成浩消瘦了一些，脸上棱角更显分明，也更耐看了。其实成浩的长相很不错，连眼眶子颇高的李欣宇都禁不住夸赞他，说他这种形象绝对上镜，演个青春派角色没问题，可惜没有导演来发现他。李欣宇还说等她将来有了机会，就拉起个摄制组，她当制片人并扮演女主角，成浩来演男一号。成浩问你拍不拍床上戏，不拍床上戏我可不演。李欣宇说拍，现在不拍床上戏老百姓不认你。

成浩拉开门，踱到马路上东张西望了一阵，微小的雨点飘落在身上，他感到极惬意。这时，刘大有神不知鬼不觉出现在成浩面前，成浩说："这么晚了还不睡，哪来的精神？"

刘大有说："现在我一上床就心烦，睡不着啊。"

他们站的这个地方背光，刘大有一说话，成浩就见他嘴里的两颗金牙闪闪烁烁，磕磕碰碰，像两只暗夜里正在交尾的萤火虫。成浩不去看他的嘴，望着别处说："有女人伴着你都睡不着，我他妈光棍一条就更难熬夜了。"

刘大有说："别提了，我是不见她还好受些，见了她更心烦。"刘大有递一支烟给成浩，又说，"我见你这几天心神不定，鬼头鬼脑的，到底失恋了还是犯法了？"

成浩一愣，叹口气说："你小子眼睛比狗还尖。唉，失恋了，李欣宇跟一个大款跑了，把我撂一边了。"

刘大有说："嗨，我早知道你和她尿不到一个壶里，这种女人，留不住的。老弟别伤心，再找一个嘛。这年头失恋不算啥，别犯法就行。"

成浩又是一愣，以为刘大有发现了什么。随之，他口气硬硬地说："我没犯法。不过，我总觉得你小子像个罪犯，整天鬼鬼祟祟的，听说公安局的人已经怀疑林兆伦是你杀的，你老婆在外面放风，你带着剔骨刀进屋作案……"成浩说着说着就笑了，他感到自己的这种想法非常滑稽。

刘大有也笑起来，说："我他娘的是有过宰人的想法，但没胆量，我真恨自己不争气！"刘大有边说边又递支烟给成浩，然后压低声音说，"兄弟，老哥求你个事……能不能抽空把那个任小蕾再叫来，让老哥见一下，她要多少我给多少。"

成浩当即回绝了刘大有。刘大有以前曾提过这种要求，成浩答应了他，如期把任小蕾叫了来，但刘大有嫌二百块钱太贵，非要降到一百五不可，结果任小蕾扭头走了，气得成浩踢了他一脚，发誓说以后再不给他拉皮条了。但现在刘大有欲火攻心，苦苦相求，成浩只好赌气说："叫来可以，但涨价了，三百。"

刘大有抽一口冷气，说："三百？嘿嘿，涨得够狠的……要不二百五吧，我豁出去了！"正说着，猛听身后有人咳嗽了一下，是刘大有的老婆。刘大有顿时矮了半截，像小鬼见了阎王一样赶紧溜回包子铺。

成浩抬头看了看天，天上墨黑墨黑；低头看了看路，路上连个鬼影都没有。他估计不会有人来找他了，遂进了屋，闩牢门，拉好门帘和窗帘，目光随即落向门后面的水缸。

他已经顺利送出了一半的老鳖，也就是说，项为民同志家的王八还有二十四只暂时滞留在他这里。他必须把它们全部送出，一只都不能留，否则他就和那些在自由市场上偷菜吃的烂痞子小偷一样不值钱了。现在这座城市居然被几只王八弄得沸沸扬扬开锅一般，真是大大出乎他的意料。他没有想到，区区几只王八就能让一座六十万人口的城市像遇上五级地震一样，摇晃上老半天。听说市里专门开了会，研究"王八事件"；还听说公安局的人给弄得惶惶不可终日，而他的朋友孙天海最为可怜，硬是在几只腥臭扑鼻的王八面前栽了跟头。成浩想到这里，不由感到一阵快意。

但直觉告诉他，危险也正悄悄向他逼近。

他搬开水缸上的木箱子，拎出一只，拿过小刀、红漆，开始工作。其实，在经历了最初的喜悦和忐忑之后，成浩已经变得平静了。他甚至认为，他做这件事情的目的已经不是针对项为民同志了，而是他本人的一种生命的需要。项为民同志是堂堂副市长，比别人多吃几只王八又算得了什么？但成浩发现，他往王八坚硬的龟壳上刻字的过程却是一个妙不可言的过程。如果需要，他完全可以刻上其他人的名字，即便刻上他自己的名字也无妨。名字不过是一个符号，岁月不知淹没了多少名字，在岁月面前，还有必要在乎名字吗？但考虑到王八的所有权归项为民同志，还是顺理成章刻上主人的名字吧，成浩想。

成浩在稍显黯淡的灯光下，一刀一刀恭恭敬敬地刻，一笔一笔仔仔细细地描。可能由于受力和疼痛，王八细长的脑袋一伸一缩，使成浩反复想起自己身上的某个器官。每逢这样的时刻，成浩就觉得他多么像古时候的工匠，正伴着清风明月，一笔一画地往陶器或青铜器上刻绘，自己的青春岁月便镌刻在了这些可以流传下来的器皿上。于是，这些腥臭无比的玩意儿在成浩眼里就成了一件件精致的工艺品，它们发射着艺术的灵光，陪伴着成浩空洞无物的岁月，使他感到充实、陶醉和快乐，给他一种梦中的图景……

刚拾掇好三只，一辆摩托车突然停在门口。成浩脑子一炸，赶紧将一应物品简单藏掖一下。外面的人抬脚踹门，他什么也顾不上了，狂跳着一颗心开门，打算束手就擒。门拉开后，闯进来的却是李欣宇，他恼羞成怒地说："你吓死我了！"

李欣宇脸上挂着恐惧的表情，喝醉了似的差点倒下，成浩伸手扶住她。她喘着粗气说："我也快给吓死了……"

成浩调侃说："有人想强奸你？"

李欣宇呆呆地望着成浩，没像往常那样回击他。成浩有点发蒙，掩饰着将一支烟塞进她嘴里，帮她点着，自己也燃一支。然后他装出若无其事的样子，弯腰搬起一只木箱压在水缸上。李欣宇这时气色好看了一点，她冷笑着说："'王八事件'的主谋，不用演戏了。"

成浩说："你、你都知道了？"

李欣宇说："每次从你门口过，都能闻到腥臭气。在王八身上刻人的名字，亏你想出这样的鬼主意。项为民遇上你这样的对手，真是倒了八辈子霉。"

成浩急了，说："你到底站在谁的立场上？我以为天底下只有你理解我，看来我想错了！"

李欣宇说："先不要说这些，我觉得你不必冒这种险。你说你图什么？"

成浩想了想，说："我不图什么，我什么也不图。"

李欣宇说："那好。还有多少王八住在你这里？赶快把这些瘟神送走吧，送得越远越好！"

成浩斩钉截铁地说："绝对不行，我要善始善终。我觉得这件事情可能是我一生中最重要的事情，怎么能半途而废？比如你吧，上艺术学院上到一半就退了，你能不感到遗憾吗？"

成浩的口气是忧伤而决绝的，李欣宇给他说愣了，她大概料想不到他会像个优秀演员那样，这么快就进入了角色。成浩接着说："如果需要时，请你帮帮我，行吗？"

外面起风了，路旁的树木在风中发出响亮的声音。李欣宇怔了许久，才困难地点点头。她说："要我帮你，当然可以。不过，如果我说出下面的事情，你就会感到你这事情也许根本算不了什么……"

成浩脑子里咯噔咯噔乱响了一阵，他屏声静气听她讲下去。

自从林兆伦遭难后，李欣宇极少夜里外出。一想到林兆伦的死，她就感到恐惧。虽然她没有见到林兆伦死时的惨状，但她从别人的描述中，得知他前胸后背没剩下一块好肉，那个血腥的场面常常深入她的梦中，令她窒息。

李欣宇并不认为林兆伦一无是处。相反，她感到他是一个极有魅力的男人。她第一次给他迷住时，并不晓得他就是本城最大的大款林兆伦。一个风度翩翩、气质绝佳的人，即便他是一个穷鬼，他照样能征服异性。当她明白他的身份时，她就想，像他这样的人不发财，谁又能发财呢？

很多女人愿意同林兆伦来往，当然金钱因素是主要的。他舍得在女人身上花钱，大把大把地扔钱。李欣宇却觉得，拿他的钱和他的人相比，她更看重他这个人。这也是她平时交友的一贯原则——先看人，再看他的衣兜；如果人不行，他兜里钱再多也没用的。

很多官员也愿意与他来往，他们图什么只有他们自己知道。就这样，林兆伦在金钱、女人和政客的旋涡里游刃自如，他无疑是这个时代的成功者。但是，树大招风，他终于迎来了杀身之祸，带着几十处鲜血淋漓的伤口告别了这个世界。

李欣宇也曾经怀疑过，某个与他有过肌肤之亲的女人背叛了他，勾结杀手里应外合给了他致命的一击，然后将他的住所洗劫一空。她怀疑别人，别人也怀疑她。公安局刑侦处的警察孙天海数次找她调查取证，好像还秘密跟踪过她。警察们的行为令她气愤，她怎么会杀死魅力无穷的林兆伦呢？真是天大的玩笑。她曾萌发过干掉艺术学院的色鬼院长的念头，长这么大，除了想杀院长之外，她没再对任何人动过杀机。到了后来，警察孙天海居然对她起了淫心，她感到好笑和厌恶，心想，像你这样的青苹果我见得多了，风月场上你还嫩了点。

在一些无聊的日子里，李欣宇常常回忆林兆伦生前的音容笑貌和他死前有什么征兆。她没发现任何征兆。林兆伦不是她的亲人，她不存在为他报仇雪恨的想法，反正他人已经死了，无论你为一个死去的人做什么事情，都是徒劳无用了。公安局迟迟破不了案，她觉得没啥。倒是成浩经常就这个话题骂骂咧咧，说警察们是蠢猪，他们总是被罪犯牵着鼻子走来走去。

今天晚上，一个刚结识的朋友约她外出宵夜，她去了。他们先去红磨坊酒家吃晚餐，听说那里新添了潮州菜，本城头一家。吃罢晚餐后，朋友又提出带她去附近的倾城夜总会跳跳舞。她原本不想去的，怕有什么不测，但朋友执意请她，她想到已经破费了人家不少钱，如果拒绝他显得太不够意思，便硬着头皮去了。

这一去果然就遇到了惊心动魄的事情。进入舞厅后，李欣宇首先看到了任小蕾，她曾在成浩的修车铺里见过任小蕾一次，知道她在这里工作。但任小蕾并没认出她来。李欣宇和朋友跳了几曲，觉得没情绪，便坐在角落里聊天。

不知过了多久，李欣宇突然感到浑身不舒服，像有人拿针刺她。她的目光在舞池里扫视了一遍，隐隐觉得正与任小蕾跳舞的那个人有问题。那人头戴礼帽，身着风衣，因为光线太暗，她看不清他的脸，但总感到在哪儿见过他。这个发现使她坐立不安。舞曲再起时，她拉朋友进了舞池，故意往那个人的身边旋转。擦身而过的时候，她突然就闻到了一股血腥的气息，那气息来自那个人的毛孔，也许只有她能感觉得出来。

李欣宇心慌得不行，骨头散了架一般被朋友拖到座位上。她朝朋友要了一支烟，合计着往下怎么办。朋友说你怎么啦，她说头有点晕，可能刚才喝酒喝的。转眼工夫，那个人就不见了。李欣宇决定马上和朋友告辞。出了夜总会后，朋友钻进一辆出租车远去，她放好摩托车立即返回了舞厅。她把任小蕾叫到一边，自报家门。任小蕾甜甜地叫了一声李姐，说成浩哥经常谈起你，今天见到你太高兴了。李欣宇顾不上寒暄，说刚才你陪着跳舞的那个人是谁，又问了些其他的情况。任小蕾说不认识，那人是第一次来这里跳舞，东北口音，他说他姓王，做皮货生意。李欣宇又问他还说什么了，任小蕾有点不好意思地说，他约我出去过夜，我身上还没干净，就没答应他。李姐，你问他做啥？李欣宇掩饰道，噢，我以前和他联系过业务。

她恍恍惚惚出了夜总会，觉得那缕血腥之气一直追随着她，令她感到彻头彻尾的恐惧。于是她跨上车，发疯一般往回赶。她害怕极了。林兆伦出事前的两个月，她曾见过一个人，那人的外部轮廓和今晚见到的这个人颇有些相似。那是一个晚上，九点多钟的样子，她和林兆伦刚进卧室，门铃突然响了。林兆伦披上睡衣很不高兴地去开门。听动静进来的是个男人。她躺在床上耐心等着，后来听到他们在外面客厅里争吵了几句，她忍不住爬起来，悄悄打开一条门缝，往外瞄了一眼，结果她看到的是一张陌生的脸。但她只看了一眼就把门关上了。过了一会儿，林兆伦送走客人后，迫不及待地扑到她身上。她边迎合边问，刚才是谁？林兆伦说，狱中的难友，弟兄们都叫他老枪，我不想再见他，给了他一点钱，叫他远走高飞。林兆伦抚摸着她的右胸和小腹，又说，小子命真大，这儿，还有这儿，中了两枪，一点事没有。

从那以后，李欣宇再也没见过这个老枪，林兆伦好像也没再提及此人。

李欣宇的第一个念头就是把这个秘密发现告诉成浩。除了成浩，她想不起还有谁值得信赖。现在她浑身发抖，手脚冰凉，成浩不得不把她揽在怀里。他们像一对危机中的难兄难弟，但没有人来救援他们。成浩说："你敢肯定今晚遇到的这个人就是老枪吗？"

李欣宇说："现在我还不敢肯定。如果能查明他身上有两个枪眼，那么他一定就是老枪。如果他是老枪，那么他很可能与林兆伦的案子有关。"停了停，她又补了一句，"我相信我的感觉。"

成浩两眼立刻放出光来，他像一个久经战阵的警察，在屋子里踱了一会儿步，两手猛地击打在一起，说："照你的分析，这个人就是杀害林兆伦的重大嫌疑人。"

李欣宇说："是的，但要先弄清他身上是否有两个枪眼。"

成浩的脑子像车轮那样飞快地转着，他说："这个好办，让任小蕾去办。"

李欣宇说："需要报告警察吗？"

成浩不假思索地说："不用！我觉得我自己就是一个警察，他们能做到的，我们也能做到，而且比他们做得还要好。你睁眼看看警察都在干什么？林兆伦死了半年多，案子就是破不了；项为民丢了一池子王八，他们不追查这些王八从哪儿来的，反而如临大敌一般要抓我这个从没吃过王八的小百姓。你说，我们凭什么报告他们？"

成浩越想越兴奋，就好像他已经抓住了杀害林兆伦的凶手，市民们把他视为大英雄，漂亮姑娘们亲吻他，向他献花，羞得公安局的人几乎要集体自杀；市里为他召开庆功会，市委书记赵建国同志亲自为他戴上大红花，并且宣布调他到市公安局刑侦处工作，专门负责大案要案的侦破；他拍拍老朋友孙天海的肩膀说，以后我们就在一块儿干了，互相帮着点吧……成浩不好意思往下想了，他揽过李欣宇，在她腮上响亮地吻了一下。接下来，他们又制订了具体的行动方案。现在万事俱备，只欠东风了。

眼看天将拂晓,李欣宇要成浩送她回家。成浩想留她在这里同眠,她说:"等破了案吧,破了案我就答应你。"

成浩摸黑骑上李欣宇的豪华木兰,把李欣宇送到她家的楼梯口。按照他们商定的方案,她的摩托和呼机暂时交给成浩使用。分手时,成浩再三叮嘱她,这几天不要离家,就守在电话机旁,等他的消息。李欣宇说:"吓死我了,谁请我出门也不敢了。"说罢,踮起脚尖在他脸上吻了一下,成浩感觉味道好极了。

八

天亮后,成浩急火火地赶到任小蕾的宿舍,极其郑重地向任小蕾做了交代。为了防止任小蕾因为恐惧而退缩,成浩向她隐瞒了实情,他只是对她说:"李欣宇几年前和一个东北客有过业务来往,被他骗去一笔钱。因时间久了,她认不出那人来了,只知道他右胸和小肚子上有两个枪眼。昨晚她感到和你跳舞的那个人好像就是,但不敢肯定,要想搞清楚,只有请你帮忙。"

任小蕾说:"两个枪眼?啥样的枪眼?"

成浩想了想,说:"就是两个铜钱大的疤呗。记住,在右胸脯和小肚子上。"

任小蕾说:"成浩哥你放心,只要那个人还来夜总会,我就有法子弄清楚。"

成浩仍不放心,说:"不管采取什么办法,你一定弄准确,然后马上想法通知我,这是我的呼机号。记住,千万千万不要让他发现。李欣宇说过,事成之后,她给你两千块。"

成浩这一天干脆关了铺子,躲在屋里养精蓄锐,准备夜里出击。王八们不时在水缸里兴风作浪,但成浩已没心思搭理它们。到了下午,呼机开始一遍一遍嘀嘀嘀响,每响一次都让成浩紧张一次,可一看内容,全是呼李欣宇的,内容也差不多,无非是亲爱的快来陪陪我吧,或是晚六点东郊宾馆餐厅见,要不就是速来太平洋饭店1103房间,有好事等你,等等等等。气得成浩鼻子都歪了,恨不能把这些骚男人的卵子割下来喂王八。

到了夜里，仍不见任小蕾呼叫，成浩便知她尚未得手。凌晨四点多钟时，他怎么也睡不着了，实在感到心没着落，无聊透顶，便爬起来将前晚刻好字的三只甲鱼装进塑料袋里，推车出门。直觉告诉他，这可能是他最后一次做王八文章了，本市历史上著名的"王八事件"从此将宣告结束。他开车兜了几个圈子，然后将三只王八分别丢弃在工人文化宫门口、华联商厦停车场和北京路上的过街天桥下。此时天刚破晓，已有零零星星的行人奔向街头。成浩脑子里一直盘算着捉拿凶手的事，眼睛发虚身子发飘。经过一个路口时，晃了几晃，差点和一辆迎面而来的三轮摩托撞上。

骑三轮摩托的人喝道："成浩！"

成浩宛若遭到雷击，差点滚下摩托。他定定神，见是孙天海，抢先开口道："妈的，我又不是罪犯，你想撞死我呀！"

孙天海果真像盯罪犯一样盯他几眼，目光随即落向他屁股下的摩托。孙天海说："这么早，你出来有事吗？"

成浩揉搓着脸腔，说："当然有事，我爹想吃王八，又舍不得花钱，听说早晨能在大街上捡到，他自己不好意思上街，非逼我出来帮他捡不可。"

孙天海目光仍不离开成浩的摩托，说："捡到了吗？"

成浩说："捡个屁！如果你捡到了，看在老朋友的面上，就送我一只。"

孙天海不说话，目光像蛇信子那般在成浩面前晃来晃去。成浩强打精神，说："天海，看你这熊模样我就知道，那个往大街上丢王八的人你们还没抓到。我觉得你们很难抓到他，因为全城的老百姓都盼着这种事情发生。你们应该把王八上写着的那个人抓起来才对。"

孙天海并不接成浩的话茬，他顺着自己的思路往下说："哼哼，你这车是刚买的吗？"

成浩说："借的，借李欣宇的。"

孙天海说："她是个婊子，专门傍大款，我劝过你，最好不要和她来往，不然你会倒霉。"

成浩说："这就不用你操心了。我现在可以走吗？"

孙天海说："咦？你又没犯法，为啥不能走？"

成浩挥挥手，一推油门，坐骑呜哇一声蹿了出去。他知道孙天海的眼睛一直追随着他，所以他不拐弯，径直朝前开。现在他对自己今天早晨的举动感到了后悔，因为狡猾狡猾的孙天海肯定对他产生了怀疑，如果孙天海动作迅速，他很可能躲不过这个白天，从而直接影响下一步捉拿杀人凶手的行动。

成浩一时不知怎么办好。

回到修车铺后，成浩心乱如麻，坐立不安。外面又在刮南风，飞扬的烟尘颗粒像水中的蝌蚪，浮游在硫黄味浓郁的空气中。成浩恶狠狠地连打三个喷嚏，越发感到不妙。他掀开水缸盖，看到剩下的二十一只甲鱼仍然精神气儿十足，而他已经好多天没给它们换水了，待在这么浑浊的水里，它们居然死不了，可见这些王八蛋生命力是多么强。你们为什么就不死呢？成浩想，如果你们死了，我就可以心安理得地安葬你们，可你们偏偏活得好好的，叫我怎么处理你们呢？

这时天已大亮。成浩吸过两支烟后，决定把剩下的王八转移出去。他不能让它们再待在这儿，以免孙天海翻脸不认人搞突然袭击时，人赃俱在，那样他就只能束手就擒。他不想坐以待毙，因为他还有重要的事情没有完成。他想，放在刘大有和江源泉那里肯定不行，这两个家伙嘴里没有不敢说的话，但要办起真事来会装熊的。唯一的办法就是藏到李欣宇那里。成浩当即动手，先捞出王八，放在一个大纸箱里，然后把刻字用的刀具和油漆藏好，最后将水缸里的脏水倒进路边的下水道里，又提来几桶自来水，将水缸装满。

成浩急急赶到李欣宇居住的小区，他想她肯定还在睡觉，就在小区门口的电话亭里往她家拨了个电话，让她马上下楼来。李欣宇在电话那头吃惊地说："怎么，抓住坏人了？"

成浩说你下来就知道了。几分钟后，李欣宇头发蓬乱气喘吁吁来到成浩面前。当她知道了成浩找她的目的时，气得恨不能咬他一口。她说："你现在还有心思管这些乌龟王八蛋的事？"

成浩说："往哪儿扔？扔在大街上吗？"

李欣宇说："随便。"

成浩说："那太可惜了。既然我把它们带来了，你就给找个地方吧。"

李欣宇说："不用找了，让我妈炖了吃算了。"

成浩摆摆手说："那可不行！我虎口拔牙弄它们出来，不是让你家炖着吃的。你必须把它们保护好，否则我以后就不见你了！"

结果李欣宇答应暂时把它们存放在她家楼下的小仓库里。成浩心里这才踏实了一些。临分手时，他告诉她，任小蕾那边还没动静，如果有情况，马上通知她。

成浩骑车往回走，远远就看见一个戴大盖帽的人站在刘大有的包子铺前，正和刘大有说着什么。他想一定是孙天海，妈的这么快就追来了。近了一看，果然是。成浩迎着他的目光刹住车，抬手指了指满脸淌汗的刘大有，说："你不是想抓乱扔王八的人吗？这个人就是。"

刘大有眼睛瞪得像铃铛，跺着脚说："咦？咋会是我？王八才乱扔王八！"

成浩气得够呛，心说你才是王八，但又无法发作，只好说："看你这熊样，就知道你一辈子只配卖包子。"

孙天海鹰一样的眼睛故意眯缝着，但里面漏出来的光线却是刺人的。成浩第一次发现他这位老朋友目光竟如此锐利，成浩说："天海，是来找我吗？"

孙天海不说话，低头往成浩的修理铺走，成浩看到他腰上挂着一副手铐，走起路来便发出丁零丁零的响声。铺子是锁着的，孙天海在门前立住，头也不回，说："今天早晨，又有人捡到了一只刻着字的王八，我他妈刚刚被处长训了一顿。"

成浩说："这跟我有什么关系？"

孙天海说："我不得不告诉你，我已把你列为'王八事件'的重大嫌疑人。"

成浩说："有什么证据吗？"

孙天海说："当然有。你把门打开就是了。"

成浩笑了，说："如果你没带搜查证，那么我就拒绝开门。"

孙天海愣了愣，换了种口气，说："我们还是最好的哥们儿嘛。我进去坐坐还不行吗？"

成浩说："这还差不多。"

进屋后，孙天海摘下大盖帽，扔在成浩脏兮兮的床上。成浩递给他一支劣质烟，他看了看，丢在床上，然后从兜里掏出一包红塔山，抽出一支含在嘴里，其余的扔给了成浩。孙天海说："这可能是你最后一次抽我的烟了。"

成浩一惊，说："你别吓唬我。"

孙天海目光像猎狗那样，在屋里逡巡了一遍，然后走到水缸前，伸手去缸里摸了一把，放在鼻端闻了闻；又走到屋中央，用脚尖在几摊已经凝固了的暗红色油漆上踢了几下。做完这一切后，他摆出一副胸有成竹的样子，得意地狞笑起来。成浩说："这又能说明什么？"

孙天海说："成浩同志，你的戏还有必要再演下去吗？"

成浩说："我不明白你的意思。"

孙天海目不转睛地盯着成浩，说："如果今天早晨没人捡到那只王八，我可能不会这么快就来找你。现在看来，我的判断是对的。你不想讲讲整个过程吗？"

成浩大口吸着烟，说："别忘了你是刑警，刑警关心的不应该是王八，而应该是命案。"

仿佛戳到了孙天海的痛处，他立即咆哮道："王八蛋才想管王八的事！你为什么不理解我的难处？"

成浩辩解说："你怎么知道我不理解？今天早晨出现的这只王八是最后一只了，这还不行吗？"

孙天海思忖着说："最后一只，最后一只……你敢保证？"

成浩庄重地点点头，同时呼出一口长气。孙天海拍拍成浩的肩膀，说："既然这样，那我就告辞了。不过，我丑话说前头，如果再有王八在大街上露面，我他妈的……"他没说下去，只是指了指腰间锃光瓦亮的手铐，大步出了铺子。

成浩的耳边回荡着三轮摩托远去的声音，他的后背上浸出了一层细汗，黏腻得不舒服。孙天海的举动多少有些出乎他的预料，这使他不由生出一丝愧意，小时候他们在一起玩耍的画面层层叠叠在眼前闪现。成浩走到门口，早已不见了孙天海的影子。他想，像孙天海这么出色的警察还真不多见，李欣宇为什么就不喜欢他呢？是嫌他钱少，还是嫌他没有地位？妈的，女人的心思就是让人琢磨不透。这一刻，成浩甚至想到，干脆把自己和李欣宇已经开始的重大行动告诉他，让他也跟着参与，共同分享即将来临的喜悦。

但成浩最终打消了这个念头。

下午，成浩美美地睡了一觉。他已经好多天没认真睡一觉了，感到很疲倦。睡醒后，就到刘大有那里弄了几个包子，狼吞虎咽吃了下去。挂在腰间的呼机居然半天多没动静了，就连那些反复呼叫李欣宇的骚男人也偃旗息鼓了。成浩沉不住气，往任小蕾的单位打了一个电话，对方说她没来上班。成浩气得不行，心说你个小骚货连一星半点消息都不给我，莫非你和那个叫老枪的杀手联合杀了林兆伦，现在又双双远走高飞了不成！他决定亲自去找任小蕾问问情况。但就在这时，腰间的呼机突然响了，正是任小蕾打来的，内容是："东北客还没来，有消息再告诉你。任。"

天黑之后，成浩关上灯，和衣躺在小床上，呼机和一把割皮带用的尖刀就放在枕边。他像一个处于待命状态的士兵，随时准备冲锋陷阵。前半夜他毫无睡意。除了零零星星几个人呼过李欣宇外，任小蕾那边仍没任何动静。后半夜他却又迷迷糊糊睡着了。当呼机尖锐的鸣叫惊醒他时，外面天已大亮，他预感到有情况，拿过呼机一看，果然是任小蕾让他赶快去上海路上的北海宾馆。

成浩骑上李欣宇的摩托车飞快地赶路，途中路过一个电话亭时，他下车给李欣宇打了一个电话，让她想法火速赶往北海宾馆。任小蕾正站在宾馆大门口等他，一见他露面就跑过来，神秘兮兮地说："那人胸脯和小肚子上真有两个枪眼，他正是李姐要找的人，住三楼322房间。"

成浩不由心花怒放，挽挽袖子就想上去。任小蕾却又拉住他说："那人身上有手枪，我夜里看到了，就压在枕头下，把我吓个半死。成哥你去不得的。"

成浩悲壮地说："别说他有枪，就是他有大炮我也得上去。记住，如果我被他打死，你马上报警，让他们封锁火车站和汽车站。"

成浩刚进去，李欣宇就赶到了。问明情况后，李欣宇二话不说就往宾馆警卫跟前跑。而任小蕾在得知实情后蹲在地上呜呜地哭，她吓坏了。

恰在这时，成浩垂头丧气下来了。因为三楼服务员告诉他，322 房间的客人已于半个小时之前离开了，是从侧门走的。成浩气呼呼地冲任小蕾说："你为什么不早点呼我？"

任小蕾委屈极了，哭得更伤心。她边流泪边说："房间里没电话，夜里那人又不让我出屋，我有啥办法。再说，就是房间有电话，我能当他的面呼你吗？"

李欣宇劝成浩说："只要能查清他是老枪，小蕾就算有功劳，多亏了她。"

成浩眼睛通红，像个输得一塌糊涂的赌徒那样。他痛苦不堪地说："我没能亲手抓住他，就差一点点，叫他从眼皮底下溜了……"说罢，他奔向总台，拨通了孙天海的电话。

九

一个小时后，刑侦处的人在火车站售票处捉住了老枪。

孙天海他们反复提审老枪，得知他是个越狱在逃犯，真名宋大平，绰号老枪，黑龙江省齐齐哈尔市人，因抢劫罪被判无期徒刑。老枪越狱后在辽宁本溪和锦州接连杀死两人，辽宁警方已追缉了他很长时间，却一直未能捕获他。但他并不是杀害林兆伦的真凶。他承认半年前见过林兆伦，林还资助他一笔钱让他潜逃。他还承认曾经动过杀死林兆伦洗劫其财物的念头，但没等到他动手，别人已经捷足先登了。孙天海他们采取种种办法审讯他，以便核实他的交代是否属实，如果能查证他是杀害林兆伦的凶手，那么这个案子办得太漂亮了。

然而，最终他们还是失望了。老枪说："我已经承认杀过两个人，反正脱不了死刑，如果林兆伦是我杀的，我还有什么必要再隐瞒呢？"

局里领导却认为，抓获了这样一个公安部都挂了号的罪大恶极的罪犯，同样可喜可贺，决定上报部里、省厅和市委，对有关人员进行奖励。

成浩在老枪被捉住后顿时感到了空虚。他的遗憾似乎比谁都大，一来老枪不是杀害林兆伦的凶手，二来老枪并非他亲手所抓。空虚无聊烦躁之际，他又想起了那二十一只甲鱼，就到李欣宇那里取了来。甲鱼们虽然几天没水喝，但仍活得好好的，这使成浩大感意外，心说难道你们成精了吗？

这天夜里，成浩实在按捺不住自己，就爬起来，坐到孤灯下，重新往那些王八身上刻起字来。不多不少，二十一只甲鱼。天快亮时，成浩才刻完，他发现自己两手血淋淋的，想必是王八们咬的，怪就怪在以前往它们身上刻字时，成浩一次也没挨过咬，这最后一次偏偏让它们咬了。

没有摩托骑，成浩就骑上自己的破自行车，把它们一股脑儿全丢在了市政府门口。天亮后，被公安局刑侦处的人在办公室里给甲鱼排了半天队，处长和于副局长过来看了看，于副局长说："小孙，我看就不要再展览了，快送到伙房去，让大师傅炖了，中午局里全体干警免费喝王八汤！"

孙天海说："以前的那些王八怎么处理？都已经死了。我觉得制成标本最好，有收藏价值。"

于副局长说："你少给我扯淡，统统埋掉！"孙天海就想，这个主意也不错，埋了它们，几百年后没准儿被谁发掘出来，就成了文物了。

半月后市里召开庆功会，副市长项为民同志和一位副书记亲自参加。李欣宇、成浩和任小蕾是捕获老枪的关键人物，尤其是任小蕾，按李欣宇的说法，如果不是她那晚看到任小蕾同他跳舞，也许她不会萌发抓捕老枪的想法；如果不是任小蕾冒着生命危险去识别老枪，更不可能捉住他。任小蕾这些天里成了新闻人物，市民们都知道了她识别老枪的过程，不断有人专程去倾城夜总会，想一睹她的风采，居然还有人对她说："妹子，我小肚子上也有一个枪眼，你不想看看吗？"上面考虑到任小蕾是个卖淫女，决定只邀请成浩和李欣宇参加庆功会，就不邀请任小蕾了，但奖给她五千元钱。奖给成浩和李欣宇各两千元。成浩同李欣宇、任小蕾商量了一下，给公安局的人回话说："我们原本想抓杀害林

77

兆伦的人，既然没抓到，庆功会就不参加了，奖金也不要了。"

市里开庆功会的那天晚上，成浩约李欣宇和任小蕾来他的铺子相聚，他们弄了点吃的，还打开了一瓶酒。李欣宇打算近期到省城拍戏，在一部电视连续剧中出演一位国民党大官的姨太太。任小蕾也决定回老家去，她在城里待不下去了，因为整天有人纠缠、威胁她。她说回去也好，她原本不喜欢城市的，没办法了才来城里，现在她在城里又没办法了，那就只好再回乡下去。李欣宇执意要送给她五千元钱，二人推让了半天，任小蕾还是接了，是流着泪接的。成浩说他现在没钱，等有了钱也给她寄点。

正说着，刘大有和江源泉探头探脑进了铺子，江源泉提着一小箱孔府宴酒，他说他那里虽有不少酒，但只有这箱是真的，其他全是假的。他把酒递给任小蕾，说："别见外，捎给你爸爸喝吧，他养了你这么个好闺女，不容易！"

刘大有说他刚才狠狠揍了老婆一顿，还说如果臭娘儿们再不听话就休了她。李欣宇逗他说："刘大哥，你休了她吧，休了她，我嫁给你。"刘大有立即眉开眼笑，说："嘿！嘿！你这话太假，信不得的。不过，听着蛮顺耳。嘿嘿。"刘大有递给任小蕾三百元钱，用豪迈的口气说："妹子，拿着！这钱我早就想送你的，一直没机会。成浩兄弟，我说得对不对？"

刘大有和江源泉喝过几杯酒就告辞了。

成浩意识到"王八事件"一过，他的生活又将步入平淡，情绪颇失落，一瓶酒差不多全让他喝了。李欣宇安慰道："小哥哥，好好开你的修车铺吧，等你红火了，我就来做修车铺的老板娘。"

这场小规模的聚会临近半夜时才结束。成浩送两个姑娘出门，他们站在大街上，看到月光明亮，全城寂然，空气纯净，是个难得的好夜晚。而纯净的空气就像被滤过一样，不含一丝尘埃，进入这样的空气中，宛若进入另一番境界。成浩就问她们："你们说，这个明亮的夜晚是因为我们才出现的吗？"

（1998 年）

雨中玫瑰

一

每天早晨七点整，李明扬准时离家，到小区大门北面五十米外的站牌下等 75 路公共汽车。他住的这个小区名叫四季花园，新落成不久，算是这个大都市里的高级住宅区之一。不用说，住在这里面的都是先富起来的人。大概人有了钱，高人一等的感觉就会随之而来，所以李明扬在这里见到的人，不论男女老幼，不论高矮美丑，一律气宇轩昂，派头十足，包括他的老婆赵梅。初来乍到时，李明扬相当不习惯这里的人际关系，就连这里面的气味，也让他觉得不对劲，有点冲。就连大门口的门卫，也显得比别处的牛气——他们个个潇洒挺拔，身体条件不错，况且衣着鲜亮，再配上小区新颖别致的大门做近景、里面豪华如云的楼群做远景，看上去就更加不一般。李明扬有一次问过他们，每个月开多少钱。回答是每月一千五。一千五，相当于他这个正营职少校军官的工资。他苦笑着摇摇头。一千五百块钱就能让这些顶多是高中文化程度的外地小伙子感觉良好——李明扬从他们的口音里听出，他们没一个本市人。本市身材相貌这么出众的小伙子不会甘心于做一个门卫的。

七点钟，马路上已经相当热闹了，可是四季花园里还相当寂静。有钱人大都喜欢睡懒觉，因为他们大都喜欢熬夜。赵梅就是这样。赵梅凌晨一点之前很少睡觉。基本上她每天晚上都有应酬，一般是九点以后回家，回家后第一件事就是打开电视。说是看电视，其实她在不停地换台，换来换去，没一个满意的，嘴里骂着什么破节目，可她就是不离开电视；或者她开着电视，却根本不看，仰躺在大沙发上，把电话机放到大腿根儿上不停地拨电话；要不就是在客厅里踱来踱去，摸摸这拍拍那，不熬到时候不罢休。早晨六点四十分李明扬起床时，她睡得正欢，有时竟然还打着小呼噜。李明扬动作神速地穿衣洗漱，胡乱扒拉点吃的填填肚子，然后下楼。赵梅要睡到八点半以后才起床。以前她打的去公司，公司每月给报销五百块打的费，不久前公司给她配了一辆富康车，她自己开，就更方便了。

李明扬出家门往外走时，在院子里基本碰不到人。出了大门，他得加快脚步。如果顺利的话，在七点五分之前坐上车，时间上就会比较从容，心里就踏实了。这个大都市里，有个显著的特点，就是乘公共汽车的人格外多。似乎每时每刻，所有的公共汽车上都乱成一锅粥。李明扬就犯愁这个。把家搬到四季花园半年多了，乘过无数次车了，李明扬居然不记得占过一回座位，并非他没有力气挤不过人，而是他不愿意与别人挤来挤去，所以每次他都尽量收敛着力气。事情就是这样，他不用力，别人一用力，他就会被挤得东倒西歪，仿佛他是个病恹恹的人。还有一点是，乘公交车上下班，他绝不穿军上装。他只是下身着军裤，为的是换起来方便。他觉得一个人穿着军装在人堆里挤来挤去，显得太随便，太扎眼，太不协调了，不但自己觉着别扭，恐怕你周围的人也觉得不对劲。

以前住在单位里时，抬腿就到了办公室，李明扬不会有这种感觉。他和赵梅在单位分给他的筒子楼里住了五年。虽然住着不方便，但他上下班方便。他把自己乘公交车的感觉说给赵梅听。赵梅想了想，说："等过些日子，再攒点钱，给你买辆车。"赵梅不像是开玩笑。可他却是连想也不敢想。他一个小干事，开私家车上下班，别人会怎么想？他还想不想在这里干？

公交车上混乱不堪，李明扬的思维却像野马奔腾。他想，天下还是穷人多啊！你看看这些一大早爬起来挤车的，就知道答案了。他又想，公交车是体察民情的地方呢，它和筒子楼一样，很能说明某些问题。他还想，自己若是将来有了相当的权力，千万别忘了常到这些地方走走看看，就算是微服私访吧……这时公交车突然刹车，他一个趔趄。紧接着

80

他就苦笑了一下——他给自己定的目标高了，相当的权力，相当的权力……他能获得吗？……痴心妄想吧！还是想想别的事情吧。想想手头这份材料再怎么锤炼一下……

车上乱，脑子里也乱。乱着乱着，目的地快到了。

李明扬在一个高级军事机关的宣传部当干事，主要工作就是写材料。75路公交车越过单位大门二百米左右才停车，有时透过车窗玻璃，他能徐徐看清机关大门和院里的主要建筑。大门口站哨的卫兵姿势不错，可就是总感觉身材上差一点，有时相貌上也差一点。李明扬这是不知不觉在拿他们和四季花园的门卫比。他断断续续地想，将来他能说了算时，一定要到下面部队里选一批高大英俊的士兵来这儿站哨执勤，这个机关管着下面几十万部队，挑百十来个仪仗队员那样的兵容易得很。大门呢，也有些陈旧不堪了，估计是六七十年代建的，或许更早。再往里看，办公楼更显陈旧落伍。这个大都市几乎一天一个样，机关周围的高层建筑鳞次栉比，花样百出，五彩缤纷，这还算不上繁华地段；而他所在的机关大院却几十年如一日，单从外观上看，已经明显地和这个大都市格格不入了。

二

一般情况下，七点五十五分之前，李明扬肯定能进到办公室。他先把夹克脱下，放进一只文件柜里，再从里面拽出军上衣，用最快的速度换上。然后和前后脚赶来的年轻干事们一块儿打扫卫生。打扫得差不多时，副处长和处长到了，紧接着副部长和部长也到了。

部里的人除李明扬之外，全都住在机关大院，他们从家里往办公室走，顶多五分钟吧，而他李明扬却已经经历了一个小时的挤车之苦。也就是说，在上午上班之前，他是宣传部最辛苦的人。有一次他在办公室里说出这个发现，别人都说是呀是呀。可紧接着就有人说，你小子别得便宜卖乖呀，你住什么房子，我们又住什么房了？你的房子比部长的房子都豪华，我们还住贫民窟呢。又有人接上说，李干事，你要是觉得坐车来回跑辛苦，咱们换换得了。甚至就连处长也插话说，小李，我要是

81

有你那么漂亮的宿舍，再远一点也甘心。李明扬赶紧摆摆手，他不想再讨论这档子事。

其实大伙都羡慕极了他的房子。这个大机关院子挺大，占了很大一片地，宿舍楼也挺多，一排连一排，楼号都快排到三位数了。可是，人们总还是觉得房子不够住。要说原因，都知道，被转业干部占去的太多了，有些干部已经转业十好几年了，还住着部队的房子。17号楼共有二十四户人家，据说只有四户是在职的，其余的全是转业干部。而今大院里已经没有多少可供盖宿舍楼的地方了。处长都四十出头了，盼了好多年了，前不久才刚刚到手一套三居室，是老房子，设计极不合理，窗户都关不严了，不得不自己掏腰包换了铝合金窗子。因此一提房子，处长就来气，说，看看人家国家机关的处长住啥房子，我这个上校处长又是住的啥房子，咱这个单位真个是落伍了。处长都这样，其他人的情况就更是可想而知了。

八点钟一过，走廊里的动静小了，各个办公室开始有节奏地忙起来。电话铃响个不停，接电话的人习惯于压抑着嗓门交谈。办公楼七层有一半房间是宣传部的，但宣传部的小单位太多，光处、室就有七八个，所以办公室也显得很拥挤。李明扬的这个处包括处长在内，全挤在一块儿办公。在基层部队眼里，处长算个不小的干部了，可是在这个大机关，处长其实就是个大干事，根本算不得啥。

李明扬的办公桌紧靠窗子，每天上班坐下来后，他都习惯看一眼窗外的世界。只要八点钟一过，李明扬就看到楼下的这一片机关办公区霎时安静下来，路边的油松在艳阳照耀下发射出炫目的光，一块块草坪静静地卧在那里；水泥路上除了一辆辆小车驶过之外，很少有人行走。人呢，都集中到了办公楼里。机关和一般部队的区别或许就在这里——在部队，士兵主要是到练兵场上操练，而在这里，办公室就是这些高级军事机关的军人们的大操场。

李明扬总感到自己这个处是最忙的单位，而他又是处里最忙的人。他算是主力干事，正是挑大梁的好时候，领导自然而然地把重担子摞给他，每天每天，都有一大堆材料等着他写。他桌上的电脑一天到晚开着机。有时他觉得他这台电脑就像一头小牛那样，他真担心哪一天把它累趴下。他写经验总结、首长讲话；草拟各类决定、指示、通知、报告、请示；有上报给总部的，有在本机关交流的，有下发给部队的……林林总总，太多了。关键是不论什么材料，都不能马虎，更不能有差错。哪怕是个很小很小、很无关紧要的材料，也不敢糊弄。有时为了某个提法、某个词句用得是否恰当合适而绞尽脑汁，再三推敲，反复和副处长、处长商讨，反复去向副部长、部长请示……

李明扬每年要写多少东西？他没有认真计算过，估计五六十万字是不成问题的。

他感到疲乏。但他每天还得必须打起十二分的精神，迎接一个又一个材料的挑战。其实想想也就释然了，没啥。副部长、部长他们这些老机关哪个不是这样熬过来的？多年的媳妇熬成婆呀！

李明扬没调进这个单位之前，是一位姓许的老干事坐在他现在坐的地方。据说许干事天生是一把写材料的刷子，二十出头时就进了这个大机关，当时是最年轻的机关干部，没几年工夫，就成了机关公认的"大手笔"，人称"材料王"，真可谓"著作等身"，名扬一时，风光无限。十几年过去了，这位许干事眼睛高度地近视了，背也驼了，腰也弯了，三十出头的年纪，看上去像四十多岁。有一天，他写着写着，突然感到头晕目眩，紧接着冷汗直冒，小脸焦黄，恶心呕吐，昏倒在办公室里。他大病了一场。他病愈后，人们发现，他再也不能写材料了。他往办公桌前一坐，只要一提起笔，就会小脸焦黄，直冒冷汗，同时感到头晕目眩，恶心呕吐。在这个部门，一个当干事的不能写材料，你就算废了。许干事只有一条路：转业。李明扬调来后，曾问过处长这事。处长说，确有此事，老许拼得太狠了。处长又叹口气说，可惜了，老许可惜了，很有前途的一个人。处长又说，老许写东西特别有灵气，文笔老辣，观点新颖，常能别出心裁，立意高远，那时候首长信任他，机关干部们都挺佩服他，认为应该把他调到中办、国办去发挥更大的作用；《人民日报》的社论让他来写，一点问题都没有……

处长轻易不歌颂别人。处长这么一说，李明扬真信了。如此一来，那个从未见过面的许干事就被李明扬当成了榜样。仿佛是上天的安排，他现在用的桌椅不就是当年许干事用过的吗？

也是仗着年轻，李明扬拼了几年下来，虽然一度面黄肌瘦，掉过几斤肉，脱过几层皮，可肉呀皮呀很快又回到了他身上。而他的材料更是日渐长进，虽不敢说在全机关名列前茅，在宣传部的干事中，应该说是数一数二了。最近几次给司令政委写讲话稿，部长都点名让他先拿初稿，就很能说明问题。

李明扬终究是太忙了，只要往办公桌前一坐，打开电脑，屁股就离不开椅子了，常常是尿憋急了都懒得起身去方便，能拖一会儿是一会儿。别人可以抽空子翻翻报纸，议论几句时事，还可以打打电话什么的——打电话就是一种休息。李明扬是"半路出家"来部队的，兵龄还短，在部队没什么战友、同乡、哥们儿；平时走不开，下基层的次数也少，接触人结识人的机会就少，所以基本上没有电话找他。他只有一篇一篇地写材料。而他越是能写善写，部里处里越是不停地给他加任务。有一次，处长看过他刚打印完成的一份打算报给总部的经验材料后，啧啧赞赏道："小李呀，我有预感，用不了多久，你就会成为全机关最棒的笔杆子之一。而你还这么年轻，前程远大呀……"

李明扬白天忙，晚上也时常不消停。有时材料要得急，他就得晚上加班熬夜。他买了电脑，给赵梅说是搞文学创作用，其实他清楚，主要为了他晚上写材料方便。电脑买了好几年了，他写过一篇文学作品吗？没有！下班时他常常怀揣一张软盘回家，吃过晚饭往电脑里一插，接着写下午没写完的材料。后来上了网，下班关机前，他把未写完的材料变成电子邮件发往家里的电脑，回家接着写，那就更方便了。

三

写文章既熬人，又耗人。李明扬已经意识到了，照这样下去，他早晚要像一盏油灯那样，逃不掉被熬干的命运，油尽灯枯是必然的结局。他现在能够做到的，就是在那一天到来之前，尽量地做得潇洒一点，沉着一点，完美一点。他坐在办公桌前，面前是高品质的电脑，他微皱着光洁的额头，微眯着清澈的眼睛（他一点都不近视），轻咬住下唇，思索着，思索着，然后飞快地敲打键盘，屏幕上，一行行文字跳动着，仿佛是活着的思想。他从来不抓耳挠腮，龇牙咧嘴，即便遇到困难暂时卡壳，写不动了，他顶多揉揉额角，闭目养一会儿神，或者起身在房间里踱几步。很多时候，看上去他气定神闲，从容不迫，举重若轻，心无旁骛，胸有成竹。他工作时的姿势是优美的、迷人的，像个真正的智者那样，像一尊凝重的雕塑那样。

赵梅曾经十分迷恋他工作时的模样。

李明扬近来常常想起以前的日子。结婚之后，他和赵梅住在机关大院 56 号楼二楼的一间十四平方米大小的房子里。起初晚上加班写材料，他要到办公室去，怕影响赵梅。赵梅说，在家写不行吗？我愿意看着你写。他当然希望在家写，白天上了一天班，晚上他实在不愿再往办公室跑。那时没有电脑，他拿一沓白纸回家，吃过晚饭，就伏在那张公家配发的三屉桌上写。赵梅为了不打扰他，连电视都不看了，爬到床上去看书，尽量保持安静。他写东西是百分之百地投入，尽管是干巴巴的文字材料，他也感觉像作家创作文学作品那样，往笔端倾注着深深的感情。有时他猛地想起什么，回头一看，赵梅竟然睡着了，也不知何时睡着的。更多时候，赵梅正从侧面痴痴地注视着他呢，眼睛亮晶晶的，折射出敬佩和爱慕兼而有之的光芒。有一次，赵梅忍不住打断他，对他说："哇，李明扬，你写东西时的样子好酷，比任何时候的你都酷。"

他放下笔，转过身子，伸出一只手去，轻轻抚弄着赵梅柔软的长发或者光滑的脸蛋，说："你这个发现，很有意思。"

说时迟那时快，他的胳膊被赵梅死死地抱住了。二人笑闹着，身体就这样纠缠到了一块儿，该发生的事情于是就发生了。激情过后，赵梅满意地睡去，李明扬想起没完成的材料，重新抖擞精神爬起来，披上衣服继续写。

像这样的情景多次出现过。

还有一次，自然也是晚上，李明扬加班写材料时，赵梅突然插话说："明扬，刚才看着你，我想起了一个人。"

李明扬说："你说什么？"他仍沉浸在自己的思路中，没回过神来。

赵梅递给他一杯水，说："我想起一个人，鲁迅先生。我见过鲁迅先生在书房写作时的一幅照片。我觉得你的样子特像他。"

这回李明扬听明白了，他哈哈大笑起来，觉得赵梅的这个发现真是有趣。

在家里加班熬夜写材料，本是挺烦人的事，可是愣让他们弄出了乐趣，这样的生活多么富有诗意。后来他买了电脑。再后来赵梅的应酬越来越多，几乎每天晚上都有饭局。赵梅已没有兴趣注视李明扬写作时的姿势。这种兴趣是渐渐失去的，二人还都浑然不觉。逢到李明扬在家加班，赵梅晚上进门后，顶多问一句晚饭吃的啥，然后往沙发上一倒，看电视，或者打电话。好在李明扬写东西时不怕干扰，白天他在乱糟糟的办公室都照写不误，抗干扰的能力极强。搬到四季花园后，房子大了，光书房就有二十多个平方，李明扬加班熬夜几乎就和赵梅无关了。

再说结婚都好几年了，早就不是少男少女了，热乎劲儿早过去了，每天都有一大堆并不省心的事情要做，赵梅哪还有心思去注意李明扬写作时摆什么姿势。唯一不变的是，李明扬还像过去那样忙碌，每周至少要拿出三个晚上写材料。或许赵梅已经对李明扬这样的工作方式感到反感了——不久前，赵梅在一天晚上十点多回家后，来到书房，冷眼打量了一阵正伏案写作的李明扬，然后说："李明扬，我问你，你写的东西，能发表吗？"

李明扬头也不抬地说："发表？大部分不去发表，领导看过后存档，或者是上报和下发；小部分在内部刊物上登一下。"说完他又纳闷儿，这些情况赵梅都熟悉呀。

赵梅又问："有稿费吗？"

李明扬说："没有呀。你怕我蒙你不成？又不是文学作品，从来都没稿费。"

赵梅继续用不咸不淡的口吻说："没稿费你写它干啥，白忙活嘛！"

李明扬这时候仍没听出赵梅话里的意思，说："工作嘛，不写哪成？"

赵梅说："那我再问一句，部队一月给你开多少钱？"

李明扬觉出有点怪了，说："你全清楚呀！乱七八糟全加起来，一千五左右。你今儿个是咋啦？我可是每月如数上交了，一点埋伏都没打！"

赵梅根本不接李明扬的话，冷冷地笑了笑，顾自说："一千五，一千五，老公呀，你没白没黑地干，你可真对得起这一千五！……"赵梅收起笑容，住了嘴，回到客厅，把个李明扬晾在那里发愣。

现在李明扬当然明白了，赵梅对他的职业，对他的工作方式，对他的生命价值，甚至对他本人有想法了。明白过来后李明扬吓了自己一跳：老天爷，原来他每个月只挣一千五百块钱，和四季花园大门口的门卫是一个工资档次。可是以前怎么就没有注意到这些呢？他真的没太在意自己每个月只挣一千五。想来还是家里不缺钱花。说到底是赵梅能挣，为这个小家提供了丰富的经济食粮……

李明扬明白过来后，思路就有些乱了。他突然产生了一种不祥的预感，但转瞬即逝。正写的这份材料，什么观点呀、精神呀、意图呀、事例呀，等等等等，原本脑子里都有了，只等按顺序把它们拉出来就行了。偏偏这时脑子像一锅粥，都混了，乱了套。李明扬有点烦躁地站起来，在铺着圣象牌木地板的偌大书房里转了几个圈，索性关机，睡觉。

四

这一段时间，每天的每天，李明扬仍然主要是在写材料。他努力使自己像先前那样，保持一种从容不迫、气定神闲、成竹在胸的工作姿态。然而，只有他自己知道，他这是在硬撑着。他的内心正承受着波澜、苦闷和阵痛。

事情的起因并不是赵梅埋怨李明扬挣钱少，也不是赵梅怪他的工作没有价值，或许这些只是赵梅悄悄改变她自己，进而一点一点"堕落"的外在的理由。挣钱少怎么样？他李明扬是个堂堂正正的男子汉，他从来不算计，不计较金钱。他从小就不爱钱。生活中，有的人一提起钱，立马两眼放光，古人说这叫见钱眼开。他李明扬不是这样的人。生活中，他脑子里很少出现钱。他真的缺乏钱的概念。他从来没幻想过将来会发财。他认为职业军人收入低是事实，明摆着。没事干时，大伙在办公室经常议论这个话题，一个个满腹委屈愤愤不平的样子。李明扬却很少参与议论。按他的观点，如果你嫌当兵赚钱少，可以退出现役嘛，现在不像过去了，想走走不了，现在你非要走，没人会拦你嘛，反正你不想干，还有别人愿意干，这么大的中国，想当兵的人有的是，听说每年征兵，每年高考完搞录取时，很多人打破头皮想进部队，这也是事实嘛。他李明扬当初选择部队，绝不是想来这里发财的，只有傻瓜才认为这里能发财。

至于赵梅认为，李明扬的工作没多少实际价值，是在耗费生命（现在抱有这种观点的人还真不少），李明扬就更不想承认了。他是一个堂堂高级军事机关的宣传干部，负有对所属部队广大官兵进行教育鼓动的重大历史使命，安能说没有价值？他写了那么多经验材料、首长讲话，虽说每次都不能署上他的名字，虽说现在的读者和听众对文件呀、材料呀、讲话呀不是那么上心了，可总有人在看、在听、在信吧？润物细无声，总能起点作用吧？平时老有人唠叨，说你们这些要嘴皮子的、摇笔杆子的，是搞形式主义，搞文山会海。这话或许也有一点点道理。可是你想过没有？这是当前工作的需要，是宣传工作的需要，道理还是要讲的。这也算是一种理想吧。都去挖空心思赚大钱，都盯着实际的利益，而忽视了崇高的理想和追求，像赵梅和她的老板宋道刚之流那样，一门心思赚钱赚钱，财迷心窍，都满身铜臭气了，岂不更糟糕！所以，李明扬绝不承认自己的工作没有价值。相反，他认为自己的职业是神圣的，是凛然不可侵犯的。你瞧不起他，他还瞧不起你呢！

李明扬不会为自己挣钱少而苦恼，也不会为别人认为自己是在空耗生命而苦恼。事情真正的起因是，他发现了赵梅的一个秘密。赵梅可能已经红杏出墙了！

大上个星期，星期五，李明扬快下班时，接到赵梅一个电话。赵梅说她晚上有应酬，不回家吃饭了。赵梅每逢晚上有应酬，都能提前打个招呼，这一点做得还是相当不错。李明扬作为一个大男人，不可能像某些鼠肚鸡肠的小男人那样，干涉老婆的行动，限制老婆的自由。不就是晚上在外面吃顿饭吗？愿吃就吃呗。随着公司的生意越来越好，随着赵梅在公司里的职位越来越高，赵梅的应酬越来越频繁是很正常的，李明扬从来没干涉过赵梅，连一句怨言都没有。同样，赵梅作为一个受过高等教育的知识女性，也从不过多干涉李明扬的自由。上个月，周末，李明扬和大学里的同学、如今的大款周文廷在饭店喝了半夜酒。当晚李明扬就没回家。换上不懂事而又疑神疑鬼的女人，丈夫夜不归宿，非吵翻了天不可。赵梅绝不做这样的傻事。第二天上午李明扬头重脚轻回到四季花园，正洗漱打扮的赵梅抬起头来，大大咧咧地说，老公，没在外面寻花问柳吧？他们经常开类似的玩笑，因此谁也不感到突兀。李明扬往沙发上一倒，正色道，嗯？本人是革命军人，怎么会做这些偷鸡摸狗的事情！说罢，他们哈哈大笑，疲惫之气一扫而光。赵梅说，嗨，你瞧我都忘了，我找了个革命军人老公，完全可以放心，一百个放心！现在的男人呀，也就是你们当兵的，还算老实。李明扬说，那可不一定，不过呢，别人咱别管，我肯定会守身如玉的……

结婚六年多来，他们夫妻感情是相当和睦的，谁也没怀疑过对方对自己不忠。在当今时代，该是多么难能可贵呀。可是，大上个星期五，李明扬却发现赵梅有不轨之处，是无意当中发现的。

那天傍晚，李明扬下班后，换上便衣乘75路公共汽车回家。碰巧那几天不算太忙，难得清静放松一下，李明扬在颠簸的公交车上临时决定，他也不回家弄饭吃了，在外面找个馆子下下得了，反正赵梅也不回家。他一时拿不定主意去哪儿解决问题。公交车经过北三环的北方大酒店时，李明扬想起这儿的自助餐不错，赵梅曾带他来吃过两次，便决定下车。他找了个靠窗的座位，吃了个痛快淋漓，满面通红。吃饱喝足后，他望着身边来来往往的红男绿女，就觉得小腹直胀，身上就有些不对劲。他的脸更红了。他惭愧地想，他这是想赵梅了。也不知怎么搞的，这两年疲倦得很。按说呢，原本三十出头的年纪（赵梅刚满三十岁），正是精力充沛的好时候，他和赵梅却有点疏于房事了，这是极其不正常的。很显然，他这边是让材料给闹的，只要有材料写，他别的心思全没有了；赵梅想来是让钱给闹的，赵梅赚钱心切，工作格外辛苦，每日里忙来忙去，回到家疲惫不堪，哪有心思播云弄雨，老老实实洗洗睡觉吧。说起来，这事谁都没错。他不写材料不行，因为这是他的本职工作；赵梅不赚钱也不行，不赚钱靠什么生活？如果不是赵梅，他能住上四季花园的房子吗？做梦去吧！

大家都没错，都有理。

可是现在，李明扬却想赵梅了。他想催赵梅早一点回家，夫妻二人过个愉快的周末，于是就掏出手机，拨打赵梅的手机。蜂鸣音响了好一会儿才接通。赵梅抢着说话，关切地问他吃了没有。李明扬简单同她寒暄两句，接着问："你现在在什么地方？"

赵梅说："我在……我在北三环一家酒店，陪客户朋友吃饭呢。"

李明扬想起赵梅以前经常来这里，就有点兴奋地说："是在北方大酒店吗？"

赵梅说："这个，啊，是呀是呀。"

李明扬心想，真是太巧了。他赶忙站起身来巡视了一遍热气腾腾的大厅，却没见赵梅的身影，就说："你们在哪个房间？"

如果这时候赵梅能引起警觉，事情或许还有周旋的余地。偏偏赵梅忽略了，大意了。赵梅说："在……在二楼巴黎厅。"

其实这时候，就连李明扬也没意识到什么。李明扬甚至天真地想，如果他突然闯进去，肯定会给赵梅一个惊喜，于是他按捺住兴奋，抢先挂断了电话。

李明扬很快就被自己的这个举动搞蒙了。他快步来到二楼巴黎厅，问垂手立在门旁的侍应生，里面是否是某某公司的人。侍应生告诉他，好像不是。李明扬居然还不相信，冒冒失失推开门一看，满满一桌子陌生人，正在吃蛋糕，好几个人的嘴巴上挂着奶油——是在给一个老年人祝寿，气氛热烈得很。

到这时李明扬已经觉出不对劲了。他居然还打算给赵梅一个惊喜，简直太可笑了，太弱智了。但他不死心，楼上楼下一个房间一个房间地打听。十多分钟后，他才真正地意识到，问题严重了，危机降临了。他没有带给赵梅惊喜，赵梅却给了他一记闷棍！

不过，李明扬并没有惊慌，他还算沉着。起初头有点晕，他认为这主要与刚才喝了两扎啤酒有关。他想再给赵梅拨个电话问问，是不是她记错了酒店。号码都发送出去了，他又改变了主意，赶紧关机——事情已经明摆着了，只有傻瓜还在心存幻想。赵梅为什么要撒谎？显然是有见不得人的勾当。赵梅是不是经常这样撒谎？鬼才知道。

李明扬恍恍惚惚离开北方大酒店。他没有坐车，而是步行往家的方向走。初春的夜晚凉意还是很袭人的，李明扬却感觉不到丝毫的凉意，他像在经历盛夏，后背都被热汗浸透了，脑门上也挂着汗珠，相当狼狈。赵梅为什么要这样？李明扬想不通。赵梅和谁在一起？肯定不是她一个人宵夜，一个人就没必要撒谎了；也肯定不是一群人，一群人在一起也用不着撒谎。那么她和谁呢？李明扬首先想到了宋道刚，赵梅所在公司的董事长兼总经理。

这个突然的变故，给李明扬出了一个天大的难题，一下子把他给难住了。他该怎么办？大光其火，大打出手？不行，也没必要。假装糊涂，沉默不语？也不行，他咽不下这口气。那么，到底该怎么办？李明扬左右为难，犹犹豫豫，不知所措。他脚步沉重地往前走，脑子越来越乱，脑袋越来越沉。一个多小时过去了，他硬是一点主意也没拿出来。这时，也到家了。

李明扬打开门时吓了一跳。赵梅已经先他一步回来了。客厅里的大灯没开，只开着壁灯，光线有些暗淡，模模糊糊的，看不真切。李明扬束手呆立在门旁，与坐在沙发上的赵梅对视着，久久地对视着，都不说话，都想用目光试探对方，都不想示弱，都不想退缩。但李明扬感觉出来了，赵梅心里有鬼。李明扬心里更有数了。李明扬铆足了劲，哪怕是这样对视到天亮，他也不会退缩。

果然赵梅撑不住了。赵梅是个多么聪明的女人，她一定是知道瞒不住了，不如"如实"招来，于是她先扑哧一声笑了，笑得前仰后合，满面放光。笑得差不多时，她突然收住笑，说："李明扬，你可别吓唬我。今晚宋道刚非要拉我去看一个演出，在光明大剧院，俄罗斯的芭蕾舞团演的《天鹅湖》。毕竟在他手下做事，我不想得罪他，就硬着头皮去了。怕你多心，只好撒个谎——有时撒点谎是生活的艺术，也不见得全是坏事吧？……喏，老公，这是票根，请你过目过目……"

赵梅这一番话，反而把李明扬给说愣了。还算有理、有据，李明扬居然一句话也说不上来了。他能说什么？毕竟他没有更直接的证据。可是，什么叫证据？笑话，难道非要他去捉奸不成？现在他仿佛成了一个鼠肚鸡肠疑神疑鬼的市井男人，让赵梅瞧不起了。李明扬重重地叹息一声，脱掉鞋子，噔噔噔几步蹿到卧室里，抱起一床被子来到书房，使劲扔到沙发上。以后他打算就睡这儿了。这时赵梅居然斗胆跟了过来。李明扬说："我想，你现在肯定后悔了——后悔不该说今晚在北方大酒店吃饭……"

五

生活中有太多的偶然性，李明扬从军入伍，就是偶然性的一次真实体现。

李明扬没听说过自家祖祖辈辈里哪位先人当过兵，更没见过谁行伍。他原先也从没想过自己这一生还会和军营打交道。从小到大，他一直是个品学兼优的好学生。他考上了一所名牌大学就是生活给予他的一份回报。

大学快毕业的时候，同学们都忙着找单位，校园里终日乱糟糟的，人来人往，像个自由市场。李明扬却一点都不着急。他作为堂堂名牌大学的高才生，找个理想的归宿一点问题没有，根本用不着犯愁。李明扬在内心里为自己圈定了三条路：进国家机关当公务员，到外企当白领，继续留校读研。他暂时拿不定主意要走哪条路，他想再考虑考虑。

有一天傍晚，李明扬拎着饭盒到食堂就餐，半路碰上了他们班的辅导员张国志。和张辅导员走在一起的是一位穿军装的中年军官，高大威猛，目光炯炯。李明扬身高一米八二，挺拔健硕，相貌在男人堆里算是出类拔萃的。那位军官和李明扬对视片刻，互相友好地笑了笑，彼此留下了相当不错的印象。张国志为他们做了介绍。李明扬听清楚了，中年军官是张国志的堂兄，在 B 城的一所军事院校当教务处长，当然也姓张，来这里出公差。

张国志热情地邀请李明扬一同到外面吃饭。张国志是他们的辅导员，更是他李明扬的哥们儿，平时关系相当融洽，无话不谈，简直和亲兄弟一样。如果换上别人邀请，李明扬是绝对不会去的，可偏偏是张国志，李明扬就无法拒绝了。或许还有一个原因，这位姓张的上校军官蛮有吸引力的，和这样的人在一起，感觉放心。

李明扬的命运就在那个普通的晚上发生了转变。

那天晚上张处长请客。张国志又请来几个外系的女生作陪，她们不是毕业生，暂时不存在毕业分配问题，更放松一些。她们长相都很一般，李明扬的目光基本上就不去光顾她们。李明扬主要和张处长聊。李明扬长到二十二岁，接触的大都是家长、老师、学生、普通市民，从没和现役军人接触过，所以，姿态伟岸、声音洪亮的张处长令他感到新奇。

李明扬以前是不喝酒的。但那个晚上他喝了不少酒。一上来，张处长并不勉强他们，张处长自己用大杯子喝白酒，不一会儿就干进去一大杯。李明扬和张国志看不下去了，咬咬牙端起面前的小酒杯，一仰脖喝了。张国志确实是不胜酒力，三小杯下肚，脸涨成了猪肝色。渐渐地只剩下张处长和李明扬在喝酒。李明扬竟然一点醉的感觉没有，仿佛他喝下去的是纯净水。他这才知道，自己是有酒量的。这个发现令他感到惊喜，一种很男人气的豪迈的惊喜。气氛越来越热烈，李明扬面前的小酒杯被换成了大杯，他都没察觉。

喝酒喝到太阳穴发烫时，李明扬和张处长已经聊得十分投机了，就像是多年前的朋友，今朝重逢，兴奋之情铺天盖地。一桌子的人都望着他俩，尤其是几个模样不算俊的低年级女生全闭了嘴，简直是不错眼珠地盯着这两个英俊豪放的男人，人人脸上挂着喜色。张处长谈着谈着，把话题扒到他此行的任务上。

张处长是代表学院来这座大都市"招兵买马"的，也就是特招地方大学生入伍，献身国防事业。毕业后到部队当一名现役军官，对一般学校的大学生来说，或许还有一定的吸引力，但对于李明扬就读的这所响当当的名牌大学的学生来说，很难再有吸引力。社会越来越开放，年轻人选择事业和前途的余地越来越大，到部队既发不了财，又受纪律的限制和约束，更无法出国发展，谁还愿意往部队钻？因此，张处长只是在几所边边角角的学校招收了几名应届毕业生。而临行前，他曾向学院领导拍过胸脯，不从这所名牌大学挖两名学生来，他甘愿挨骂受罚。可他在堂弟张国志的陪同下，在学校转了好几天了，一无所获。他准备明天就回学院，回去向领导"请罪"。

张处长讲完他面临的窘境，端起酒杯猛灌了一大口，把酒杯重重地往桌子上一放，又感慨万千地补充道："我们部队真是落伍了，被时代甩到后面了。以前可不是这样的，军营曾经是广大青年心目中的圣地呀！比如我吧，复旦数学系毕业，当时我的第一个志愿就是当一名职业军人……可是，这才几年？全变了！一流人才没人愿到部队来了，真是三十年河东三十年河西……"

一桌的人，对张处长的敬佩之情更炽。有个女生激动地说："张处长，您把我带走吧，我跟您走。"

其他的女生也喊喊嚓嚓跟着附和。张处长眯起眼来打量她们一遍，说："可你们明年才毕业。"

女生们说："明年您再来找我们。"

张处长说："谢谢，太谢谢了。可是，说不定明年你们就变卦了。"

大伙儿都笑起来。

张处长又对李明扬说："来，小李，还是咱俩喝酒，今朝有酒今朝醉吧。"

张处长的舌头都有点硬了。李明扬的情况也差不多。他们猛地碰一下杯子，深深地干了一口。就是在这个时候，就是在李明扬放下杯子的当儿，仿佛灵感突现，火花一闪，李明扬说了一句话。这句话把在座的人吓了一跳，也把他自己吓了一跳。他说——

"张处长，我跟您走，怎么样？"

一桌子的人，愣了足有一分钟。后来就见张处长腾地站了起来，伸出一双军人的大手，紧紧握住了李明扬的手。张处长一句话也说不出来，只是使劲地晃动李明扬的胳膊。然后突然想起什么，张处长拿过酒瓶，给自己斟了满满一大杯，又给李明扬倒上一点，二人碰一下杯，一饮而尽。几个女生欢呼起来，恨不得上前拥抱亲吻李明扬。张国志也满意地笑了。

其实李明扬的脑子这时候已经有点不听使唤了。往下张处长好像又冲李明扬描绘了一番他入伍后的远大前程。张处长说，军队是我们的，也是你们的，但归根结底是你们的。小李呀，进了部队，只要好好干，凭你的基础和潜质，用不了多少年，你就能成为将军，说不定几十年后，你就能当上军区司令总参谋长军委副主席啥的……这些话李明扬基本上没听进去，因为他喝得有点过量了，都开始摇晃了。

第二天上午十点多，李明扬才醒转过来。张国志告诉他，张处长怕他出事，昨晚一直守到凌晨两点才回招待所。李明扬心头不由滚过一阵热流。张国志还说，张处长留下了话，昨晚酒桌上说的事情可以不算数，让李明扬再认真考虑一下，毕竟这是一次重大选择，不能草率行事。

李明扬也开始有点犹豫了。当兵，是一件他从来也没有想过的事情。可他一冲动，就把自己推出去了。常言道，说出去的话泼出去的水，覆水难收啊！没了主意的李明扬想起了远在沈阳的父母，就到公用电话亭给家里挂了个电话。没想到父母非常支持他携笔从戎。像父母这个年纪的人，对部队的感情还是相当深的。这下李明扬心里踏实多了，他决定不食言，跟张处长走，到三百公里外的 B 城去，到那里的军事院校当一名教官。

李明扬的决定立即在毕业生中掀起了波澜。在这一届学生中，李明扬算是出类拔萃的，是具有号召力的。一个直接的结果是，和李明扬一个班的周文廷也动了心。周文廷是 B 城人，正好可以借此分回老家。周文廷来找李明扬讨主意，李明扬说："我一个外地人都愿意去 B 城，你小子还有什么好犹豫的?!"

这下张处长可以欢天喜地回去交差了。

李明扬和周文廷，以前是同学，以后就成战友了，关系更进了一步。像李明扬这样的一类名牌高校的尖子生，能够迈出这么一步，是多么不容易。李明扬出人意料的举动受到系、校领导的高度评价。一个月后，他们即将离校时，系里专门组织了一次小型欢送会。同学们来到系办公楼门前的空地上，把李明扬和比他矮一头的周文廷团团围在中间。不巧的是，这时老天突然变脸了，下起了雨。幸好是毛毛雨——反而别有情趣了。系领导简短地致辞后，两个一年级的女孩子跑上来献花。她们湿漉漉的脸蛋和她们手中的花束一样，放射出扑鼻的异香。李明扬注意到，五颜六色的花束中有一枝玫瑰，特别耀眼，特别华贵，特别引人注目。接过花束的时候，李明扬小声问面前的女孩："你叫什么?"

女孩仰起天真烂漫的脸，柔声说："学兄，我叫赵梅。"

六

尽管李明扬极力想掩饰他的苦恼和焦虑,处里的同志们还是有所察觉。有两点异常可供他们猜测推论,一是赵梅不往办公室打电话了。以前赵梅几乎每天都打电话,有时一天打好几次,处里的人都喜欢和她开玩笑,经常出现抢着和她说话的情况。在部队干部家属里,像赵梅这种档次的女人并不多见。赵梅要长相有长相,要本事有本事,聪明大方,温柔体贴,善解人意,还是个富婆(这一点很重要),像这样的女人打着灯笼都难找啊!李明扬真是令人羡慕,甚至令人嫉妒了。部里经常有年轻干事同李明扬开玩笑,说,李干事呀,我他妈真想当一回第三者,到你家插一下足。可是,竟然快半个月没有赵梅的电话了,这是很不正常的,以前从未出现过这种情况。这是其一。第二,李明扬拿出的材料近来老有差错。比如他昨天刚拟出的一份关于全区部队认真学习江主席"三个代表"重要思想的通知,就出现了三个错别字——处长挑出了两个,拿给部长审阅时,又让部长给逮出一个,弄得处长很没面子。而这种差错,尤其是重要文件,以前是极少出现差错的。特别是他李明扬,素来严谨细致,作风扎实,出这种洋相,是不可想象的。

这一天的下午,办公室里没人时,处长扭过脸来,冲李明扬试探着说:"明扬,最近没什么事吧?"

李明扬把眼睛从电脑屏幕上移开,忙不迭地说:"没事啊,没事。"

处长说:"小赵还好吧?怎么不见她来电话了……"

李明扬说:"她……她最近经常出差……挺忙……"

处长点点头,表示信了。愣了愣,处长又说:"最近材料挺多,我知道你挺辛苦,但还是得注意少出差错……"

显然处长是对他表示不满了,李明扬惭愧地低下头。但紧接着处长给他透露了一个重要消息:本部另一个处的处长王德伟要到国防大学读书,空出的位子很有可能由本处副处长孙启亮过去接任,这样本处就空出了副处长的职位,综合各方面情况看,李明扬是重要的后备人选。另外,王德伟那个处的老干事曾庆高也不可小觑。希望李明扬关键时刻咬紧牙关，尽量不惹麻烦，免得给竞争对手以口实……

如此说来，处长责怪他，最终还是为他好。李明扬郑重地向处长道谢，并严肃地表了态，表示一定要增强责任感，加强责任心，力求工作认真细致，精益求精，决不再给处里抹黑。处长满意地笑了。

重新回到工作状态后，李明扬仍然是有点心不在焉，脑中杂念丛生，精神难以集中。自从经历那个黑色的周末之后，李明扬和赵梅谁都不甘示弱，更不想妥协。赵梅没再进一步解释那天晚上到底发生了什么——即便她解释，李明扬也不会听，更不会相信了。赵梅晚上的应酬倒是突然减少了许多，变为一周最多两三次，而且九点钟之前就能回家。

这半个月，李明扬和赵梅是在分居中度过的。李明扬睡在书房里的长沙发上。二人几乎不再对话，即便非说不可，也是尽可能地简练，能一个字表达清楚的决不说两个字。虽然说没有争吵，没有责骂，但家里的空气是凝固的、冰冷的、呛人的。家，变成了一座火药库，一点火就会炸。

在他们六年多的婚姻史上，还是头一回出现这样的险情。

现在坐在电脑前的李明扬，看上去和以前的李明扬没什么区别。但是，李明扬自己清楚，他的方寸有点乱了。事业和家庭，哪个更重要？这个问题看似简单，其实复杂得很。他李明扬就解不清。处长说，本处副处长的位子就要腾出来了，他相当有希望。但他现在没兴趣思考这个事情。真的没兴趣。一个小小的副处长的职位，能算什么？身外之物嘛，谁愿当就让他当去吧……

赵梅不来电话，却有人打来电话找李明扬了，是个女的，声音清脆。处长先拿起的话筒。处长真以为是赵梅打来的，当即调侃了两句。等弄清不是赵梅后，处长有点尴尬，咕哝道，怎么会不是赵梅呢？

李明扬也以为是赵梅打来的。李明扬一时不知道该用什么样的口气说话。他愣怔着拾起自己桌子上并联在一块的话筒，有些紧张，手都有点抖了。但听出不是赵梅后，反而踏实了。

李明扬放下电话，平静地微笑着，主动冲处长等人解释说："嗨，一个老同学家的亲戚，找我有点事。"

处长这会儿情绪不错，美美地吸口烟，咧嘴笑笑，说："听声音是个年轻女孩，不超过二十五岁。李明扬呀，胃口不小嘛。"

副处长孙启亮说："咱们明扬是个小帅哥嘛，讨女孩子喜欢很正常。"

李明扬使劲摆手："还小帅哥呢，这不是折煞我嘛！老啦，未老先衰！"

其他几个干事也跟着起哄。陈干事说："人要是交上桃花运，咬你的蚊子都是母的。李干事，我们要是有个把外遇，还可以理解。你呢，就不可饶恕了，人家赵梅多出色呀。"

姜干事说："只要你愿意，找情人和赚钱其实差不多，没人嫌多。如今，没情人和没钱一个道理，都是让人瞧不起。李干事，别听他的，该找就找，能者多劳嘛。"

李明扬只是微微发笑，并不辩解。他的经验是，别人拿你开涮时，你越辩解就越是引火烧身。最终还得靠处长做总结。处长干咳两声，说："得啦得啦，兄弟们暂且打住。有个情人好不好？好。可咱当兵的，明知道好，就是不能搞。给嘴皮子过过年，可以，但谁也不许真搞。谁要动真格的，露了马脚，本处长决不轻饶！除非你别让我逮着……"

处长的总结在一片快意的笑声中结束。每次都是这样。每次聊这类话题，都能让紧张了一天的神经松弛一下。这种话题多年以前是不便聊的，犯忌。可是时代毕竟前行了，当地方上的老百姓几乎什么事情都可以胆大妄为时，军营里的人也跟着开化了一点，何况这是大都市里的军营，大门口外面就是酒绿灯红的场所，你总不能不往里瞅一眼吧？

聊几句轻松的话，开开心，感觉还是不错的。李明扬想，我这个单位，单位里的弟兄，真的都挺好。

七

那个电话是刘坤打来的。刘坤是周文廷的表妹。

谁也说不清周文廷当初入伍是福还是祸。到了 B 城后，李明扬和周文廷，还有来自其他院校的十几名大学生，被任命为军事院校各个教研室的教员，但在迈进课堂之前，先要进行特招入伍后的政治教育和军事训练。这一关不好过。李明扬性格上比较柔，遇事总是有所顾忌，不轻易做绝事。周文廷是那种个性比较张扬的人，从小到大崇尚散漫，散漫惯了，做起事来顾头不顾腚。其实说穿了，让周文廷这种性格和性情的人入伍从军，真是一种错误的选择。周文廷天生就不是个当兵的料。周文廷本领过人，聪明过人，脑子特别活泛。脑子太活泛的人不适宜当兵，因为这样的人不习惯服从。周文廷这号人看着部队别扭，部队也看着周文廷这号人别扭，而且很难调和，问题就出来了。

不过，李明扬老早就看出来了，周文廷要么不鸣，要么一鸣惊人。

刚穿上军装没几天，周文廷就蔫了。他受不了那份罪，太严格了，从行动到思想，都得往一个模式上靠。周文廷马上就后悔了，冲李明扬咋呼："我他妈上你的当了。"李明扬揉着烂乎乎的嘴角说："你废话。我他妈的又是上了谁的当？"

满打满算，周文廷在部队待了不到二十天。周文廷决定离开部队，干部职务也不要了，什么都不想要了，只要放他走就行。在别人看来，这是个大胆的决定，简直不可思议，神经病。周文廷偏要这样。周文廷信奉绝不在一棵树上吊死的理论，认为只要有金刚钻，就不怕觅不到瓷器活。强扭的瓜不甜，部队倒也没有为难他。周文廷脱掉军装时，嬉皮笑脸地动员李明扬跟他一块儿走，哥儿俩携手去创业。李明扬怒斥他："少来引诱老子。老子就是在部队给折腾死，也决不当逃兵！"

周文廷笑得更欢了："你的思想觉悟提高很快嘛，李明扬同志。得，人各有志，走着瞧吧。"

周文廷不知天高地厚的表现，给这所纪律严明、整齐划一的军事院校留下了恶劣印象，也让他的革命事业的引路人张处长十分难堪。那段时间张处长见人就解释："怪我怪我，看走眼了。唉，现在的年轻人呀，难琢磨……军官都不想当，你还想当什么？拿自己的政治前途当儿戏吗？……"

好在还有李明扬。周文廷的恶劣衬托得李明扬愈加优秀和完美。瞧人家李明扬，哪一点都比那个周文廷强，强多了。李明扬的身价立马就提上去了。张处长把他当宝贝，天天挂在嘴上。学院更是把他当宝贝。

学报上有篇文章称赞他："这才是当代大学生的典范，青年人的楷模。"这篇文章的作者是学院的政委。

周文廷什么都没要，就提着自己薄薄的档案袋，嘻嘻哈哈和李明扬打声招呼，轻快地走出了李明扬的视野。周文廷没有留在故乡 B 城。B 城是个幽静的小城市，适宜居住，却不适合创业。周文廷回到他们上学的那座大都市去了，而且一去就杳无音信了。

李明扬再次见到周文廷，已经是六年多之后。李明扬早已调离 B 城，到了这个大机关。这期间他们没有任何联系。李明扬甚至以为，周文廷这狗日的从这个地球上消失了。他们重逢的那一天，李明扬下午下班后着便衣刚走出机关大门，就听见有人喊他，声音隐隐约约有点耳熟。他四处瞅瞅，没见到熟悉的人。正纳闷时，周文廷戴着礼帽，嘴里叼着雪茄烟从一辆小车里跨出来，把个李明扬吓得一激灵。

周文廷说："我已经在这里等你一个多小时了。"

李明扬说："你为什么不进去？打个电话也好啊，我出来接你。"

周文廷说："你不知道，这一个多小时，我想了很多事情，全是回忆过去，感慨得我啊，直想掉泪。这一个多小时，花多少钱也买不来啊。"

李明扬在一瞬间想起和周文廷分手的情景，鼻子一酸，差点落下泪来。眨眼工夫，都好几年过去了。在车上，他问周文廷，是不是刚打听到他如今在这个单位工作。周文廷说："我早就知道你在这里上班。"

李明扬一瞪眼："那你为何不早点和我联系？"

周文廷说："当初离开军队时，我就想好了，不混出个人模狗样来，我就不再见你。"

李明扬说："这么说，你混出来啦？"

周文廷点点头："就算是吧。"

八

大上个星期，星期六，李明扬和赵梅冷战最激烈的关口，周文廷打电话来，说是晚上聚一聚。要在往常，李明扬或许会找个理由拒绝，这一次，他相当痛快地答应了。就是在这次聚会时，他认识了周文廷的小表妹刘坤。

自从三年前和周文廷接上线后，又断断续续联系上了几个当年的同学或校友，这些人也以做生意单干的居多，都是些绝顶聪明而又胆大手长的家伙。他们每隔些日子总要找个理由聚聚。当然每次都是周文廷等人张罗兼掏腰包，谁叫他们是大老板呢。老同学们都知道，李明扬每月的工资连一桌饭都买不来。李明扬从没问过周文廷挣了多少钱，也一直没搞清他到底做什么生意，就像他到现在都弄不清赵梅的公司究竟做什么一样。反正周文廷是大发了。用周文廷自己的话说，他现在就犯愁两件事，一是犯愁钱多花不了，二是犯愁追他的女人太多，赶都赶不开。李明扬和他通电话时，爱问他最近忙些啥，周文廷就说，还能忙啥，忙着花天酒地呗。李明扬说，整天沉湎于酒色，你的生意就不管啦？周文廷说，这你就不懂了，生意越大，老板越省心，那些做小买卖的，才忙得团团转。

李明扬有一次听一位做软件生意的校友高钦来说，周文廷的家底至少在三千万以上。尽管李明扬心里早有准备，但还是在听到这个天文数字后吓了一大跳。老天爷，他做什么生意呀？这才几年光景，一个几乎一文不名的"逃兵"，就弄出这么大的动静，简直太不可思议了！他做什么？抢银行，倒卖军火，还是贩毒？

在李明扬眼里，凡是快速致富的人，都有抢银行、倒卖军火或者贩毒的嫌疑。他就曾怀疑赵梅的公司干这些勾当。赵梅公司的头儿宋道刚就像个大毒枭。他把这个感觉说给赵梅听。赵梅笑说，老公呀，你是两耳不闻窗外事，一心当兵写材料。这个大都市呀，遍地都是黄金，只要路线对，就能赚到钱。眼里有钱，手里才能有钱。像你吧，眼里只有文字材料，一辈子也赚不到钱呀。

李明扬按照约定的时间来到周文廷指定的酒店。同学或校友们都到齐后，周文廷的宝马车才露头。车子停下，先从车里钻出一个光彩照人的妙龄女郎。这女孩穿着湖绿色的薄呢套装，脖子上的紫色纱巾打了个漂亮的结；亭亭玉立，明眸皓齿，姿态优雅。所有人都愣了足有一分钟。李明扬率先收回目光，他一下子想起了七八年前的赵梅。赵梅那时就这个样子，清纯得很，玲珑得很，滋润得很。

周文廷轻描淡写地对先到的人说："我表妹，非要跟我出来玩玩。"

除了李明扬，其他人纷纷用怀疑的语气嘀咕："表妹？以前咋没听你说过……"

周文廷说："说不说是我的自由，关你们屁事。"

入座之后，大家都轮流拿目光扫一下女孩，然后冲周文廷怪笑。其意不言自明：还表妹呢，老流氓了，以往啥也不避人，今儿个倒遮遮掩掩起来了。周文廷相貌虽丑陋，身边却美女如云，同学们早已见怪不怪，但你遮遮掩掩，不如实道来就不够意思了。周文廷从大家目光里读出了疑惑，有点急了，猛吸一口雪茄，大声说："龟孙才骗人！刘坤真是我表妹，亲表妹！我姨妈家的孩子。刘坤和我们是校友，现在上大四吧？学国际金融专业。"

周文廷在男女之事上素来诚实，基本不说假话。大家看看他，再看看刘坤，这回真信了。他们不但是表兄妹，而且关系相当纯洁，完全是表哥表妹的关系，没有掺杂亲情之外的男女之情。要在过去，表兄妹之间有点故事，乃至结婚都行，人们觉得很正常，顺理成章。如今反而觉得不正常了。现在机会多的是，没必要在窝里面瞎搞。因此，话题很快就转换了。

周文廷把一桌子的老同学或校友向刘坤做介绍。介绍那些大款时，刘坤脸上的表情是努力做出来的，一望便知。像她这样的女孩，年纪虽小，成熟得早，见识一点都不少，大款也罢，高官也罢，已经吓不倒她了。她可以很自如地逢场作戏，也可以很投入地与自己真心喜欢的人来往。当介绍到李明扬时，刘坤眼睫毛一耸，眼睛猛地一亮，灿烂地微笑着，表情就换成了从内心里流淌出来的样子。周文廷又补上一句："刘坤呢，我好像给你说过吧，李明扬是我最尊敬最佩服的同学和战友。就是因为今天他在，我才决定带你来的。"

刘坤说："李学兄，我早就知道你了，前几年出版的纪念建校八十周年图册上，有你穿军装的照片，同学们都觉得好酷好酷。你是母校的光荣。"

李明扬略带羞涩地挥挥手："我？见笑了，见笑了……你瞧在座的，哪个都比我阔气。"

刘坤是那种敢说敢做的女孩，不会在人前压抑和掩盖自己的观点。刘坤说："我知道，他们比你有钱，但你比他们更有价值，更纯洁，也更……高尚。他们平时干什么？你又干什么？他们呀——各位学兄，容我直说了，他们一心为钱，尔虞我诈，醉生梦死，纸醉金迷，偷税漏税，意志消沉，乌七八糟；而你呢，独善其身，性情高洁，志存高远，出污泥而不染，重任在肩。所以，你更神圣。"

刘坤的话引来一片喝彩，除了李明扬拼命摆手外，其余人居然都认同刘坤的发言。周文廷摸了把他的谢了顶的光头，说："我的公司给社会提供了几十个就业机会，每年纳税过百万。可我这个表妹，经常嘲笑我满身铜臭，俗气得很。女人呢，难琢磨，你没钱，她瞧不上你，说你没本事；你有了钱，她又嫌你俗气。"

刘坤说："表哥，谁说我瞧不上没钱的。这位李明扬学兄，没钱吧？可我认为他最值得尊敬。你不也尊敬佩服他吗？"

做软件生意的校友高钦来咂咂嘴："瞧瞧，刘坤眼里只有李明扬了。周文廷呀，你可得当心哪！"

周文廷说："扯淡，我当心什么？我表妹看上李明扬，我反而更放心了。她和你们这些老色鬼来往，我才担心哪！"

那天的聚会，李明扬和刘坤成了大家谈话的中心。老同学老校友们借酒助兴，拼命地拿李明扬和刘坤开涮，口无遮拦，妙语连珠，人人都有着上佳发挥。李明扬以为刘坤一个小女孩受不了这种场合，哪想到她一点都不怯场，情绪比任何人都高。喝了几杯酒之后，刘坤瓜子脸红扑扑的，少女的风韵一览无余。李明扬也是格外开心。自从和赵梅产生芥蒂后，他的神经一直紧绷绷的，几乎都要崩断了。现在突然得到放松，他觉得舒坦极了，有种飘飘然的感觉，都快忘记自己姓什么了，酒一杯接一杯地喝，来者不拒，痛快淋漓，竟然毫无醉意。他的豪放，他的学识，他的精干，他的气度，他的风范，他的姿态，加之他本来就相貌堂堂，风度优雅，因此不费吹灰之力，无意之中就把一桌子的老同学都给盖了。

有好几次，李明扬和刘坤的目光突然相遇，如果在座的谁有特异功能，准能看到迸出的火花，准能听见哧哧的声响。李明扬有点惊慌，每次都率先移开目光，仿佛怕被烫着烧着。刘坤就比他沉着。李明扬虽然只比刘坤大十岁左右，从年龄段上划分，仍属于一代人，但他已经完全无法把握像刘坤这样的当今大学生了。刚才做软件生意的校友高钦来不是说了吗？高钦来说："现在的学生呀，可不比咱们那时候了，咱们那时候，还知道含蓄一点，现在他们呢？不用超过三分钟就能爱上一个人。"

刘坤就是这样的人。过后李明扬才掂量出来，刘坤居然真的迷上他了。太不可思议了。

聚会临近尾声时，周文廷照例要做个小结。这回的小结是针对李明扬的。周文廷摸一把油光闪闪的脑门，清清嗓子，正色道："明扬，我呢，一直关心你的前程，总觉得你应该比我们几个都伟大。我想问问你，下一步有何打算？"

李明扬说："没什么具体打算，得过且过吧。"

周文廷说："正好今天兄弟们都在这儿，明说了吧。我的意思是，如果你将来能当个将军，你就在部队接着混；如果没希望呢，趁早向后转。我还是那个观点，人不能在一棵树上吊死。不管白猫黑猫，逮着老鼠才是好猫。"

李明扬说："这个问题有点严肃。今天还是不谈了吧。"

刘坤插话说："表哥，你可不能拉拢腐蚀我的偶像呀。你们自己过资产阶级腐朽生活也就罢了，千万别再把人家李明扬拉下水。中国像你们这号的商人，遍地都是，一百万个都不止。可是中国像李明扬这样的军人，我敢说，不超过一千个。李明扬，你别听他们的。"

做软件生意的高钦来说："刘坤，不是我们，而是你在拉拢腐蚀李明扬！"

话音未落，引来哄堂大笑。刘坤笑得满脸淌泪。周文廷用力一挥手，说："宴会到此结束。下面到七楼打保龄球。"

在保龄球馆待了不一会儿李明扬就下楼了。不是急着回家，而是想到大门口散散心。门前的大马路上，车流如潮，霓虹闪烁，这个大都市的夜生活，春天的夜生活，才刚刚开始。不知何时，刘坤也出来了。李明扬觉得身后有异常，一回头就看到了她。她的一双眸子像一对小灯笼。李明扬站着不动，等刘坤走近。恰在这时，一个挎花篮扎辫子的小女孩跑过来，冲着李明扬说："叔叔，买枝花吧，刚摘下的玫瑰，五元一枝。"

李明扬有点不知所措。刘坤调皮地说："给女士献花，是男士的权利和义务嘛。"

李明扬仍是糊里糊涂："那，要几枝呢？"他是真的不习惯这个了，或者说是落伍了。

刘坤伸出一根指头："我只要一枝。"

刘坤从李明扬手里接过玫瑰花，放在鼻端久久嗅着……

九

李明扬在 B 城军事院校待的时间不算太长，也就三年多。可他总也忘不了在那里的日子。

经历过最初的不适应之后，往后就顺畅多了。小城环境优美，阳光充足，李明扬很快就喜欢上这个地方了。军校校园里的生活也是宁静的，人与人之间的关系单纯得很，完全不像大都市里那样复杂，人们互相提防，一不留神就会有人下套害你。李明扬庆幸自己走对了路子。他认为，自己最大的收获就是那些日子灵感奔涌，像脱缰的野马。他提起笔来，写下一篇篇文笔优美、立意深邃的散文随笔，寄往全国各地的报刊。有的发表了，有的没发表。发表了的，学院里的同人们阅后纷纷叫好。没发表的，换个地方再寄一份。多么有趣呀。如果不是因为赵梅，李明扬或许会在 B 城待一辈子。

李明扬毕业两年之后，母校请他回去给应届毕业生做过一回报告。报告的效果不是太好，这一点早在李明扬意料之中的。按照母校的要求，李明扬要穿军装在校园里出现。穿军装的李明扬，挺拔英武的李明扬，气宇轩昂的李明扬，一抬手一投足都像仪仗队员那样百般标致的李明扬，和那些戴着眼镜，须发乱飘，胖瘦分明，走路歪歪扭扭、稀稀拉拉的男生一比，立马就成了羊群里的骆驼。他这个样子男生可能不当回事，女生可就太当回事了。

从会场里出来，李明扬目不斜视地刚走到一处花坛前，就有一个女生微笑着上前打招呼。女生说："李学兄，我都以为再也见不到你了。"

李明扬一愣。听她这口气，以前肯定见过他。那么她是谁呢，想不起来。这个女生身段和脸蛋都没的说，在母校女生堆里绝对属于上乘姿色。李明扬看她一眼，眼珠子立马被她灼疼了，赶紧低下头。如果哼哼哈哈应付一下就走开，将来他个人的回忆录就得改写。但此时他的心里头突然充满了柔情。虽然他军装穿在身，可心并不是钢板一块，依然是极易为情所动的男儿心。母校其实就像娘家，这里所有的人都是娘家人，李明扬看着哪一个，都觉得亲，何况是个风情万种的女儿身。女生说："李学兄，你不记得我了吧？"

李明扬摇摇头，说："真对不起，我想不起来了。"

女生手往花坛里一伸，指着一片姹紫嫣红的花朵说："两年前，我给你献过花。"

这下李明扬想起来了："啊，你叫……赵梅。没错，赵梅！"两年前的那次送别场面"哗"地一下子涌到他面前来了。赵梅是他辞别母校前留到脑海里的最后一个印象，既清晰又缥缈，今朝得以重现，仿佛时光倒流，李明扬很高兴。

赵梅比他还要高兴，那样子欢天喜地的。

李明扬说："赵梅，你怎么还认得出我？你的记性真好，谢谢。"

赵梅说："一周前系里就宣布你要来演讲，我早就做好了听你讲话的准备。"

李明扬面带愧意："讲得不好。"

赵梅说："不是讲得不好，而主要是听众不感兴趣。人各有志嘛，你就是讲得再好，人家不感兴趣就变成了对牛弹琴。不过，我感兴趣，我认为讲得精彩。我上了三年大学，这堂课最使我难忘。只要有一个忠实的听众，你就应该感到幸福对不对？"

李明扬笑了，心里的尴尬和郁闷一扫而光。他说："赵梅，我想再说一句：谢谢你……这样吧，我请客，到门口吃新疆烤肉、兰州拉面。"

新疆烤肉、兰州拉面，是这所名牌大学的学子们最喜欢吃的两种食物。有数不清的这类小饭馆包围着他们的校园。在那些简陋的馆子里，还有路边的这些小吃摊上，发生过多少青春故事，留下了多少迷人往事。李明扬有生以来的第一个女朋友就是在这种场合认识的，她是本校外系的，他来吃拉面，与她坐在了同一张小饭桌上，就算认识了。后来他们一同来吃了两回烤肉和拉面，就开始约会了。这段恋情维持了差不多三个月，到底还是没能留住。主要是性格合不来，女的太盛气凌人。李明扬打听过，毕业后她去了加拿大。分配至 B 城后，李明扬只要回忆起四年的大学生活，总也绕不开校园附近的新疆烤肉和兰州拉面，仿佛这两样东西是他大学生涯的见证。有时他实在馋了，就骑辆破自行车在 B 城的大街小巷转来转去，好不容易寻找到类似的小吃摊，味道可是差远了。后来他又悟出，味道差是一方面，主要还是环境变了，心境不同了。

这时已是傍晚，来小饭馆小吃摊打牙祭的学生真有不少，大都是成双成对的。李明扬搭眼一看，就知道哪几对是刚接上火，哪些已是煮熟的鸭子。如果你连这个都看不出来，说明你白在这所名牌大学读了四年书，说明你的智商有点问题。李明扬和赵梅肩并肩往前走，想找个清静的地方。迎面扑来的气味，汹涌的气味，熟悉而又亲切的气味，都快把李明扬的鼻孔给搞肿了。

路过一家门面不大的花店时，李明扬没有征求赵梅的意见，直接闯进去买了一大束鲜艳的、带着水珠的玫瑰花，递给赵梅，说："今天轮到我向你献花了。"

赵梅双手接过花，灿烂地笑着，说："呀，我都幸福得有点过头了。"

他们在一个稍显清静的小馆子前停下，又找两个靠窗的座位坐下。身材滚圆、白脸似银盘的老板娘亲自过来给他们倒茶。李明扬望着这位似曾相识的老板娘，打量几眼似曾相见的店内布局，仿佛故地重游，心情愈加放松。他的视线移向窗外，突然看到一轮特别明亮的月亮挂在天上。他想起，他在这座大都市待了整整四年，却不记得见到过如此明丽的月亮，于是就指给赵梅看。李明扬说："你也在这里待了三年多了，你说说，你见过这么圆这么亮的月亮吗？"

赵梅肯定地说："没有，我从来没注意过这里的天上有月亮。"

李明扬说："可它今天晚上隆重出现了。"

赵梅说："那就谢谢它。"

两大盘辛香扑鼻的烤肉端上来了。二人端起啤酒杯，使劲一碰。酒未及沾唇，赵梅说："哎，明年我毕业，也到你们院校当个教官，好吗？"

李明扬说："那可是太好了！"

赵梅说："我有空时，去找你玩，可以吗？"

李明扬说："当然可以！"

这话说了没几天，赵梅竟然真的跑到 B 城找李明扬来了。也不知她是怎么摸来的，仿佛从天而降，把个李明扬弄得老半天没缓过神来，不知是喜还是忧。当晚赵梅就上了他的床，谁也没感到突兀，好像一切都顺理成章，自然而然似的。半夜，他们被满地的月光惊醒，爬起来裸着身子到窗户根下看月亮，又想起几天前吃烤肉时看到的月亮。李明扬说："只要是晴天，只要它出现，这里的月亮必定是这么亮。"

赵梅说："那里和这里，同是一个天，月色却不同。"

李明扬说："天是一个天，地却不是一个地，所以它不同……赵梅，我得问你一句，为何匆匆忙忙来找我？"

赵梅说："因为我——崇拜你！"

想必这就是真实的答案了。

三天后赵梅返回了学校。这三天全学院都知道李明扬有女朋友了，而且生米已经煮成熟饭了。这以前人们就怀疑李明扬有女朋友，而且是大都市的。他却死活不承认。这下纸里包不住火了。事情原本不算啥，男大当婚嘛，但却有人难过得要死要活——据消息灵通人士说，学院里有三个人最伤心：一个是卫生队的护士林若萌，学院政委的千金，俨然大家闺秀；一个是基础教研室的女教官张向阳，才貌双全，气质高雅；还有一个是政治部的文化干事巩秋芸，能歌善舞，柔情似水。这三人号称学院里的三朵金花，高傲得很，一般男的连瞧都不瞧一眼。她们都对李明扬有那种意思，也都用各种方式进行过火力侦察，现在却都成了那个来历不明的女大学生的手下败将。看来 B 城还是拴不住李明扬啊，他早晚要离开的。

学院政委对此总结道:"她们下手下晚了。"

十

刘坤给李明扬打过四次电话。头两次没别的事,就是聊天。上班时间,办公室里人来人往,李明扬只能是哼哼哈哈应付几句。他真不希望刘坤往办公室里打电话找他,可又不便明说。他怎么能忍心伤一个女孩子的自尊,何况她又是老同学周文廷的亲表妹,何况她要说的都是挺健康的话题。

第三次来电话,刘坤委婉地提出,周末同学们结伙到西山游玩,希望李明扬能陪她去。刘坤说:"人家全都是一对一对的。我呢,笨死了,连个男朋友都找不着,我跟人家去,简直就是电灯泡嘛。李哥,求你陪我去,要不我太没面子了。"

李明扬犯难了。李明扬好像从来没这么犯难过。他突然觉得牙根疼。他瞅一眼正埋头修改材料的处长,硬着头皮说,他可能周末要加班赶材料,如果不加班,再联系再定。先这么应付过去了。脑门上居然沁出了汗。

刘坤的第四次电话,李明扬是在等75路公交车时用手机接的,时间是周五下班之后。这地方没人监视,李明扬胆子就大了。想到周末在家里,还不是继续和赵梅搞冷战,虽然不吵不闹,不打不骂,但家里的气氛糟透了,像暴风雨前的虚假宁静,他已经感到太累了,差不多都要虚脱了——出去散散心又何妨,不就是爬爬山吗?又不干别的,而且是成群结伙。于是,就答应了刘坤。

这天刘坤把长发盘到了头上,戴了顶鹅黄色的遮阳帽,穿着短衫和紧身裤,足蹬白色的旅行鞋,背着个圆筒状的紫色旅游包。看上去更调皮,更洋气,更有朝气,更富青春韵味。不算李明扬,刘坤他们一共来了七个人。那三对男女分别手拉着手,亲昵地往山上爬去,把李明扬和刘坤落在了后面。

二人并肩往上走,一时话不多,各怀心事的样子。在李明扬看来,他现在觉得，自己此番偷偷跑来陪一个刚认识没几天的女孩子爬山，相当不正常，有点无聊，有点唐突了。这算什么事？所以他感到步履沉重，呼吸急促，汗也钻出来凑热闹了，后背湿乎乎的。而在刘坤那里，她是在积聚勇气，寻找时机。这个世界上，唯有她自己清楚，她已经深深地迷恋上李明扬了。这样的迷恋十有八九是一场错误的游戏，可刘坤不怕。刘坤知道挺难。刘坤最愿意打攻坚战。按说这种事情上应该她属于防守一方才正常，可是李明扬是个军官哥哥，军官哥哥作战时敢打敢冲，这种事上就不好说了。所以刘坤决定由她发起攻击。不过，先不慌，得掌握好节奏，不能把军官哥哥吓跑了。

刘坤的那几对同学步伐挺快，眼看就没影儿了。刘坤却一点儿都不着急，这儿瞅瞅那儿看看。李明扬催促刘坤快点，免得和大伙走散了。刘坤说，傻帽儿，人家巴不得单独行动，你想追上去当电灯泡？李明扬一想，也对呀，爬山嘛，不过是个借口，年轻人借机出来亲热才是真，于是就不再催她。刘坤掏出一条手帕，很自然地递给李明扬。李明扬犹豫一下，还是接了，擦去脸上的汗珠，觉得清爽多了。

他们有一搭没一搭地边聊边走。后来刘坤谈起 B 城，李明扬总算找到了可供发挥的话题，情绪立马就上来了。B 城留给他的印象太深了。B 城是他青春和爱情的见证。B 城滋润了他的性情。B 城给了他灵感和激情。B 城是他生命中的一个重要转折。他就是在 B 城成长为一名还算出色的军人的。作为一名优秀的教官，他和学员们，和校园里的一草一木建立了深厚的情谊。可是他却鲜有机会再回 B 城了。学院操场边上的大片垂柳还是那么苍翠吗？那条穿过校园的小河还是那么清澈吗？B 城的天空中还能见到鸽子飞翔吗？B 城的少女还是那么羞涩多情吗？……他都不知道了。他已经离开 B 城六年了……想到这里，说到这里，他竟然伤感得眼圈红了，如果不是因为刘坤在场，说不定他会落下泪来。

B 城成了一个遥远的背景，李明扬终究会淡忘它的。可现在，老天爷却又把刘坤推到他面前来了。刘坤就是呼吸着 B 城的空气长大的，她恐怕是 B 城最美丽多情的少女。他们却相识了。很偶然，很好玩。难道这是一个巧合吗？李明扬想到了引火烧身这个成语，后悔不该参加那个无聊的聚会。后悔死了。

他们两个人的手不知什么时候攥在一起的。都没觉得用力，却攥得紧紧的，好像在他们之外，还有一个力量，作用到他们身上了。路上游人不多，到秋天时这里才热闹。两人往上走，走得很慢。两只手攥得很紧，手心里全是汗，像抹了润滑油。抹了油的手就会有滑脱的危险，所以都小心翼翼的，生怕弄丢了一只。到后来刘坤好像是累了，走不大动了，干脆挎住李明扬的胳膊弯，半边身子靠在了他身上。刘坤不时抬起脸来，用黑葡萄般漂亮的大眼睛仰望他一下，又一下，再一下。有时还调皮地眨巴一下，噘一噘嘴唇。李明扬浑身的筋骨都像被抽走了，一会儿感觉是在往天堂里走，一会儿又感觉是在下地狱。心反复受煎熬，都快碎了。

李明扬总想把话题往赵梅身上扯。他是有家室的人了，想必刘坤也知道。如果刘坤接他的话把儿，他就会告诉她，赵梅是个很贤惠很能干的女人，赵梅像刘坤这个年纪时，同她一样漂亮。现在赵梅依然相当漂亮，一点儿都没发胖，脸上没起一点儿皱纹。他当然不会把赵梅最近弄出的那档子烂事说给刘坤。家丑不可外扬嘛，况且谁没个失足的时候？改了就是了（想到这里，他觉得牙根疼）。可是，刘坤压根儿就对赵梅不感兴趣，就仿佛赵梅不存在似的。李明扬有点没辙了。但李明扬决计还是要讲。如果不讲，好像他存心对人家姑娘隐瞒什么似的。李明扬就硬着头皮讲。起初刘坤一声不吭。到后来，李明扬讲到赵梅在一个民营公司当主管，做生意也很有一套时，刘坤有反应了。刘坤说："像我表哥一样，不过是些唯利是图之人，眼里只有钱罢了。和商人一起生活，你不觉得很乏味吗？"

李明扬接着讲他面临的困惑。不是情感的困惑，是职业的困惑。在B城时，他文思如泉涌，灵感似清风，写出的文章虽然未能震动文坛，但那确实是一些难得的好文章。离开B城，调进目前就职的这个大机关之后，他的灵感渐渐消失，没有时间，也没有心情再写那些发自于自己心灵的文章了。军营生活越来越平淡，他好像也越来越平庸了。而任何时代都是属于强者的。目前这个世道，人们倾向用你是否获得权力和金钱这两个标准，来衡量你的价值。就连赵梅这个曾经对他崇敬之至的人，都有点蔑视他了。

这时刘坤发话了。刘坤绝不允许任何人蔑视李明扬。刘坤一用力，从半搂半抱的状态下解脱出来，脸涨得红红的。刘坤挥了挥小拳头，拿出辩论的架势，说："这个世界上，谁也没有资格贬损你。你比你周围的那些人，我是说那些嗜钱如命的人，那些官迷心窍财迷心窍的人，还有那些贪图安逸缺乏志向的人，强一千倍都不止！我刘坤长到二十二岁，普天之下的男人里，能让我佩服的，不多，但我确确实实佩服你，欲罢不能……"

李明扬赶紧做个手势，制止刘坤往下说。刘坤已经对他入迷入魔了。他已拿定主意，这是和刘坤的最后一次见面。他是个有责任感的男人，自打和赵梅有过性关系后，他从未在别人那里失过身。想到这是最后一次见面，李明扬反而放开了，刘坤蹭他，他也不躲闪。两个小时后，他们不想再往上爬了，就找个隐蔽些的地方坐下。刘坤依偎着他，微闭着眼睛，幸福得不时发出呢喃声，像刚出壳的小鸟。李明扬感觉像抱着个火炉子，虽烫得难受，却一动也不敢动。他想，反正以后不再见她了，今儿个就咬牙坚持一下吧，别辜负了人家姑娘的一番美意，别显得自己不像个男人。然而就在李明扬也陶醉得快不行时，他还是清醒过来了。他想到了赵梅。他告诫自己，还是……原谅赵梅吧。原谅她？应该原谅她。还是那句话，人哪，谁都有个糊涂的时候啊。李明扬轻推一下柔若无骨的刘坤，说："刘坤对不起，我想给赵梅打个电话。"

李明扬掏出手机，往一旁挪了几步。电话拨通了，赵梅听出是他，相当兴奋，简直是受宠若惊了。赵梅急切切地说："你吃饭没有？回家吃吗？你现在在什么地方？我开车去接你吧？"语无伦次，说了一大堆。

李明扬说："不不，我不回家吃了。我现在……在一家书店转呢，一会儿回去。再见再见。"赶紧收起电话。刘坤定定地望着他，大眼珠子一动不动，表情怪怪的，似半怨半哀。李明扬惆怅地想，唉，生活就是这么复杂呀，我肯定不能向赵梅说我跟刘坤在一起呀，虽然光天化日之下不会发生什么越轨的事情，可也是不能说的，说了就会闹误会的……

想到生活就是这么荒谬，李明扬无奈地摇摇头。

十一

虽然李明扬和赵梅的爱情来得太快太猛，有点不真实，有点天上落馅饼的意思，让人不放心，不踏实，但他们还是让它生根发芽了，而且一路还挺顺利。这大概就是天意了。

一年后，赵梅毕业。李明扬想起她当初的许诺，问她是不是真的愿来 B 城。赵梅说，鸡蛋不能都放到一个筐里，咱俩不能钻进同一个笼子里，否则连个退路也没有。李明扬冷静现实地一想，觉得赵梅的话有一定道理，就不再勉强她。毕业后赵梅选择进国家机关当了一名公务员。挣钱不多，但安逸自在，没什么压力，混日子就是了。婚后，他们每隔个把月总能见次面，也没觉得两地分居有何苦衷，反而时常体会小别胜新婚的快乐。

又过了一年，上级机关的调令下来了，调李明扬到宣传部工作。这个结果早在人们的预料之中，所以没人感到惊讶。到大都市工作毕竟不是一件坏事，而且又是上级机关要人，李明扬不可能拒绝，尽管他真的有点舍不得这个地方。离开 B 城之前，李明扬特意来到他革命事业的引路人张处长家，向张处长道别。张处长竞争学院训练部副部长失败，职务上到头了，有点落魄，有点灰头土脸，已确定转业，正在收拾东西准备搬家，回他的故乡济南去。张处长刚捆绑完一只大纸箱子，用力拍打着手上的灰尘，迎上来对李明扬说："小李呀，我在部队的使命就算完成了，回老家去享几年清福。你年轻有为，路还长着呢，好自为之吧。我相信你会有大出息的！"

李明扬上前紧紧握住张处长一双沾满灰尘的大手，说："张处长，不管我将来怎么样，我都会感激你的。"

调到机关后，过了好久好久赵梅才透露给李明扬，宣传部之所以调他，不是因为他毕业于名牌大学，更不是因为他会写文章（他写的那类文章人家根本就不当回事，人家感兴趣的是搞材料，也就是写机关公文），而是她托单位里的宋道刚处长给办的。宋处长的父亲是一位高官，说话管用，一个电话就成了。

或许正是这件事情，促使李明扬下决心写好材料。他要把干巴巴的材料写出感情来，写出智慧来。但是最初，事与愿违。他的处长告诉他，他写的东西感情色彩太浓，遣词造句过于追求新颖别致，似是而非的东西太多。这不是写材料的路子。机关公文其实就是一种严肃的文字游戏，有它固定的模式套路和叙述方式，官话、空话、套话是无法避免的，关键是用活它；同时必须紧密地和上级的精神保持一致，什么都要往这上面靠，还要体现出它的威严、庄重和一本正经，而不是宣泄什么空洞的情感。他重新调整思路，潜心研究别人的材料，不出半年，就基本上路子了。又过半年，没人再小瞧他了。

李明扬在机关扎下了根，赵梅却把国家公务员的铁饭碗索性砸了。她想跟她的处长宋道刚一块儿办公司。宋道刚比李明扬大不了几岁，处长已经干了好几年了。赵梅说，人家宋道刚连处长的乌纱帽都不要了，我怕什么。再说宋家势力大得很，跟着有势力的人走，不会吃亏的。赵梅进一步给李明扬分析说，你瞧瞧吧，社会上什么人最穷？老老实实到单位上班的工薪族最穷，靠那几个工资，永远是初级阶段；那些赚了大钱的，无一不是胆大妄为的单干户。当前的中国，民营企业最具活力。李明扬说，我觉得咱俩的钱够花的了，要那么多钱干吗，生不带来死不带去。赵梅说，你瞧咱俩，寒窗苦读十几年，也该算是高级知识分子了，只要给机会，未尝造不出原子弹，可是连套房子都住不上，每次到公厕方便，我的头就大。指望公家，还不知等到猴年马月，我挣点钱买套房子住，总可以吧？李明扬换个话题，说，我总觉得姓宋的不可靠，他虽然是董事长，其实一点事都不懂，你可别上了他的当。赵梅严肃地说，宋道刚这人有很多缺点，但也有很多优点，他一个最大的优点——不好色。

宋道刚给赵梅开出的年薪是十万，年底还有一定数额的奖金。李明扬以为姓宋的吹牛。但到了年底，真的兑现了，李明扬也就无话可说了。赵梅说，老公呀，我能赚钱，你就不用考虑钱的事了，安心为祖国人民站岗放哨吧，我情愿养着你。其实话说到这儿，已经是有点嘲讽的意思了。李明扬不想和女人理论。这些商人，挣了点钱马上就想给脸子说怪话，也不想想，没有老子们站岗放哨保家卫国，你们挣谁的钱去？

你挣的钱还不都得孝敬给敌人？但李明扬不想和赵梅理论。军人和商人，很难有共同语言，互相给个面子就行了。

宋道刚的公司不但没像李明扬想象的那样迅速垮掉，反而越办越红火了。真不知他们捣鼓啥。赵梅升任了主管，年薪加到二十万了，说是以后还会增加。去年秋天，四季花园竣工，赵梅把存款全拿出来，又从公司预支一部分，买下了这套三室两厅的房子。李明扬估算一下，他攒下的钱只够买那个四平方米的卫生间。他和赵梅开玩笑，说如果将来离婚，他这间卫生间就不要了，送给赵梅。赵梅说："少校，你得了吧，真要像你说的离婚，我就把房子让给你——哎，房产证上写的不就是你的名字吗？你是家长嘛——我把房子给你，自己再去挣，就算我拥军吧。"

李明扬义正词严地说："赵主管，收起你的房子吧。本人就是住到大马路上，也决不会接受你的施舍。当年解放军打下上海，不就睡过马路牙子吗？还留下了千古佳话呢！"

十二

夏天到来时李明扬又经受了一次打击。说是打击，其实也没啥大不了的，就是那个职务问题。

春天就有传言，宣传部另一个处的处长王德伟要到国防大学上学，李明扬这个处的副处长孙启亮过去接任处长，腾出的副处长位子很有可能是李明扬的。夏天一到，前两个传言都变成了现实，唯独李明扬的事没有落到实处，王德伟那个处的干事曾庆高过来接替了孙启亮，成了李明扬的顶头上司。

这一阵子和赵梅闹矛盾，虽然情绪不高，但李明扬并没有本末倒置，他仍然很看重自己的事业，甚至更看重了。如果再没了事业，没了进取心，在赵梅面前，他就更是什么都没有，什么都不是了。对于接任副处长一职，李明扬还是比较自信的，成绩在那儿摆着嘛。

然而，还是落空了。李明扬有点蒙了。处长老早就提醒过他，要他不可掉以轻心，现在的事情，不能光凭想当然，煮熟的鸭子又飞了的情况屡见不鲜。处长甚至暗示他，必要时，要到部领导那里走动走动。处里虽然积极推荐他了，但最终还是部里说了算。若是更高级别的首长能给他说句话，就更有把握了。处长的教诲，李明扬一点都没往心里去。他甚至还在心里头嘲笑处长，有点小题大做了。再说让他耷拉下脑袋到领导那里跑官要官，他真干不出来。从小到大，从地方到部队，从B城到这个大都市，他从来没有向领导张口要过什么。他张不开这个口。

其实对他不利的传言早就有了，没有引起他的警觉罢了。比如，有传言说，李明扬也就是会写个材料，是个笔杆子而已，组织领导方面的才能欠缺一点；再比如，有传言说，曾庆高的岳父和部长是老战友，生死之交；又比如，有传言说，曾庆高和司令的秘书是老乡，二人过从甚密，等等等等。李明扬对这些传言一概未予理睬。现在看来，这些传言空穴来风，未必无因。

曾庆高的命令正式宣布之前，处长代表部里郑重地同李明扬谈了一次话。处长说，组织上在用人方面一直是力求公正的，但很难做到百分之百公正，这个道理你应能理解。部里对你的工作给予了很高评价，部长表示下一步会重点考虑你，请你相信组织，正确对待。以后机会有的是，不要气馁，现在正是考验你的时候。处长接着又换了副口气，是处长自己的口气，处长说，小李呀，人这辈子吃两三次亏是很正常的，比如我，要不是吃亏，副部长早就干上了。你呀，什么都好，就是还有一点点学生气，稍微改一改就更好了。

处长终究是处长，看得太准了。他李明扬就是有这个臭毛病，如果这也算是毛病的话。他努力在脸上挤出一点微笑，说："请处长务必转告部首长，我会正确对待的。组织上这次没考虑我，说明我还有欠缺之处，以后我会更加努力。"

处长满意地说："这就对了。"

嘴上说的，和心里想的终究不一样。李明扬心里别提多窝火了。如果输给别人，李明扬也就认了，可他偏偏输给了曾庆高。曾庆高是个机关混混儿，连份简单的讲话稿都写不好，可就是这么一个人，成了他的顶头上司。

李明扬渐渐地明白了，会不会写材料似乎并不是主要的。会写材料充其量只是个干活的命，却不是当领导的命。如果说以前李明扬偶尔还会冒出当将军的念头，那么现在他总算意识到了，他永远也当不上将军的。永远也当不上！如此说来，他那个念头就很可笑了，十分可笑，有点不自量力的意思了。

再想想几个月前，李明扬还高傲得很呢，心气大得不得了，根本没把一个小小的副处长职位看在眼里。现在他才知道，他是很看重这个的。这或许与赵梅有关。说到底，他不光是和曾庆高在争，他同时也在和赵梅争。说不定呀，也在和宋道刚争，和周文廷争，和许许多多相干不相干的人争。争来争去，头发也该稀少了，背也该驼了。

是不是也和自己在争？

李明扬重新审视自己的生活，发现了众多的问题。

李明扬和赵梅的关系一直是不冷不热，家里的气氛始终冷冷清清。夜里，李明扬独自躺在书房里的沙发上，睡不着。他爬起来想写点东西。电脑打开了好半天，屏幕上一个字都没出现。写什么？写那些千篇一律的材料？太枯燥了。写点文学作品，像在 B 城那样？写不出来了，早就没有那份感觉了。

经过多日的思索之后，李明扬竟然产生了离开这个大机关，下到基层部队任职的念头。有一天，办公室里只剩下他和处长时，他把这个念头说给处长听。处长起初没当回事，等弄明白后，处长一惊慌，碰倒了茶杯，茶水把桌上的一摞材料都泡了。处长手忙脚乱收拾一阵，说："你小子，不像话，一点挫折都经受不住。以前你可不是这样的。"

处长以为李明扬还在赌气。李明扬赶紧解释，说他绝对不是因为没当上副处长而赌气。李明扬说的是真心话。他已经想开了，彻底想开了，在这个大机关的大院里，处长、副处长这一级别的干部比苍蝇蚊子都多。他这个当干事的，整日知道写材料，谨小慎微，前怕狼后怕虎。说他是军人吧，他连一点军人的豪迈和果敢都快没有了；说他不是军人吧，他还穿着军装。近来，他时常想起十九世纪俄罗斯作家笔下的小公务员形象。当然李明扬不能把这些想法说给处长听。李明扬说："下到基层锻炼锻炼，对我的成长进步会有帮助。"

处长用沉痛的语气说："你想过没有，下去很有可能就回不来了。

下面多少人盯着机关呀，削尖脑袋想往这里调。"

这倒是个问题。李明扬没了话。

处长趁热打铁："还有，你征求过赵梅的意见吗？当初你往机关调时，多亏了人家赵梅……"

提起赵梅，李明扬火又上来了："我自己的事情，自己说了算。当初要是知道她背后玩猫儿腻，我就不来了。"

处长怔忡着，打算以退为进："那你打算到哪个部队去？"

李明扬说："这倒没考虑……回 B 城我的老单位也行。"

处长笑起来："你呀，太天真了！你不想想，你去了，人家还以为你在机关没干好，给发配回去的呢！得，这件事情到此为止，不要再说给任何人听，什么也别说了。你老老实实在这儿干，只要我在，你就别想离开一步！"

十三

刘坤去深圳之前，李明扬和他见了最后一面。那次从西山分手后，李明扬下决心不再和刘坤来往了。人家还是好端端的姑娘，自己是个有妇之夫，关系再发展下去就要出问题了，于情于理都说不过去。虽说社会上的人找情人成风，人人都快疯掉了，可他李明扬不想这么干。他要是喜欢干这种乱七八糟的事就不到部队来了；他要是喜欢他早就转业了；他要是像周文廷他们那样有钱有自由，干干也无妨，可他不是周文廷，他们终究不是一路人。

刘坤断断续续打过几次电话。刘坤是个极聪明的姑娘，见李明扬不热心，好一阵没再主动和他联系。刘坤好像失踪了。李明扬心里踏实了，却又有一点说不出的惆怅。刘坤是个多么出色的姑娘啊！和当年的赵梅一样出色。他这辈子很难再碰到像刘坤这样出色的姑娘了。老天爷不会再给他机会了。

这天下午，当李明扬突然接到刘坤的电话时，心扑通扑通跳得厉害。刘坤说，她马上就要毕业了，关于毕业后的去向，她想听听李明扬的意见。这可是一件大事，三言两语说不清。因此当刘坤邀请他到某一个地方见面时，他当即答应了。

见面的地方李明扬以前去过，是周文廷的五处房产之一。李明扬满头大汗赶去后，发现只有刘坤一人在家。刘坤说她表哥周文廷去香港了，昨天走的。刘坤好像瘦了些，长发斜披到一边，眼睛显得更大了，眼睫毛显得更长了，目光也更深邃了，像两泓清泉，发出幽幽的光，深不可测的样子。刘坤递给李明扬一块喷了香水的湿毛巾，让他擦汗。二人说过几句诸如天气之类的无关紧要的话之后，突然没话了，偌大的房子一片沉寂，只有空调机的声音充斥着空间。沉默是爆发的前奏，这是相当危险的。事实上刚才李明扬一进门，就预感到潜在的危险了。李明扬既没有逃走的勇气，也缺乏留下来的勇气，只能走一步看一步了。李明扬喘口粗气，没话找话。他说："刘坤你瘦了。"刘坤说："没有瘦。以前见你时穿得多，现在穿少了，显瘦。"李明扬故作镇静地抬眼去打量刘坤，发现她的确穿得少，上身只穿一件小小的白色无袖短褂，露着圆圆的肚脐，胸脯若隐若现，下边是一件长不及膝盖的短裤，光着脚丫。刘坤光着脚丫站在李明扬面前的地毯上，像一幅淡雅的水粉画。李明扬听到了自己的心跳，咚咚的，像一面被重击的小鼓。他迷迷糊糊地、昏头昏脑地反复拷问自己，你是否喜欢上刘坤了？他无法回答这个问题。他只能回避它。

室内沉默的气氛压得李明扬喘不过气来。刘坤的小嘴也是一张一张的，仿佛在渴求什么。李明扬说："刘坤，给我倒杯水。"刘坤不动，一动不动，像是恍惚了，痴呆了。好在李明扬的头脑暂时是清醒的。李明扬居然还能够在这个要命的时刻思考严肃的问题。他想，男人这一生啊，有许多的追求，世俗的追求主要有三：权力、钱财、美色。新闻媒介上不是时常披露吗？某人当上领导了，却又翻船了，原因是贪污受贿，捎带着乱搞女人。权、财、色全占了。一不留神，又身败名裂了。可见，男人这一生啊，虽然要过好多关，但主要的呢，就是这三关：权、财、色。这三关哪一关都不好过。谁能够过一关，谁就是个相当不错的男人了。谁能够过两关，谁就是个相当优秀的男人了。谁要是能够过三关呢？他简直就不是人，简直就是神了。这样的男人天下不能说没有，但恐怕是极少的。美丽的女人，古人对她最高的评价是："倾国倾城。"像刘坤这样的女人，不知该给她个什么评价，想必也是不会差的。可是，李明扬想先问问她，你为什么，你为什么要这样？

李明扬挺直腰板，理理脑子，清清嗓子，抬高嗓门说："刘坤！给我倒杯水！"

刘坤从迷乱中醒过神来。刘坤跌跌撞撞到饮水机那里，倒了一杯水。但是，她没有能够把这杯水递到李明扬手上。她没有力量了。她像要瘫掉似的，一步三晃。杯子无声地砸在了地毯上，水花飞溅。水花马上就被地毯吃掉了。与此同时，刘坤一头扎在了李明扬怀里，她的泪水打湿了李明扬的前胸。

刘坤抽抽搭搭地说，她马上就要毕业了。原先她曾打算毕业后到深圳发展，可是认识李明扬后，她被他深深地迷住了，不能自拔。她愿意为他付出一切。她就等他一句话。如果他需要她，她就坚决地留下来。她不求天长地久，也不求有什么结果，只求能够时常见他一面……李明扬耐心地等她说，轻轻抚弄着她的后背，像一个饱经沧桑的兄长面对自己柔弱的小妹妹。

刘坤终于说完了，泪也流得差不多了，眨巴着小母马那样漂亮的眼睛与李明扬久久对视。李明扬简直就要晕过去了。晕过去之前，李明扬问道："能告诉我吗？你为什么要这样？"

刘坤说："因为，因为我——崇拜你！"

这使李明扬想起差不多七八年前，赵梅也曾经用同样的口气和神态，向他说过同样的话。仅仅才几年过去，一切都变了模样。真是太滑稽了。李明扬忍不住笑了，是苦涩的笑。生活总是在不断地重复，新生活其实就是旧生活的延续和派生。可是人呢？人却一日一日地苍老，一日一日地改变，直至最后消失。

李明扬扳过她的脸，说："刘坤，我不想伤害你。请你也听我一句话：去深圳吧，离开这个让你伤心的地方。你会很快忘掉面前这一切的。"

李明扬使劲亲吻了一下刘坤的嘴唇，挣扎着站起来。想到从此以后再也见不到这位美丽而多情的姑娘了，泪水霎时蒙住了李明扬的双眼。

十四

九月十二日那天，是李明扬的生日。李明扬下班回到家，看到餐桌上摆着插满蜡烛的蛋糕，才想起今天是自己的生日。

赵梅下午提前回到家，做了好多菜。也真难为她了。他们冷战都快有半年了吧，一直是分房而居，倒也相安无事。尽管李明扬极力避免让单位里的人知道他和赵梅的事情，但还是被人摸了个大概。如今的人们，嗅觉出奇地好，眼睛出奇地亮，耳朵出奇地灵，嘴巴出奇地长。很多事情当事人尚不知晓时，你周围的人搞不好已经知晓了。赵梅和宋道刚的那档子事情，其实别人早就有所怀疑了。能不怀疑吗？一个年轻漂亮的女人，跟一个有钱有势的大老板，整天抬头不见低头见的，混迹于乌烟瘴气的交际场上，出点事是很正常的。太正常了，不出事反而不正常了。这种事现在太多了，遍地都是，就看你怎么认识它，怎么对待它了。但人家不会当你的面说这些。人们最爱怀疑的事情不外有这几种：怀疑某人有经济问题，怀疑某人说自己的坏话了，怀疑某人和某某人好上了。最后这一种最有趣，最好玩。

不管怎么说，李明扬感觉到了，赵梅还是爱他的，而且不是一般的爱。这半年来，赵梅明显地憔悴了，眼角竟然出现了细细的皱纹，目光也显得比过去黯淡了。赵梅以前的目光是多么纯净啊，李明扬经常从她的瞳孔里看到自己的影子。

这天晚上，因为李明扬生日的缘故，家里出现了难得一见的欢欣和温馨。李明扬和赵梅都喝了不少酒。开始喝干红，觉得不过瘾，又换啤酒。喝了好几瓶啤酒，仍是感觉不过瘾，干脆换成了白酒。二人你一杯我一杯，不用劝，抢着喝，一瓶白酒就这么下去了。赵梅喝着喝着哭起来，眼泪哗哗地流。她是喝多了。李明扬也喝得差不离了。喝多了酒的赵梅话格外地多，一边抹泪一边诉说。赵梅说，她都三十岁了，她想做妈妈了。如果李明扬打算和她分手，最好是等她做了妈妈再分手，让孩子成为他们六七年夫妻生活的一个纪念吧。赵梅说，她会永远爱着李明扬。她这辈子只爱李明扬一个人。她爱他，但不佩服他。她觉得他变得平庸了，好像他都不是李明扬了。或许是职业的原因吧。还有那个宋道刚。她不爱宋道刚，但她佩服宋道刚。当今时代属于宋道刚这样的男人。赵梅还说，她已经决定了，尽快离开宋道刚的公司，自己办一个公司。她有信心，有能力把新公司办好……

赵梅说着说着，头一歪，倒在沙发上睡着了。李明扬把桌上剩余的酒喝光，站起来，摇摇晃晃出了门。出门之前，李明扬回头打量了一眼昏睡过去的赵梅。李明扬迷迷糊糊问自己，你还爱她吗？他回答不上来。他只能暂时回避这个棘手的问题了。

出了四季花园的大门，李明扬顺着大马路漫无目的地走。他摇摇晃晃的，过路人都远远地躲着他。可他的脑子是清醒的。他想他应该认真考虑一下自己的事情了。就在上个礼拜，老同学周文廷曾经又规劝过他一次。周文廷推心置腹地说："我的战友呀，趁我们几个同学的生意正红火着，你赶快加入到我们的行列里来，干点实事吧。跟我们一块儿干，我们绝对欢迎；你自己单独练，也成。你自己定。不管怎么着，我们都会帮你一把。凭你的智商，到了生意场上，绝无问题。"李明扬摇摇头，说："老同学，你说的这些，我不是没考虑过。可是你别忘了，我已经在军营待了十年了。我的脑袋已经不是过去的脑袋了，更不是你们的脑袋。它很难适应你们的游戏规则。换句话说，我不是干你们这行的料，不行了。或许早几年还行，现在肯定不行了。我有数，太有数了。我这辈子呀，只能当个职业军人了，能当好，就算不错了。"

最让李明扬焦心的是，他最近拿出的文字材料越来越糟，简直都有点惨不忍睹了。有一个原本很简单的总结材料，他改了三遍都没过关。处长看他时的目光都已经明显不对味了。恐怕再这样下去，用不了多久，他几年来拼了性命攒下的名声会毁于一旦。这太可怕了。这可是他在机关赖以立身的根本啊！不是他不认真。事实上他比以往任何时候都认真，可就是越写越差，越写越差，真是怪了。李明扬不由想起多年前坐在他这个座位上的"材料王"许干事。他虽然没像许干事那样见了材料就昏厥，然而，仿佛在一夜之间，他的所谓灵感全失掉了，他一点灵气都没有了，和机关里的很多"万金油"似的干部差不多了。可人家能说会道，腿脚勤快，猪往前拱，鸡往后刨，各有高招。他除了会写材料，他没有别的招数了。如果他再写不好材料，那就是真正的平庸了。

冷风一吹，李明扬走路的姿势好看多了。他再一次想到下基层的问题。他曾经向他的处长谈过这事。他觉得有必要再认真考虑一下。回 B 城老单位不妥当，到远处去也多有不便，那么在这个城市的郊区找个单位如何？他想，他肯定喜欢和士兵们在一起。都是年轻人，十七八岁，二十出头，看着舒坦，不愁不来灵感……邻街店铺里的电视机正在播放美国遭恐怖袭击的消息，就在昨天。太出人意料了，真是惊心动魄。今天白天大伙光议论这件事了。

李明扬携笔从戎之际，正赶上海湾战争打响，我们的军营也跟着热闹了一阵。但很快就复归平静。后来中国军人的血性又鼓胀过几回，契机分别是一九九八年抗洪，一九九九年美国轰炸南联盟，炸了中国驻南大使馆。这一次美国挨了几棍子，够惨的，布什总统扬言报复，打仗是不可避免了。李明扬想，不知我们的军营，会跟着弄出什么动静来……

时候不早了，李明扬仍然没有往回走的意思。路过一家夜总会门口时，他看到有个漂漂亮亮的小姑娘在那儿卖花。小姑娘迎着李明扬，用稚嫩的嗓音说："叔叔，买枝玫瑰花吧，刚摘下的，五元一枝。"李明扬想都没想，就走了过去。他把所有的玫瑰花都买了下来。他抱着一捆玫瑰花，迈开大步往前走。玫瑰花儿献给谁？他不知道。他真的不知道。他甩开大步向前走。花瓣上的水珠在霓虹灯下闪闪烁烁，晃人的眼睛。水珠纷纷滚落。水珠好像是从天上滚落下来的。李明扬扬起脸。原来是下雨了。雨越下越急。雨水涂满了他的脸。好像不光是雨水，还掺杂着泪——到这时他才感觉到，自己是落泪了。他把脸整个地埋进玫瑰花丛，索性哭个痛快。

（2002 年）

秋　月

一

　　尽管运河两岸的野苇子遭人砍伐得厉害，有的河段上仅剩下稀稀落落的几丛，立在那儿孤零零地飘摇，但在靠近马刨泉大约二里长的河滩上，野苇子仍然茂密如初。这主要是因为马刨泉人珍惜它。碰上坏年头，地里不长庄稼，饿得脑袋发昏眼睛发花的人们就到靠近自己村镇的河滩上去，刨出苇根来，煮熟了吃，或者是磨成粉，和玉米面儿混在一起做菜团子。苇根易消化，又败火，人们自然首先想到它。而马刨泉人从不这样，他们宁肯扒树皮、挖草根吃，也不打苇根的主意。当然，马刨泉人更不允许其他村镇的人侵袭自己的领地。民国二十七年闹蝗灾，遍地不见绿色，马刨泉周围村镇的人刨光了属于自己的苇根，又来到靠近马刨泉的河滩地。马刨泉人当仁不让，双方发生械斗，马刨泉虽有三条好汉在外乡人的镐头下丧生，但他们一步也不退让。械斗过后，马刨泉人更加珍惜河滩上的野苇子。

　　马刨泉是龙城西北方向的一个小村子。传说二百多年前的一天，大清朝的一个王爷只带少数随从外出云游，途中遇上劫匪，王爷的手下人悉数被杀，多亏王爷的坐骑是匹宝马，宝马驮着王爷飞奔半天，终于甩掉了劫匪，来到如今这个叫马刨泉的地方。那时候这一带还是一片蛮荒之地，没有人烟，没有地名。王爷的嗓子干得冒火。那匹宝马大概知晓了主人的心思，"咴儿咴儿"嘶叫几声，踱到一处地方，甩动铁蹄一阵蹬刨，蹄下就出现了一个锅样大小的土坑，有泉水汩汩往外冒。王爷喜出望外，遂饮了那泉水。后来此地慢慢聚拢了一些逃荒之人，形成了一个小村子，人们就称这里为马刨泉。若干年来，村上人一直饮那马刨泉的泉水，只不过当年的那个土坑被人挖成了一口深井。

马刨泉只有二十几户人家。这二十几户人家几乎全靠编苇席为生。马刨泉的苇席远近闻名，据说长期驻扎在龙城一带的国民党军手枪旅大名鼎鼎的巩旅长甚为喜爱马刨泉的苇席。巩旅长是南方人，自小睡惯了竹板席，巩旅长带领几千人马浩浩荡荡开拔到龙城后，只睡了一晚上马刨泉人编的苇席，就喜欢上了。这种席子既凉爽又舒筋活血，还能散发出一种好闻的清香之气。

当然，这些都是传说，真假无从考证。

马刨泉人家家户户都会编苇席，却是不假。

秋月六岁那年，就学会了编苇席。自打四岁起，她的爷爷就手把手地教她编席子，教了两年她才学会。爷爷说，秋月的爹编苇席的手艺好得很，而且并没有人正儿八经地教他，全是他自个儿猫在一旁看大人编席时学会的。

秋月最早学说话的时候，没有人教她喊爹或者喊娘，而是一个胡子拉碴的小老头教她喊爷爷。她在某一天张了张小嘴，颤悠悠地叫了声"爷——"，老头儿高兴得抱着她原地打了三个转。放下她时，老头儿满眼泪花闪烁。

就这样，秋月慢慢长大了。到了秋末冬初，她跟着爷爷到河滩上割苇子，将割下的苇子用独轮小车推回家来，扒掉苇皮，露出光洁的苇秆，然后再用刀子把苇秆劈成两半，滚动碌碡将苇片儿压扁，洒上水，接着在风和日丽的白天或是寂静的夜晚，爷俩儿可着劲儿编席子，然后选择集日，用小车推着苇席到集市上去卖。她声连声地叫着"爷爷"，就是没叫过"爹"和"娘"……

那些年里，她一直纳闷儿，她的爹娘呢？

问爷爷，开始爷爷不语，后来爷爷叹了口气，从腰间抽出烟袋锅，慢腾腾地装上烟叶，划洋火将烟袋锅燃着，然后狠狠吸了几口。

"俺爹俺娘呢？"秋月来回摇晃着爷爷的胳膊。

爷爷黑着脸说："你爹娘外出跑生意去了……"

于是，秋月相信，她的爹娘真的外出跑生意去了。她听爷爷的，爷爷那么疼她，自然好心的爷爷不会骗她。

若干年后，秋月才真正明白，她的爷爷——那个叫赵传良的老头是她在这个世上唯一的亲人，她的爹娘连她的爷爷都不知道究竟在什么地方。也许他们早已死了，也许他们还好好地活着，可是她不认识他们，她的爷爷也不认识他们。她是一个孤儿，是爷爷在路边捡到她的，是爷爷一把屎一把尿把她拉扯大的。

在她十八岁以前，她一直不明白这些。

其实，村子里有个叫郎玉柱的小男孩早已对秋月的身世产生过怀疑。郎玉柱比秋月大一岁，小时候他们经常在一起玩，而且玩得很开心。碰上坏孩子欺负秋月，总是郎玉柱挺身而出保护她，甚至不惜被打得口鼻流血，所以秋月很感激他。

郎玉柱的家和秋月的家离得不远。本来村子就不大，只有三条胡同。秋月的家和郎玉柱的家在一条小胡同里，一个在南头，一个在北头，彼此在家门口喊叫一声，对方都能听见。

郎玉柱说："秋月，你爹娘外出跑买卖，咋总不回来？"秋月说："俺也不知道，是俺爷爷告诉俺的。"郎玉柱晃了晃小脑袋："这里面有鬼。"秋月忽闪了几下眼睛，没再说什么。当然，这些在郎玉柱看来都无关紧要，能常常和秋月在一起玩就够了，至于她的身世，他没有必要非弄个究竟。

慢慢地，他们都长大了。

二

霜降一过，运河岸边的河滩上，苇尖儿开始变黄。很快，所有的苇叶儿都变得褐黄了，苇秆儿失掉了水分，变成和叶子同样的颜色。待立冬一到，就可以开镰收割了。

割苇子的时节是马刨泉最热闹的一段时光，家家户户的人全都出动，男男女女老老少少手提镰刀，推着独轮小车到河滩上去。人们互相打着招呼，开着玩笑，一脸的喜气，似乎比过年还热闹，还高兴。

按老辈人定下的规矩，自家割自家的那一片儿，就像若干年后农村分田到户一样。马刨泉人自知村子小，内部不和易遭外乡人欺负，所以大家都还算和气，侵占别人地角的事有，但并不多见。

一大早，秋月就和爷爷一起来到河滩上。该她家收割的苇子约有三四亩地大小。爷爷蹲在地头抽了一阵烟袋锅，说："妮儿，开镰吧。"

秋月高兴地应了一声。镰刀早已提在手里，她弯腰试了试，刀刃很锋利。爷儿俩不说话，只顾低头挥动镰刀。割苇子的声音挺好听，"嚓嚓嚓嚓"，像在给人鼓劲儿。割了约有一个时辰的样子，一点都不觉得累。

爷爷抬头看了看刚刚露出脸儿的太阳，说："妮儿，该往回运了。"秋月放下镰刀说："爷爷，俺来。"她从独轮车上抱下草绳子，把割倒的苇子拢成堆，捆好，推过独轮小车，一捆一捆地装。装满了车子，她说："爷爷，俺走了。"爷爷回头望了她一眼，说："路上小心点，别翻到沟里去。"

她轻快地答应着，把车绊搭在肩上，弯腰提起车把，一用劲，独轮小车"吱扭扭"向前滚动。车轮在松软的河滩上陷得挺深，有点吃力。翻过河堤走上大道，她感到轻松多了。

河滩离村子约有二三里地，她来回运了两趟，在河滩上和爷爷一起啃了两个窝窝头，喝了一碗茶壶里的水。再次从家里返回来，爷爷让她歇一会儿，她不同意。爷爷说："换着来，别看爷爷上了年纪，可骨头比你还结实。"

爷爷推起小车过了河堤，她坐在捆好的苇子上歇息了一会儿，挥起镰刀继续割。尽管天气已经很冷了。可她仍然觉得浑身发烫，内衣都汗湿了。被霜露打湿的鞋子、裤脚、衣袖沉甸甸的。她直起身子，伸了伸腰，抹了把脸上的汗珠，脱下夹袄。她心里突然想到了郎玉柱。她知道今天郎玉柱也来到了河滩上，他家的地片儿在北边，中间隔着三户人家。正想着，面前尚未割倒的苇子一阵晃动，并伴有哗啦啦的响动。她一惊。一个贼亮贼亮的脑壳儿顶开苇棵子，猛地闪进她的眼里。

是村里的老光棍拴成。拴成平时并不住在村子里，他住在村南一个被人遗弃的苇秆子搭成的窝棚里。拴成秃头，有点罗锅腰，相貌丑陋，谁也搞不清他多大，也许三十多岁，也许四十多岁。他不偷不摸，心眼并不坏，就是见了女人拉不开腿，爱占点小便宜。见是拴成，秋月突突乱跳的心平静下来，说："拴成哥，你没割苇子？"拴成使劲摇了摇光头，嘿嘿一笑，露出两排焦黄的残缺不全的牙齿，说："割苇子干什么？我又不会编鸟席。"秋月耐着性子说："你跟别人学嘛。"拴成说："跟谁学？秋月妹子，你来教我好不好？我给你买糖吃。"

拴成说着，凑到秋月跟前，瞅瞅左右无人，嬉皮笑脸地要摸秋月的大辫子，眼里冒出淫邪的光。秋月"啪"地吐口唾沫，眼睛一瞪："臭拴成，你住手！别不拿自己当人待！"

她弯腰割苇子，不再搭理他。

拴成没有要走的意思，他抬起腿乱踢蹬了一阵子，打倒了一片苇子，一屁股蹲在上面，瞪大眼睛望着秋月，不怀好意地傻笑。秋月说："死拴成，你再不走，俺就去喊人。"拴成死皮赖脸地道："小宝贝，你喊吧，马刨泉哪个管得了我？王财主家人多势众，还有枪，我都不怕他，我还怕谁？谁来管闲事，看我不拽下他的小鸡子！"秋月急了，举起镰刀："再胡说，俺砍烂你的秃头！"

然而老光棍拴成却毫无惧色，他一挤眼睛，双手拍打了几下脑门，说："妹子，使劲砍，你使劲砍……让香喷喷的秋月妹子砍两下，咱心里美，正巴不得呢！"秋月实在没有办法了，她气得直想哭。拴成说："妹子，看你小脸蛋儿红扑扑的，真让大哥馋得慌。你割得也不少了，就歇一会儿吧，陪拴成哥拉拉呱儿……"

秋月又羞又气，一时不知怎么办才好。

拴成又说："哟，你那小腿肚子真白嫩。看你还穿着小红袜呢，来，让大哥给你捏两下……"

拴成话音未落，这时就见他脑袋一低，突然向前滚了一个个儿。秋月吓了一跳，忙闪向一边。定睛看，原来是郎玉柱从后面狠狠蹬了拴成一脚。拴成爬起来，说："是哪个浑蛋……"

郎玉柱说："拴成你个狗日的！欺负一个小女孩脸不红？"

"老子从没红过脸！"拴成挽了挽破烂不堪的袖子，"你凭什么蹬我？"

"我要撕烂你的臭嘴!"郎玉柱也挽了挽袖子,扑上去,抱住拴成的腰,一用力,把拴成摔在地上。

附近割苇子的人听到打闹声,纷纷围拢过来。见是拴成和郎玉柱在打架,人们料定拴成占不了便宜,没人上来拉架,只是在一边起哄叫劲。秋月吓得缩进人堆里,她生怕郎玉柱吃亏,又不敢当着众人的面上前帮他,急得脸都白了。

果然,没几个回合,郎玉柱就把拴成制伏了。拴成虽然被郎玉柱死死摁住,嘴里满是泥土,但嘴上仍不服输,呜哩哇啦骂着郎玉柱。

秋月悬着的心放下来了。

爷爷推着空车赶来,见此情景,大声喝道:"还不住手!乡里乡亲的,打打闹闹,不嫌丢人!"

两人这才松了手。拴成爬起来,虚张声势地骂一句,仓皇溜走了。郎玉柱与秋月对视一下,也随着人们散开了。

秋月说:"爷爷,都怪拴成不是个东西。"

爷爷叹口气:"妮儿,快干活吧。"

三

紧紧张张割净了河滩上的野苇子,秋月家的院子里差不多就堆满了,一垛一垛的,很高,比那三间土坯房还要高出一截。家家户户都是如此。

望着苇垛,爷爷的嘴角眼角不住地闪出笑纹儿。爷爷从后腰拔出烟袋锅,在手心里敲打了几下。爷爷的腰间长年扎着一根粗粗的布带子,他喜欢把烟袋锅插在后腰上,装旱烟叶子的黑布小口袋和烟袋锅拴在一起,每走一步,小口袋就甩动一下,颤颤悠悠的,离远了看,像屁股上长了一根尾巴。

爷爷把烟袋锅伸进小口袋里装烟叶,想了想,又罢手。满院子都是苇子,可不敢轻易吸烟,弄不好走了火,这一年的日子就不好过了。爷爷说:"这下行了,冬天不愁没活干了。"

秋月说:"爷爷,你干了一辈子,就没干烦?"

"烦?"爷爷乜斜了她一眼，"妮儿，你吃饭烦不烦?"

"当然不烦。"

"这不就得了。"爷爷朗声大笑，"要想肚里不缺食，就得低头编苇席；要想肚子滚滚圆，就得编席去挣钱……"

到了晚上，借着明亮的月光，爷儿俩动手干活。冬天到了，外面清冷清冷，但为了节省灯油，他们只好在院子里干。祖孙二人坐在小马扎上，面前摆放着打开捆的苇子，他们一根一根地扒掉苇皮。枯干的苇皮又酥又脆，往下一扯便发出"哔哔剥剥"的声音，很动听。这个时候，村子里的人家大都不会闲着，每家每户的院子里都有"哔哔剥剥"的声音传出来，这声音连成一片，在寂静的夜里飘向四面八方，隔二里地都能听见。

扒得久了，手指尖一抽一抽地疼。秋月打一个哈欠，说："爷爷，你唱一段吧。"

爷爷经常在她干累了的时候唱一支小曲儿，给她提神。爷爷虽然没进过学堂，但爷爷肚子里的小曲儿却多得唱不完。听了她的话，爷爷说："再过一会儿。"

秋月知道爷爷总想哄她多干一会儿。终于，她困得实在受不了啦，爷爷清了清嗓子，开始唱——

> 那年老五下江南，
> 行至半路，
> 身上没了盘缠。
> 一座柴门朝东开，
> 门口坐个俏女子，
> 那女子，脸儿圆，嘴儿甜，
> 说大哥你别愁来也别难，
> 俺家床下净是钱。
> 老五扛出一麻袋，
> 又作揖，又跪拜。
> 往南走了八里地，

觉得背上湿唧唧。

那老五，放下麻袋一看，

里面全是驴屎蛋。

原来，原来那俏女子，

是那狐狸变……

听完爷爷唱的小曲儿，秋月来了精神，不知不觉又扒完一大捆苇子。

扒个三五日，差不多就够编几十张席子的了。不能一下子扒得太多，因为时间一久，去了皮的苇秆容易枯缩，编出来的席子成色不好，既卖不出好价钱，又糟踏了自己的名声。手艺人是很看重名声的。

接下来是把扒掉了皮的苇秆从中间劈成两半，然后洒上水，用碌碡压扁。最后一道工序就是编了。秋月喜欢在夜里编。她说夜里眼睛不往别处看，只盯住自己的两只手，干出来的活儿要比白天干得细。

家里有三间土坯房，她和爷爷各住一间，另一间用来编席。豆油灯放在窗台上，屋里红彤彤的，一片朦胧。爷儿俩蹲在地上，脸对着脸，各编各的。多熬一会儿夜，一晚上每人就能编出一张苇席。

有一晚，外面风"呜呜"地刮，飘起了雪花，冷得伸不出手。秋月在墙角放上一个火盆，火盆里溢出的红光和窗台上的豆油灯光遥遥相对。爷爷一阵接一阵地咳嗽，咳得眼珠子往外凸，不住地流眼泪。爷爷的身子骨越来越不行了，饭吃得少，整天咳嗽，手也慢了，干活也远远不及秋月了。秋月被笼罩在爷爷一阵高过一阵的咳嗽声里，觉得肺叶子疼。她说："爷爷，你早点歇吧，俺多干一会儿就有了。"

"不碍事，不碍事。"爷爷一点儿也不在乎。

"改天找个郎中看看吧。"

"爷爷得的是痨病，病根子深，看也没用，没听说哪个能治好痨病。"

秋月说不过爷爷，她叹了口气，更加飞快地编苇席。爷爷又说："人老了，就不中用了。当年爷爷的力气是有名的，能把一头壮牛扳倒。唉，岁月不饶人啊……"

说着说着，爷爷停下了手中的活儿，眼睛木呆呆地望着秋月，半天不错眼珠。豆油灯发出的黄光从侧面照在他的脸上，他的脸一半儿灰黄一半儿黑暗，怪吓人的。秋月的心里一阵发虚。秋月声音发颤："爷爷……"

爷爷缓缓地摇摇头："唉，爷爷是个没本事的人，挣不来大钱，你都十六七岁了，没跟爷爷享过一天福，爷爷对不住你啊……"

秋月觉得鼻子一酸，眼泪就滑到了下巴上，她一低头，抬起棉袄袖子抹掉泪珠儿。她知道自己不能哭，自己哭，爷爷会更伤心。

爷爷却很奇怪地笑了起来："不说这些，不说这些……你不小了，该找个婆家了。你相中谁就跟谁，我老头子想得开，不拦你。"

秋月心里一热，不好意思地把脸扭向一边。她说："羞死了羞死了，爷爷你快别唠叨这些……"

"女孩大了要出嫁，天经地义。你能过上好日子，我高兴。玉柱那孩子不赖，爷爷猜他日后会有出息。如果他爹他娘托人来提亲，我就给你做主。"说完，爷爷又伸长脖子大声咳嗽。秋月脸蛋压得更低了。

那天晚上，秋月编完自己那一张，又帮爷爷编。终于，两张席子都编完了。秋月把火盆捧到爷爷面前："爷爷，快去歇息吧。"

爷爷点上烟袋锅，吸了一口："妮儿，再坐会儿，说说话……我想好了，爷爷编了一辈子席子，日后我两眼一闭，你不用破费钱给我买棺材，用爷爷编的席子一卷，扔到土坑里就行了。"

"爷爷你咋了？你咋净唠叨这些不吉利的话？俺要生气了。"秋月背过脸去。

"好啦好啦，不说啦……明儿个是刘集镇大集，咱已编够了三十张，正好装满一车，咱赶紧去卖吧。卖了席子，吃顿肉包子。"

第二天天亮后，秋月发现爷爷病得更厉害了。老头儿趴在炕沿上，头冲着地，边咳嗽边喘粗气。

秋月上前扶起爷爷，给他喂了一点儿开水。她没了主意，想起郎玉柱，便急慌慌地往外走。到了郎家，玉柱刚睡醒。一听她爷爷病了，玉柱说："赶紧到王庙找王先生抓药啊。"秋月说："可俺爷爷说要去刘集镇赶集卖席子。"玉柱想了想："这样吧，干脆你去抓药，我帮你家卖席子，保证给你家卖个好价钱。"

只好如此了。秋月点点头。她顾不上吃早饭，马上就动身去了王庙。这边，郎玉柱把三十张席子卷好，捆成两捆，放在独轮小车上，"吱扭扭"推着奔向十二里外的刘集镇。

四

那日，日头偏向西方了，不见郎玉柱回来。

日头快沉到大运河里去了，还见不到郎玉柱的影子。

秋月有点着急，到村头等了一阵子，见三三两两的行人缩着脖子急匆匆地从刘集镇的方向走来，但里面没有郎玉柱。她问人家见到玉柱没有，人们都摇头。

天黑尽了，还是不见玉柱的影子。

郎玉柱的爹娘也着急了，他娘抹起了眼泪。

爷爷中午服下药之后，气色好多了。爷爷唉声叹气："都怪我，要是不生这个病，哪用得着玉柱去帮我赶集卖席子……"

郎玉柱的娘说："小祖宗，就是卖不完席子，你也该回来啊……"

人们都突然感到了恐惧。秋月扶住玉柱的娘，也轻轻哭起来。

这年头，天下很不太平，日本人撤走后，国民党的手枪旅从南面拔过来，不断和共产党的游击队开仗，加上土匪四处骚扰，搞得人心惶惶。玉柱的娘突然呼天叫地大哭起来。玉柱的爹一跺脚："哭顶屁用，快求人去找找吧……"

他们挨家挨户去求人。还不错，有五个精壮汉子站出来，同意去寻玉柱。秋月执意跟他们去，众人劝她，说一个女孩家，碍手碍脚的，在家等着就是了。她望着他们离开，心提到了嗓子眼。

两个时辰后，他们垂头丧气地赶了回来。他们一直走到刘集镇的街头，路上几乎不见行人，只碰到几条野狗和一个醉汉。在镇上，敲开几户人家的门打探，人家都说，是有一个小伙子来卖苇席，但头晌午他就离开了。

那天夜里，两家的人都没上炕。秋月陪着玉柱他娘，哭一阵停一

133

阵，停一阵哭一阵。玉柱他爹和秋月爷爷闷头抽烟袋锅。他们一直熬到天亮。

天亮后，又有好心人帮着出去寻找。一连找了三天，还是不见郎玉柱的下落。在刘集镇上，一个开茶馆的老头说，上一集确曾看见一个青皮后生推着一车苇席跟着个戴礼帽穿灰袍的人向南走了。

看来郎玉柱是凶多吉少了。他的娘又大哭一场。秋月伏在她耳边说："婶，快别哭了。"

玉柱的娘哭得更欢。

秋月哽咽着，牙一咬，说："婶，要是玉柱回不来，俺就招个上门女婿，到你门上给你老人家养老送终……"

玉柱的娘把秋月抱在了怀里。两个女人的哭声合在了一起。

一百天过去了，音信全无。

民国三十六年大年初一，两家的人都没出门，蒙头在家睡了整整一天。

秋月憔悴了许多，终日无精打采，编出的席子成色差，一张不如一张。爷爷的病经常复发，咳得上气不接下气。爷爷说："都怪我啊，我要是不病，就没这些事啦……"

秋月说："爷爷，这是命，怪不得谁。爷爷，要怪只能怪咱命不好……"

两人再也无话，只顾低头干活。

秋月往玉柱家跑得勤快了些。他的爹娘终日愁眉不展，特别是他娘，老了不少，头发都白了，四十来岁的人看上去像个六十多岁的老太太。秋月越来越觉得对不住郎家，唯一的办法是替他们多干些杂活。

五

那日郎玉柱兴冲冲地推着独轮车出了村子，奔上通往刘集镇的黄土大道。大田里，庄稼早已收割完，遍地黄蒙蒙的，可以望出去很远。道路两旁稀稀拉拉的柳树和杨树光秃秃的，在北风的吹击下，干枝条儿摇摇荡荡，不断有细小的枝条断裂，掉在地上。车轮轧上去，发出清脆的

134

声音。天气照旧很冷，道路被冻得硬邦邦的，踩上去硌得脚疼。

路上行人不多，郎玉柱不去注意这些，他的眼睛一直盯着小车上的两捆苇席。他能看出来，卷在最外面的两张席子出自两个人之手，左边的那张平整，但纹络间有点松懈，是秋月编的无疑。他似乎闻到了那张席子上散发出来的清香的气息，和秋月身上的气息一样，心里便感到痒痒的，像有小虫子爬过。从前和秋月在一起时，他心里什么也不想，根本不曾留意她身上的气味。近来他发现自己变了，变得细心起来，每逢和秋月待在一块儿，鼻子就涨得有点疼，脑子里禁不住就胡猜乱想……想到这些，他觉得耳根有点发烫，狠狠骂了自己一句，不觉加快了步伐，身上热起来，脖领子里开始往外冒热气……

在刘集镇街头的一座石桥旁，聚拢了一堆人，人们在呆愣愣地听一个人讲话。郎玉柱来到人堆前，放稳车子，踮起脚尖朝里望。

桥头石垛上，站着一个又黑又瘦的男人，那人的鼻子出奇地大，你只看他一眼就会记住他。只听他说道："……老乡们，你们说，国民党里有好人吗？他们净做坏事，不干好事，咱们不恨他们又能恨谁？所以我劝大家伙抗他的粮，宁肯倒进茅坑也不上交……"

有人小声劝他："兄弟，小心点，叫国军抓去，可没好果子吃。"

"我才不怕呢！"大鼻子汉子嗓门更高了，"好汉不怕刀砍头，有种的就跟他们干！……"

那汉子的唾沫星子乱飞，他讲了半天，无非是骂国民党坏，骂地主老财坏；说共产党好，说游击队好。众人觉得没多大看头，渐渐走散了。郎玉柱弯腰扶起车把也要走，那汉子主动跟他打招呼："兄弟，赶集卖席子吗？"

他点点头。汉子又说："兄弟，刚才一群国民党兵进了刘集镇，你可得提防点啊。""咱不偷不摸的，怕他干啥！"他推起车子，大步流星往前走。大鼻子追着他说："兄弟啊，我看你身板儿不错，跟我当兵扛枪去吧，咱们一块儿打天下……"

当兵？郎玉柱从没想过要当兵。他头也没回，很快走远了。半年多以后，郎玉柱又碰到过这位大鼻子一次。不过，那一次和现在的情形大不相同。

刘集镇是个大镇，今日正逢大集，按理应当人山人海。但是，由于局势不稳，附近经常响起零星的枪声，所以来赶集的人并不多。尤其是年轻人少，女人少，来的大都是些老人和小孩子。

郎玉柱找一处地方停下车子，卸下席子，立在地上一捆，打开一捆，等人来买。

但都快半晌了，仅有寥寥几人来问问价钱，并不真心想买。他有点丧气，心想这一趟要是白跑，回去见了秋月，脸上可就挂不住了。都怪天下不太平，不然来赶集的人肯定多得多，来买席子的自然也就多，卖光了席子赶回去，自己在秋月面前也就能挺起腰板，心安理得地接受她的夸奖了。然而想这些顶什么用？面前照旧无人驻足啊！

正当他琢磨着是否往回返的时候，一个戴礼帽穿灰袍的中年人朝他走来，他忙起身说："大哥，买张席子吧，家里正等着换成钱抓药呢。你看这席子成色多好，地地道道马刨泉的席子……"

中年人上上下下打量他一番，问："咋卖？"

他看到中年人嘴里镶着两颗金牙，心想此人非等闲之辈，看来这一趟不会白跑了，便赶紧笑着回答："十个铜板一张。"

中年人用脚踢了踢席子："货色不错，我全包了！"

他心花怒放："大哥你可救了我……"

中年人的嘴角掠过一丝笑意。他推起车子，跟着中年人顺着大街朝南走，路两旁其他卖东西的人很眼馋地望着他。他很得意地从他们身边走过。

七拐八拐，来到一座破旧的青砖垒就的院落前。一进门，他首先看到几个穿黄制服的国民党兵正倚在墙根处晒太阳，脑袋"嗡"地一响，预感到自己上当了。他想扔掉车子往外跑，可大门已被中年人闩上了。

"大哥，你这是……"他的嘴唇哆嗦着，脸吓白了。

中年人不理他。有一个额头上闪着疤光的兵笑嘻嘻地说："营长，真抓了一个？"

原来那中年人是个营长。营长说："你们狗日的说集市上抓不到鱼，看我不是抓了一条！"

他的腿弯子直打抖，心想这下完了，手一松，独轮小车翻倒在地。

他央求道："老总，行行好吧，放了我，家里老人正等着我抓药回去治病呢……"

"少废话！"营长踢了他一脚，对手下人说，"我看这小子怪机灵的，是块当兵吃粮的材料，把他给我看住。你们都他娘的别给我闲着，多抓几个，补齐差额。共产党的游击队不善，一仗就吃掉我二三十啊，把我心疼的……"

他战战兢兢："老总，我是种地编席子的，不会打仗啊……"

额头上有疤的土兵绕到他身后，照他后背捣了一枪托，疼得他差点跪下。

"小子，跟大爷我好好干，要钱有钱，要枪有枪，要女人有女人，有你的福享。"营长嘴里的金牙闪闪发光，刺得他眼睛有点睁不开。营长点上一支烟，慢悠悠抽了几口，又说："娘的，种地编席子能有什么出息！是男人就得见识见识真刀真枪，到死人堆里滚几滚，才不枉来人世走一遭……"

郎玉柱真的傻眼了。他蹲在地上，抱头哭起来。

六

秋月和爷爷，以及郎家人都信了，玉柱肯定不会回来了。

他们只能祈求老天爷，让他在外面少受一点罪。如果他死了，下辈子让他托生到一个大户人家去，过上好日子。

秋月一天夜里做了一个梦，梦见玉柱被土匪打死了。真的死了，鲜血流了一地。梦醒后，她哭了一夜。

活着的人总还得活下去。几个月过去，玉柱的事渐渐淡忘了一些。两家各有一亩多薄地，地里种的麦子，天气一转暖，就该下地干活了。锄完两遍草，从运河里挑水浇一遍，麦子差不多就该吐穗了。

然而谁都没想到，就在人们快把玉柱忘了时，他却突然回来了！一天上午，秋月和爷爷正在田里拔草，突然看到不远处的黄土路上，有三个穿军装的人走过来。她一惊，定睛细看，是三个腰挎盒子枪的国民党兵，估计是国民党手枪旅的人。秋月再细看，就看见了玉柱。玉柱也看到了田里的秋月，还看到了另一块田里的爹娘。玉柱高喊了一声。秋月眼泪下来了，说："爷爷，玉柱回来了!"爷爷仿佛活见鬼似的，差点跌倒。

郎玉柱鬼使神差般地回来了!

在附近干活的乡邻们呼啦啦围上来，把玉柱团团围住，七嘴八舌，问这问那。他顾不上回答。他的爹娘跌跌撞撞跑过来，他的娘边跑边哭，众人忙闪开一条道。他的娘扶住他的肩膀，来来回回摇晃："我的儿呀，你死到哪里去了? ……"他说："娘，我挺好，我挺好，娘你别哭……""小祖宗呀，你心肠好硬……""我挺好，我挺好，娘你别哭。"

秋月悄悄躲在人后，肩膀靠在爷爷胳膊上，她的手心里湿漉漉的，眼角上挂着泪。她知道那是喜泪，也不去擦它。爷爷提醒说："玉柱好不容易回来一趟，还是回家说吧。"

于是，秋月和爷爷，玉柱和他的爹娘，还有那两个跟随玉柱来的士兵，一同往村里走去。玉柱在自己家待了半个时辰，然后一个人来到秋月家。一进门他就说："赵爷爷，让你老人家受惊了。"边说边拿眼睛看秋月。

"能回来就好啊。"爷爷的眼睛眯成一条缝。在身着戎装腰挎手枪的大兵面前，爷爷有点不习惯，两只手不知放在哪儿合适。

"秋月，让你也跟着受累了。"玉柱又对她说。

秋月细牙紧紧咬住嘴唇，没吭声。

爷爷给玉柱让座，坐下听他讲了事情的经过，都觉得心里亮堂多了。玉柱从怀里掏出三块大洋，掂在手里："赵爷爷，这是卖席子的钱，你老人家收下吧。"爷爷忙说："孩子，还提什么钱，只要人好好的比啥都强。"

"我现在有的是钱。"玉柱有些得意地说。

他执意要老头收下。无奈，老头接过钱："你偏要给，那我就先替秋月攒着。"

一听这话，秋月的脸马上红了。郎玉柱也有点不自然，低下了头。爷爷说："你两个说说话，我到外头透透风。"

爷爷兴致很高地离开了，秋月抬眼看了看玉柱，想说什么，话没出

138

口，泪又下来了。玉柱却大胆地望着她："秋月，我一直惦着你。""俺以为再也见不着你了……"秋月的眼泪滚落在手背上、膝盖上。

"我早就想回来看看你，可营长不让，说共产党的游击队到处活动，怕有危险。再就是东奔西转，行军、打仗，离家越来越远，前一阵子都到了黄河以南。"

"俺不想听这些，俺只怕这辈子见不到你。俺想这辈子要是见不到，怕是下辈子也见不到。俺总觉得俺是生来受罪的命……"

秋月眼泪哗哗地流。玉柱过去替她擦泪："我这人命大，秋月别怕。一打仗就死人，可我都打过好几仗了，连根汗毛都没伤着。咱往后会有好日子过的，等我混出名堂来，就把你接出去，到城里去享福。"

秋月停住哭，白了他一眼："谁跟你去？俺是谁的人现在还说不定呢！"

"还说不定？"郎玉柱站起来，"你别嘴硬啦，我心里有数。"

"现在不说这些了。"秋月说，"在家有多好，你偏要当兵吃粮。"

"我也没想到会有这一天啊。不过，我现在感到，当兵吃粮要比在家种地编苇席有意思，大男人总待在家里不是个办法。我算混得好的，不到半年就当上了排长，上峰挺器重我。你呀，就等着跟我享福吧！"

"谁跟你享那个福！说不定哪天碰上个枪子儿，丢了脑袋，悔都来不及。"话一出口，秋月吓得赶紧闭上了嘴巴。

"当兵打仗，危险总会有，自个注意点就行了。话又说回来，现在就是不干也晚了。"玉柱叹口气。

又说了一会儿话，时候不早了。玉柱说："秋月，我该走了，营长带着一帮弟兄在十里外的地方等着我，天黑前得赶回去。"

秋月陪玉柱回他家，在胡同口正好碰上老光棍拴成。拴成从村外来，他好像喝了酒，满面通红，嘴里哼着一支酸曲儿。他看见了秋月，但没看清秋月身边的人是谁。于是，他晃了晃发亮的脑袋，说："秋月妹子，夜里梦见我没？"

郎玉柱气得跨前几步，大声骂道："秃子！你这狗日的！"

拴成刚想发作，细打量，见是威风凛凛的玉柱，吓得一屁股坐在地上。他结结巴巴地说："兄弟，我狗眼看人低，你咋说回来就回来啦？

你不是……"

玉柱上前，拔出枪来，吓得拴成赶紧磕头。玉柱笑了："老光棍，看你这点胆量，连狗都不如。""我是不如狗，兄弟饶我啊……"玉柱踢了他一脚，晃晃手中的盒子枪："告诉你，往后再欺负你秋月姑奶奶，我就崩了你喂狗！"拴成连忙称是，磕头如捣蒜。

玉柱走了，带着两个士兵，在众人眼皮底下，大摇大摆出了村子。

玉柱的突然归来，成了马刨泉人谈论不完的话题，几乎成了日本人撤走后马刨泉发生的最大一件事情。有人说这是郎家的福，也有的说是祸。有羡慕的，也有撇嘴瞧不起的。

秋月不知道是福还是祸。她只知道，玉柱一走，她心里空落落的，她心里没底。爷爷说："年轻人应该出去闯荡闯荡。"

爷爷叹了口气，又说："只是国民党的名声不大好，照共产党差一大截子。再说枪里来弹里去的，这次能回来，还不知下次能不能回来……"

秋月便觉得心里酸酸的。到底应该咋办，她一点主意都没有。

七

到了夏天，这一带兵越来越多，仗越打越大。

游击队不断和手枪旅交火。手枪旅打败仗的时候多，打胜仗的时候少。

郎玉柱再一次回来，是在两个月以后。这次他只带着一个名叫李三毛的兵。

郎玉柱又黑又瘦，眼角挂着血丝，唇上似乎一下子冒出了胡楂，密密匝匝。

秋月听到他回来的消息后，主动来到他家。一见面，玉柱说："没想到我这么快就回来吧？"

秋月诚实地点点头。

李三毛手握张着机头的驳壳枪，站在郎家大门边的苇垛后面，机警地守卫着，近来游击队活动频繁，他不敢大意。

玉柱的爹娘和妹妹都借故躲了出去，屋里只剩下他和秋月。秋月突然感到他挺陌生，就像从不曾见过面一样。她说："你在外头吃苦了。"他说："咱是吃惯了苦的人，咱不怕吃苦。"秋月说："玉柱，河滩上的野苇子都长到一人高了，咱到河边走走好吗？"

　　"去不得！"他一指自己的心口窝，"碰上共产党的人，他们不会放过我。我和以前的我不一样了……"

　　和以前有哪些不一样？他没说。他忧心忡忡的样子。

　　但秋月希望他还是原来的他，她实在不想让他变成别的什么。

　　"每逢要打仗我就想你……"他朝坐在炕沿上的秋月靠近了些。他又闻到了她身上的气味儿，那气味儿令他想起过去的好多事情。

　　秋月看了他一眼，慌乱地低下头。天气已经很热了。天上不见太阳，闷得人心焦，像要下雨的样子。秋月觉得有好多话要说，但又不知道该说什么。她清楚地记起过去的岁月里，她常常和他到运河滩上玩，他们抓鱼，捉迷藏，掐下苇尖吹笛儿，互相往对方身上撩水或抹泥巴……他们玩得很开心，那样的日子多迷人啊！她不知道日后还会不会发生那些事情，她盼着有一天，他们再到河滩上去，无拘无束地打闹，尽情尽兴地嬉笑……

　　沉默了好一阵子。

　　他突然握住她的手，说："秋月，我不图别的，只想让你将来有好日子过。"

　　"俺也不图别的。"秋月有点受感动，心里涌起一股热流，"俺只求你平安无事，尽早离开队伍，回到村里来……"

　　"你在家等着就是了，用不了三年五载，我就能出人头地。我们营长当上了团长，团座亲口对我说，马上就要提携我当连副……"

　　"玉柱哥，俺不懂队伍上的事，俺总感到还是在家好，种种地，编编席子，人家不惹咱，咱也不惹别人，一心一意过日子，该有多好！"

　　"唉，这些跟你说不清。"

　　天上响起一声闷雷，震得窗户纸"哗啦哗啦"地响。郎玉柱站起身，拉开屋门朝天上看了看。云很厚，有小风吹来，凉爽了一些。他又关上门，走近秋月，坐在炕沿上，伸手到怀里摸索一阵，捏出一个闪闪发光的小东西，是枚戒指，龙城一带的人称戒指为金镏子。

秋月很诧异："你这是哪儿来的贵重东西？"

"这你就别管了。"他往她手指上套金镏子。

她仿佛被烫了似的，猛地抽回手："不行，俺不要！"

玉柱不解地望着她。她说："你得说清楚从哪里弄来的。"

"嗨，告诉你吧，是抢来的。"

"咋？"她瞪大了眼睛。

"是抢来的，从大户人家抢来的，穷人家不会有这玩意。大户人家东西多，我们抢点不算啥。再说我也是穷苦人，穷苦人不会抢穷苦人的东西，你放心就是。"

秋月不想再说什么，她觉得很累，心乱如麻，低头捏弄着自己的手指。

"好啦好啦，以后不再抢了行不行？"玉柱一个劲儿地哄她。

她真想大哭一场。

"你倒说话啊！"他急得团团转。

她怔怔地望着他，凄楚地叹口气："玉柱哥，有句话俺一直想说。"

"你说吧，我听着。"

"玉柱哥，你给国民党卖命，村里已经有人戳你爹你娘的脊梁骨了，也有人戳俺的脊梁骨。你不干，行吗？你偷跑回来，咱们一块儿……过日子……"

"嘘……"他吹了吹右手食指，"秋月你小声点，别让外面的李三毛听见。"

她压低声音："俺的话你明白了吗？你偷跑回来……"

"偷跑回来叫手枪旅的人抓回去，还不崩了我！"

"你藏起来，藏到亲戚家去。"

"藏又能藏多久，早晚有被抓着的时候。"

秋月没话了，她懂的事情毕竟太少。除了到十二里外的刘集镇赶集卖席子，她从来没到过更远一些的地方。她是个没见过任何世面的乡下女子，也谈不上有什么主意。她愣怔了半天，问，"那咋办呢？"

"日后再合计吧，我先混着。"玉柱在屋里来回踱步，看上去他很

142

烦躁。

"打仗时你多长个心眼儿，别急着往前跑。你得多寻思寻思，给自己留条后路。"

"我心里有数，这一阵子和游击队交火时，我不像刚开始那么卖力了。再说，共产党的人个个不怕死，和他们打，我们越来越占不到便宜。谁能得天下，现在越来越不好说了。"

秋月点点头。玉柱犹豫着再次攥住她的手，红着脸说："秋月，你要等着我……"

她忽然觉得有什么东西在心窝子里乱窜。她说："玉柱哥，俺等你……"

他捏起那枚金镏子："秋月，你一定要收下。"

这一回，秋月接过了它。玉柱顺势把她揽在怀里："秋月，我真想你呀……"

头顶冷不丁又响起一声闷雷，吓得他们慌忙分开了。

八

那个夏天，秋月觉得老长老长，长得像没有尽头。

那个夏天很热很热，热得人无精打采，一点干活的心思都没有。秋月常常站在院子里的那棵老槐树下发怔。老槐树的叶子稀稀拉拉，辣辣的阳光穿过枝叶，像一串小火球似的烤她、蒸她。她的脸上、发丝上挂满了浑浊不清的汗珠儿。爷爷坐在门槛上一锅接一锅地抽烟袋，神情木然。老头儿嘟嘟囔囔："老天爷，你真是昏了头……小百姓，日子难熬啊……"

战乱年代，人们不敢外出，编好的席子卖不出去，秋月和爷爷的屋子里已积攒了上百张，爷儿俩好久没有编了。

爷爷抢起烟袋锅，重重地在门框上敲了几下，惊飞了老槐树上的几只叫个不停的知了。爷爷说："妮儿，别傻站了，到屋檐下凉快凉快吧。"

秋月的身子晃了晃，她抬手撸了一把脸，汗珠儿便顺着她的指尖争先恐后地滴落。

这时候，共产党的力量已经很强大了，他们四处活动，除了打仗的，还有专门做老百姓工作的。

有个三十岁左右、留短发的妇女经常悄悄来马刨泉，有时一大早来，有时傍黑来。她说她姓宋，家不在本地，但离这儿不远，一百多里。后来搞土改时人们才知道，她是共产党区委会的人，她男人是解放军的团长，带着队伍先是开进大别山，后又过了长江。

姓宋的妇女很和气，见人就露出牙齿笑。她挨家挨户地串门，找人拉家常。她还讲了很多百姓们似懂非懂的道理。挨家挨户串得差不离了，她才来到郎玉柱家。她同郎玉柱的爹娘谈了整整一上午。秋月搞不清他们谈的什么，她看到郎玉柱的娘送她出门时，眼圈红红的，像是哭过。

姓宋的妇女最后来到秋月家。她让秋月叫她"宋大姐"。宋大姐亲热地揽着她，亲热地问这问那。宋大姐有些话说得很直，让她感到不好意思。宋大姐说："好妹妹，听人说你和郎玉柱挺好？"

"俺们从小就在一起玩。"秋月眉眼压得低低的，不敢看宋大姐的眼睛。

"他也是穷人家的孩子，可他走错了路呀！"宋大姐很惋惜地拍着巴掌。

"他压根儿没想过当兵，他是被国民党抓去的。"秋月给宋大姐倒上一碗白开水。

宋大姐接过碗，并不喝："正因为这样，他更应恨国民党才对。可他并不恨，上个月在葫芦镇，他带人袭击了游击队的运粮队，打死了好几个游击队员。"

"真的？"秋月瞪大眼睛，"他上次回来还说，今后不打游击队了。"

"好妹妹，你得睁开眼瞧瞧，国民党反动派肯定要倒台。再见到郎玉柱，你要劝劝他，别再给国民党当炮灰，弃暗投明，我们不会计较他的过去。这样对他、对你、对革命都有好处，不然后悔就来不及了……"宋大姐说话时，眼睛一直盯着她，盯得她心里发毛。

"宋大姐……玉柱他心眼并不坏，你们可得饶了他……"她嘤嘤地哭起来。

"那要看他自己的表现。"宋大姐说得很干脆，毫不含糊。

九

终于熬过了那个炎热的夏天。

秋天到了，天很阔很蓝，飞鸟高高地挂在空中，仰脸看，鸟儿们似乎被粘住了，半天不动。秋庄稼快要成熟了，散发出香甜的、令人沉醉的气息。

从马刨泉到运河，有一条稍宽一些的黄土路。秋月和郎玉柱没走大道，他们沿着弯弯曲曲的小路朝运河的方向走。小路两侧的玉米密不透风，风只能从上面走，秋月觉得后脑勺很凉爽。小草儿绿油油的，几乎铺满了小路，踩上去脆生生地响，没走出多远，深绿色的草汁就涂满了鞋沿。不断有野兔越过小路，它们愣头愣脑地从玉米地里钻出来，看到来人，飞快地再钻进玉米地。玉米叶儿伸展到小路的上方，不断阻挡着他们，又不断地被他们甩在身后，裸露的皮肤被叶片上的毛刺儿划拉得又疼又痒。小路太窄，不能并行，他们一前一后，郎玉柱在前，秋月在后。望着他的背影，秋月发现他长高了，也壮实了。

玉柱的护兵李三毛手提驳壳枪走在他们身后，离他们约有一二十步远。李三毛十分警觉，东张西望，紧绷着脸，生怕遇上什么不测。

运河高高的堤岸闪进了眼底。玉柱回了一下头，秋月看到他露出了孩子般天真的笑容，似乎他们又回到了童年和少年，回到了过去的岁月。秋月感动得回报给他一个甜甜的笑。那一刻，她猛然意识到自己确实不小了，长成一个大闺女了，应该懂得许多的大事了……她还意识到，他们的心依然是相通的……

玉柱是中午突然回到马刨泉的。简单吃了几口饭，他就来找秋月了。说了没几句话，他突然提出来，到河滩上走走。她很吃惊，问："不怕碰上游击队？"

"据可靠情报，他们的人离开这一带，跳到外线活动去了，咱们悄悄去，不碍事。"他说。

她同意了。

运河高高的堤岸像一道屏障，挡住了人的眼睛。大堤上生长着参差不齐的柳树和杨树。他拽着秋月的手，爬上堤岸。放眼望去，茂密青翠的野苇子几乎布满了整个河滩，浩浩荡荡，气势非凡，像整装待发的千军万马。他们顿觉心里舒畅了许多。

"这里多好啊……"他感慨地说。

秋月紧紧攥住他湿热的手，静静地望着远处。眼下正是枯水季节，水流不大，只有窄窄的一条，卧在大河的中央，白亮白亮的，像一条玉带。而玉带的两边漂荡的野苇子，多么像绿色的彩绸……

这里是野苇子的世界，野苇子闪耀着蓬勃的、生命的颜色，似在咏唱一首万古不变的曲调儿，感染着运河两岸广大的土地和村庄，也感染着秋月和郎玉柱……仿佛听到了一个召唤，二人对望一眼，手牵着手，走下河堤，走进茂密的苇丛里。

玉柱的护兵李三毛没下来，李三毛就蹲在河堤上当警卫。

在靠近水流的地方，有一块不大的空地。他们坐下来。沙滩十分松软，屁股下面热乎乎的，很舒服。水边蓬生着高矮不齐被河水泡成黄褐色的水草，头顶上漂动着几串碧绿碧绿的苇叶，河水悠闲地流动，这一切就像在画中一样，令人陶醉。

玉柱解开军装上衣的扣子，将武装带、手枪和帽子放在地上。一时无话。河水潺潺从身边流过，很清亮，有点晃眼。

秋月的目光被玉柱脚边的手枪吸引了去，她伸手拽过枪套，轻轻抽出枪来。手枪发出钢蓝色的光芒，她握枪的手不由自主地颤抖。她实在弄不明白，这么个铁家伙为什么会生出那么多的是是非非。玉柱说："你别玩这个，这不是女人玩的。"

她扔下手枪，玉柱把手枪放在身后，然后抓起一把沙土，再让沙土从指缝间滑下。他说："秋月，我当连长了，你高兴吧？"

秋月摇摇头，脸扭向一边："俺只想知道，你想好了吗？以后咋办？"

玉柱说："秋月，我已经在龙城的钱庄里存了一笔钱，那都是你的，我要给你买好多好多东西，给你买首饰，买洋布，买绸缎……"

146

秋月说："玉柱哥，俺不稀罕东西，俺只稀罕你这个人……你快回家来吧，吃糠咽菜俺都不怕。你不能再当这个兵了……"

玉柱说："说实在的，秋月，我天天想着你。闭上眼睛想你，睁开眼还想你。我也想过回来啊，可眼下还不是时候。我得找机会呀。"

秋月说："你听俺的，你偷跑！"

玉柱说："不行，跑了和尚跑不了庙。马团座知道我开小差，会派人来马刨泉找我爹娘的麻烦，就连你，他们也不会放过……弄不好要掉脑袋的。"

秋月说："咱们都躲起来，让他们找不到。"

玉柱说："你再让我想一想，秋月。"

秋月说："还有啥好想的！你要不听俺的，俺以后就不见你了……"

说着说着，她抽泣起来。玉柱哄她，替她抹眼泪："你别哭，你一哭我心里不好受……"

秋月推开他的手："你说，你到底咋办？"

玉柱说："我……我听你的行不行？"

秋月破涕为笑："你跑，跑出来躲到亲戚家去。"

玉柱说："我听你的，一有机会就开溜。"

他伸手把秋月搂在怀里，二人突然脸都红了。他嘴巴伏在她耳边："秋月……我好想你呀……"秋月轻轻挣扎着："玉柱哥，别这样……"但她的挣扎是无力的。她没有力气了。她浑身软绵绵的。她想站起来，想跑掉，可玉柱把她搂得紧紧的，她连气都喘不动了，她快憋死了。玉柱不再说什么，用力扳过她的脸。两张脸就贴在了一起，两双眼睛同时也闭上了。他一下一下地亲她，他的舌尖好像带着刺儿，划得她脸蛋热辣辣的……后来，他腾出右手，一下子撕开了她的小褂儿，露出白生生的胸来。随之，他把她压到了身下。他像一堵大墙，快要把她压扁了。那一刻，她觉得自己正走在通往地狱的道路上。几株倾斜过来的苇叶儿在她面前疯狂地晃动，叶片儿像鸟的翅膀，带着风，挟着云，来回冲撞……

那一刻到底像啥？她道不清，理不顺。像在开春时节，赤着双脚踏进冰冷的河水？像镰刀掠过脚面？像苇片儿划破手指？……她说不清，她要昏过去了……

不知过了多久，起风了，野苇子们高擎着单薄、花白的头颅，互相冲撞，发出乱麻般的声音。苇秆儿萧萧，苇絮儿飘飘，飘上去又落下来，铺满了河滩，落进了河水，落在他们头上和身上……

后来，他坐起来了。他说："秋月，好妹子，你真好。"

她也坐起来，满脸都是泪。他帮她整理着衣裳。她一动不动，仿佛傻了，呆了，死了。

他们没有料到，离他们不远处的苇丛里，卧着老光棍拴成。拴成把一切看在了眼里。拴成眼里喷着火，但他一动也不敢动。要是让郎玉柱和河堤上的那个兵发现他，他肯定就没命了。

却就在这时，从东边的河堤上突然传来一声清脆的枪声。

十

枪声钻进郎玉柱耳朵里的时候，他一时没反应过来。

又一声枪响。

这回他听清了，脸唰地变成了灰黄色，愣怔了一下，连滚带爬扑向扔在一边的手枪。

李三毛冲下河堤，在他身后闪出四五条黑影。李三毛边跑边回头射击，应着枪声，一个黑影惨叫一声，歪倒在河堤上。余下的人紧接着也冲下河堤，他们不住地射击。

是游击队的人无疑。李三毛所到之处，苇棵子拼命地摇晃，他大声喊道："郎连长，快跑！"

郎玉柱从枪套里抽出手枪，顶上子弹，下意识地抬手朝东边的河堤放了一枪。对方还击，子弹"嗖嗖"从身边划过，野苇子一串串地折断。秋月吓得瘫倒在地，嗓子眼儿里冒火，一句话也说不出来。

李三毛跌跌绊绊朝郎玉柱的方向跑来。最终一颗子弹击中了他，他剧烈地晃了晃，"扑通"倒地。

冲下河堤的人共四个，其中三个端着长枪，一个大鼻子的精瘦汉子手提短枪。他们冲向郎玉柱，隔着疯狂摇摆的野苇子，双方对射着。大鼻子说："姓郎的，看你还往哪儿跑！"

玉柱觉得这人好面熟。但他来不及多想，也顾不得秋月了，他钻进茂盛的苇丛，拼命往前跑去。秋月这时突然想起什么，大声喊："玉柱哥，你快留下来吧……"

枪声把她的喊声截成了几段。游击队员冲到她面前，她伸手拦住他们："你们不要开枪，玉柱说他……"

大鼻子说："姑娘你让开，危险！"

然而秋月并没有让开，她着急地说："真的，玉柱说他不跟国民党干了，你们饶过他吧。"

一个游击队员上前推了秋月一个趔趄："滚开，你这破烂货！"

秋月一下子愣在了那里：天啊，她成了破烂货！……她低头整理一下凌乱的衣服和头发，呆呆地望着大鼻子指挥几个部下继续追击郎玉柱。偏在这时，老光棍拴成又战战兢兢从苇丛里钻了出来，挡住了他们的去路。拴成说："哎哎，各位兄弟别开枪，别开枪……玉柱那狗崽子真说了，他要开小差的……我听得清清楚楚，你们放过他吧……"

有人上前给了拴成一枪托，拴成"哎哟哎哟"叫唤着倒在地上。大鼻子等人绕过拴成，继续不停地边奔跑边射击。拴成停止叫唤，站起来，惊恐未定而又色眯眯地盯住秋月："秋月妹子啊，刚才你们把我羞死了……玉柱那狗崽子，打死他才好！他狗日的没白活啊……"

秋月蹲在地上，欲哭无泪。

由于秋月和拴成的阻拦，游击队员们没有追上郎玉柱。郎玉柱跑得无影无踪了。他们气呼呼地回头找秋月和拴成算账。一个游击战员把枪口对准拴成的秃头，吓得拴成尿了裤子。大鼻子喝令那人把枪口移开，拴成这才屁滚尿流、连滚带爬地跑掉了。

大鼻子走近秋月，上上下下打量着她。她不敢抬头。一个游击队员说："队长，把这个不要脸的小破货抓起来吧！"

大鼻子严厉地制止了那个人。

十一

河滩上发生的事情像风一样很快传遍了整个马刨泉。马刨泉再一次陷入沸腾的境地。

天黑了，秋月是被游击队的人送回家的。自家的柴门近在咫尺了，秋月迈不动步子了。爷爷倚着老槐树，像一块冰冷的石头那样一动不动。黑暗中看不清爷爷的脸色。一阵冷风吹来，秋月禁不住打了个寒战。她说："爷爷……"声音很小。

爷爷低头弯腰，剧烈地咳嗽起来。整个夏天爷爷的身体一直不错，可现在，爷爷突然一下子垮掉了。秋月挪动过去，替爷爷捶背。爷爷抬手推开了她，在她不知所措的当儿，爷爷十分费力地走进了小屋。

她忐忑不安地跟着爷爷来到小屋。爷爷背对着她。炕沿上的豆油灯照出了两个孤独的影子。她双膝一并，"扑通"跪下了。她"嘭嘭嘭"连磕了三个响头，泪水无声地流下来。她说："爷爷，俺做下了见不得人的事，爷爷你打吧，你骂吧……"

爷爷又是一阵剧烈的咳嗽，声音像放机关枪一样。爷爷的身影如大风中的枯树，上下左右乱晃一气……后来爷爷缓缓转过身来，冷冷地瞪着她。她说："爷爷，俺好糊涂啊……"

爷爷举起枯干的右臂，在她眨巴眼睛的瞬间，腮帮上便响亮地挨了一巴掌。爷爷的手掌像苇河里的冰碴子，又冷又硬。在冰碴子的击打下，她觉得脸上凉飕飕的，整个脑袋都麻木了。

腮上又挨了一下。奇怪的是，她竟然感到心里好受了些，眼里不再流泪。闭上眼，她很平静地说："爷爷，你打吧，你骂吧……"

爷爷似乎再也没力气打没力气骂了，爷爷只是咳嗽，腰弯得更低，像一只大虾米。借着昏黄的灯光，她看到爷爷的脸涨得紫黑紫黑，好像全身的血液都涌到了脸上，好像那些血液马上就要喷溅出来，把世界涂抹得昏天黑地……爷爷终于支撑不住了，重重地摔倒在她的面前。她惊呼一声，跪着去搀扶。

一口鲜血从爷爷嘴里吐出来，血丝挂在他的嘴角。她抬起衣袖轻轻拂去："都是俺害了你呀爷爷……"

爷爷呼吸急促，如拉风箱一般，她吓得不行，替爷爷捶背揉胸。半天，爷爷才缓过劲儿。爷爷闭着眼睛说："妮儿，爷爷刚才不该打你……爷爷昏了头了……"

她说："不，爷爷！是俺昏了头……俺对不住您老人家！"

爷爷老泪纵横，泪水在他满脸的纹络上左奔右突，盈满了一道又一道，最后聚集到下巴上，滚落在胸脯上。忽然，爷爷又说："妮儿，我不是你的亲爷爷……"

秋月呆呆地张大了嘴巴。爷爷说："我不能叫你糊里糊涂活一辈子，连自己的身世都不知道……你是我捡来的，我捡到你的时候你还不会跑……"

"不！"秋月抱住爷爷，"爷爷，你是俺的爷爷！亲爷爷！"

爷爷困难地摇头，随后爷爷痛苦地笑了笑，再次闭上了眼睛，很困难地喘息，他似乎还想说什么，可他已经没有说话的力气了。

爷爷死了。爷爷说死就死了。

郎玉柱的爹娘帮着秋月埋葬了她的爷爷。她没有钱给爷爷买棺材，只能按爷爷先前的遗嘱，用苇席卷了，埋进黄土里。爷爷受了一辈子苦，到头来连个棺材都睡不上，想到这里，秋月哭得更欢了。送葬的人和看热闹的人都走开了，秋月还在哭。她哀哀地哭着，一遍遍地说："是俺害了你呀亲爷爷……俺对不起你呀亲爷爷……"

玉柱的娘留下来陪着秋月哭。玉柱的娘肯定也知道了玉柱和秋月在河滩上做下的事，玉柱的娘一边抹眼泪，一连骂玉柱造孽，说："秋月闺女，都怪玉柱这个狗杂种！他要是再有脸回来，老娘我就宰了他！"

玉柱的娘又说："孩子，爷爷没了，以后你就把我们家当成你自个儿的家吧。"

秋月不哭了，她说："婶，都怪俺不好，是俺不好。是俺害死了爷爷……爷爷没了，俺想去找玉柱哥。"

玉柱的娘愣了："你去找他？"

秋月说："对，俺想去找他，劝他不在国民党那里干了，俺要把他拽回来，回来种咱的庄稼，编咱的席子。"

151

玉柱的娘说："孩子，兵荒马乱的，你去哪里找他？还是先等等吧，说不定他会自个儿回来。"

秋月抹去眼泪："是啊，他说过的，他要想法子跑回来。婶，咱回家吧，回家等他……"

两个女人互相搀扶着，往村子走去。

十二

深秋的一天夜里，国民党的手枪旅和共产党的一支正规军在运河边交上了火。

郎玉柱知道，机会来了，他的心头掠过一阵惊喜。前一阵子，部队开小差的多，巩旅长大发雷霆，向每个连队派了督察队，使逃跑的机会大为减少。

机会终于来了，成功与否就在今夜。对方是解放军的主力，只要一打起来，场面就控制不住，督察队也无能为力。

仗打得很猛，他冷静地观察着局势。他的打算是最好能逃走，先回村子，见一见秋月，然后再躲起来。万一逃不脱，就向解放军投降。

但是，他的愿望最终落空了。

那天夜里，双方密集的炮火打得世界像白昼一样，耀眼而迷人。

天亮以后，解放军主力过了黄河，听说他们是路过此地，到大别山去。

国民党的手枪旅被彻底打垮了，打扫战场的任务交给了当地的几支游击队和民兵武装。

有人在乱尸堆中发现了郎玉柱的尸体。他是被流弹击中的。游击队的大鼻子队长蹲下身子，抓一把黄土捂在他胸口的弹洞上，沉默了许久，说："姓郎的，你还是没能逃脱啊……"

这个世界上，除了秋月以外，没人知道郎玉柱死前想了些什么，没人知道他的打算。

大鼻子队长心突然软了，他吩咐手下人，单独挖个坑把郎玉柱埋了，不要和其他的尸体埋在一起。

郎玉柱阵亡的消息传到马刨泉的时候，村子里出奇地安静，他的爹娘和妹妹只是关上门哭了一场。他娘翻来覆去地说："我早就知道他不得好死，我早就知道他不得好死……他走错了路啊……"

村子里几乎没有人同情郎家。见不到尸首，也没有脸面发丧。他的爹娘捡几件他穿用过的旧衣物，悄悄地拿到祖坟上埋掉完事，只给他堆了一个很小的坟头，像埋进了一只小猫或小狗。

秋月得知玉柱的死讯后，居然出奇地平静，她甚至没掉眼泪，似乎她早就料到会有这样一个结果。她选择一个没有月亮的夜晚，来到他的衣冠冢上，把那枚金镏子埋了进去。那是他送给她的，现在她把它还给他了。

往回走的时候，她的眼泪终于下来了，她说："郎玉柱啊，你害了我，也害了自己。你死了，倒省事了，我活着，你不知道有多难……"

她泣不成声了。

手枪旅被歼灭后，国民党的一些地方武装成不了气候，很快被各路游击队击溃，龙城解放了，老百姓可以平安过日子了。

那年立冬过后，秋月没有到河滩上割苇子，她家的苇子被别人抢割了。玉柱的娘来找她，劝道："苇子让别人割了，你咋不心疼？"

她说："俺不想要了，谁愿意割谁就割吧。"

玉柱的娘说："闺女，千万别犯傻，日子总还得过。"

她摇了摇头。

平时她极少出门，终日待在家里，编一会儿席子，愣一会儿神。过去爷爷住的那间小屋里，编好的席子快擦到顶棚了，她懒得赶集去卖。偶尔出趟门，背后总有人对她指指点点，嘀嘀咕咕，让她感到浑身不自在。

院子里的苇子剩下不多了，编完了这些就再也无事可干了，她不清楚往下该干啥。

后来有一群半大孩子常常拥到她家柴门前，或是趴在她家院墙上，叽叽喳喳说这说那，话越说越难听——

"你们知道吗？她在苇棵子里跟匪兵干那事……"

"干啥事？"

"就是干你爹你娘干的那事。"

"你爹娘才干！她真干了吗？"

"那还有假！谁骗你，谁是石头缝里蹦出来的。"

"还是个大闺女呢，臊死啦！"

"农会的人会饶她吗？"

"咱哪能知道。"

…………

她又羞又恼，躲进小屋里，用棉花堵上耳朵。她更是不敢出门了。

区委会的宋大姐有一天推开了她的柴门。宋大姐依旧是笑眯眯的，这使她心里踏实了些。宋大姐说："妹妹，当初我没说错吧？不听我的，如今吃了亏。你太幼稚，经历的事情少，容易上当。"

她不插话，光听宋大姐说。宋大姐拉着她的手，十分真诚地劝她说，人这一辈子不可能不出错，出了错不要紧，关键是要有一个正确的态度，好好反省一下，避免以后再出错。过几天就要开始搞土改，斗地主，分田地，你还年轻，要积极投入到火热的斗争中去……

她认真地听着，并且记在了心里。

宋大姐真是一个少见的好人，她想。

她为自己感到深深的羞愧。

十三

秋月愈来愈感到自己犯下了不可饶恕的大错。

因为她，爷爷气死了。爷爷曾经那么疼爱她，而她却杀死了爷爷，爷爷死不瞑目啊！

为什么郎玉柱偏偏成了国民党的人？为什么在运河滩上她稀里糊涂地做下了那种见不得人的事？她实在弄不明白。爷爷到死都没有原谅她，她更没有理由原谅自己。她知道自己欠下的债，这一辈子都不会还清了，污点更是永远也抹不掉了。

她找出一根绳子，想把自己吊死。她站到凳子上，把脑袋伸进绳套，可是刚一用力，绳子就断了，她从屋梁上摔下来。她叹口气，既然死不了，她决定不死了。

也许好心的宋大姐说得对，她还年轻，应该往前看。

院子里的苇子全部编成了席子，没什么可干的了，她抽出几张编好的席子，把它们拆开，然后再一张张地编上。找点活干，日子好熬一些。

寒冷的冬天里，她从头凉到脚后跟。没有人来打扰她，她也不想出去打扰别人。她想起宋大姐说过的关于知错就改的话，她越来越感到宋大姐的话有很深的学问。

可怎么改呢？

她的目光落向竖在墙角的镰刀上。许久不用，镰刀锈得发红，她搬来磨刀石，蘸上水，霍霍磨起镰刀来，磨得刀片寒光袭人，锃亮无比。

在运河边的苇棵子里，国民党手枪旅的上尉连长郎玉柱曾经摸弄过她的胸部，她永远不会忘记那一刻。定了定神，她缓缓地解开怀，露出惨白的胸。令她感到吃惊的是，胸部仿佛在一夜之间高耸了许多，她觉得陌生和厌恶。

镰刀操在手中，雪亮的刀刃直视着雪亮的胸。她恶狠狠地对着右胸说："俺想——把你割下来！"

刀刃咬住了右胸，她稍一用力，就见白光中生出一道细小的红印。

然后她恶狠狠地对着左胸说："俺想——割下你来！"

刀刃又咬住了左胸，她再一用力，又生出一道红印。

她的嘴角闪过一丝笑意，镰刀"咣当"掉在地上。她看到双乳上的红印像两根美丽的丝带，逐渐往下滑落，一直延长到腰间，被裤腰吸收。

一点也不觉得疼，她感到十分痛快，心里好受了些。

后来，她又从柴草垛里找出一把苇根，洗干净扔进锅里，倒上水，点火煮了起来。

锅里"咕嘟咕嘟"翻起了水花。熄了火，她从锅里舀出一盆苇根汤，开始清洗胸部和下身。水很热，烫得她一阵抽搐，她咬牙切齿地说："烫吧！烫吧！烫死你们才好！"

她一遍又一遍地擦洗。

眼下她能做到的，只有这些。

这是她最感轻松的时刻。

轰轰烈烈的土改运动开始了，各家各户都瞪起眼睛，看自家能分到什么样的田地。郎玉柱的妹妹郎小兰跑来说："秋月姐，你分到一亩半好地。"

她抬了抬眼皮，算是知道了。

郎小兰又说："因为我哥的事，我家分的地不咋样，净是薄地，长不好庄稼。"

秋月说："好地坏地一样种，关键看人勤不勤快。"

开春的时候，一辆马车停在秋月家的柴门前，一个老头儿和一个中年人推开柴门走进了院子。秋月深感意外，不知说什么好。

中年人自我介绍说，他是区委会的办事员，老头儿是个赶车人。

"我们是奉刘区长之命，来买席子的。"中年人拿眼瞟着她说。

"刘区长？哪个刘区长？"她疑惑地问。

"就是游击队原先的刘队长。"

秋月想起来了，是那个大鼻子挎短枪的汉子。

"县里要来工作队，买些席子给工作队的人铺。"中年人补充说。

"俺编的席子不好。"秋月低头捏弄着自己的手指头。

"刘区长说，你的席子编得好。"中年人说。

"可俺……不想卖。"

"不卖？为啥？"

"俺不明白，为啥你们要买俺的席子？"

中年男人诡谲地一笑："这要问刘区长了。姑娘，我们都拉走了。"

秋月吓得一吐舌头，他们要这么多啊！她越发感到奇怪，吞吞吐吐地说："俺……不想要钱，白送给你们吧。"

中年人露出黄黄的牙齿笑了起来："共产党从不白拿群众的东西。"

快擦到屋顶的席子够装两大马车的。秋月帮着他们装车，他们果真拉了两趟。临走时，中年人扔下一堆钱，秋月吃了一惊。长这么大，她从来没见过这么多的钱。

几天之后，好心的宋大姐又来到了她家。宋大姐胖了不少，听说她的男人当上了师长。宋大姐对她问长问短，爱怜地替她梳头，帮她收拾屋子。宋大姐说："都成大姑娘了，得好好打扮打扮自己。"

她感激地望着宋大姐，心想要是早认识宋大姐就好了。

她们很开心地拉家常。后来宋大姐的话题就转了。宋大姐说："也该有个男人疼你了。"

她忽闪着眼睛，没说话。

宋大姐说："区委会刘区长爱人病死了，刘区长对你挺有意的。我看，我就给你们当这个媒人吧。"

她大吃一惊，更没话了。

宋大姐说："妹子啊，这可是千载难逢的好机会，你千万别犯傻，好好想想，啊？明儿个我来听你的回话。"说完，宋大姐离开了她。

第二天，宋大姐果然来了。秋月慌慌地不知该怎么好。

坐下后，宋大姐拉过她的手，笑问："好妹妹，想通了吗？"

她咬住嘴唇，不语。宋大姐笑了笑："别害羞，想啥就说啥。"

"俺想好了，"她轻轻地说，"俺不配……俺的身子不干净，刘区长是公家的人，俺不能坏了公家的名声。"

她抿了抿嘴，静静地望着宋大姐，再次用平坦的语气说："真的，俺的身子不干净，俺不能坏了公家的名声。"

秋月果真一生未嫁。她活到七十八岁，无疾而终。

（2004 年）

平平的世界

一

三个月大的时候，王世科把我带到了江家。外面的阳光毒辣刺眼，乍一进江家门，我的眼睛不太适应，面前一片迷茫。王世科和江家人寒暄过后，屋里人都把目光对准我，我这才看清了众人。戴一副近视眼镜、文质彬彬、神情干练的中年人，自然就是江家男主人江贵清；女主人常敏面皮白净，眼神明亮，笑容可掬，留着披肩长发，看上去显年轻，身上有一股清香的气息；那个身材高挑、宽肩细腰、大眼睛高鼻梁、穿一件醒目的海魂衫、阳光帅气的小伙子，无疑是江家公子江文。

我腼腆羞涩地蹲伏在地板上，大气不敢出，略显惶恐地呆望着众人。女主人笑盈盈走过来，带着一股香风蹲下，伸出柔软的小手，轻轻抚摸着我的小脑袋，满眼都是爱意。嗅着她好闻的气息，我渐渐平静下来。王世科简单介绍一下我的习性和饮食起居，他见主人一家对我第一印象蛮好，神情放松下来，说："江总、常大姐，你们喜欢就好。它的名字叫平平。"

"啊，平平，这名儿好。平凡、平安、平静、平常心……全占了。"男主人咧嘴笑了。

"平平，平平！"江文亲切地叫着，扑过来要抱我。常敏拍一下儿子的手："你轻一点儿！"所有人都笑了。

几天前我就知道，我的新主人江贵清是省油气公司的总经理兼党委书记，副厅级干部。同伴们听说我要到这样的人家，都很羡慕，说你小子就等着享福吧。妈妈却教导我说，犬这一辈子，不求荣华富贵，只求平平安安，平安是福。什么叫平安？我妈妈说，主人一家平安，你就能平安；主人一家翻船，你就得落水。所以，寻个平安的好人家过活，是我们犬类的最大幸福。

现在你弄明白了吧？我是一只小狗——一只金毛犬，也叫金毛寻回犬，我们这个品种是在十九世纪由苏格兰的一位君主，用一种小型的纽芬兰犬、爱尔兰赛特犬和已经绝迹的杂色水猎犬，混合培育出的一种金黄色的长毛犬。我们的颜色呈金黄色，显得富贵堂皇，进入中国后，深受中国人喜欢。王世科家里也有一只，他遛狗时，常敏偶然碰到了，非常喜欢，随口问一句：哪儿能搞到这么好玩的狗狗？王世科二话不说，立马就到宠物公司号下了我。

趁他们说笑，我飞快地打量了一下江家的陈设。江家房子不大，三室一厅，东西摆设也很朴素简单，一点都谈不上豪华，像个极普通的人家，和我路上想象的情况大相径庭。俗话说，穷要嚷，富要藏，也许江家是有意做样子给人看的，狡兔三窟嘛。不过，没关系，过不多久我就会摸清他家的底细，走着瞧吧。

逗我玩了一会儿，王世科告辞。常敏不让他走，问他："多少钱？"他就是不说。江贵清火了，轻轻一拍沙发说："王世科，要不你抱走它，也不看看啥时候！"江贵清发起火来，脸红脖子粗，眼睛瞪得溜圆，怪吓人的。王世科没办法，只好摸出一张收据，在常敏面前晃了晃，仍不肯就范，说："就两千块。这点小钱算个啥嘛，就当我送江文侄子一个小礼物……"

常敏不由分说，把两千块钱硬塞给王世科。王世科略显尴尬地走了。

从这天起，我成了江家的一分子。

江贵清所说"也不看看啥时候"，是有所指的，很快我就搞清了。那段时间，对江贵清来说，正是敏感时期，竟然有人给省纪委写信，给北京的总公司写信，给总公司的上级国资委写信，举报他的经济问题、作风问题，弄得他心烦意乱。夜里，两口子睡不着，经常一聊到半夜，有时聊着聊着吵起来，常敏非要丈夫承认外面有人。她不太关心他的

"经济问题"，她只关心他的"作风问题"。老江则指天发誓说，压根儿没有的事，是诬陷，他与办公室的胡小芸没半点私情，纯粹工作关系。

吵闹一阵，这个话题进行不下去，又会绕到"经济问题"上来。通过夫妻二人的谈话，我听出，江贵清担任一把手，要说没一点经济问题，那也不可能，常在河边走，即使湿不了鞋，鞋面上溅几点水珠，沾一点沙子，再正常不过。但他绝对没有大肆索贿受贿，这些年来，他抗不过人情世故，也违规给亲戚熟人办过几桩事，这些违规的事并没有给公司带来什么危害和不好的影响，事成之后，推辞不掉，顶多不过是吃过几顿高档饭，常敏被人安排出过一次国等等，都是些鸡毛蒜皮的小事。

可是这些事，说你严重就严重，说你没事就没事，全看组织上怎么定性了。他们聊到最后，常常就是翻来覆去分析谁干的，公司里有嫌疑的人一个个拎出来分析，怀疑的重点主要是公司的两个副手，一个急于上位，一个想给小舅子揽个大项目，但是被老江给卡住了。这二人对老江的底细摸得准，最值得怀疑。我不认识他们，所以不感兴趣，一般到这时候，我就睡了。

有一晚我听到他们说起王世科，说王世科虽然是自己人，也不是没可能写告状信，上半年他曾经有一次提拔机会，由办公室副主任升正主任，他到处活动，很想当，但是老江认为他太年轻，办事不稳当，想再历练他一下，就没点头，最后办公室另一个副主任老孙获提。王世科会不会因此而怀恨在心？人心隔肚皮，这都是有可能的呀！

听他们分析到这里，我真有些害怕。王世科为江家跑前跑后的，不像个告黑状的人呀，看来人类的事，就是比我们犬类的事情复杂，算了，不动这个脑子了，睡觉。

那些天家里气氛压抑，人人都有心事，所以我尽量不闹出动静，以免惹主人烦。白天他们上班的上班，上学的上学，就我一个人，我盼着他们回来，又怕他们回来。因为正是长身体的时候，在这样的环境下生活，我病了，上吐下泻，吃不下东西，没几天就瘦了一圈。江家人都很着急，我心里却有些过意不去——主人正堵心的时候，我又来给人家添堵。

晚上，王世科过来看了看，他有经验，看到阳台上的我目光呆滞，四肢无力，毛发无光，冲老江夫妇摇摇头，叹口气。

"世科，怎么办好？"常敏急问。

"江总、常大姐，这样好不好？我把这狗狗带走得了。"

"你带哪儿去？"江文盯着他。

王世科离开我身边，走到客厅里，小声说："再去搞一只过来嘛，多大点事！"

我没想到，他竟然说出这样的话。

"那平平怎么办？"常敏的声音。

"你们甭管了。"王世科的声音。

"你想把它带走？"老江的声音。

王世科没吭声，大概是点了点头。

"王叔，你想怎么处理他？"江文的声音。

"这狗可能活不长，不能让他死家里，找个地儿丢下算了。也只能这样了，唉。"他重重地叹口气。

我痛苦地闭上眼睛，恐惧瞬间笼罩了我。我刚来江家没几天，还没和主人建立起什么感情，他们抛弃我，也算正常。如果把我弃到荒郊野外，只能是死路一条了。可我不想死，我才不到四个月大，换算成人类的寿命，大概是三四岁的样子，你们怎么忍心丢掉一个三岁的小男孩？求生的欲望使我突然来了力气，我咬牙站立起来，摇摇晃晃来到客厅里，望着面前的四个人类。

"世科，你刚才说什么？"老江仿佛刚清醒过来，盯着王世科。

"……江总，我想把它带走……"

"不行！"老江坚决地说。

"不行！"常敏说。

"不行！"江文说，边说边跺了下地板。

我的眼泪下来了。主人一家这一刻的恩情，让我终生难忘，终生难以报答。似乎为了表示我还不至于死，我跑到食槽边上，吃了一点食物，还喝了两口水。

那晚，王世科主动带我到宠物医院看病，他抱着我跑上跑下，满头是汗，对医生点头哈腰，请医生给我打最好的针，用最好的药。

这个时候，我从内心里原谅了他。

三天之后，我好了。江家也得到了天大喜讯。从北京来的工作组认真调查过之后，庄严宣布：中国油气总公司甘肃省分公司总经理、党委书记江贵清同志，没有任何男女作风问题，也没有明显的经济问题。检举信上列出的所有问题，都是不实之词，不予采信。

那天常敏没有上班，在家等消息。通过手机短信，她得到了上述消息，那一刻她激动地扔下手机，抱起我，又亲又拧，都把我搞疼了。后来她哭起来，我也受她感染，眼角里噙满了泪。她抱着我的样子，我感觉我们真像是一对母子。

当晚，江家在一家小饭馆搞了个庆贺仪式，江文特意从大学请假赶回来。出于高兴，他们把我也带去了。席间，老江动情地说，从北京来的张主任在下午的全体中层以上干部会上，狠狠地表扬了他，并且说，组织上要感谢写告状信的人，正是由于这一次的告状，使组织上发现了一个好同志，江贵清同志是值得全系统学习的好干部，像他这样的干部，只知道默默无闻地工作，在全系统都是不多见的。

常敏和江文频频向老江敬酒，他喝得有点多。他大着舌头说，组织上终于还了他一个清白，张主任宣布完这个消息，他忍不住当众流下了热泪，原本想提请组织上追查诬告者，一查到底，追究责任，后来一想，得饶人处且饶人，还是算了吧。因为发现了一个好干部，张主任兴致很高，当场说他是"一个高尚的人，一个纯粹的人，一个有道德的人，一个脱离了低级趣味的人，一个有益于人民的人"。

老江说，张主任说到这里，他眼泪哗哗的，长这么大，除了母亲去世时，他从没这么哭过。他从心底感谢组织，没有上级党组织的火眼金睛，他就是跳进黄河也洗不清。

老江又说，散会后，他向张主任提出，既然自己是干净的，那么他想干干净净把这副担子交出去，是时候了，他现在有些疲倦，想辞掉一切职务，当一名普通干部，省心省力，平静地生活。

"张主任怎么说？"常敏问，看上去她有些着急，"这么大事，也不跟我和儿子商量一下。"

老江咳嗽几声，故意卖个关子，抿了口酒，吃了口菜，道："张主任说，那你等着吧。"

"张主任啥意思？"

"我哪知道啊。"老江打个哈欠，想睡觉了。

那晚我在睡梦中，被一阵声音惊醒，侧耳听了听，是从主人夫妇卧室传过来的，哼哼唧唧，夹带着鱼儿戏水般的声音。后来我才知道，他们在做爱。当时我还小，不懂这个，所以也就没当回事，翻个身又睡了。

二

江家的生活走向了正轨，我的生活也充满了阳光。

每天晚饭之后，主人夫妇都要带我到楼下小公园遛弯，我抓紧解决大小便问题后，喜欢找同伴们玩一会儿。

这一片有两个比较高档的小区，养狗的人家不少。这一带的犬，最牛的当数壮壮——它是梁厅长家的，虽然它的品牌不过是哈士奇，比我们金毛犬金贵不了多少，但因为梁厅长是这一带居民中最大的官，所以它有牛的资格。

通常都是梁家的小保姆把壮壮带出来，小保姆找熟悉的人聊天，懒得管它，它正好图个自在，它就那么往花坛边一站，立时就有七七八八的犬围上来。它又开后腿，前爪往前扒拉两下，然后蹲坐下，像领导干部上了讲台即将讲话那样，先清清嗓子，环顾左右，然后开讲。它讲的当然不是什么国家大事，而是梁家的私事。它喜欢透露一点内幕消息给我们，比如梁厅长老婆又在家里收钱了，梁厅长又找了一个小蜜，云云。正因为它口无遮拦，有啥说啥，实事求是，不加隐瞒，所以它在这一带有较高的威望，成为公认的大哥大。说它牛，一点都不是吹捧它。

开始我很好奇，对壮壮讲的事情很感兴趣，是它最忠实的听众。它也很抬举我，毕竟它知道我的主人是个副厅级，而且我主人的单位是本城最有钱的单位之一，人人羡慕。于是，他经常在讲话结束后，当众轻轻咬一咬我的耳朵，舔一舔我头顶上的毛发，以示对我的特殊关爱。这使我很受用，虚荣心得到小小满足。

有一次我向它提出疑问："壮壮哥，梁厅长找小蜜，你咋知道？难道他带着你去约会不成？"

众犬对我的疑问表示附和，有的小声嘲笑说，吹牛皮又不上税，你就吹吧。

壮壮"汪"声一笑，抬起一只前爪指点一下众犬，用轻蔑的口气说："你们这些蠢货，都是猪脑子吗？老子还用得着跟他去吗？你们没鼻子吗？他是不是新找了小蜜，他一进门老子就能嗅出来。"

这话让众犬噤了声。壮壮有这个本事一点都不奇怪，只是我们都没想到。它抬爪子拍拍我肩膀说："老弟，好好学着点。现在是信息社会，要想出犬头地，你得练好眼观六路、耳听八方、鼻闻天地万物的本领。"

我佩服地点点头。

但是，佩服归佩服，很快我就意识到，它这么做不合适——梁厅长是它的主人，它怎么能够随随便便把主人的事情抖搂出来？世界上有这么不忠的犬吗？它这是典型的缺乏犬道，是个原则问题……越想问题越严重。意识到这个以后，我就慢慢疏远了它，我不想和不忠不义的同伴来往。以后再出来遛弯，顶多礼貌性地跟它打个招呼，然后我就踱到一边去，坚决不听它的内幕消息。

这天晚上，老江有饭局，常敏带我出来得晚了一会儿，远远地听到壮壮又在瞎白话梁厅长的私事，我就生气没过去，跑到一个花坛边上，追着一只飞蛾扑腾着玩。常敏追上来，喊我到一边玩去。紧挨着花坛的是一个小广场，广场里有一群大妈在跳街舞，动静很大。常敏年轻时候是歌舞团的舞蹈演员，嫁给老江生了孩子之后，再去跳舞不合适，就改了行，调到分公司做行政工作。后来她每逢见到跳舞的，尤其跳街舞的大妈，就很烦很鄙视，仿佛见到狗屎那般赶紧走开。

我沿着公园的鹅卵石路，兴奋地跑在前头。常敏跟在后面。一旦发现自己跑快了，我就停下来，等一下她。我越来越懂事了，这从主人一家的眼神里就能看出来，他们常常用欣赏的目光望着我。

一股清新的宛若兰花的气息扑鼻而来，我知道有个女士过来了，她越来越近，越来越近……此时太阳早已落山，公园里的灯光打开了，朦

164

朦胧胧的，一个穿长裙留长发的倩影走到我跟前，看我一眼，突然停了下来。每天遛弯时，经常有路人停下来逗我玩，夸奖我的可爱，这个我已经习惯了，知道又遇上了一个喜欢我的人，而且是个美丽的女士，我骄傲地冲她晃晃脑袋，摇摆几下尾巴，算是礼貌地打了招呼。

在我身后，常敏跟了上来。

"哟，常大姐呀，您出来溜弯呢……"女士发现了常敏，热情地上前两步。

"出来转转。"常敏语调平静。

"哟，这是平平吧？"不等常敏回答，女士迈开高跟鞋走到我面前，蹲下来，亲热地抚摸我的脑袋、耳朵、下巴、后背，边逗我玩边说，"大姐，早听说你们家平平特可爱，特好玩，今天总算见着了，真好……"

女士喋喋不休地夸奖我，抚摸我，我感到很开心，很受用。她身上宛若兰花的香气直冲我头顶，永远留存在了我的记忆中。

但是，很快我注意到，常敏的脸子拉下来了。我马上意识到不好，身体变得僵硬了。只听常敏说："哟，你咋知道我们家平平可爱呀？"

"……公司很多人都知道的……大姐，这可不是什么秘密呀。"

"是吗？"

女士停止抚摸我的身体，收起光滑的手，站起来说："大姐，平平在公司很有名，真的。噢，我得走了，再见。"

常敏哼一声，算是回答。女士娉娉婷婷地远去了，常敏盯着她的背影看，好半天才回过头。

回到家里，头一件事情就是给我洗澡。正洗着，老江回来了，摸不清由头地问："怎么又洗？昨晚不是刚洗过吗？洗太勤了对狗狗不好。"

常敏用力在我身上揉搓浴液，弄得满卫生间都是泡沫，不接男人的话。

"又怎么啦？"老江脑袋探进卫生间。

常敏没好气："你说怎么啦？带平平散步，怎不巧就碰上她？上来就摸，我还怕她把性病传给平平呢！"

老江愣一下，摇摇头，并没发火，而是口气平和地说："你呀，又

165

想多了，人家小胡是个正派人，组织上早都下了结论嘛！"

老江回到客厅去了。常敏费了好大劲，才给我洗完，这是我来江家后，洗澡最彻底的一次。我已经猜到了，刚才公园里那个带有兰花香气的女士不是别人，正是告状信上提到的胡小芸。

尽管生活中不断有种种疙里疙瘩的不愉快，但江家总的气氛是向好的，心气是向上的。这一晚，主人夫妇又做了一次爱，此时我略略知晓了一些公母之事，趴在阳台上的我，竟然也有点蠢蠢欲动。

八月初的一个早晨，天刚放亮，阳台外面的梧桐树上就有一对喜鹊叽叽喳喳叫个不停，主人两口子都被闹醒，我听到老江打个哈欠说："喜鹊叫，好事来，该有好事来喽。"

他话音刚落，我就听到一阵乌鸦的叫声从远处的一棵树上传来。真是叫得不是时候。声音虽然不大，又在喜鹊叫声的压制之下，我想他们二人还是隐约听到了。气氛一下子变得沉闷。常敏边起床边说："别想好事了。现在这时候，不出么蛾子闹心事，就算烧高香了。"自从上次有人告状，常敏就变得有点神经质，生怕什么时候再出个事。

二人简单吃罢早饭去上班。两口子都在分公司的大楼里工作，每天老江坐单位的专车，按说常敏搭个顺风车很正常，以前也常这么做，但自从上回闹出风波，为了避嫌，这以后常敏都是坐单位班车。

整整一天，家里没人，我心里七上八下，忐忑不安，生怕主人再闹出什么事端。俗话说，一荣俱荣，一损俱损，主人一家不平安，我能有什么好果子吃？自我来到江家，我可以做证，这段时间没一个送礼的上门，他的家底我也基本搞清了，没有太多钱；老江更不可能有什么作风问题，他总是每天早早回家，把应酬降到最少，我的嗅觉越来越灵敏，他一旦和常敏以外的女人接触，他一进门我就能闻出来，事实上，我从来没从他身上闻到过其他异性的气味。

记得有一次，壮壮让我也透露点主人的小秘密，其他犬跟着起哄，说你不能口风太严，光听不说，光进不出，这叫自私。我赌咒发誓说，我家主人真没啥秘密，绝对是好干部。众犬一听，都不相信，都笑，说怎么可能呢，你小子让主人洗脑了。他们不信，我也没办法，只能以后少和它们交流，就让我做一只孤独的小犬吧。

这一天我心神不定，吃饭时间，他们也没回来，我饿了，却吃不下东西。到了晚上九点多钟，我听到三个人上楼，有老江、常敏，还有王世科。我闻到了酒气，他们都喝了不少酒。既然有酒喝，就可能是好事，我心里踏实了些。

三人进得门来，依然很兴奋。很快通过他们的交谈我搞清了：今天接到了北京的正式任命——江贵清上调北京总公司，担任副总经理、党组成员。看来今天早晨的喜鹊叫窗是灵验的。好事若想来，谁也挡不住。今晚公司高层给他摆了个庆贺加饯行酒，饭后，王世科亲自送二人回家。

江贵清一跃而成为北京总公司的副老总，这一步非常关键。王世科说，全国多少人盯着这个位置，还是江总最过硬。透过门缝我看到，老江虽然有点恍恍惚惚，但他头脑仍然是清醒的。他说这都是上级党组织对自己的厚爱，他是陇东山区的农村孩子，打小就没了母亲，后来考上大学，学费都是国家给减免的，靠这个完成了学业，毕业后来到省油气分公司，正是组织上的大力培养，他从一个小办事员成长为分公司老总，这一次能够上调北京，全凭组织上的信任。他说的虽然是套话，但我能够听出来，他是肺腑之言，是从心窝子里掏出来的真心话。

后来他们又说到搬家的事，江文大学刚毕业，正准备在兰州找工作，这下用不着了，到北京再说吧。常敏是分公司的普通干部，调动不是难事，内定接替江贵清的高正伦今晚酒桌上拍胸脯说，不能让江总到北京过单身，马上把常敏调分公司驻京办，再给她落实一个职务。

说来说去，就是没说到我。江家的好事，对我来说，指不定就是坏事。他们一家去北京，我怎么办？……一着急，我弄出了一点动静，常敏打开阳台门，把我放进了客厅。面对三张酒后的大红脸，我突然觉得陌生了，心里惴惴不安。王世科说："江总、大姐，你们放心去北京，平平我先养着，可以吧？"

我紧张地竖起耳朵，老江和常敏都没吭声。

"到了北京，你们要是还想养，我马上让那儿的朋友给您挑一只送家去。"

我不由瞪了王世科一眼。要说起来，我得感谢王世科，是他把我抱到江家来的，江家是个好家庭，我感到满意。可是今晚他出的这个馊主意，又让我……痛恨他。

"汪。"我忍不住吠叫了一下。

吓了他们一跳。

王世科见老江夫妇没有表态，试探着问："要不这样，你们一家坐飞机先走，我找个机会开车把平平送过去？"

三

那一夜我无眠。

一连几天，我都是闷闷不乐。我知道这个时候不能生病，一旦生病，主人很可能就会借机把我丢下。因此，我强迫自己，每天坚持吃饭喝水，一顿都不能少。

那些天老江夫妇每晚都有应酬，喝得摇摇晃晃回来。他们不愿意喝酒，每顿饭花成千上万的钱，他们也心疼，但是这个程序绝不能少，这是官场上的规矩。

离老江赴京上任的日子越来越近，老江夫妇还没有决定怎么处理我，也许他们忙得顾不上我，我的心也就一直悬吊着。

周末，王世科开一辆面包车来江家楼下，说要拉全家出去散散心。临出门，江文提出把我带上，老江愣一下，没表态，后来还是常敏同意了。车子出了城市，来到郊区的森林公园。天气出奇地好，清风扑面，阳光明丽，细碎的花朵开在草地上，在我眼前晃动，花草混合的香气像一团云雾包裹着我，令我渐渐忘却烦忧。

主人一家兴致非常高，频频在草地花间留影。我意识到这可能是我最后一次陪同主人玩，便打起十二分的精神，在草地上奔跑跳跃，追逐无声翩飞的蝴蝶和嗡嗡作响的蜜蜂。他们的目光被我吸引，一齐望着我。我更加起劲地腾挪跳跃，不想别的，只想在这分别在即的时刻，给他们留下欢乐的瞬间……

"爸、妈，你们没想到吗？"江文问道。

"什么？"常敏问。

"自从平平来咱家，咱家的好事一桩接一桩，挡也挡不住。"

我跳跃的动作不由慢下来，侧耳听着。

"对呀！"王世科一拍巴掌，"平平确实能给人带来好运。"显然他的意思是，这些好运气是他给江家带来的。

我注意到，老江和常敏都赞同地点点头。

"平平，过来！"江文喊道。

我飞快地跑过来，在他们面前猛地驻足，半伏在地，温顺地左顾右盼。我知道，决定自己命运的时候到了。

常敏上前两步，蹲下来，温柔地抚摸着我的头顶、耳朵，像一个母亲抚摸儿子那样，然后说："平平真乖……真像我的乖儿子。"

我脑袋一热，眼圈一红。

老江、王世科和江文都大笑起来。

江文笑说："妈，您这么一来，平平成我小弟弟了。"

众人又大笑。

"干脆给平平改个名，叫……江武？江二？……"

众人笑得更欢了。我也忍不住咧嘴一笑。虽然知道这一切不过是人类的玩笑，不能当真，但我还是发自内心地感动，趁他们不注意，我悄悄抬爪抹去眼角的一颗泪。

王世科反应快，举起相机说："来来来，照张全家福。"

王世科手中的相机咔嗒一响，一张全家福定格——老江居中，常敏和江文分列左右，我蹲在老江身前。照片上的我们都意气风发，似乎一切都预示着，未来更美好。

照完相，我的胸脯剧烈起伏，感恩不已。我想，即使主人不带我进京，即使从今以后再也不见面，我也满足了。主人认我做干儿子，江文认我做干弟弟，天底下像我这么幸福的犬能有几只？

但是很快我就发现，我过于悲观了。看来我们犬类的思维还是有点问题。一阵清风拂过，我听到了一个令我无比震惊的声音——

"一家四口，一块儿进京。"这是江爸爸的话。

"对！我可舍不下我的乖儿子。"这是常妈妈的话。

"好极了！"这是江文哥哥的话。

一时间，我愣在那里，恍然如梦。等我明白过来，再也无法控制自己，飞快地跑到一棵大树后面，无声地哭了起来……这恩，这情，八辈子也报不完啊……

三日后，全家进京。没想到有那么多人来送行，分公司机关的人几乎都来了，列队送行，场面很感人，江爸眼里含着泪，不断地冲众人拱手道别。我看到胡小芸也在送行的人群中，她表情冷艳，某一个瞬间，她飞快地瞅一眼老江，又飞快地移开目光。我还看到，常敏盯了她一眼，又扭脸盯了一眼身边的老江。老江镇定自若，不为所动。我眨眼的工夫，胡小芸的身影不见了。

壮壮竟然也来凑热闹，它隔着人群冲我响亮地"汪"了一声，我隐约听见它说："兄弟，一路走好！"

我也"汪"了一声，表示感谢。

它又说："兄弟记住呀，狗富贵，勿相忘。在首都混好了，别忘了老哥。"

我说："什么混好混不好的，平安才是福，以后少说你家梁厅长坏话，咱们做犬的，万事忠为上。"

王世科牵着我站在一辆大货车跟前。车上装的是江家带往北京新家的家当。主人一家三口坐飞机走，我不能坐飞机，只能坐汽车。我知道，如果不是因为我，这些家当可以办托运的。

王世科亲自押车带我走。这一路够他辛苦的，但他像打了鸡血一般，满脸放光，似乎进京上任的是他。昨晚我听江爸对常妈透露说，他已经给接替他的高正伦打过招呼，提拔王世科当人事处长，下个月就公布。王世科肯定知道了，所以他兴奋是有原因的。

车子缓缓开动，人群一下子散去。

对于主人来说，此去北京，仿佛他们的人生刚刚开始。而对于我——我的狗生，仿佛也刚刚开始。

四

主人的新家在二环边上的一个欧式风格的高档小区，小区的名字叫颐和里。两天之后，王世科带我风尘仆仆赶到时，新家已基本布置就绪。那张"全家福"也挂到了大客厅的墙上。

我进了新家，四处打量，有点像刘姥姥进大观园那样，战战兢兢，都不太会走路了。据说这套房子二百五十八平方米大小，北京明年要开奥运会，房价飞涨，这个地块的房子已到两万，总公司在这个小区的住户，每平米只按一千五收交。用江爸的话说，组织上真是对我们太好了。

常妈把我唤到一个原本做储藏室的小房间，说："乖儿子，这是你的。"以前我住阳台，现在竟然有了一间属于自己的房子！我的喜悦之情难以言表。我亲吻一下她又香又凉又滑的手，"汪"了一声，表示感谢，心里说："你们对我真是太好了。"

当晚常妈亲自下厨，做了几个拿手好菜。一家三口喝光了一瓶普通的张裕葡萄酒，都微微有了点醉意。我在桌子底下趴着，尽量不发出声音，以免影响主人进餐。江文偶尔丢一小块肉类的食物给我，我无声地吃下去。江爸一直沉浸在进京上任的激动情绪之中，说自己坚决要做"一个高尚的人，一个纯粹的人，一个有道德的人，一个脱离了低级趣味的人，一个有益于人民的人"。他言真意切，表情庄重，手舞足蹈。

江文却忍不住扑哧一笑。

常敏瞪他一眼说："严肃点儿。"

这一夜，我兴奋得难以入睡。隔壁大卧室里，主人夫妇悄悄说起了情话。后来又发出一些细碎的声音，我知道他们在行云雨之欢。此时的我已经懂一些床上的事，我不好意思再倾听，就用前爪堵住耳朵。

爱听墙脚的犬不是好犬啊，我对自己说。

一晃三年过去，借奥运会的东风，北京的房价噌噌往上蹿，我住的小区据说到了四万多。空气越来越不好，都说是霾，我抬头看天，经常看不到天，有时十天半月见不到一回月亮。江家的变化也不小，江文原先说甘肃味的普通话，现在你一点也听不出原先的土味了，成了地道的北京口音，舌头有点儿卷，带点儿玩世不恭的味道。

常敏先是被安排到甘肃分公司的驻京办当财务部长，后来又提升为驻京办副主任。她主要是挂名，每周去单位三次，每次待一会儿就走，有时不高兴了，半月都不露面。她说自己越少露面，别人越高兴，她在，别人就不自在。也许她说得有道理，人类的事很复杂，我们犬类很难搞懂。

但有一点是肯定的——常敏妈妈越来越显年轻了，她每周都要去会所做两次美容。

江爸全身心地投入工作，每天很晚才回家，他负责的那一摊工作卓有成效，据说上头很满意。虽然很累，但他很充实，很快乐。这也很好。

来北京后，江文接连找了好几个工作，都不满意，主要是嫌挣钱少，还归别人管着，不自由。他打算去国外发展，出国转了转，转了几个月却又回来了，说："出去才发现，连个正宗的涮羊肉都吃不上，哪儿都不如咱中国好。"又拍着我的脑袋对我说，"平平，在外头，我还是很想你的。以后咱们不分开了。"弄得我挺激动。

后来不知怎么他开了窍——自己开公司。据说领导干部的家属子女不让开公司，因此他爸坚决反对他干。他就偷偷干，不出一年，挣了些钱，到北四环外的望京买下一套三室一厅的房子，他早就厌烦父母唠叨，借机搬出去住了。

但很快，他开公司的事情暴露，他爸把他叫到家里来，好一顿训斥，勒令他立即退出。他不干，振振有词："凭什么？我是合法公民，不偷不抢不骗，有权开公司。"

老江一瞪眼睛，一拍桌子，厉声说："凭什么？就凭你是江贵清的儿子这一条，你也不能开。"

动静挺大，吓了我一跳，我赶紧溜到墙角。

江文一撇嘴："爸，您不清楚，我的公司专做办公自动化，与你们油气一点边不沾，八竿子也碰不着，我坚决不往你们系统卖一分钱货，也就是说，我一点光也不想沾您的，咱们井水不犯河水，这还不行吗？"

"不行！中央发过多少次红头文件，领导干部家属子女不让开公司，不管开什么样的公司都不行。"

"可是，您不知道，有多少领导家的人偷偷开公司——哪个领导不比您官大？为什么人家不怕，就你怕？为什么人家可以，我就不可以？"

"人家是人家，咱是咱，不能比这个。我官虽不大，但也是有人盯着的，只要你还是我江贵清的儿子，就必须听我的。"

　　江文还想说什么，常敏过来拍拍他肩膀，柔声劝道："儿子，咱家刚来北京，没根基，得夹着尾巴做人，就听你爸一回吧，啊！不开那个公司，也饿不死咱，得空让你爸给你找个好工作，每天八小时上班，多省心！"

　　话说到这个份儿上，江文只能收兵了，他脑袋一低，眼圈竟然红了红，小声道："我的公司正起步，不出几年，就能做大……唉，怪我命不好，非要生在一个所谓的领导干部家庭……"

　　他起身走了，头也没回。我随他走到门口，他没像往常那样与我道别，门嘭的一声关上了。

　　常敏叹口气说："贵清，为了你，让儿子受委屈了。"

　　老江哼一声，道："胡扯！我是为他好。不让他收手，还不是怕他出事。中央做这种决定，说到底是保护干部和家人。"

　　江文还算听话，很快就注销了公司。

　　这一切都还好，很正常，很平安，很平静。

　　家里来了个保姆，叫罗小明。以前常敏不喜欢用保姆，怕保姆碍事，怕保姆偷东西，怕保姆不讲卫生，家里一直没有保姆。后来她去总公司的几个领导家做客，看到每家都有保姆，有的一家有两个，一个管买菜做饭，一个管打扫卫生洗衣服，她这才动了心。她对保姆的要求是，不能太漂亮，也不能太丑，太漂亮了容易滋事，太丑了看着不舒服。

　　有人推荐了罗小明。小明家在太行山深处的罗家凹，有点胖，皮肤也有点黑，个头也不高，这正合常敏的要求。老江也很满意，主要是小明来自贫穷的地方，这让他想起自己的家乡，老江对穷人有感情。

　　我对小明的印象却不怎么好。她对主人很上心，对我却得过且过。常敏交代她，每天都要把我喝水用的小盆刷一遍，而且不要给我喝生水，她常常忘了刷，常常到自来水管那里接生水给我喝。我不满意，就"汪"一声抗议。家里没人时，她冲我瞪眼，说她最烦的就是狗，因为她小时候被狗咬过，腿肚子上还留有一个疤。我抬眼就能看到那个疤，所以我相信她说的是实话。见我住单间，她也很有意见，说她在北京打工的老乡，几个人合住地下室。"一条破狗，怎么能住这么好的屋?"她说，"太不合适了。"她给我洗澡时，也是极不认真，胡乱往我身上抹一点沐浴露，拿水龙头简单一冲了事。她来了之后，我的形象大不如前，心情也差了些。

每天，我和她在一起的时间很多。常敏前脚刚走，她就跑到主人卧室，要么是躺床上用座机打电话，要么是偷偷抹常敏的化妆品，要么是试穿常敏新买的时装。我看不下去，就弄出些动静来，想提醒她注意。她从卧室里伸出头来呵斥我："臭狗，闭嘴!"她说我臭，其实她才臭，她经常晚上不刷牙不洗脚就钻被窝，她屋子里的味道有时很难闻。

从她打的电话里，我听得出，她有一个男朋友，名叫陈根，她叫他傻根。他们是一个村的。陈根没来北京，在老家他姨夫开的工厂做业务员，她嫌他挣钱少，还嫌他土，所以一直没和他正式定亲。有一天，我从她的破手机上，看到了陈根的照片，照片上的陈根其实蛮精神，比她可是好看多了。真不明白陈根为什么找这样的女朋友。

愉快的事情也有不少，对我来说，最快乐的莫过于每天晚上的遛弯。这是自由的时刻，是幸福的时刻。有时常妈亲自带我遛弯，更多时候，是小明带我出去。离颐和里不远，有个街心公园，虽然不大，但挺漂亮，里面还有一个音乐喷泉。一般来这儿后，小明找别家的小保姆聊天吹牛，我便脱离了她的管制。

最让我激动的是，我在这里结识了花花。

听名儿就知道，花花是女性。她的主人是个老头儿，喜欢和人下象棋。花花和我一样，没人管，就在附近溜达。头一回见花花，我就被她吸引。她不是典型的洋品种，也不完全是土种，可能是经过多次杂交后的品种，中西合璧，土洋结合，有一股质朴的气息，很文静的样子。她身上又有一股烟火气，像普通百姓家的犬。我主动与她打招呼，她有点羞答答地莞尔一笑，那一笑很动人，给我留下了美好印象。我们靠近，互相嗅了嗅，彼此喜欢对方的气息，这就有了铺垫。

我和花花的年龄相差不大，都是三岁多，正当年。以后出来遛弯，我就想与花花打照面。花花住对面的小区，小区名叫光明佳苑，那一片很大，很乱，都是些普通的六层高的灰房子，有年头了，看上去一点都不光明。花花说，她的主人是一个退休老职工，家里没什么钱，老职工的老伴儿前年去世，儿女都在外地，很少回来。老头儿对她很好，把她当闺女养，所以她感觉很幸福。

我们开始交往的时候，花花有点自卑，因为我住颐和里，是所谓的贵族，而她住光明佳苑——这可是两个世界，住颐和里的人，非富即贵；而光明佳苑没听说谁家富贵，都是些普通老百姓，下岗的还挺多，小区又脏又乱，连犬都不愿在那儿转悠。后来见我一点也不傲慢，更没有半点瞧不起她，她才踏踏实实地与我交往起来。

花花有时很好奇，问我主人家都有什么摆设，是不是满屋都是金银财宝，像个宫殿。我就告诉她，我的主人家除了有一套好的红木家具，其他的东西恐怕和普通百姓家差不太多。花花又问我，主人吃什么，是不是每天山珍海味，珍馐佳肴？我又告诉她，我的主人晚上经常喝一碗小米粥，有时就吃点水果完事。她说："原来这样啊，你不说，我天天纳闷儿呢。"

花花特别想到颐和里转一转，亲眼看看这个高档小区里面什么样，但是门禁森严，如果小明不带她进去，她是无法进入的。我琢磨着找个合适机会，带她进去看看。

小明有一次发现我跟花花一起玩得很开心，不高兴了，拉下胖脸子说："颐和里有那么多的名贵狗，你不玩，非要跟光明佳苑的笨狗玩，你好贱呀。"

她这话非常难听，既伤了我，又伤了花花。我看到花花眼圈一红，头一低，跑一边去了。我很气愤地冲小明"呜汪"叫了几声。来北京后，我是头一回生这么大的气。

五

好事非要来，真是谁也挡不住。我的主人延续着三年多来的好运道，又一次成功上位，当上了总公司的一把手。

事情明朗那天，常敏丢下手机，一把抱住我。我的脑袋顶住她饱满

175

的胸脯，这让我有点窒息，有点贪婪，我使劲顶她的胸，她兴奋得哼唧了一声，松开手，拍打我一下，嗔怪道："小坏蛋。"

我脸红了。可我认为我并非变坏，而是有点恋母情结吧。

"我的乖儿子，知道吗？老江又升了！"她的大眼睛圆瞪着，真是美极了。

我清脆地"汪"一声，在地板上打了个滚，以此表示由衷的祝贺。小明在一旁撇一下嘴，似乎对常敏把这个消息先告诉我而不是先对她说，颇有些不满。

傍晚江爸下班回来，我呼地扑进他怀里，又拱又嗅，比平时猛烈得多。他亲热地拍拍我脑袋说："行了，平平，行了行了。"

这么大的喜事，很快就传开了，不断有人打电话来，约他们夫妇到外面坐一坐，江爸一一拒绝。"越是这个时候越要低调。要有一颗平常心，对吧平平？"他说。

简单吃罢晚饭，夫妻二人亲自带我到楼下遛弯。颐和里的人似乎都知道了，路上遇到的人都比平时殷勤了许多，脸上都带着多出来的笑。我非常想到街心公园去，自从上次小明伤了花花的心，我有一段时间没见到她了，还是非常想念的。江爸大概也不想见到太多的笑脸，就按我的意思出了小区，左拐再左拐，然后就到了街心公园。

花花果然在。主人夫妇围着音乐喷泉转圈，我靠近了花花，热情地打个招呼。花花却像不认识我似的，眼神都不递一个。我说："怎么了你？"

花花不吭气，想溜走。我追上去，堵住她去路。

"你让开。"她头也不抬。

"到底怎么了？"其实我知道因为什么。

"……我们不是一路犬。"她叹口气。

"我又没怎么你。说难听话的是小明。"

她点点头："你们颐和里的人，都这德行。以后我们不要来往了。"

我有点急，道："小明家在大山里，她家穷得跟你们光明佳苑的人都没法比，她才住进颐和里几天，就瞧不起穷人穷犬，真讨厌！你放心，我不会那样子的。"

176

花花似乎觉得我说得有道理，气消了大半，羞涩地看我一眼。我抬爪指了指不远处的江爸，说："你看看那个人，他像干啥的？"

此时江爸正低着头看老头儿们下棋。花花顺着我的目光瞄了他一眼，摇一下头："看不出来。"

"告诉你吧，他是油气总公司的大老总，手下资产过万亿。"

"是吗？"

"那是。他没有瞧不起穷人吧？"

花花惊讶地又瞄一眼江爸："还真看不出来，蛮朴素的一个人。"

"这不就得了！"我美美地笑了。

我重新获得了花花的好感。花花靠近我几步，我们互相友好地嗅着对方，花花身上的柴火味汹涌地钻进我鼻孔，我喜欢她的味道，她让我陶醉。我身上的香水味儿也令她微微颤抖。刚才出门的时候，常妈顺便往我身上喷了点 Dior，据说这种洋香水的味道能让异性着迷。

江爸高升后，家里来的第一个客人是王世科，他不远千里专程从兰州过来贺喜。这几年，王世科年年都要过来，有时一年来好几趟，他把我当成了"自己人"，主人越是喜欢我，他越是感到高兴，因为是他把我带到江家来的，他就像个送子娘娘一样自豪，认为自己是个"有功之臣"。每次来家里，他总是不厌其烦地逗我玩，又亲又抱，又搂又摸。说心里话，我不太喜欢这个人，说不出具体理由，我只是感觉这个人不太可靠，他眼珠子一转，我就知道他又有了什么主意。

这天晚上他对老江说，甘肃分公司那边的领导一直不怎么信任他。老江问为什么。他说，那边的领导把他当成江的人，处处防着，重要的事情一概不让他知道，他非常想换个地方，以前不好意思提，现在是时候了。老江没接他的话。他抚摸着我背上的长毛说："如果能过来，以后就可以经常见平平了，在那边，挺想它的呢。"

他又拿我说事。老江还是不接话。常敏在边上朝王世科使了个眼色，意思是让他先不提。王世科悻悻然走了之后，到了休息的时间。上了床，常敏重新扯起那个话题，说："世科人蛮不错的，你就没想过把他弄过来？"

"刚刚上任就调人，不合适吧？"

177

"有啥不合适的？一朝天子一朝臣，你当一把手，就得用自己的人。说一千道一万，还是自己人用着顺手，这还不都是为了工作！"

老江沉默着。

"你可别死心眼呀！"

老江仍然沉默着。

"你看看，上一任的老陈，把每个重要岗位都放上自己的人，他那官当得多自在！他老婆要啥有啥，儿子在昌平买了个四百平的大别墅，那钱哪儿来的？还不是自己人孝敬的？我来北京三年多了，连个像样的包包都舍不得买，我也买不起，一个包包，好几万十好几万，啧啧……"

老江终于开口说："等一下，好不好？"

我在自己的房间里，听得清清楚楚。我早知道，常妈羡慕别人有好东西，她确实没有什么值钱的行头，在总公司的几个领导夫人里面，数她寒酸，她有想法不奇怪。下午王世科给她带来一个 Dior 手包，我注意到她的眼睛都绿了。唉，她也真不容易。可是，我对王世科就是没什么好感，我不希望他来，怕他来了给主人家添事，这么想着，我就弄出了一点动静，"呜汪"了几声。而一般情况下，夜里我都非常安静。

常妈大声说："小明！小明！你过去看看，平平怎么了？"

小明光着黑脚丫，夹带着一股说香不香说臭不臭的热风进来，看了看我，没看出有什么不对，认为我是瞎捣乱，就说："没什么呀，它可能是撑着了。"

几天后，夫妇二人晚饭时又在议论王世科，我竖起耳朵听了听，察觉到江爸有了调他的意思，便又"呜汪"了几声，算是"报警"或者"预警"吧。江爸认真看我一眼，若有所思。常妈认为我添乱，不满地说："平平，一边去！"

唉，遇到这种事，一条犬能做的，只有这些了。

六

早晨上班前，老江接到一个电话，跑到阳台上说了一阵，回到客

178

厅，神色庄重。常敏问："谁的电话？"

他说："张主任。"

这个张主任就是三年多前那个"救"他的人。那时恶人告状，他裤裆里有黄泥，说不是屎，又说不清，多亏张主任，还他一个清白。张主任算是他命中注定的大恩人，那件事情成为他命运的重大转折，渡过那一关，才有了今天。

张主任三年前退了休，他电话里说，他唯一的儿子张奇搞工程，在西部的一个油田参与了投标，到了最后的定夺阶段，希望江总帮他一把。本来他那么大年纪了，不想开口求人，但禁不住唯一儿子的央求，只好拉下老脸来，给江总打这个电话，成与不成，他都算完成了儿子所托。

见丈夫忧心忡忡的样子，常敏问："你怎么办？"

"……这事不好办。"

"有那么难？"

"我刚在党组会上表过态，不插手任何工程。"

"你想过没有？如果不办，张主任怎么看你？"

"这个嘛，他是老领导，会理解的……"老江的声音弱了下来。

"错了！越是下台的老领导，越要给他个面子。你不想想，人家开这个口，得下多大决心！"

"……"

"且不说张主任有恩于咱，就是没那事，这事也不能含糊！"

老江被常敏说得脸红脖子粗，烦躁地摆摆手说："我再想想。"下楼去了。

常妈转向我说："人不能死心眼儿。当这么大的官，更不能死心眼儿。还想进步，就更不能死心眼儿。对不对，乖儿子？"

我不知所以地晃晃身子，跑到阳台上去了。

几天后的一个晚上，小明刚带我遛弯回来，门禁电话响了，小明问："谁？"对方说，常阿姨同意他来送一个东西。小明开了门，上来一个三十多岁的胖男子，二话不说，放下一个皮箱就离开了。

晚九点多钟，夫妇二人回来，老江一眼看到那个箱子，就问小明：

179

"谁的？"

小明不敢吭声，去了自己房间。常敏说："张奇，我同意他来的。"

"张奇？"

"张主任的儿子呀。"

老江不满地看她一眼："你搞什么名堂？"

常敏温柔地一笑，小声说："你不好出面，我替你把事办了。"

"你找的谁？"

"王世科。"

老江坐沙发上，不说话了。常敏赶紧解释说，王世科认识油田的领导，他一个电话，对方就办了。"多大点事呀，看你紧张的。"她说。接着又瞅一眼小明的房间，门是关着的，便上前打开皮箱。

里面全是崭新的钞票。

我扑上来闻了闻，说香不香，说臭不臭，说酸不酸，说甜不甜，有点呛鼻子，便龇了龇牙。这堆东西人类喜欢，对犬没有吸引力，在我眼里，它就像路边的树叶。常敏抬手把我扒拉开，我识趣地进了自己房间。

过了好久，我听到老江说："得退。"

"好，退！"常敏爽快地说。

那晚在床上，他们又说起王世科。常敏说，实践证明，有一个王世科，太有必要了，很多事，交他办放心。我听到老江叹口气说："我已有安排。"

"啵"的一声，常敏似乎亲了他一下。我不好意思往下听，强迫自己闭上耳朵。

外面起风了，风吹得窗子哐哐响，接着又打了两个闷雷。今晚可能有暴雨。

老江当了一把手之后，江文回家的次数多了些。这阵子谁也不知道他干什么，他自己说，既然当不成老板，又不想随便找个单位被人管着，那么就准备读研，然后读博，最后一定拿一个博士后，给江家光宗耀祖。他要刻苦学习，头悬梁锥刺股，谁也不要打扰他。

他在望京的房子我去过几次，当然是他开车带我去的，屋子不大，里面乱得很，简直像一个犬窝——犬窝也没那么乱，说像鸡窝更合适。他母亲问过他，是不是找女朋友了？他矢口否认。他可以骗人，骗不了犬，他早就找女朋友了，而且不止一个。每次见他，我都能从他身上闻出不同女性的气味。有一回，我还从他房间的床底下发现一个用过的避孕套，一股子馊了的糨糊味儿。对他这种做法，我是不赞同的。我对花花说起过他——江家的事，我能往外说的，也就是这一点了。我说："他作为男人，不如我们公犬。"

花花有异议，说："你以为公犬就好？你是不了解社会。"于是她就说起，光明佳苑有几只公犬，老流氓了，见了母犬就上，一点不负责任。

我的心一下子提了起来，狐疑地望着她："……你……你被它们欺负过？……"

花花脸一红，喷我一下："胡嘞嘞什么！……人家半步不离主人，从不单独行动，老主人护得紧，它们休想得逞！"

我笑了笑，举起一只前爪，冲她晃了晃，算是嘉许。我向花花表白，一生一世，决不做江文那种脚踩八只船的事，更不会像光明佳苑那几只老流氓那样，做那种下三烂的恶心事。花花开心地笑笑说："光说不行，我要看行动。"

江文这一回来家里，好像有什么心事。他歪坐在沙发上，掏出一支烟，想点上，他母亲说："家里不许抽烟，你爸烦。"江文把烟卷放到鼻子底下嗅了嗅，然后折断，丢到垃圾筒里。

我蹲一边，伸着舌头不吭声。江文把我揽怀里说："平平，家里太闷是吧？这房子太小了，我给你找个敞亮地方，去不去？"

我哼一声，表示不想去。我现在不太喜欢他了，感情不专一，与我的世界观价值观不符，而在以前，他是个多么阳光可爱的帅小伙。人怎么说变就变呢？

他妈妈听出门道来了，问："儿子，你是不是想换房子？"

他嘿嘿一笑说："昌平八清山庄园别墅区，马上开盘，朋友带我看过了，依山傍水，紧靠八达岭高速，地理位置极优越。将来你们退休，就去那儿住……"

"多少钱?"

"现房,三百五十万。有高人说用不了两年,得翻番。"

"我没钱!"他母亲腾地站了起来。

我吓一跳,赶紧去了阳台。

他咧嘴一笑说:"多大点事呀,看把你吓的。本来不想麻烦你们,可我爸又不让我开公司,白白埋没了我的经商才华。你们要是让我放手干,十套别墅也不在话下,还用觍着脸找你们借这几个小钱?"

他满脸不高兴地走了。到了晚上,上了床,他母亲忍不住把这事说给他父亲听。老江的态度和我想象的一样,他腾地坐了起来:"不行!"

我竖起耳朵听——不能怪我爱听房,因为我如果不听,你们就没的看了——只听常敏叹口气说:"儿子大了,你不顺着他,他会胡来,他说他借钱也要买。"

"他那熊样子,谁会借给他?"

"他有的是办法。"

"什么办法?"

"只要他肯张嘴,那些有求于你的人还不抢着借给他?"

"……我给下面打打招呼,谁也不能借给他。"

她扑哧笑了。

"你笑什么?"

"你这一招呼,等于是提醒下面,江老大家里缺钱,赶紧去孝敬吧。我看你怎么收场。"

兴许是觉得妻子说话在理,他苦笑笑,躺下了,一会儿又坐起来说:"我想起古人的一句话:以清白遗子孙,不亦厚乎。意思是,把清清白白做人的品质留给后代,是很厚重的一笔财富。常敏,你明白我的意思吧?我们当父母的,不能光想着给孩子留物质财富,得教他做人,给他多留精神财富。"

"这话真没错,古人就是会说。不过呀,老公你也别想太多,不就是一套郊区小别墅嘛,咱儿子没给你张口要二环以里的四合院,那算是懂事的!"

182

七

江文吹着口哨再次进了家，他预感到有好事，所以乖乖地坐那里，一个劲儿地对他母亲傻笑。

小明被主人打发出去买菜了，常敏费力地从床底下拖出一个皮箱，打开，里面满是钱。江文搭眼一瞄说："不够。"

"家里就这一百万。你再把望京的房子卖了，不就够了吗？"

"卖了我住大街上去？新房要装修，没有一年两年别想住进去。"

"可以来家住。"

"太不方便。"

"怎么不方便？你的房间一直给你空着。"

"……我要学习，准备考研，家里又是狗又是人的，乱不乱？"

常敏拉下脸来："要是嫌少，你就别要。"

江文到底还是提起那个皮箱走掉了。

又是晚上，又是床上——真不好意思，不是我有意听，而是晚上我们犬类的耳朵特好使——犬嘛，除了有一颗忠心，再就是有一对好耳朵，一只好鼻子，别的本事没有。主人两口子白天各忙各，没空交流，只有晚上上床叙一叙。只听常敏说："老公，你不是腰椎不好吗？怎么不去住住院？"

"我哪有空呀，一天恨不能当两天使。"

"你不去住，只好我去。"

"你住的哪门子院？"

"我的胃。医生早就说，我有糜烂性胃炎，我去住院治一治，不行吗？"

"……你呀，满脑子你儿子。"

"你说我不帮他谁帮呀？他就想买个房，又不是干别的。我们儿子不吸毒不赌博不嫖娼，跟别家孩子比，算省心的啦。"

"……凡事不能过分，你可得小心点。"

"放心吧，我有数。"

他们不再说话，不一会儿就各自发出了鼾声。我睡不着，心想他们做父母的，也真不容易，相比之下，还是我们犬类好，我长这么大，还不是靠自己。

第二天她就去了协和医院。她白天在医院治疗，晚上回家。有人打电话，她闪烁其词告诉人家，她住院了，又叮嘱，千万别传。尽管她不要人家传，但还是很快传开了，总公司机关、下属单位，还有一些合作单位的头头脑脑，纷纷来医院探望。

我开始很担心她，见她没大事，就放心了。白天家里只有我和小明，她不做饭，只吃点心水果，反正家里的点心水果有的是，买菜的钱都被她掖起来了。幸亏我不吃人的饭，我只吃狗粮，否则会被饿扁。

半个月后，老江的司机小田接常敏出院。江文像是得到了命令，第一时间来家里。他母亲把小明打发出去买酱油，指着客厅角落里的两个大箱子说："都在里面。你老娘尽力了，住院住的，胃病没治好，反而更厉害了，让你给气的。"

江文难得一笑说："谢谢老妈。"

他急乎乎上前拖箱子。他母亲伸手拦住他："你记住——只这一次。"

他拍着胸脯保证，以后不会再麻烦父母，靠自己。

处理完这件事，盛夏到了。北京热得要死，常敏催丈夫，不能光工作工作，要劳逸结合，来北京后，还没疗养过呢，能不能找个地方凉快一下？老江开始不想去，说走不开，经不住常敏死磨硬缠，最后同意了。

北戴河、大连和青岛都有总公司的培训中心——对外说是培训中心，其实是个高级疗养院。北戴河、大连常敏以前在兰州工作时去过，不想再去，那就青岛吧。唯一舍不下的是我，他们一去十天，把我丢家里，让小明留下照看，倒是没什么问题，但是常妈说："十多天见不着平平，不行，我会想它的。"

这话让我好生感动，差点流下眼泪。司机小田出主意说："干脆一块儿去，开车带上平平。"

一块儿去当然好，问题是开车去青岛要七八个小时，主人夫妇会感觉累。还是小田有办法，他提出的方案是，主人夫妇乘飞机走，他开车带我去。常敏夸他聪明，他说以前公司有领导这么干过。

原本小明也有去青岛玩玩的机会，她把游泳衣都悄悄准备好了，她还没见过大海呢。临行前，常敏却又觉得，带一个保姆出行，在下属面前影响不太好，遂决定小明不要去了，给她放十天假，小明可以借这个机会回一趟太行山的老家，她有大半年没回老家了。

为了安慰小明，常敏拿出一只旧 LV 包送给她。她高兴地接了。家里没人的时候，她生气地踢我一脚说："什么狗世道！我一个大活人，不如你个狗。"我"呜汪"叫唤几声，赶紧躲进自己房间。她去不成青岛，心里有气，我理解，所以我不怪她。

她把旧 LV 包挎在肩上，对着镜子一边打量，一边伸出九根手指头，说："她有九个新包包，为什么就不送我一只新的？"

临行前，我去街心公园遛弯，见到花花，兴奋告诉她："我要去青岛疗养，坐奥迪 A8 去！"

她微微一愣，可能对青岛这种好地方和奥迪 A8 这种豪车没什么概念，淡淡地说："路上小心。"

"花花，我待十天就回来，你可得好好等着我呀。千万注意安全，别让那些流氓狗给欺负了。"

"知道了。"她淡淡地说。

第二天下午，小田和我到达青岛八大关附近的总公司培训中心，主人夫妇刚到一会儿，正在会议室里和培训中心领导拉呱。听说我到了，常敏妈妈特意赶过来，热烈地拥抱我。培训中心的几个领导，还有一群服务员都围上来，不厌其烦地夸我"好玩""可爱""高贵""太棒了""难得的宝贝"。他们夸我，常敏显得特别开心，我也骄傲地昂起脑袋，撅起尾巴，目空一切在大堂转了一圈。所遇之人听说是"北京大老板家的平平"，纷纷对我不吝溢美之词。

主人夫妇被安排住进一号楼，据说那里面是"总统套房"。我和小田被安排住进七号楼，这座楼一般安排大佬的随员，比普通房间条件稍好一些。培训中心于主任原打算给我单独安排一个小套房，被老江制止了，老江批评说："不能让平平搞特殊，住标间就行。"

185

我和小田都住进了标间，两间房子紧挨着，便于小田照顾我。我住的房间，地毯是新换的，因为于主任担心旧地毯脏，"狗狗容易过敏"，还说他家的狗狗一靠近别人家的旧地毯，就"咳嗽、打喷嚏、流哈喇子、流眼泪，怪可怜见的"。

培训中心的位置非常好，就在海边，出大门步行三分钟就能踩到浪花上。老江和常敏整天除了睡觉就是打牌、赴宴，他们根本顾不上我，一切都由小田侍候我。这样也好，我图个自由。每天小田当我的保镖，我们除了在院子里转，就是到海边转。从各地来培训中心疗养的本系统人士都认识我了，他们"平平、平平"地叫我，我想理他们，就摇摇尾巴，不想理他们，就昂首挺背从他们面前走过。

在这里，我的感觉超好，只恨自己没有能力把花花带来玩。如果能把她带来，让她也体验一下被众多人宠着哄着的美妙感觉，那该多好！

八

我在青岛的海边，不期然有了一出"艳遇"。

离培训中心海滩不远处的路边大树下，有一个绿色的售货亭，看守售货亭的是一位少妇，少妇白净丰满，穿短裙，看上去蛮风骚多情，经常有来海边游泳的人过去跟她套近乎。当然，短裙少妇风骚与否和我关系不大，但是少妇家的那只秋田犬和我认识了，关系就扯上了。秋田犬的大名叫"真由美"。

像当初结识花花一样，我认识真由美也很偶然。小田陪我来海边溜达，大中午的，人们都回房间午休了，海滩上没几个人，轻柔的海浪声衬托得世界更显空旷和寂静。小田躲到售货亭边的大树下，和少妇聊了几句，然后坐在马路牙子上打盹。我躺在细沙上晒太阳，充分享受美好生活，小小地眯了一会儿，突然觉得身边有动静，猛一睁眼，就看到一只白色的秋田犬，哈着红红的舌头，踏着小碎步朝我而来——是一只年纪比我略轻的小母犬。

"嗨。"她主动打招呼。

"你好。"我扑腾几下，站起来。她的气味钻进我鼻孔，带一点麝

186

香的味道，蛮刺激的，我来了精神。

"你是北京来的吧？"

"喂喂，你怎么知道？"

她调皮地露出两枚小虎牙，嫣然一笑说："昨天就听说了，北京来了一位金毛犬，是个大人物家的宝贝。这不，今天小美专门来会会你。"

"你叫小美？"

"大名真由美，你叫我小美好了。"

"小美，你住哪儿？"

她朝售货亭努努嘴，说那少妇就是她家主人。她有时白天来海边转转，大部分时间在市里居住。"认识北京来的客人，真是缘分呀，请多关照。"她学着日本女人的样子，抬起身子，右爪放在腹部，朝我低头鞠了个躬。我赶紧冲她拱拱爪子还礼。

第一次碰面，小美给我留下了美好的印象，她是个很可爱的小母犬，美丽大方懂礼貌，善解犬意，性感开放，尤其是她身上的气味令我感到丝丝的冲动。我们互相嗅着对方，都感觉来电。要不是那少妇发现了什么，大声地喊她回去，我们当时就越轨了。

第二次见小美，是在三天后的晚上。九点钟左右，小田陪着我出了培训中心，向海边走去。沙滩上人少了，正在涨潮，涛声响亮，一浪高过一浪。三天里，我很矛盾，一方面思念花花，一方面又惦记小美，真是心乱如麻，不知怎么办好。长这么大，我是头一回为情所困，左右为难。我知道和小美交往对不起花花，但又控制不住自己的情绪，忍了三天，到底忍不住了，就出来了。

远远地望见沙滩上有一个孤独的影子。天哪，是小美，她真够痴情的。皎洁的月光下，她的剪影相当漂亮。我犹豫片刻，想返身回去，四只爪子却不听使唤，迈不动步，像焊在岩石上。一阵风吹过，带来小美风骚的气息。她比我勇敢，见我出现，欢快地奔过来，主动和我亲了亲嘴。我动作僵硬，没怎么配合。她目光幽怨地看着我说："平平，你不高兴吗？"

我摇摇头。

"这几天你干啥去了？为什么不来见我？"

"……"

"讨厌！你说话呀！"

我扭过脸去，故意不看她："……小美，对不起……我们不可以来往，会犯错误的……"

她往售货亭的方向打望一眼。少妇正和几个男人嘻嘻哈哈地打牌，小田也凑了过去看热闹。她朝小田努努嘴说："你怕他?"

我告诉小美，小田是个复员兵，嘴巴严，守纪律，正因为这个江爸才选他做司机。我并不担心小田告发。

"那你怕啥子嘛?"

"……我有女朋友了，在北京，她叫花花，和你一样美丽……"我无力地说。

她轻松地一笑说："平平，你真是个棒槌。花花远在北京，她又没有千里眼，我们相好，天知地知，你知我知，只要你不说，她不会知道嘛。"

我还是摇摇头。

她围着我转，嗅遍我全身，边嗅边说："犬活一世，不能太死心眼儿；我不图你家的钱，不恋你家的权，只喜欢你的身子，也不要你负什么责任，你回北京后，我绝不再联系你，好不好? 人类常说，要及时行乐，我们两个为何不及时乐和乐和? ……"

她说了一大堆，把我搞晕了。这时候风高浪大，月亮被黑云遮住，我迎合着小美，起劲地嗅她，心跳加剧，身上像着了火，早把花花抛到了九霄云外，眼一闭，骑到小美身上……既然这个"日本娘儿们"满不在乎，那么我也就从了她吧……但是，且慢！

这个时候，我才意识到，自己没了那个能力。早在我一岁的时候，主人就给我做了绝育手术。

此时的我，突然清醒过来——悬崖勒马，大概就是这么个意思吧。我前爪落到沙滩上，亲吻一下小美的耳朵，然后绝情地飞奔而去……

"你个懦夫……"小美在我背后说。她好像哭了，抽抽搭搭的。

这一晚我睡得很踏实，仿佛什么都没有发生。以前我曾因为自己被计划生育痛恨过主人，现在不恨了，而且还得感谢他们。正是因为这

188

个，我没有犯错误，没有做对不起花花的事。我想，这就好比是把权力关进笼子里吧？

经历过这一次，我觉得自己成熟了许多。

我迫不及待地回到北京。北京的天气凉爽了一些。晚饭后，主人夫妇在家休息，常敏吩咐小明带我出去遛弯。小明中午刚从老家赶回，带来一些土特产，山里的核桃、大枣、干豆角什么的。老江非要给她钱，说农村人不容易，哪能白要。常敏硬塞给她一百块钱，弄得小明很感动。带我出来时，她态度不错，没有呵斥我。

从颐和里到街心公园，要经过一个十字路口，经常有人闯红灯，每次我都遵守交通规则，从不闯红灯，我还埋怨过某些人素质不如犬。然而今天我想急切地见到花花，闯了一次红灯。小明在我身后唠叨："又不吃奶，你猴急什么？"

街心公园里，下棋打牌跳街舞的老人更多了。花花正与几只土狗玩耍，我冲了过来，乍一见到我，她脸红了，目光迷离。我又闻到了她身上的柴火味，感到充实、亲切，先在心里对她说了一百个"对不起"。几只土狗见我出现，轻吠几下，作鸟兽散。

"平平，你晒黑了。"她说。

"是吗？"我高昂着头颅，有点目空一切，"你怎么跟它们玩？"

花花一愣："它们怎么啦？"

"个个粗鲁，脏兮兮的。"

花花把脸扭向一旁，不想搭理我的样子。

我意识到自己话说重了，改口道："花花，我的意思，你还是多接触点素质高的犬，近朱者赤，近墨者黑嘛。"

她不接话。过了好久，才开口道："平平，你变了。"

我抬爪摸摸下巴："变了？变什么样了？"

"你地位变了，瞧不起穷人家的犬了。"

"你真这么认为？"

"旁观者清，当局者迷。自从你家主人高升后，我就发现你变了。"

花花的话，令我猛地一怔。也许她说得有道理，好话听多了，脑袋就容易发热，我该清醒清醒了。于是我诚恳地说："花花你放心，我会注意的。"

她信服地冲我点点头。

那边，小明在高声唤我回家。花花说："出去一趟，很辛苦的，快回去洗个澡，好好休息吧，我们有空再聊。"

九

王世科又来了。

这回他不走了。他正式从甘肃分公司调到总公司，担任第三分公司的副总。这晚他来家里之后，老江严肃地向他提要求：务必干好工作，夹着尾巴做人，不能出任何事。他指天发誓，一定不辜负老领导的期望，干出成绩来，为老领导增光添彩，为总公司兴旺尽力。

常敏笑着说："世科来了，我就有帮手啦，这几年，太孤单了。"她又拍拍我的脑袋说，"幸亏有平平陪我，不然真会憋死我。"

她最近基本不去上班了，说是怕干扰驻京办的工作，她不去，别人可以放手干事。"不去，就等于做贡献。"她说。

她现在最主要的任务就是美容美体，每周去三次会所。她常去的那个会所在玉渊潭附近，她带我去过一次，真是开了眼界，里面非常高级，富丽堂皇，抬爪迈步进去时，我差点滑倒——高级大理石的地面能照出我的影子来，搞得我不敢下脚，怕踩疼了自己。

会所里有各种各样的服务，当然都是合法的，吃饭、喝茶、打牌、健身、赏鱼、美容，随你便，实行会员制，价格那是不用说。有个老板给常敏送了几张卡，她才舍得去消费，不然"我那点工资，进去一趟都出不来"。王世科拍着胸脯说："多大点事呀，以后我包了。"

常敏说："那我真就沾世科的光啦。"

那晚王世科临走时，用力抱了我一下说："以后见平平方便了，不像过去。"

常敏说："想见你就来。"

我琢磨，王世科内心对我有一种感激之情——我曾经是一条红线，连接着北京和兰州，以前常敏经常当着我的面说，王世科做了个好事，

190

给我们送来平平，家里才有了那么多欢乐。现在王世科终于达到目的，来北京做官，我在心里祝他一路走好。

玉渊潭附近的那个会所没挂门牌，外面看上去非常简朴，门脸也不大，像一处普通的办公场所。但是一进去，九曲回廊，别有洞天。这天常妈又带我去了一次，她先叫了一壶茶，两个服务生围着她转，殷勤相侍，照例是不停地夸奖我。好听的话听多了，我不再当回事，蹲到角落里想心事。此时康老师正在上班的路上，常妈喝茶等他。康老师是这里的头牌美容师，常妈只让他做。她一杯茶刚喝完，就有一股熟悉的雄性气息越来越强烈地钻进我鼻孔。我打个小喷嚏。常妈说："康老师到了。"

话音一落，康老师真到了。他是个四十岁左右的男人，面皮白净，手指细长，留着长发，像个艺术家。据说他的活儿最好，每天都有女士排队找他做美容美体，但他一天只接三单。他对常妈点头微笑一下，露出一口好看的白牙说："常姐久等了。"

一整套美容美体做下来，要三个钟头。先美容后美体，常妈躺在床上，康老师辛勤地忙碌，他们有一句无一句地闲聊，我在半密封的工作间里，感到困倦，有时小眯一会儿，有时站起来，轻轻地伸个懒腰。说实话，我不愿到这种地方来，没有同伴，也没什么好玩的，还不能发出声音，感觉很压抑。据说我能进得来，是会所老板特许的，按说这地方是不能带宠物进来的，我能有这个特权，一是人家老板给江爸常妈面子，二是我确实可爱，谁都可以逗我玩，而又没有任何危险。我的好性格是出了名的，见过我的人都知道。性格即命运——这话说得真到位。

相比之下，我更爱到昌平去。江文的别墅装修得差不离了，那地方依山傍水，空气清新，阳光明丽，常妈第一次来，就喜欢上了。江文说："我没骗你们吧？这幢房子，一年工夫，涨了一百万。现在想买都买不上了。"

他母亲说："你能有这个头脑，真是不错。"

打扫卫生是麻烦事。找了几个工人干了一礼拜，江文还是不满意。这天常妈去做美容，安排小明坐江文的车到昌平别墅扫尾。我在家里没人管，常妈又想带我去会所，我很想去别墅，就抢先上了江文的车。江文打着口哨，开车拉上我和小明来到别墅。小明进屋干活了，江文不知何时在院子里弄了个秋千，他躺到秋千上抽雪茄，荡来荡去，我围着秋千转，转得他头晕，他说："你傻不傻呀？瞎转啥呀？是不是特喜欢这个地方？"

我"汪"一声，打个滚，表示严重同意。

"得！等我正式搬进来，你就来陪我住，我给妈说。"

不一会儿，他躺秋千上睡着了，我不想影响他，蹑手蹑脚上了楼，看小明干活。小明干活不惜体力，正跪地板上清理建筑残迹，上衣都湿透了，显出肉滚滚的奶的轮廓。我从墙角叼起一瓶水，送到她面前，她用力拧开，咕咚灌了一气，把空瓶子一扔说："平平，你比我有福，我不如你。"我又从一个塑料袋里叼一根火腿肠送到她面前，她接过，张嘴撕开包装，狠狠咬了一口，边吃边咕哝道："不过，比在老家强多了，人得知足。"

歇息一会儿，小明起身擦窗户。窗台上放着一个皮包，是江文的。小明盯着那个包包看了看，又踮起脚尖往院子里瞅瞅。江文仍在睡觉，有一只蝴蝶在他身边飞来飞去。小明犹豫着打开包包，再瞅一眼楼下，然后飞快地从包里抽出几张票子，揣进裤兜。她大概忘了我在她身边，我一动，吓了她一跳。她不好意思地对我笑笑，咕哝道："这个对他们就是一张纸，对我们却是命。"

别墅收拾完毕，一应家具也都配齐了，有了这么好的房子，下面的问题就该是选一个女主人了。江文说要考研，说了好几年，一直没见他去落实，转眼他二十七八岁，他父母担心他"学坏"，迫切希望他固定下一个靠谱的女朋友。"有人管着，放心。"他母亲说。

他总是说不急不急。他的意思是，趁年轻先玩玩，等玩够了，再找个女人，一心一意过正经日子。他母亲越是催他，他越是不找。但每次见他，我都能从他身上嗅出陌生女人的气味。他父亲不允许他开公司，他只好"替朋友的公司帮忙"，据他说，挣钱虽不多，生活没问题。这两年他没要父母一毛钱，就很能说明问题。

在儿子的婚事上，他父亲倒是没他母亲那么急。有一次他父亲说，男人嘛，就像狗，你越是拴住他，他越是想往外跑——他咬断链子也要跑出去——等他在外面疯够了，天黑透了，他也就自动回家了。他这个比喻把妻子逗乐了，拍打着我说："平平，老头儿说得有没有道理呀？"

往后，夫妻二人对儿子的事情不再怎么过问。没想到，有一天，江文却领着一个姑娘来到家里。姑娘很洋气，很漂亮，大眼睛薄嘴唇，高鼻梁尖下巴，说话娇声娇气，像个洋娃娃。江文介绍说，她姓杨，大名叫杨姗，老家山西吕梁的，上面一个姐、一个哥，所以她还有个小名，叫杨三。又说，杨三国内某名牌大学毕业后，到美国拿了个什么学位，去年回国，现在给美国的一个什么品牌做代理，生意很好。还说，她父亲开煤矿，家里什么都缺，就是不缺钱。

他父母非常热情地招待客人。他母亲当场送给杨三一个新款限量版的 Dior 包包。小明在一旁眼馋得口水都快下来了。主人高兴，我当然也高兴，欢快地蹿上蹿下，一个劲儿地往杨三身边凑。她身上的气味很好闻，用的也是 Dior 香水。这个气味我很熟悉，一下把她当成了自家人。

江文带女朋友离开后，夫妻二人在床上又议论了半天，总的感觉是，对杨三的第一印象还不错。

小明有她自己的看法，家里没人时，她念叨说："我们人民群众的眼睛是雪亮的，那女的一看就做过整容，鼻子呀、胸呀、下巴呀，都加工过。现在越是漂亮的，越可疑。"叹口气又说，"什么时候等我有了钱，也到韩国倒饬倒饬。"她对杨三愿意找江文也怀疑，"你说她图什么？江文就是个花花公子，没他爹，早饿死八回了，她还不是图江家的地位？如果不是，我罗小明倒着走。"

小明最近也在犯难。她男朋友陈根所在的厂子半死不活，挣钱越来越少，她曾试探着提出和陈根"吹灯"，有一次我听她打电话说到这事。但没过一会儿，她爸打来电话，坚决不同意她和陈根拉倒，因为陈根是个老实孩子，靠得住。小明上面有一个哥哥，娶了媳妇后耳根子软，什么都听老婆的，对老父亲不孝顺，一个女婿半个儿，她母亲早不在了，她父亲打算以后就靠陈根养老。她也曾经想过让陈根来北京打工，他肯下力气，找个工作不难，可是陈根母亲身体不好，他不便离开老家。

193

小明不是没动过在北京找一个的心思。有一天她请假出去，说是会老乡，其实是出去见了个男的——男的是她老乡不假，在小营农贸市场摆摊卖水果。只见了一面，人家不再和她联系，据她自己电话里对另一个老乡念叨，对方"他娘个腿，嫌我胖"。又说："当保姆好是好，风吹不着雨淋不着，就是接触人少，遇不到合适的。再干两年就走人，到社会上闯去。"放下电话，她气不打一处来，冲我唠叨："过去在老家，脸大腚大腿壮腰粗的女人是福命，男人抢着娶。现在呢，狐狸脸蚂蚱腿的人吃香，什么世道！他奶奶个腿，下辈子咱托生一个狐狸精……"

十

常敏费了好大的劲，私下托了好多的人打听杨三家的真实情况。各路情报汇拢过来，杨家的情况和江文提供的差不多。杨三爸爸确实是开煤矿的，杨三确实是美国留学回来的，确实在做一个什么品牌的代理。

对于这门亲事，常敏总感觉不踏实，在床上对丈夫说："开煤矿的，有几个有文化呀？儿子看上她，还不就是看上了杨家的钱？说一千道一万，是咱家没钱。按我的设想，咱怎么着也得找一个省部级的亲家，对吧？"

老江说："门当户对是老观念，儿子看上谁就是谁吧，只要不出事就好。"

没过多久，传来新的情报——杨三她爸的煤矿出了点事，塌方死了几个矿工。煤矿死几个人很正常，问题是他的矿是无证非法开采，死了人后又瞒报，让矿监给封了，还惹上了官司。

常敏一听，头都大了，赶紧把江文叫回家，逼他重新考虑，婚姻大事马虎不得，最起码不能给江家抹黑找麻烦。江文苦着脸说，他也想拉倒。

"那就拉倒呀，你磨叽啥？"

"……杨三怀孕了。"

常敏一怔："怀孕？……怀孕可以打掉呀，多大点事，不行咱赔钱，赔多少都认。"

江文像吃了黄连，摇摇头："我也这么想……可是杨三她爸说，我要是不负责任，他就到总公司找我爸理论，实在不行，他到中南海反映去……"

问题这就严重了。晚上老江回到家，常敏把这事一说，老江也像吃了黄连一样，苦着脸发火："我他妈早知道会出么蛾子……"

常敏有点怕了，小声说："怎么办？"

"……先把这事压下再说，不能因小失大……"

江家提出，先把孩子打掉，因为据江文回忆，他和杨三酒后同的房，生个酒后儿，肯定不健康，如果是个残疾儿，如何是好？

杨家提出，打掉孩子可以，因为杨姗年龄还小，事业正起步，眼下也不想养孩子——但有一个条件：让江文写份保证书，保证以后和杨姗结婚。

这个条件似乎不太过分，江家接受了。

杨三去医院做流产后，老江夫妇都松了一口气。此时杨三搬进了昌平的别墅，常敏让小田开车，代表丈夫专程到昌平看望杨三，把我和小明也带去了。我看到杨三红着眼圈说："阿姨，我这一躺下，把生意都耽搁了，好可惜呀。"

江文在一旁苦焦着脸说："大不了关门，反正又不挣钱。"

小明要留下照顾杨三，江文也想把我留下，他母亲没同意，说："光一个杨三就够待候的，就不要让平平来添乱了。"

别墅的院子里，停着一辆崭新的宝马越野车。司机小田上前瞅瞅，感觉这车有点别扭，越看越别扭，最后才恍然大悟——这是一台改装车。

江文这阵子迷上了玩车，参加了一个车友改装俱乐部，有时夜里跑出去赛车。常敏把儿子叫到一边，问车哪儿来的。江文含糊其词，说是杨三家的。常敏指着儿子的鼻孔说："你爸说过——如果你作大了，任谁也救不了你！"

"就玩个破车，不招谁不惹谁的，能有啥事？"

"你年纪轻轻的，怎么不找点正经事做？"看样子常敏气得不轻，她的手指一直没离开江文的鼻孔，在那儿指指戳戳，"以前你爸说你烂泥巴扶不上墙,我不信,现在我信了!"

江文往后退了一步,躲开母亲的手指,仿佛对着他鼻孔的是一支枪。他冷笑道:"你以为我愿意这样吗?人家的孩子开公司赚大钱,你们偏不让我干,就你们正经。你睁眼看看,住这儿的,哪个不比我有钱?我到这一步,全是被你们给耽误的。"

江文气哼哼扭头进了别墅。常敏黑着脸上了车。

从江文这桩婚事上,常敏得出结论:儿子看上了杨家的钱。如果家里有足够的钱,他是不会看上杨三的。

好在杨家的官司没让江家操心,好在杨三还算懂事,没提别的要求。老江夫妇合计说,事已至此,得过且过吧。

王世科来北京总公司之后,先是当了一段时间第三分公司的副总,一年后去掉了"副"字,成了"三分"的一把手。他来家里表示感谢,说他能有今天,全是江总和常大姐的栽培。老江说:"世科,可不能这么说,要感谢应该感谢组织。"王世科说:"这个我心里有数。"

老江又严肃地说:"世科,你现在是正局级干部,官也不算小了,我赠你一句话。"

王世科严肃地点点头:"您说。"

"古人有句话:居官当廉正自守,毋黩货以丧身败家。什么意思呢?就是说,当官的人应该廉洁公正,坚持自己的操守,不要因为贪财而丧身败家。你明白我的意思吧?"

王世科站起来说:"江总,大姐,我记心里了。"

我待在一旁,左看右看,没摇尾巴,摇了摇头。

老江示意他坐下。

自从调来北京后,王世科经常来家里坐坐,当然每次都不空着手来,他带来各种购物卡、美容卡。我却越来越不喜欢他,感觉他早晚会出事。他身上的气味我也不喜欢,除了酒味就是烟味,有时还有女人的脂粉味,都不是健康的气味。他每次来,我尽量离他远一点,或者干脆躲在自己房间不出来。他也不再关心我,仿佛我成了多余的。

他们正说着话,老江的手机响了,他到阳台上接电话。常敏对王世科说:"江贵清现在就一个烦心事——他老父亲八十多了,身体越来越

196

不好，全靠他大姐在老家照顾。大姐最近提出，老人整天念叨儿子、孙子，说想他们，想来北京住段时间。老人上回来北京，还是二十多年前的事。贵清来北京工作后，太忙，想回趟老家都抽不出时间。"王世科微微点头，望着她。她说："这个年纪的老人，说没就没，我们也想尽尽孝呀。世科你说对不对?"

王世科说："那就把老人接来嘛……我亲自去接。"

常敏说："接来容易，可是住哪儿呢？就这一套房子。住一块儿，老人会感到不方便，我也觉得别扭呀，大夏天的，穿衣服都不知道穿什么好。"

老江接完电话回到客厅，情绪不高。常敏说："又是老父亲的事吧?"

他叹口气说："老人来北京住，是该提上日程了。"

常敏说："世科呀，你有没有搞房地产的朋友，帮我们选套房子。"

王世科说："这个没问题呀。"

老江说："常敏，世科来北京时间短，你最好不要给他添麻烦。"

王世科："嗨，不就是选房子嘛，有啥麻烦的，包我身上了!"

常敏说："哎哎，钱我出!"

王世科说："行!"

常敏提出，要么不买，就买就买中心城区的，太远了不方便。必须要现房，最好精装修的，马上就可以入住。

老江没再说什么。

周末，王世科果然打来电话，约常敏出去看房子。她换上平底鞋，临出门看到我无聊地蹲在客厅，冲我说："平平，走，一块儿去转转。"

我高兴地摇摇尾巴，随她下楼。

车子已到楼下，王世科亲自开车，说他已经做了一些功课，把目标定在了北四环到北五环之间的几个楼盘，尤其是奥运村附近的房子，重点考虑。

那天王世科带常敏看了三个小区的房子，我跟在他们屁股后面爬上爬下，看完一个房子，常妈就象征性地问我："平平，好吗?"我"汪"一声，表示好的意思。常妈兴致很高，说："平平看上的，我就没意见。"王世科和陪同看房的中介人员就笑。常妈边看边用手机拍照，说回去给老江看，最后还得他拍板。

转了半天，常妈倾向于大屯北路上的一套三室一厅，说这里离奥林匹克森林公园近，老人去公园溜弯方便。晚上回到家里，把情况一说，老江同意买下这处房子。常敏当即就给王世科打电话，让他抓紧办。

签约那天，常妈又把我带去了。可能她感觉有我在场，气氛活跃，没话可以找话说，大家不至于冷场。核算下来，房款一共是四百五十万。他们在车里商量交钱的事，我不感兴趣，趴在后座上半眯着眼睛打盹。只听王世科说："大姐，这点钱我来想办法。"

常敏说："那怎么行！"她从包包里摸出一张卡，晃了晃，"这里面有一百五十万，余款过后我再补交。"

王世科坚持不要，常敏板起脸来，王世科犹豫一阵，到底接下了："大姐，登记在谁名下？"

"这个我和老江商量过了，他大姐照顾老人一辈子不容易，就登记她名下吧。"

王世科说："好，这样保险。"

常敏还有点不放心："世科，你让谁具体来操办？最好你别出面。"

"我早想好了，您放心。"

"你不说出来，我不放心。"

王世科笑笑说："辽宁那边有个公司和我们'三分'有合作关系，很密切，他们老总是我大学同学，我找他办，万无一失。"

常敏这才点点头说："世科，谢谢你了。"

十一

大屯北里的房钥匙拿到后，老江的父亲并没有来北京，他大姐打来电话说，老人行动不便，又不想来了。这事就搁下了。

记忆中有一年多时间，主人夫妇非常热衷于谈论房子。晚上到楼下或者到街心公园溜弯，我听到人们谈论最多的也是房子，仿佛谁不提房子，谁就不入流。那几年北京最大的变化，就是房子更贵了，还有就是空气更脏了。

我问花花，她家的房子有多大。花花说，一室一厅，她住阳台。花花住那么差的地方，我为她感到委屈。她说没啥，和那些无家可归的野犬相比，她挺知足的。又说，她家主人也挺知足，从不抱怨，每天乐呵呵的，下棋遛弯，买菜做饭，健健康康，比啥都强。

我说："人比人气死人，犬比犬气死犬。花花，你不眼红就好。"

她笑了："有啥好眼红的？古代的人说得好：良田千顷日食一升，广厦千间夜眠八尺。你要那么多房子，那么多钱，有用吗？"

花花接触到的，大多是下层人和下层犬，她比我更了解社会，她有思想，生活简单，要求不高，这也让我更加喜欢她。经她这么一启发，我发现，人类和我们犬类相比，人是很喜欢钱的，而我们犬不，我们讲忠义。进而我发现，人类为金钱所累，其实生活质量并不高，并不是钱多了生活质量就高。

颐和里小区的名贵犬比较多，一方水土养一方犬，相比之下，这里的犬比外面的心机要深一些。我在本小区，享受着当年在兰州时老朋友壮壮的那般待遇，经常有一群犬围着我转，它们特想从我嘴里挖出点什么来，比如想知道我家主人有几套房子、多少存款等等。我嘴巴闭得紧紧的，一个字也不露，因为这是原则问题。

总公司一个副局长也住本小区，他家的琪琪是个哈巴狗，嘴巴甜，见了我老远就大哥长大哥短的。他嘴巴碎，爱传话，所以我尽量躲着他。有时实在躲不开，我就跟他打哈哈。比如他问我："大哥，副局提正局，得多少钱？"

我眼睛望天说："介个嘛，咱犬类只分品种，不讲级别。"

"嗨，我是说人嘛。大哥，求你了……"

"介个介个……"我咳嗽两下，"兄弟呀，你这问题还真把老哥难住了，俺哪知道人类那些乱七八糟的事。"

"耳听为虚，眼见为实，你家客人不断，你就一点都不关心？"

"我关心个锤子！我看你真他妈是咸吃萝卜淡操心，赶紧闪开，老子要撒尿。"

他悻悻地溜走了。

这天晚上，主人夫妇上了床又谈起房子，常敏说，去年买的大屯北里的房子不到一年涨了一百多万，现在买要六百万，真是吓死人！她提出，趁房价还在半山腰，赶紧再买一套，挑个好地界，将来退了休住。颐和里的房子虽然面积不小，又在二环边上，但这地方不适宜养老，出门除了车就是人，没个遛弯的地儿，空气质量也差，还是奥林匹克森林公园那地界好，退休以后，想去公园，抬腿就到了。

我以为老江会反对。他愣了一阵，说："你看着办吧，再搞一套也行，以后就不想房子的事了。"

常敏笑了笑："听老公的，再搞一套。"

"再搞一套就收手。"

"好，坚决收手！"

谈完房子，常敏又提起一个人——胡小芸。老江翻了个身说："你不说她，我早忘了。"

常敏轻轻冷笑一声："是吗？只怕你口是心非。"

"你又没事找事。"

"得了吧！当年在兰州，有人看见你和她单独在一块儿。你说，你们到底有没有？"

"有什么？"

"有一腿呀！"

"胡说八道！"

常敏并不生气，笑说："其实我早看开了，现在的男人嘛，有点这种事，也不叫啥。是吧，老公？"

"你认为有就有，行不？"

常敏似乎蹬了他一脚。

老江大声说："睡觉！"

一会儿就没动静了。我也困乏了，闭紧了眼睛。

常敏说干就干，拉着王世科又一轮看房，我也借机跟着沾光，到处溜达。最后选定了林萃东路一套四室两厅的房子，房价八百多万，加上装修费，九百万的样子。其实跟常妈出去，我情绪并不高，因为我想起花花讲过的话，觉得主人为房子所累，真不值得。

200

十二

总公司组织一个代表团到欧洲五国考察，原定江贵清带队，他临时有事走不开，最后时刻，有人提议让常敏加入进来。她推辞一番，实在拗不过，只好随队前往。来北京后，她从没出过国呢，作为部级领导夫人，她这方面做得蛮好。这一回，老江也没有阻拦。

常妈一走半个月，她一离开，家里显得空落落的，我很不习惯。老江除了早饭，中午晚上都不在家吃，小明照例不做饭，把买菜钱揣起来。她说为了减肥，其实她不停地吃点心水果，每天早晨称体重，一点也没见减轻。

常妈每天都要打一个电话，主要问我的情况，叮嘱小明照顾好我。小明放下电话，赶上不高兴，有时会对我一瞪眼睛说："他们啥时候关心过我？人不如狗，你就是比我金贵。他奶奶个腿的，什么世道！"

周末，江文打电话让小明到昌平别墅帮助做家务。杨三流过一次产之后，再也没上班，公司也关门了，因为生意不好做，干一天赔一天，不干等于赚钱。她住进别墅，再也不打算搬出来。江文和她都懒得一塌糊涂，不做饭不洗衣服，吃饭叫外卖，上午睡懒觉，下午和晚上纠集一帮住在别墅区的闲人打牌喝酒，半夜时常出去找一段没有监控的路段飙车。江文每周都要把小明叫去一趟搞大扫除，有时一天干不完，在那边住一宿。小明有一次回来骂道："真像个猪窝，没见过这么邋遢的，用过的避孕套随便甩，恶心死个人，真想烧菜时给他们煮到菜里面。"

这天没有车送小明，江文让她打车去，他负责报销车费。小明不舍得打车，坐 919 路车过去，没办法带我，只好把我丢家里。这天晚上小明又没回来，我度过了漫长的一天，百无聊赖，一边盼着与花花见面，一边盼着江爸早点回来。

到了半夜，江爸还没回家，他平时很少这么晚回家。我有些烦躁，在客厅里踱来踱去，预感到发生了什么。到了深夜一点钟，楼下传来汽车的声音，然后是楼门开动的声音。先是江爸的脚步声传来，然后是江爸的气味传来。他平安回家，我放心了。

房门打开，江爸进门，开灯，放包，换鞋。我扑上去蹭他，嗅他。他有些疲倦，但是脸膛红扑扑的，没有酒味。他拍拍我脑袋说："小乖乖，还这么精神呀。"嗅着嗅着，我突然嗅到了一股淡雅的兰花的气味——我愣了愣——这种气味是那样陌生，仿佛远在天边，又是那样熟悉，仿佛就在近前。我闪到一旁，微闭眼睛，沉浸在这种缥缈而来的遥远的气味中……

　　江爸脱下外衣之后，那种气味愈发浓郁。我调动起全部的记忆，从成千上万种气味中甄别这种独特的气味……

　　江爸到卫生间撒了一泡尿，洗了一把脸，他仍然很兴奋，没去卧室，靠在沙发上发短信。我依偎在他身边，一边嗅着，一边绞尽脑汁地回忆。记忆的宝库实在太丰富，因为丰富而杂乱无章，深夜的思索使我变得敏感而惶恐……天哪，电光石火一般，我的脑洞遽然大开——终于想起来了，想起在兰州居住地附近的那个小公园，那个夏天的傍晚，一个款款走来的年轻女人……她的气味曾经令我浮想联翩……

　　我呆愣在那里。

　　江爸发了一会儿短信，仍然是意犹未尽。电话突然响了，吓了我一跳，把我拉回到现实。他接电话，是个女人娇柔而慵倦的声音。没错，就是她——胡小芸！

　　"宝贝儿，还不睡？"他小声说。

　　"睡不着……一直在回味……"她的声音。

　　"今天满意吗？"

　　"嗯……你好棒……"

　　"老啦！不行啦！"

　　"谁说的，才不老呢！亲爱的，你可真是不减当年勇。"

　　"哈哈哈……你幸福就好。"

　　他一边打电话，一边抚摸着我的脑袋。我心里很生气，躲开了他的手，走到客厅中央，蹲下来，屁股冲着他。

　　"今天幸福死我了，都不想回了。"她的声音。

　　"那就再住两天。"

　　"你不烦就好。"

"傻话！我都好多年没这么尽兴了，都是因为你。"

"……那我真不走了。"

"好，明天我们继续。噢，我上午有个会，得中午以后见。"

"行，我哪儿也不去，就在房间等。"

"好，早点休息吧。"

"你累吗？"

"不累！……宝贝儿，真想现在就过去陪你。"

"……还是算了，亲爱的，你好好睡一觉，今天太辛苦你了。"

"真希望天天这样辛苦。"

"去你的，坏……"

我一动不动，心乱如麻。他安排常妈出国，就是为了和这个姓胡的女人相会。真没想到他会这样。

那边，还没有结束讲话的意思。

"宝贝儿，听话，早点睡。"他说。

"……亲爱的，有个事，本来不想说，但是不说，心里又搁不下……"

"你说。"他坐正了。

"王世科，他怎么样？"

"世科挺好的。"

"还记得当年告状信的事吗？"

"一辈子都忘不掉。怎么了？"他口气严肃了。我扭过脑袋，看着他。

"那些信，是他写的。"

他腾地站了起来："不可能吧？"

"真的是。"

他举着手机，走来走去，脸都黑了，手有些抖。我也感到无比的震惊，呼吸变得粗重。接下来，她告诉他，王世科一直对她有意，她当然不会答应他。"王世科隐隐约约知道我心里有你，就怀恨在心，炮制了那些信，想让你翻船。他干得出来的。你以后务必提防他点。"她说。

"他写信的事，你怎么知道的？"

"开始我只是怀疑。你调走之后，他仍然对我不放手，想方设法接近我。你把他调到北京，临走时几个同事请他吃饭，他喝多了，送他回家的路上，我问他这事，他承认了。"

"这个狗东西……"他跺了一下脚。我赶紧往墙角躲了躲。

"他说，姓江的应该感激我才对——要不是那些信，上边也不会来人调查，最后他不但没受处理，反而因此高升，他是受益者。"

他冷笑一声："他说的也对，也许我真得感谢他告状，才有了后来的一切。"

"我就说这些，也许不该说。你别介意，心里有数就行。"

"知道了。再见。"

"晚安，亲爱的。"

他们挂了电话。江爸把手机扔到沙发上，没再搭理我。过了好久，他才去卧室，很快发出了鼾声。

我几乎一夜未睡。

第二天中午，小明回来了，哼着歌从兜里摸出几张大票，放进她房间的床头柜里。这钱也许是江文赏给她的，也许是她顺来的。她情绪蛮不错，给我洗了洗澡。我情绪很消沉，病恹恹的。傍晚，常妈打电话来，问了问我的情况，又问了问丈夫的情况，问老江昨晚几点回家的。小明随口道："和以前差不多，十点就回了。"

傍晚，小明带我溜弯，我心里堵得慌，想给花花聊聊老江的事。但是不知为什么，花花没来公园。难道她病了？还是她家主人病了？还是出了别的什么事？

我心情坏透了。

这天晚上八点多，老江就回了家，依然是满面红光，依然是带着疲惫，哈欠连连。我没像往常那样跑过来迎接他，而是趴在屋里没动，这似乎是我有生以来头一回。

我知道他累坏了，回家没一会儿就上了床。他躺在床上打了一个电话，好像是安排一个业务。尽管他声音不大，但我听得清清楚楚。这个家里，没有什么声音能够瞒过我。片刻，他又打出一个电话，说道："小芸，我刚给四川分公司的李总打过电话。"

"怎么说的?"胡小芸的声音有点急切。

他有意停顿一下:"……哎呀,眼下纪检部门盯得紧,你那个事,有点难度。"

"……是吗?"她的语气明显失望,"如果让你为难,就算了。"

"真想算了?"

"……我不想太让你为难,毕竟你也不容易……"

"哈哈哈……"他压抑着笑。

"……你笑啥?"

"难得你这么体谅我。告诉你,就是再难,哪怕千难万难,你的事也得办!"

"是吗?那太好了……"胡小芸的声音似乎有点哽咽,她感动极了。

"小芸你听着,我已经给李总交代过了,无论如何,都要把那个项目交给你丈夫来做。"

"我保证让他做好,不给你丢脸。"

"有你这句话就行了。"

"我保证,这是第一次,也是最后一次。以后决不再给你添任何麻烦。"

他们又聊了些别的,我已经没有心情再听下去。

十三

常敏回到家的当天晚上,老江很严肃地跟她讨论那两套房子的事。他问,大屯北路上的那套房,还欠多少钱?常敏说,三百万。他问,林萃东路那套呢?她说,房款加装修,一共九百万的样子。他问,你付了多少?她说,我给世科一张卡,里面有三百万,让他扣,过了几天,他把卡给了我,我查了查,里面还有一百万。

"就是说,两套房你一共欠一千万,对不对?"

"差不多吧。怎么了?看你紧张的。"

他踱了一会儿步,似乎下定了决心:"你赶紧把这钱补上。"

"怎么了你？出什么事了？"

"出事就晚了！"

"……到底怎么了？"

"我告诉你实话——王世科有点靠不住。"

"不会吧？这么多年世科一直对我们忠心耿耿呀。"

"不要再说了，赶紧想办法补钱。"

"……家里一时半会儿拿不出这么多呀。"

"不行你就卖房子。"

"这我可舍不得，现在哪有卖房的？"

"我不管你用什么办法，反正你不能欠他钱。"

"行啦，我知道啦！看你神经兮兮的，有啥大不了的呀，天又塌不下来。"

"常敏我警告你，以后不能再收王世科任何东西。"

因为这件事，家里的气氛好几天都显得很沉闷。常敏从国外带回来几件礼物，其中有一个意大利品牌的宠物镀金项圈是给我的，戴我脖子上，很漂亮，但是我却没有收到礼物的喜悦，整天心事重重，懒洋洋的。我不快乐。

打这以后，常敏确实没再要过王世科任何钱物，他有时来家里，顺便放下几张购物卡或者美容卡，常敏都让小田给他送回去。王世科一直好好的，年底还被总公司评为先进个人，她觉得老江有些神经过敏。尽管不太情愿，但她一直惦记着还钱的事。

生活还是老样子，老江每天忙工作，他的干劲更足了，因为他很有可能再上一个台阶。常敏正式办了退休手续，用她的话说，忙忙碌碌半辈子，该享受一下生活了。此后她的主要工作除了美容，就是帮人办事。总有那么多的人想弄个项目，或者想往上爬一爬，他们去找江总常常碰壁，此路走不通，就来家里找常敏"曲线救国"，求她向江总"做做工作"，往往就能如愿以偿。我隔三岔五在家里见到陌生人或者微微熟悉的人，有的一坐半天，没话找话套近乎，我成了他们的一个重要话题，夸奖我的话反复说，听得我耳朵起了老茧，我早都麻木了，不再有任何兴趣。有的提着个皮箱来，放下就走——不用开箱，我老远就能闻出皮箱里面是什么货色，那气味让我头疼心慌，老觉得心里堵得慌。两个大保险柜装得满满的，地下室里、床底下的皮箱也越来越多，家里的空气中，弥漫的都是钞票油腻呛鼻的气味。

他们夫妻床上的交流越来越少，不但话少，身体上也几乎不再有接触，我有好长时间没听到他们亲吻，没听到他们调情，也几乎嗅不到他们下体分泌物的独特气息。有一阵子老江外出考察，走了很长时间，常敏做美容美体的次数突然增加了，有一天晚上，她很晚才回家，而她以前很少这么晚回来。小明已经睡了，我蹲在客厅里等她。她开门进来后，我一抬眼就感觉她有点异样。她的脸蛋红扑扑的，像一个娇羞的姑娘。长期坚持做美容，她的脸蛋看上去至少要比同龄人年轻十岁，她的身段也和年轻时变化不大，毕竟是跳舞出身，底子出奇地好，非常柔软。她一弯腰抱住我，把我搂在怀里，似乎做了什么兴奋而隐秘的事，她的脸蛋一直红红的，发烫。

我马上就知道了原因——隔着薄薄的内衣，我从她的胸脯上嗅到了一个男人的气息。这气息我熟悉极了。全北京城只有一个男人是这个气味——我不说你也猜到了，他就是在会所工作的康老师，一个面色苍白手指细长的男人。

这个发现让我的内心感到无比悲凉。我挣脱开她的怀抱，跑回自己房间。她有些诧异地追过来说："乖儿子，怎么了？哪儿不舒服？"

我不想搭理她，用两个爪子把脸捂上，合上眼皮。她过来碰我一下，我"呜汪"一声，表示不满。她只好退了出去。

大概就从这时起，我觉得自己变得孤独了，只有心思与花花交流，和主人之间的亲情变得淡漠了。

是我变了，还是他们变了？唉，我这狗脑子，一时还真想不明白。

这天傍晚，小明带我遛弯，我抢先跑出小区，去街心公园。小明在后面喊我慢点，她说："猴急什么呀，你个熊狗，真是越老越不正经。"

刚进入公园，就看到一个光着膀子的中年男人站在路边小树下撒尿，行人纷纷扭脸走开。唉，世上有些人，真不如我们犬有素质，活得不如我们犬。我朝那人的白屁股"汪"地低吼一声，意思是说："下次得注意点，别让我们犬瞧不起啊。"吓得他一个哆嗦。

花花已经在等我。她神态永远那么宁静安详，而我心上却像压了一块石头。我真羡慕她，吃得香睡得甜，而我每天都睡不踏实，常常半夜惊醒，替主人担心——也是替自己担心啊，我总感觉，自己的好日子快到头了。

见我出现，花花扬蹄轻快地迎上来，围着我转了两圈，然后靠近我亲热地嗅着。我有些木呆呆地呼应着她，把她好闻的气息呼吸到脑子里，心头变得畅快了些。今天的天气很好，轻风拂面，空气难得澄明，动听的舞曲从不远处飘来，笼罩了我们，花花随着舞曲，环绕着我，轻盈地腾挪跳跃。受她的感染，我不由得放下心中所想，配合着她，变着花样不停地跃动……

有一只好大好大的绿蜻蜓飞得很低，从我们头顶划过，我和花花仿佛接到命令一般，高高一跃，同时跟随绿蜻蜓跑向树林间的草坪。绿蜻蜓似乎并不害怕我们，飞得很低，很慢，好像有意逗我们玩。在绿茵如茵的草坪上，我和花花追逐着绿蜻蜓，开心地嬉戏，忘掉了一切烦忧。天色不知不觉暗了下来，路灯和草坪灯同时亮了，天边一轮月亮显现出来，世界一片宁静。绿蜻蜓突然不见了，我和花花停止跳跃，互相看着，然后我们靠近，躲在树影里，嘴巴碰到一起，轻轻拥吻……我们都有些冲动，我希望永远这么和花花靠在一起，不再去操人类的心，过犬类单纯而美好的生活。但这是不可能的，小明在远处呼唤我的声音飘过来，一下子把我拉回到现实中。

虽然恋恋不舍，但我得走了，我与花花无声地告别。花花突然想起什么，追上我，向我透露了一个信息：她听颐和里小区的几只犬说，我家男主人新近结交了一个苗姓大商人，把总公司的两个大项目违规交给姓苗的做，那人投拍了一部电影，让剧中的女演员出来陪我家男主人。

听罢，我板起脸来说："花花，你可别瞎传呀，都是没影的事。"

花花说："平平你放心，我只是讲给你听。"

我说："我不信，你也不要信。"

花花说："我才不信呢。"

其实这个消息我早听说了。而且我从老江的身上，也早已嗅出了不同女人的气息。只是这个秘密我永远不会向外透露，谁让他是我的主人呢？

十四

年底，杨三又怀孕了。

听到这个消息，常敏脸都青了，狠狠地照江文脸上戳了一指头："你怎么就不注意点呢？傻儿子！"

江文摸着半边脸说："我很注意的……哪想到又打中，邪门了……"

"打掉！"

"……恐怕不行，她爸逼着我们结婚……说再不结，他就去闹……"

本来常敏早就合计拆散江文和杨三，这下又要悬。杨三的爸爸以前来过家里几次，他抽雪茄，脖子上的金项链比我脖子上的项圈都要粗，常敏直皱眉头，他每次一走，常敏就让小明开窗透气，说这个姓杨的粗俗极了，江家和他搭亲家，真是倒了八辈子霉。

杨家的官司打输了，赔了很多钱，矿也封掉了，杨三父亲在山西待不下去，跑到北京来，想把业务转到与油气有关的工程上来。总公司在大连修建大油库，准备趁便宜储存海外的汽油，杨三让江文找父母说情，费了好一番劲，终于帮杨家承揽了其中的一项工程。杨父带儿子杨二高高兴兴到大连"开工"去了。常敏原打算用这个工程与杨家做个交换——我给你钱赚，你放弃婚约。现在看来，这个事情不会那么简单。

关于儿子的婚事，我的主人夫妇专门在床上谈论过一次。女主人的态度是，江家不能受杨家摆布，不能被他们牵着鼻子走，这桩婚事夹生奇葩，不正常，应该尽量拖，实在拖不过去再说。男主人的态度是，既然又怀上了，而且老家那边老父亲再三催促说，想在闭眼之前见到重孙子，所以他认为，还是借坡下驴吧，闹得太僵并不好，毕竟以后要做亲戚的。

大事都是老江说了算，这事就这样定下来了。

杨家建议择黄道吉日办个大大方方的婚礼，江家没同意，认为中央"八项规定"绝对不能违反，越是这个时候，越要低调。杨家很开通，没再坚持，说一切都由江家说了算。

常敏倒是找高人择了个黄道吉日，让江文带上杨三去海淀区民政局扯了证。晚上，没请任何人，就他们两家见了个面，吃了顿便饭。小明和我也有幸到场。这似乎是小明头一回参加正式的宴请，特意洗了个头，换上一身新衣裳，穿上高跟鞋。似乎她是新娘子，她比谁都兴奋。宴席开始后，我趴在桌子底下，听到两家主人都说了一些互相夸奖互相吹捧的话。杨父很开心，喝下一瓶 XO。

那晚杨父喝醉了。同时喝醉的还有小明。小明早就听说这酒值钱，一杯能顶半头猪。第二天她起得很晚，主人也没责怪她。两口子走了后，她还不想起床，我听到她拍着床头柜咋呼道："头疼！他奶奶个腿，什么破玩意儿！不如衡水老白干，纯糟蹋钱！"

杨三的肚子显了怀，妊娠反应厉害，什么都不能做，整天躺床上保胎。小明去昌平别墅的次数更多了。有时她带我过去。最长的一次，我们在别墅住了一礼拜。常妈每天都打电话给小明，主要是关心我，嘱咐小明既要照顾好孕妇，更要照顾好我。

别墅的院子里，又多了一辆改装车，奔驰牌的。江文爱玩车，喜欢改装车，都上瘾了。杨三抱怨说，他对车比对她都细心，她那么难受，他照样每晚出去，要么飙车，要么和车友搞聚会，根本不管她死活。她对小明说："你以后找对象，就找一个对你知冷知热的人，千万别图他家的钱，否则你一定会后悔的。"

小明说："最好找一个又有钱又疼你的男人。"

杨三说："妹子，你努力吧，我是没机会了。"

平时杨三不爱说话，小明忙活一整天，她几乎不跟她说一句话。她也不挑剔，不论小明怎么干，她从不指手画脚。小明倒是很卖力，楼上楼下忙活，她每次来，江文或者杨三都要塞给她几张票子。这么一比，就显得老江夫妇有点小气。小明有一次唠叨说："他们家，少的比老的大方。"

这天晚上，我又随小明在昌平别墅住下了。小明干了一天，累坏

210

了，早早在一楼睡了，鼾声响亮。江文把我唤到二楼一个房间陪他玩。这个房间有很多玩具，是他给未来的儿子预备的。我在一堆玩具狗、玩具熊、玩具娃娃之间跳来跳去，有时躲在一个大玩具后面跟他玩捉迷藏，惹得他哈哈大笑。他把我摁住，抱着我脑袋说："平平，你才是最好的玩具。等我儿子生下来，你就搬过来陪我们。城里有啥好住的？车多人多，想玩个车都没地儿。"

好久没这么轻松愉快了，我度过了一个开心的晚上。

十一点钟，有人打电话来，约他出去玩车。他丢下我，也没和隔壁房间的杨三打招呼，匆匆下楼，开车走了。我在房间又玩了一会儿，准备到楼下给我预备的房间休息，路过杨三卧室的时候，我听到她在打电话。

她发出的是那种娇滴滴的声音，这种声音只有跟最亲近的人说话才用，花花就经常用这种声调与我交流。我忍不住停下脚步倾听——其实回到楼下我也能听清，但我迈不开步。

听了一会儿，我理出了个大概：对方是她以前的男友，他们在美国认识的，一同回到北京创业，本来二人要结婚，因为她家突遭变故，举债累累，她父亲强逼她和江文来往。为了挽救父兄，她无奈嫁到江家。但他们一直没有断绝来往，每个月都要约会数次。因为怀孕，他们已经有两个多月没有见面，彼此十分想念……

说实在的，我很同情杨三。

但是，往下听到的情况又令我惊愕不已——她肚子里的孩子并不是江文的！

"亲爱的，为了我们的孩子，你可要照顾好自己。"男人的声音。

"亲爱的放心，我一定会安安全全把我们宝宝生下来。"她说。

"真想今夜跑过去见你。"

"下周我去北医三院检查孕情，我们想办法见个面。"

我再也听不下去，愤怒地"呜汪"叫一声，滚下楼去了。

十五

王世科出事了！

辽宁那边和他有合作关系的他那个同学先出的事，那人一进去，头一个供出的人就是他。

辽宁方面反贪局的人从第三分公司办公楼直接带走了王世科，连总公司都没通知。

常敏第一时间知道了这个消息，她很慌乱，无端地冲小明发火，待在客厅坐立不安。我到她跟前表示安慰，她烦躁地踢我一下，我只好无声地躲回自己房间。

不时有电话打进来，向她报信。她一概说："知道了，谢谢。"不多说一个字。

江文最早住的房间布置成了一个佛堂，供着一座半人高的观音菩萨镀金像，说是能保平安。这天下午，常敏进去待了很长时间，不断有丝丝缕缕的香烛味儿飘出来。

傍晚老江回到家，脸色似乎也不好看。小明赶紧溜进自己房间，我也待在自己窝里不动，不敢发出一点声音。

只听常敏急煎煎地问："王世科到底什么事？"

"具体我也不清楚。"他声音低沉。

"贵清，他不会……乱咬吧？"

"……你欠的房款，还了吗？"

"我只还了他三百万，还欠着七百万呢。"

"不是早让你还清吗？"

"我……我手头一时拿不出那么多嘛……要不我马上给他老婆打钱……"

只听"砰"的一声响——老江用力拍了一下红木茶几："糊涂！你这不是故意往枪口上撞吗？"

"那可怎么办呀？……"她几乎要哭出来。

"慌什么！天不会塌下来。"

常敏惴惴不安地过了一段时间，也不去做美容了，整天在家拜观音。后来见一切风平浪静，她渐渐平静下来，对我和小明的态度也转好了。她抱着我脑袋说："平平，乖儿子，你这名儿起得真好。当年你来家里，我和老江都觉得你名儿好，能够逢凶化吉……平平呀，借你好名，保咱家平安……"我的脑袋顶住她依然有弹性的胸脯，像儿子扑在母亲怀里一样，感觉踏实。岂不知，主人怕，我也怕呀，人类常说，大家都是拴在一根绳上的蚂蚱，又说，鸟窝破了，不会有一个完整的蛋……

听说王世科关在沈阳，出于对老部下的关心，老江通过关系人，给他捎去一些生活用品，夹有一本书——上面有江姐、赵一曼等革命烈士宁死不屈的内容，并且捎话说，只要他咬牙顶住，不论什么结果，都会有人关照他老婆孩子——关照一辈子。

不久，内线递话过来，说王世科全招了，其中就包括帮江家购买的那两套房子。常敏吓得整夜睡不着觉，半夜钻进佛堂焚香跪拜，然后回到客厅，蜷缩在沙发上唉声叹气。我跑过来陪她，她抱着我瑟瑟发抖。老江也过来安慰她，轻描淡写地说："不就七百万吗？天还不至于塌下来，睡觉去！"

又过了不久，那个和老江关系密切的苗姓大商人也出事了。

常敏并不清楚丈夫和姓苗的关系密切到什么程度，她倒没怎么害怕，老江却有些慌神，夜里开始失眠，半夜坐到沙发上抽烟——他以前从不抽烟的。我跑过来陪他，他拍打着我的脑袋说："平平，我现在真羡慕你……"

常敏预感到不好，穿着睡衣过来陪丈夫枯坐。他抓过她的手说："小敏，有事我顶着。没你的事，别怕。"

一句话把她说哭了，她抱住丈夫说："要死一块儿死。老公，我陪你到底……"

我心里也很恓惶酸楚，悄悄抹去挂在眼角的一颗泪。

他帮她抹去眼泪，安慰她说："我这个身份，沾点经济问题，很正常，真不算什么大事，天不会马上塌下来。"

"那就好。"黑暗中，她勉强挤出一个笑。

不久之后，更高层的一个大人物老S，也出事了！而老江和这个老S是一条线上的！

这一下子，老江终于扛不住了，人整个地萎靡下来，惶恐不安地说："看来，天真要塌了……"

以前他不怎么进佛堂的，常敏最早布置时他还曾反对过，自从老S出事后，他进佛堂的次数比常敏还要多，虔诚地跪拜，口中念念有词……

就连小区的犬们都听到风声：江家要出事。平时那些个围着我屁股转圈的犬，每每见了我，都躲着走。一天傍晚，那只名叫琪琪的哈巴狗竟然挡住我路，朝着我面前撒了一泡尿，气得我眼睛通红。

每次见到花花，我都故作镇静。但是这种事情是瞒不住她的，一次，她暗示我道："平平，覆巢之下，安有完卵，你得早做打算。"

"怎么啦？……我做什么打算？"

她用深情的目光望着我说："如果你想走，我愿意陪你，我们一起浪迹天涯，再苦再难也不怕……你看天都黑了，现在我就可以跟你走……"

一股暖流瞬间涌遍我全身，我亲亲她的唇，克制着自己不使眼泪流出，低沉地说："花花，你有那么老实忠厚的主人，有那么安稳平静的生活，你绝不能离开家。再说，我也绝不会离开家，不管发生什么。花花，我亲爱的，以后不许动这个念头……平平谢谢你了……"

我呜咽着说不下去，低头跑开了。

十六

以后的日子，我的主人简直就是度日如年。白天还好些，到了晚上，两口子夜夜难眠。他们谈论最多的，就是怎样处理家中那些在我闻来不香不臭、不甜不酸的票子。想转移出去，怕被监控——可以设想，肯定已被监控——电话、银行卡、网络，包括人的行踪，都已处在被控制之中。

他们曾设想过，买一台碎纸机，把钞票打碎，从下水道冲走；他们还设想过，拿到卫生间点火慢慢烧掉那些钱。但是又怕碎掉了、烧掉了，如果没人来查，不是太亏了吗？辛辛苦苦攒下的，不容易呀！

所以就一直犹犹豫豫，没舍得处理。

深夜躲在床上，老江有时也进行反思，他引用古人的话说："居高而必危，每处满而防溢。"他进而向妻子解释道，"居高位一定要有危险意识，东西满了就要防止它溢出来。月满则亏，凡事有个度，稍稍注意点，也许就没事，再过几年退休，享受晚年生活，国内国外旅游，多好啊……唉，怪我，非要想着再上个台阶，鬼迷心窍了……"

"那条线上你算个小萝卜头，也许没事呢？虚惊一场罢了。"

"但愿网眼大一点……如果过了这一关，小敏，你就把所有的钱全捐给希望工程。"

"好，全捐！"

主人成了惊弓之鸟，小明却镇静自若，能吃能喝能睡。她又胖了。一天，主人夫妇都不在家，小明打扫卫生，趁机从一个抽屉里捡出几件黄金制品，往她的床头柜里塞。我跑过去，"汪"地一声叫。她瞪我一眼说："你瞎叫啥？是人都能看出来，这回上头动真的了，抓大老虎！这个家里值钱东西越多，他们越麻烦。我这是替他们消灾，臭狗，懂吗？"

我觉得她这样不对，张了张嘴，露出牙齿，又"呜汪"叫了几声。她过来踢我一脚，吼道："你敢咬？你奶奶个腿，看我不掰下你的狗牙！"

我从没咬过人，我也不会咬人，遂叹口气，溜走了。唉，眼不见心不烦，随她便吧。

风声似乎越来越紧。

有一天，小明对常敏说："阿姨，你们不用担心，将来我管平平。"

似乎小明的话提醒了常妈，她抱一下我，放下，想了老半天，从床底下拖出一个箱子，打开，简单数了数，盖上，交给小明："如果家里有事，你就把平平带回乡下你老家，这些钱当它的生活费。"

小明眼珠子闪闪发亮，目光不离箱子："嗨，还要啥生活费，我老家有的是吃的，养一个平平，还不小意思！"

"你还是拿走吧，算我们一点心意。"

小明不再客气，上前提起箱子，转身到了她房间，把钱飞快地装进一个她平常买菜用的布袋子里，然后下楼去了。她说是先交给一个老乡保管，其实她打车到了很远的一家银行，把钱存下，然后把银行卡交给一个要好的老乡保管。

晚上回到家，她把我唤到卫生间，仔仔细细给我洗澡，边洗边小声念叨："他们那么多钱，才给了二十万。为啥就不多给点？留着可都是祸害呀……"

是福不是祸，是祸躲不过，该来的迟早会来。

这一天终于来临。

早上上班时间还没到，我先是听到楼下汽车响，这响声以前没听到过，然后是六七个人下车上楼的杂沓脚步声。不一会儿，门铃响了。主人两口子坐在沙发上，都不由得哆嗦了一下。

小明跑去开门。率先进入的一个年轻人亮了亮证件，说他们是中纪委工作人员，前来执行公务，希望配合。随之，又进来五男一女共六个人，其中一个戴眼镜的中年人走到老江夫妇面前说了几句，至于说的什么，我趴在窝里，脑子很乱，没有听清。

随即，一阵乒乒乓乓的嘈杂声音传进我耳朵……他们开始搜查，翻箱倒柜，最后连木地板都撬开了，我居住的小屋都不放过。老江夫妇、小明和我都被赶到阳台上，专门有一男一女两个人守着我们。

客厅里的地板上，成捆的票子越堆越多，有人民币，还有美元和欧元，在我眼里，像垒起一座钱山，又像一座钱坟，熏得我直流眼泪。小明的眼睛死死盯着花花绿绿的钞票堆，不时地摇头，似乎不敢相信家里会藏有那么多钱。

搜查得差不多了，有人打了个电话，不一会儿，进来几个银行的女工作人员，带着验钞机，开始验钞。

自始至终，老江夫妇没说一句话。

折腾了几个小时，钞票验收完毕，又都分门别类装进了十几个大箱子，贴上封条。那个戴眼镜的中年人过来说："江贵清、常敏要带走，这房子要查封。"又对小明说："你和这条狗得离开。"

小明说："我们这就走。"

小明早有准备，她的个人用品都装进了一个大箱子。那个女的过来检查一下她的箱子，又简单搜查了一下她身上，没发现有可疑物品。

小明说："平平，咱们走。"

分别的时候到了，我扑到主人夫妇跟前，使劲嗅他们的裤角，上蹿下跳，我的眼里全是泪。"呜汪……"我凄声跳叫着说，"亲爱的江爸，亲爱的常妈，再见了……"江爸面如死灰，嘴角动了动，一声未吭。常妈弯腰把我抱在怀里，脸贴着我的脸，泪水直流，泣不成声："平平呀，平平呀……"

小明过来，牵住我脖子上的绳索，往外拖我。经过客厅时，我抬眼看到客厅墙上挂着的那张"全家福"——照片上的主人一家三口和我都是一脸的笑容，满面的春风——现在想来，宛若一个梦境。

这一别，团圆的机会，此生不再有。

小明拖着大箱子牵我下楼。她喃喃地说："他们真是太傻了……早点让我从老家找辆大车，把这房子里的钱拉回太行山，找个地方一埋，狼狗都找不着。当年我们山里人藏八路，鬼子硬是找不到嘛……"

我的耳边，却一直回荡着江爸早年的声音，他说自己要做"一个高尚的人，一个纯粹的人，一个有道德的人，一个脱离了低级趣味的人，一个有益于人民的人"。声音犹在，人却非人。

后来人们知道，同一时间，纪委的人也到了昌平江文的别墅。江文在总公司的一些项目中，充当"掮客"牟利，涉嫌收受利益相关人三台高级改装车，另外还有一些钱物。他的妻子杨姗因为即将临产，没被同时带走。

小明带我在众人和众犬的窃窃私语声中出了颐和里小区。我在这个小区住了七年多，当年豪华的小区，现在已显陈旧，一些欧式雕塑的天使，已经变得残缺不全。

离小区不远处的那个小路口，有一个熟悉的身影——我亲爱的花花在等我。泪水再次涌出我的眼眶。我定定神，缓缓地朝她走去。秋风起，落叶飘，大雁高飞，斜阳刺眼。我们渐渐靠近，都是泪眼迷蒙。我想起七年前的秋天，我们相遇，一见钟情，她曾经那么清纯可爱，而现在她已是满身风霜。

我们曾经相约：不求荣华富贵，只求平淡安稳；不求君临天下，只求与你华发。

我们知道，今此一去，将成永诀！

我上前，与花花交颈而别。我说："花花，我永远爱你。"

花花说："平平，我也永远爱你。"

我伸出舌头为她舔去眼角的泪花，最后一次拥抱她。然后，我离开了这个喧哗的城市。

十七

太行山深处的罗家凹，成了我的新家。

小山村里的十几只土犬，对我还算友好，纷纷来看望我。它们听说我不吃肉，不啃骨头，感到很奇怪。

就连小明的父亲老罗也感到奇怪。小明到县城唯一的宠物店给我买来两袋狗粮。当老罗听说一袋的钱顶好几袋白面，缺牙的嘴巴半天合不拢，说："它这哪是狗？比人都金贵，分明是个祖宗！你还不如把我杀了喂它狗日的。"

小明说："杀了你，你的肉它也不会吃。它只吃狗粮。"

村里人都说小明在北京一个"大老虎"家搞到不少钱，两个和她要好的小伙伴来找她，希望也能到北京城里有钱人家当保姆，而她们以前是瞧不起保姆这行当的。小明撇撇嘴说："等我杀回北京，进到一个后备'大老虎'家再说吧。"

陈根天天往小明家跑，逗我玩。我一眼看出，他是个很憨厚忠诚的老实人，小明应该嫁给他。陈根托人来罗家，提出和小明把婚事办了。但是小明却说："啥时候傻根家盖上八间大瓦房，再买一辆小轿车，我就嫁到他家去。"我"呜汪"一阵提醒小明："什么都没有平安好呀，你怎么还不明白呢？"

小明知道我在"教育"她，很反感，瞪眼对我说："奶奶个腿，你再瞎叫，就杀了你吃肉。"

我吓得够呛，躲一边去了。

小明在老家待了不到半月，喜洋洋又去了北京——有个老乡介绍她到一个什么部长家当保姆。

小明走前给老罗留下五万块钱，千叮咛万嘱咐说，专款必须专用，不能违反财经纪律，要到县城给平平买狗粮吃，因为她答应过原先的主人，罗家要尽心尽责为平平"养老送终"。

我们犬类的寿命十二年左右。此时我的年龄已经八岁多，按照人类的寿命换算，我相当于五六十岁左右的老年人，好日子不多了。

小明刚走，她哥大明就来找父亲老罗借三万块钱。老罗死活不肯，说："肉包子打狗——有去无回，我才不会借。"

过了不几天，大明媳妇慌慌张张跑来说，大明出了车祸，在医院抢救，不交齐五万块，医院不给救。老罗哆嗦着拿出三万块交给儿媳，毕竟救人要紧哪。

其实，大明根本没遭什么车祸，只是骑自行车不慎摔了一跤，弄破一点皮，到乡卫生院包扎一下就没事了。知道被骗，老罗跺跺脚说："养儿不如养狗。"

大明媳妇逢人便解释："谁不知道老头子是个酒鬼？就知道往肚里灌猫尿，糟蹋钱，我帮他存上更保险不是？"

确实也是，老罗每天都喝得醉醺醺的，骨头缝里都往外冒酒气。他懒得管我，用一根铁链把我拴在院角废弃的猪圈里。那两袋狗粮被我吃光后，他没再去买。我绝食两天，饿得实在顶不住，只能将就着吃他的残汤剩饭。

陈根经常过来照顾一下我，给我带来点碎馒头猪骨头之类的吃食，偶尔提一桶水过来给我冲一下澡。生活质量的下降让我生不如死，但这还不是主要的——我主要的痛苦是牵挂原先的主人，思念远方的恋人花花。

有一天，老罗没酒喝了，他晃荡着罗圈腿踱到猪圈边上，盯着我脖子上的镀金项圈说："狗戴那么贵重的东西干啥？糟蹋钱嘛。"他费力地哈下腰，哆嗦着两只手，把项圈摘下来，出去换回了两瓶衡水老白干。

又有一天，陈根过来陪老罗喝酒。老罗说："不知道洋狗的肉好吃不？"

我吓了一跳。

陈根赶紧说："叔，都说洋狗肉酸，难吃，不能当下酒菜的。"

老罗打个酒嗝说："那算了，这瘦洋狗身上也没几两肉。"

小明一走就是一年多，十天半月打个电话给老罗，偶尔会问起我，问我还喘气吗。老罗说："放心，它好得很，你爹都不一定活得过它。"

陈根的母亲一直卧床，他想去北京找个活干，就是走不开。他对我唠叨说，就怕时间长了小明会变心，因为北京那么大，想变心，很容易。

有一天在电话里，我听到小明对老罗说，她在北京处妥了一个男朋友，是个厨师，山西人，在五星级大酒店上班。老罗不同意，扬言打断她的狗腿。他知道自己管不了小明，又嘱咐她，先不要给陈根说。

因此陈根一直蒙在鼓里。他隔三岔五提着下酒菜过来陪老罗喝酒，顺便给我搞点吃的。

如果没有陈根，也许我早就饿死了。他是我在罗家凹最亲的一个人。

来罗家凹一年半之后，我终于知道了前主人夫妇的下落。一天傍晚，我伸出头，看到老罗那台旧电视机正在播放老江夫妇受审的画面——江爸常妈的头发都白了，如果不听播音员的声音，我是认不出他们来的。

我以为江爸会判死刑，心提到了嗓子眼。电视机里最后说，判处江贵清有期徒刑二十年，判处常敏有期徒刑十五年。

这下我心里踏实多了。

这天晚上，陈根过来陪老罗喝酒。老罗说："搞那么些钱干啥？真不懂。我有十万就知足，够喝酒就行嘛。"

陈根说："我有五十万就满足——盖上八间大瓦房，再买一辆小轿车。"

两个人都喝醉了，趴在桌子边上打起了呼噜。

知道了前主人的下落，我便少了一份牵挂。这晚我睡了一个好觉。

可是，亲爱的花花，你还好吗？

十八

小山村的日子过得真慢。

我又熬了一年多，还能喘气儿。这时我已是风烛残年，离死不远了。

一天晚上，老罗却出了事。他酒后起来小解，一头栽进猪圈里。我拼命地吠叫，把半个村子的人都唤醒了。大明把老罗送进医院抢救，花光了借去的那三万块钱。还好，救过来了。

村里人都说，我帮老罗捡回一条命。

老罗出院后，不大会走路了，拄着根拐棍，只能慢慢挪动。他戒了酒，气色好多了。他经常到猪圈边上，呜哩呜噜冲我说说话。他很多话我听不懂，但我听清了一句话。他说——

"老伙计，咱俩得好好活，看谁活得长久。"

一天，门外响起一阵汽车响。我听出是奥迪 A8 的声音，感到很奇怪。谁能开这么好的车子来这里？

原来是一个搞园艺工程的老板，进山采购名贵树木。听说这村里有一只"北京大老虎江贵清家的宠物狗"，非要过来看看。

村支书陪着老板进来。他们走到猪圈旁边，端详我一阵。老板说："这狗呀，你一看它眼神就知道，它是见过大世面的。"

村支书说："还是王总识货。"

"我认识江贵清。"老板回忆说，那年油气总公司大院搞绿化改造，一个朋友介绍我去找江总，想揽下那工程。江总一分钱没收，一顿饭没吃，痛快地给办了。好人啊！

"唉，没想到他后来会出事。"老板说。

老板向老罗提出，想把我带走。"我想给这狗换换环境。你们看，脏死了。放这儿，太委屈它了。"

老板拿出一沓钱递给老罗。老罗使劲摆手，意思是，他不要钱，也不想放我走。

221

村支书说："罗叔，就你这条件，没法养活它，它撑不了几天的。你忍心？"

老罗终于同意老板把我带走，但是他坚决不收钱。

村支书上前解开我脖子上的铁链说："太臭了。王总，得给它洗洗再坐你车走。"

老板说："那当然。"

我离开生活了两年多的猪圈，走到阳光下，抬眼看了看太阳，很晃眼。我又走到老罗跟前，嗅了嗅他的裤腿。然后，我缓缓跑向院门口，跑出院子，跑向胡同口……

那里有一眼枯井，废弃多年了。

我站在废井沿上，朝下看。以前里面没有水，昨天刚下过一场雨，里面积了很深的水。我久久地往下看……渐渐地，清澈水中浮现出花花俊美的身影，她抬头望向我，眼神脉脉含情。她笑靥如花，无声地召唤着我。

身后，响起众人杂沓的脚步声。

我头也没回，脑袋朝下栽了进去。

（2016 年）

寂静的营盘

一

熄灯号一响，一排排兵舍里的灯光霎时便熄灭了，喧闹了一天的营区随之寂静下来。马龙神态安然地躺在床上，听熄灯号的尾音像一朵柔软的云彩那样，缓缓走过营区的角角落落，最后消失在耳力不及的地方。

四年来，马龙已经稔熟了这里的一切，包括声音、颜色和气味。明天上午，他就要离开这里，退伍返乡。回家，毕竟永远是一个热切的话题。

晚间开饭时，连里为欢送老战士，特意举行了会餐。菜很丰盛，但没上白酒，每桌只摆了几瓶啤酒，因为按照上头的规定，不论何种情况，连队一律不准喝白酒。连长指导员和八个退伍兵坐在一张桌上，大伙望着杯中冒着气泡软不叽叽的东西，一时间场面显得冷淡。邻桌的广东兵刘福宝伸过大脑袋说："这也叫会餐吗？明明白白把弟兄们当成了娘儿们嘛！"也不知他在责怪谁。这边，老兵孙正平嘟囔道："上头咋搞的，老不相信我们。"见此情景，连长和指导员嘀咕一阵后，大声问同桌的老兵："弟兄们，喝了白酒，你们会闹事吗？"老兵们愣了愣，齐声答："不会！"连长转过脸伸长脖子又问那些不老的兵："你们，你们会闹吗？"回答声更响亮："不会不会！"仿佛要将屋顶掀起来。于是，连长冲司务长一挥手："上酒！每桌两瓶孔府宴，这桌三瓶！"

气氛一下子就上来了。也许是这边的动静太大了，竟将吃饱后出门

223

闲转的副参谋长引了来，副参谋长皱起鼻子黑着脸，当众训斥连长指导员，满饭堂的人都噤了口。连长和指导员自知理亏，低下头，也不申辩，酒力加难堪，使他们脖颈以上的器官宛若涂了狗血一样，看上去十分难堪。这时，马龙站起来，信口道："副参谋长，我们喝白酒是盖师长允许的，师长说，警卫连辛苦，老兵们退伍时可以适当喝点白酒。"

尽管副参谋长对马龙的话半信半疑，但他知晓马龙和师长的那层关系，接下来他的口气便软多了："是吗小马？那你们声音小点，别让其他连队听到。"老兵们趁机向副参谋长敬酒，副参谋长坚辞不喝，躲灾一般悻悻离去，临出门时没忘了补一句："喝出事来，谁同意的也不行！"

连长和指导员感激地望了马龙一眼。这是我给咱连最后一次做贡献了，马龙想。但他没把这句话说出口。

这最后一次会餐虽然让副参谋长斜插了一杠子，热烈的气氛仍保留下来了。酒其实很有凝聚力的，可惜有人并没认识到这一点。马龙酒量颇大，不用担心自己会喝多。高中毕业时，几个同学聚餐，从没喝过白酒的他居然轻松搞掉了大半瓶，母亲说，在这方面他很像他的父亲。

马龙在黑暗中翻了个身。刚才下肚的几两小酒早已挥发净尽，此刻他的脑子非常清醒。同宿舍的兵们都进入了梦乡，咬牙放屁打呼噜的声音此起彼伏，听着亲切动人。马龙侧耳听了听上铺的孙正平，听到了一阵有点怵人的磨牙声。孙正平每晚睡觉时都持之以恒地磨牙，给人一种梦中发泄仇恨的感觉。这小子明天中午的火车，在部队就这么一个夜晚了，他竟然能睡得着，马龙真感到他有点没肝没肺了。

窗子没挂窗帘。男兵兵舍里没什么可保密的，用不着挂窗帘，几乎所有的男舍都是这样的。马龙欠起脑袋，看到了外面的天空。天上不见月亮，星星倒是又多又亮，窗前几株掉光了叶片的白杨树像一幅幅剪影，枝条儿轻摇轻晃，让暗夜多出几分韵致。马龙意识到，这个初冬的夜晚他是睡不着了——并非留恋什么，而是一种说不清楚的原因。

睡不着干脆就不睡了。

约莫十点多钟的时候，马龙从床上爬起来，穿好衣服，披上大衣，悄悄溜出了门。

二

一九七九年三月十四日，进入越南境内参战的陆军第三○二师第九○六团撤回国内的途中，当行至离国境线一箭之地的一面草坡上时，三营教导员肖望东无意间踏响一颗步兵雷。三营营长盖振国怀抱肖望东渐渐冷却的躯体号啕大哭，说咱们打了胜仗，眼看就要回国了，你偏偏踩了"屎"，大哥你就差一步呀……

战后，肖望东被追记一等功。

在一段较长的时间里，肖望东的妻子王静怡和六岁的儿子肖龙并不知晓他的死讯。直到有一天，盖振国和师里的组织科长驱车来到家里，接王静怡去部队，得知内情的王静怡当即口吐鲜血昏死过去，已经多少懂点事的胖男孩肖龙便隐隐明白这个家要塌了。

将那枚一等功和三枚三等功奖章锁进柜子深处，在学校当数学老师的王静怡已经无法登讲台了，每每看到面前黑压压的人群，她就禁不住头晕和战栗。学校照顾她，让她改行当了会计。

父亲遇难给胖男孩肖龙带来的后果是，他仅仅获得了一个忧郁的童年。

三年后，他的母亲下决心改嫁，嫁给了多年来倾心于她的马岩琛。肖望东、王静怡、马岩琛原都是六十八中的同班同学。母亲当时之所以嫁给父亲，除了感情的因素外，在那个年代里，父亲作为一名令人羡慕的军官，怕是一个更为重要的原因。这些年来，马岩琛一直未娶，在苦苦地等待着。马岩琛终于等来了这个似乎是命定的结局。

至此，原来胖胖的小男孩肖龙变成了精瘦的小少年马龙。

马龙从不认为母亲的改嫁是对生父的背叛，相反，他感到这是一个正常的结果。尽管生父在世时他们经常争吵，感情上已有了裂痕，他认为那是两地分居造成的，就连他不也一直对亲生父亲感到陌生吗？他至今坚定不移地相信，母亲是深爱丈夫的，就像他深爱父亲那样。

马岩琛是市府机关的一名普通干部，人很厚道，脸上常常挂着笑，不多言不多语。马岩琛成为他的继父进入这个家庭后，家里渐渐有了点

225

亮色。也许是那三年阴郁的生活使他感到恐惧，他对到来的任何一点点欢乐都倍加珍惜。在后来的岁月里，他希望再有个弟弟或者妹妹，不知什么原因，母亲却没再生育。

时间一刻不停地从身边消逝，不知不觉间马龙长成一个壮小伙子，他已经不满足于家中不温不火不冷不淡的气氛，像所有这个年龄的少年一样，他渴望一种新鲜的生活。但是，睁眼看看，同学中考上大学的上大学去了，没考上的有的做起了生意，有的在家待业。他没心思做生意，也没那个本钱，在家待业的滋味更是不好受，母亲和继父也跟着犯愁。马龙后来想，自己到外面闯荡闯荡的念头也许就是这一阵子形成的。

四年前，初冬时节的一个下午，继父和母亲去上班了，马龙一个人在家，感到百无聊赖，就去电影院看了场刚上映的电影，电影名字记不得了，反正是一部挺无聊的电影，马龙看到一半就看不下去了。走出电影院后，他感到肚子饿了，摸了摸口袋，还有几块钱，他便不加选择地拐进一家肮脏的小酒馆，点了一盘菜和一瓶啤酒，有滋没味地吃喝起来。

正待要离开时，一阵突起的争吵声引起了他的注意，是坐在角落里的一名小军官和酒馆里的两个男店员吵了起来，起因是军官认为对方收费有问题。解放军吃饭轻易不会赖账的，肯定是酒馆里的人在讹诈外地客。那位军官肩扛一条杠两颗星，是个中尉，年龄比马龙大不了多少。本来马龙懒得搭理这些烂事，偏偏这阵儿他的心情不好，又想起自己的生父也曾是名军人，况且那小军官明显不是男店员的对手，衣领都被人勒住了尚无还手的动作，于是，马龙坐不住了，他一拍桌子喝道，我是公安局的，你们都他妈的给我住手！还真把男店员给唬住了。马龙长得威武高大，脸上新近冒出了几粒显眼的疙瘩痘，一激动那些痘子立马充血，他的目光也很犀利，额头上两道与他年龄不相符的深刻皱纹显出凶气。可能在歹人的心目中，警察就是这样一副尊容吧。

离开那家肮脏的小酒馆后，马龙和中尉边走边进行了交谈。中尉是A军所属部队的一名排长，眼下来这个城市接兵。马龙想到自己的父亲也曾在A军服役，二人自觉从感情上又近了一步。临分手时，中尉用感激的口吻对他说，老弟，想当兵吗？他凄惨地一笑，说我从没想过当兵。中尉说现在想还来得及。他说我不适合当兵，我爱冲动，一冲动免不了和人打架。哪知中尉听后豪迈地说，如今部队就缺会打架的兵，像我这样的兵太多了，所以总受气。

尽管当时马龙毫无当兵的打算，但热情的中尉还是把自己所住旅馆的地址和电话号码留给了他。中尉特别交代说，如果想通了，一个星期之内随时可以来找他，他保证让他家不花一分钱而顺顺利利地穿上军装。

在此之前，马龙确实从未想过当兵之事。但在接下来的几天里. 他仍然一筹莫展，实在想不好除了当兵之外，还有什么更好的打算。在一个雨雪连绵的日子，他牙一咬心一横，向母亲说起了当兵之事。他以为母亲会断然否决，他想如果母亲不同意，他是不会坚持的。然而母亲的表现大大出乎他的预料。母亲到水龙头前用冷水洗了一把脸，然后用平静的语调说，锻炼锻炼也好。

母亲又问继父，老马，你的意见呢？继父脱口道，你们定，你们定，我没意见。

凡是他们娘儿俩的事，继父从不干涉，多年来继父都牢牢遵循这项原则。

要去只能去 A 军，他试探着说，那是爸爸的老部队。

母亲愣了愣，说没关系，既然当兵嘛，就不要挑三拣四了，那里可能还有些熟人，正好请他们照顾照顾你。多年没和盖振国联系了，也不知他还在不在部队，要在的话，官也当大了。

到接兵站体检时，他考虑好了，如果身体不合格给刷下来，他是不会感到遗憾的，因为他当兵的愿望并不像别人那样迫切，说到底，他是不得已而为之。

居然顺利地过关了，连负责体检的医生都啧啧赞叹说，是块好坯子，家伙壮得像头小牛犊。

半个月后，他和这个城市里的上百名新兵一起，乘车向五百里外的 A 军营盘进发。

三

大半个月亮悄悄爬了上来，天上的星光暗淡了些。营区内的路灯早已熄灭，偌大的营区呈现出一派朦胧的色调。不远处的青龙山山顶上，那盏飞机导航用的彩灯一明一灭地闪烁，像一只暧昧的眼睛。

虽然风不大，但初冬的寒意却是极袭人的。马龙裹紧军大衣，缩着脖子漫无目标地行走。

陆军第三○二师师部地处城市的南郊，夜晚站在高处，能够看到北面连成一片的万家灯火，从这再往上走，就是青龙山了。这是一处理想的屯兵之地，既可以避开城市的喧闹，又不至于太偏僻。

和白天相比，马龙更喜欢夜晚的军营。白天，军营里特有的雄性的气息像火舌那样四处弥漫，使你有一种无边无际的充塞感；当你放眼望去时，这里的一切都太单调了，单调得令你神经绷得紧紧的，难有放松的机会。而到了夜晚，寂静笼罩了一切，白日里郁结起来的气息缓缓消散了，置身在这种寂静中，你便获得了一种平和、超然的心绪。所以，马龙更愿意做一个军营中的夜行人。

走到一个小十字路口时，远远地，马龙看到从小招待灶方向摇摇晃晃过来两个人影。近了，他认出是后勤部王部长和财务科的杨助理员，估计他们刚喝完酒回家去。王部长是个有名的酒篓子，关于他喝酒，有个流传很广的笑话，说是有一次他酒后回家，顺手拉开大衣柜的门掏出家伙就往里面撒尿，边尿边嘟囔，妈的怎么厕所门儿变小了……

马龙想紧赶几步避开他们。现在他不想同任何人说话，王部长却叫住了他。王部长喷着浓浓的酒气问："你是哪个连的?"

马龙笑笑，没回答。其实王部长认识他，只是没看清罢了，警卫连的兵长年在显眼位置同人打照面，师里的首长和机关干部对他们一般都不陌生。王部长脚未动身先晃，杨助理员忙上前一步扶住他，并提醒说是警卫连的副班长马龙。王部长困难地说："噢，小马呀，来，咱俩干一杯。"

马龙说："部长您忘了，士兵不准喝酒。"

王部长舞动着双手说："噢，不喝酒好。妈的，我这部长真是不能当了，天天喝，天天喝……"

杨助理员说："哪有部长不喝酒的？部长你今天并没尽兴。"

马龙转身欲走，王部长好像想起什么，手一挥，正色道："慢着！小马，你今年复员吧？这么晚了，你干什么去？"

每年到老兵复员时候，部队上上下下都绷紧一根弦，生怕出些事端。马龙明白王部长的意思，他平静地说："不干什么，我想一个人随便走走。"

"这么晚了，不能随便走，快回去睡觉！"王部长口气有些严厉。

"小马呀，几年都熬过来了，最后关头可得把握好自己，不要脑袋发热。"杨助理员说。

马龙皱了皱眉头。他觉得再解释下去没什么意思，索性说："请首长放心，我这是去盖师长家，盖师长打电话说有件事找我谈谈。"

王部长和杨助理员歪歪斜斜远去后，马龙摇摇头问自己，你今晚是怎么啦？已经两次抬出盖师长来啦！

四

填应征入伍一览表的时候，马龙在"父亲"一栏里，恭恭敬敬地写上了"马岩琛"三个字。如果他填肖望东，谁也说不出啥，而且他肯定会得到某些照顾。但他还是选择了马岩琛，因为他觉得肖望东属于过去，马岩琛属于现在，他总不能老生活在过去之中。

在师里的新兵团参加集训时，他担心集训结束后自己会被分到下属的第九〇六团去，那里是父亲生活过的地方，离师部六十华里。虽然父亲已经消失了十二年，但父亲的痕迹肯定还在，那些岁月暂时无法消除的痕迹会令他感到格外沉重。

还好，他被分到了师直警卫连。这使他长舒了一口气。

母亲写来了信，问他打听到盖振国没有，嘱咐他一定找机会去见见盖振国，还说盖振国不会忘记我们母子的。他回信说，初来乍到，还没顾上呢。

他问连里的老兵，你们知道盖振国吗？

老兵笑说，盖振国谁不知道，他是副师长呀。怎么，你和他认识？小子来头不小呀！

他忙说，不不，随便问问。

很长一段时间里，全师无人知道他是著名战斗英雄肖望东的亲生儿子，尽管人们在各种场合不断提到肖望东。他认为这样很好，他可以借此平静地生活，而不会感受到外部的压力。

第一次见到盖振国，是他下到警卫连半个月后。那天早晨，排长安排他到师部办公大楼门口站哨，他有点紧张地笔立在哨位上，望着大大小小的军官们鱼贯进入办公楼。毕竟是初次在如此近的距离上面对众多的军官，他们身上的气息令他感到有些无所适从。

一位佩戴上校军衔的中年军官出现在马龙的视野里。马龙只瞄了他一眼就认出，此人十有八九是副师长盖振国。一些走在他周围的下级军官抢着同他搭话，副师长长副师长短的，就更加证实了马龙的判断。

这些年来，母亲陆陆续续将父亲的遗物处理掉了，只留下几枚军功章和一些旧照片。当兵离家之前，母亲曾翻出那些已经发黄的黑白照片拿给他看，里面有不少盖振国同父亲的合影。其中两张照片给他留下的印象很深，一张是他们两家六口人合照的，照片里父亲抱着他，盖振国怀抱一个扎一只独角辫子的胖丫头，背景是两门大炮；另一张是他和那个胖丫头的合影，二人肚子上各挎着一把大号手枪，样子可笑极了。母亲说，这两张照片是他五岁那年去部队探亲时照的。

显然胖丫头是盖振国的女儿。他问母亲，这小女孩叫什么来着？母亲想了想说，好像叫明华，对，就叫明华，盖明华，她小时候很调皮，像个男孩子。

盖振国迈着标准的军人步伐走过来。这个时刻，马龙不敢正面观察盖振国，他只能用眼睛的余光频频扫描。盖振国比照片上胖了，也更有派头了。当盖振国走到离哨位最近的距离时，马龙挺胸收腹，庄重地敬礼。盖振国目不斜视，象征性地举手还礼。

警卫连的哨位一共有五个：营院北面的正门、南面的偏门、师部办公大楼、师首长住宅区和武器弹药库。另外还不定期地派出几个巡逻哨。不知从何时起，连里派人上岗时，往往将那些长相精干、动作标准的士兵派到重要的哨位上去，也就是派往师部办公楼、师首长住宅区和营院正门。对此，连干们解释说，主要是怕那些长相寒碜动作疵毛的兵破坏了咱连的整体形象。

马龙长得不算英俊，但他块头足，往那儿一站，自有一种威武感，因此，他经常被派到那些被认为重要的哨位上去。这样一来，同盖振国打照面的机会就多了，几乎每天都能见上一面。每逢盖副师长来到近前时，他都用一成不变的姿势朝他敬礼，对方每次都像个玩偶一样，目不旁顾象征性地还礼。他还注意到，师里所有的首长都是这种做派。他想，这大概就是首长们的风度之一种吧。

日复一日，马龙同连里的弟兄们一样，在那几个固定的地方重复着单调划一的动作。终于有一天，他注意到盖振国肩牌上突然多了一颗星。他从别人的口中得知，盖振国当了师长，成了师里的一号首长。

盖振国当师长不久，下令撤销了师首长住宅区的哨位，说我们又不是多大的官，都这个年代了谁还来杀我们，这地方设岗只能增加同群众的隔阂。

没有了到首长住宅区站哨的机会，无意中推迟了马龙同盖明华相识的时间。

马龙记得，第一次同盖师长面对面讲话，是在那一年的春节。不少老兵回家过节了，宿舍里显得空荡荡的。除夕之夜的某个时刻，马龙在俱乐部看了会儿春节文艺晚会，扎上武装带披上大衣匆匆到营院正门上岗。

节日的营区在刺骨的寒风中散发着慵倦的色彩，从家属院方向传来的并不密集的鞭炮声显得很遥远。天上似乎飘起了零零星星的雪花，小北风宛若集束刀片那样横扫过来，冷得厉害。马龙裹紧军大衣，缩着脖子，使劲把半自动步枪抱在胸前，以便使自己感到心里踏实一点。

由于节日的缘故，时间虽不算太晚，但路上几乎见不到行人，路灯的光亮投射到水泥路面上，撒下一圈圈迷离的光晕。后来，马龙听到了皮靴踩在坚硬路面上的声音，接着又听到了一阵咳嗽声。待那人走近了，马龙才看清是师长盖振国。这晚师长没穿军装，身着一套黑西服，没打领带，外面罩一件呢子大衣。师长的这身装束让马龙感到十分新奇。

马龙赶忙挺胸收腹，摘下棉手套朝师长敬礼。盖振国摆摆手说，大过节的，免礼吧免礼吧。

独自面对师长，又是节日之夜，他觉得应该说点什么，于是就随随便便地说，祝首长春节愉快身体健康合家欢乐！

盖振国眉毛一抖，趋前一步，仔细打量了他一眼，笑说，小同志，面孔蛮熟的嘛！好好好，也祝你春节愉快！

谢谢师长。这么晚了，师长干什么去？

我到几个哨位上随便转转，今晚全大院的人都在过节，只有你们警卫还在坚守岗位，你们辛苦了，我代表师党委给你们拜年！

马龙心里一暖。盖振国话锋一转，接着问他叫什么名字，哪年入伍，家在什么地方，家里有几口人，过节想不想家，连队伙食怎么样，夜里站哨冷不冷。边说边捏了捏他的衣角。

马龙一一进行了回答。平时大家都在传说师长很严厉，难以接近，但这个时刻，马龙不经意中看到了盖振国的另一面，他不仅没有一点架子，而且简直就像一位慈祥的父亲。马龙感到心慌意乱，身上突起的暖意使他差点脱口叫一声盖叔叔，然后将自己的身世和盘托出，当然，最后不会忘记问问他的女儿小明华怎么样了，她还像小时候那么胖吗？

但最终，马龙极力扼制住了自己的想法。

五

营区大致呈四方形，四周用红砖墙围着，从南到北最长的距离是一千八百七十多步，从东到西最长的距离是一千二百三十多步——作为一个哨兵，马龙早已用双脚量出了这个距离。

这个寒意袭人的夜晚，当马龙不停顿地在营区内走过几圈后，身上渐渐有了暖意。他觉得四肢发软，想歇歇脚，就在路边一根放倒在地的电线杆子上坐下来，从兜里摸出一支烟，划火柴点着，狠狠吸了一口。

据说这座兵营是五十年代初建造的，四十年的时间，足以让它留下许多故事。就拿面前这棵老柳树来说吧，它的年龄怕是比兵营的年龄还要长——这棵年老的柳树就记录下这样一个故事：七十年代初，师直汽车营的一个来自沂蒙老区的炊事兵积极要求进步，是位远近闻名的学毛选积极分子，其积极程度到了令人斜睨的地步。但在一天早晨，有人却在这位积极分子的床单上发现了一摊新鲜的秽物，这个发现马上招来了大批围观者——他马上成了众矢之的，同志们真诚地批评帮助他，说你表面上积极上进，内心里却阴暗得够呛，看来你的表现全是假的……结果，几天后的一个夜晚，这位炊事兵羞愧之下，在这棵老柳树上用一根背包带结束了自己的生命……

再譬如营院西北角的那口两个篮球场大小的水塘，也有一段故事：十年前的夏天，下了一场大雨，平时几近干涸的水塘蓄满了水。一天中午，两名八九岁的顽童在水中挣扎，通信营的黑龙江籍新兵王小堂正巧路过这里，他顾不上自己不会游泳，奋力跳入水中。然而，王小堂此一下去再也没能上来。其实，水并不深，满打满算仅能淹到脖根，王小堂是被一口水呛死的。又据说那两名儿童水性极好，当时并非遇到危险，而是他们故意装作被淹，闹着玩的。后来王小堂还是被评为烈士，报上登了他的事迹……

更不用说五年前刚落成的师纪念馆了。那里面陈列着这支部队创建以来涌现出的近百个著名的英雄，他们每个人的身后，都留下一段极为悲壮的故事……

他的父亲肖望东即是那些著名英雄中的一员，父亲留下的故事也许会令他咀嚼一生……想到这里，马龙扔掉烟蒂站起来，下意识地拍拍屁股上的尘土，继续漫无目标地行走。

六

不知多少次，无论清晨还是傍晚，马龙远远地望着那座庄重典雅肃穆的建筑物出神。铜铸的"第三○二师纪念馆"几个流光溢彩的大字鲜艳夺目，据说是前任军区司令员亲笔题写。

纪念馆建在营院地势最高的西南角，紧挨着师部礼堂。

尚在百多华里外的新兵团接受训练时，马龙就听说纪念馆里有他生父的一个位置。下到警卫连后，他遇到的第一个麻烦就与这座纪念馆有关。

那天午后，下着毛毛细雨，师里组织全体直属分队参观纪念馆。部队搞政治思想教育，诸如纪念馆纪念堂烈士陵园之类的地方是最好的场所，这大概也是师里花巨资建纪念馆的初衷。

数十个方队齐集在馆前的空地上，然后按顺序成两列纵队进馆。眼看就要轮到警卫连了，站在队列中的马龙真真切切地感到，一阵莫名的恐惧感突然朝他袭来。

难道他害怕见到自己父亲的形象吗？还是不愿沉缅于往事？抑或是他原来心中就有一个阴影？他说不清楚，真的说不清楚。直到如今，对于自己当时古怪的行为，他仍是理不清头绪。

终于，他脸色枯黄，后背上冒出虚汗，快要支持不住了。于是，他嗫嚅着对前面的班长说，班长，我……我不想进了。

你说什么？班长一时没反应过来。

我……我想回去。他补充说。

你扯什么淡！班长压低声音，恶狠狠地说。班长就像马儿发威一样，边说边后蹬腿踹了他一下。

指导员见状迂回过来，问怎么回事。

班长说，这个熊兵想溜号，我早就看他不顺眼，关键时刻他果然拉稀。

此刻他似乎一切都不管不顾了，又冲指导员说，我想回宿舍，我脑子乱……

指导员看到再争执下去弄不好出洋相，愠怒地点点头，同意他先回去，具体原因以后再查。他像危急关头抓住一根救命稻草那样，狼狈而去。担任总值班的副参谋长一指他的背影喝问，那人是咋回事？

指导员忙说，噢，我临时派他去南门上岗。

到了晚上，指导员面色严峻地找他谈话，再三问他究竟为什么逃避受教育。作为一个新同志，又处在那种严肃的场合，你的行为太轻率了，影响很不好，指导员责怪道。

确实找不到合适的理由为自己辩解，他低头不语。指导员问急了，他只好搪塞道，不为什么，我当时突然感到害怕，脑子乱得不行。

有什么好怕的？真是可笑。指导员冷笑一声，纪念馆里陈列的只是英雄们的遗物和事迹介绍，又不是让你瞻仰遗体。认真学习先烈的事迹，进行革命传统教育，对你们成长进步有极大的帮助，而你却逃避，只能说明你的思想有问题！

他明白，指导员其实想说他的脑子有毛病。

你说有问题就有问题，他淡淡地想，反正我已经这样了，你们看着办吧。

这种怪异的行为使他在连干们心中留下了十分不好的印象。本来他就是个沉默寡言的人，平时不合群，无事可干的时候，常常一个人坐着发怔。连队最担心这种性格的士兵，因为大量的事实表明，这种性格的兵最容易出问题。

往后，部队再组织参观纪念馆时，他仍然想法逃避。当然，他事先都为自己找到逃避的理由，譬如替别人上岗，或是主动到炊事班帮厨。

有时候他也感到，自己大可不必这样做。后来，他终于找到具有说服力的理由。他在心里说，我不是不想去，我肯定会去的，只是我不愿同别人一起去，而是想一个人去，在寂静之中与英雄们对话。

马龙耐心等待着这种独自对话的机会。

大约在一年多的时间里，连队一直把他当作"重点人"看待，处处提防着他，生怕他捅出个什么娄子，影响全连的声誉。他就在那种比较尴尬的境地里生活着，直到有一天，师长盖振国找到他为止。

那天下午，轮到他在营院正门站哨。班长忽然气喘吁吁跑了来，大老远就喊，马龙你快去师部，师长找你有事。

谁？他没听清，说司务长找我？让我去帮厨吗？

班长跑到他跟前，一把抓过他手中的半自动步枪，喘着粗气说，司务长算个屁，是盖师长找你，师长刚把电话打到连部，命令你跑步去他办公室。

他一下子就意识到自己的身份暴露了，不然一师之长找他一个小兵干什么？班长可能也猜出了他和师长有一层亲密关系，堆着笑脸说，你小子，嘿嘿行啊，平时不吭不哈，没想到还和师长有一壶……

而在此之前，班长很少冲他露笑脸。班长对部下很严厉，对他就更严厉。班长是河南南阳人，据说家里穷得一塌糊涂。班长最大的愿望是能留在部队改个志愿兵。见班长这副前后反差极大的模样，马龙心里涌出一丝不快。他咕哝道，师长找我干什么？我又不认识他。

行啦行啦，别打埋伏了。班长说，我改志愿兵不麻烦你，你小子别怕。快去快去，师长等急了批评你，我心里也不好受。

后来班长终于没能改成志愿兵，当年底就退伍了，据说回家后借钱买了辆拖拉机搞运输，但没过多久，拖拉机翻进了山沟，班长的腰摔断了，成了瘫子。马龙听到这个消息的时候，难过得不行，心想好好的一个人，也就一眨眼的工夫，说完就完了，人真是太脆弱了。

那天下午，马龙并没有跑步去见盖振国，他是慢慢腾腾走着去的，边走边琢磨等待他的会是怎样一种结局。盖师长办公室的门虚掩着，马龙轻轻叩门，底气不足地喊了声报告。里面说请进。他迟疑了一下，感觉心跳得厉害。在他发愣的当儿，门从里面拉开了，盖振国一把捉住他，低低地叫了声：龙龙。然后抬脚踢了一下门，门锁便叭嗒一声合上了。

有十多年了，没人叫他的小名龙龙。盖振国一声"龙龙"，差点让他落下泪来。盖振国的身材要比马龙矮半头。盖振国双手用力抓着马龙的双肩，扬起脸久久端详着他，并没有急于说话。室外强烈的阳光涌进来，马龙觉得眼睛发虚，看不真切盖振国的脸，只感觉到了他粗重的呼吸。

父亲在世的时候，马龙几乎每年都要随母亲来一趟部队，和盖振国的接触自然是少不了的，但那时他仅仅是一个年幼的孩童，那些遥远的往事并没在他心头留下多少记忆。当兵离家前，他才断断续续从母亲口中了解到了一点关于盖振国的细枝末节。母亲说，盖振国同你爸爸共事十多年，矛盾是免不了的，但他们的交情更重，你爸爸牺牲后，他的战友中，盖振国哭得最厉害……

这个时刻，马龙看到盖振国的眼睛湿润了。他心里突然泛起一股久违的感情。他颤抖着说，盖叔叔，你好吗？

盖振国拉他在沙发上坐定，二人挨得很近。他清晰地闻到盖振国身上浓烈的职业军人的气息，这种气息既让他感到亲切，又使他感到陌生。仿佛是为了平静一下情绪，盖振国从衣兜里掏出一盒大中华香烟，抽出一支含进嘴里。愣了愣又问他，龙龙你抽烟吗？马龙摆摆手说，还没学会呢。盖振国说，来，今天高兴，抽一根。不由分说，递给他一支，并亲自给他点着。

　　接下来，盖振国告诉马龙，他从刚刚收到的一封马龙母亲的来信里，才知道马龙在警卫连当兵。说到这里，盖振国有些不悦，你在我眼皮底下待了一年多，为什么不来找我？

　　他只得吞吞吐吐撒谎道，我也才刚刚知道你和爸爸的关系。小时候的事我早忘了，当兵前我妈也没交代清楚。

　　盖振国摇摇头，叹口气说，就算怪我吧，多年没和你妈联系了，太忙。一年到头瞎忙乎，也没忙出啥名堂。再说，你长得不像肖望东，像你妈；还有就是你改姓了，如果你还姓肖，可能我早就发现你了。算啦，不说这些了，联系上了就好。

　　马龙注意到，盖振国虽然只说你改姓了，而没说你妈改嫁了，但他从盖振国的语调里听出，盖振国对这种变故感到有些别扭。后来接触一多，马龙更加证实了自己当初的判断。

　　那天晚些时候，马龙同盖振国告别时提出，希望盖叔叔不要在人前说破我们之间的这种关系。盖振国不解其意，他解释说，那样对我的成长进步反而不利。盖振国点头同意了。

　　过了些日子，盖振国又选择一个星期天把马龙请到家里，招待了一顿便饭。盖振国和他的妻子周云英陪着他，盖振国平时不喝酒，这天特意喝了几杯。他们的女儿盖明华当时在济南读大学，马龙因此失去了一次同盖明华见面的机会。马龙从墙上的镜框里看到，盖明华全没了过去的模样，她出落得苗条可人，妩媚大方。

　　又过了几个月，马龙发现，他同师长的具体关系还是被人知晓了。人们开始在背后对他指指点点，表面上，无论是各级领导还是普通士兵，都对他客气多了，但眼神不对。他感到很不习惯，很不舒服，内心里直怪盖振国不守信用，却也无可奈何。一天，在路上遇到盖振国，他小声说，盖叔叔，我的事别人都知道了，我不愿这样。盖振国笑说，现在是信息时代，什么事能保住密？你小子可别冤枉我，我没向任何人提起过。不过呢，他们知道了也好，以后就没人敢欺负你了。

不久，马龙终于找机会发了一通火。那天，师宣传科搞新闻报道的金干事找到他，说要专门为他写一篇报道。金干事对他说，想想看，你父亲是著名英雄，你的英雄父亲牺牲后，你勇敢地来到他当年所在的部队，接过他的钢枪，完成他未竟的事业，这样的典型哪儿去找？上军报一版没问题！

他冷冷地望着眉飞色舞的金干事，不吭气。金干事又说，我觉得还可以为你照张照片，就在纪念馆里你父亲的遗像前照，发稿时配上照片，效果好极了。

见他没反应，金干事瞅瞅左右没人，像透露一个秘密那样，压低声音说，盖师长也有这个意思。这样对你将来有好处，明白吗？

他目光炯炯，盯着金干事说，是吗？请你转告盖师长，我不感兴趣！说罢，掉头就走。金干事愣了，说马龙你啥意思嘛，真是莫名其妙。

你有完没有？他抬脚将面前的一块砖头踢得飞起来，然后一指金干事的鼻子，恶狠狠地说，请你快点离开，不然我就不客气了！

金干事悻悻而去。

老子是英雄，儿子是傻蛋——后来就有了这样的议论，专门针对他的议论。

七

上弦月越升越高了，满天的星星若明若暗。马龙已经无法搞清自己转悠了多长时间，他也懒得去看表。虽然眼皮有些酸涩，但这个夜晚他不打算睡觉了，什么时候走累了，迈不动步子了再说吧。

偌大的营区，除了寥寥几座建筑物的门厅亮着灯光外，几乎见不到其他的光亮。刚才有风的时候，他觉得整个营院像一艘夜航中的巨大船只，在平稳地行进着，现在，居然一丝风也没有了，路边雪松细小的叶儿纹丝不动，周围静极了，即便掉一根针都能听到，空气纯净得仿佛不存在。

他蹲在训练场边掉光了叶子的法桐树下，划火点上一支烟。当兵之前，他不记得自己抽过烟，如今却是离了烟不能活了，不费力气就能闻到自个身上浓重的烟草味儿。似乎兵们都这样，来时大多数不抽烟，随着兵龄的增长，又有哪个人抵挡得了烟草的诱惑？你看一个兵是老兵还是新兵，无须看他的军衔和面相，闭上眼睛张开鼻孔闻闻他身上的烟味儿就能知晓个大概。

这时，马龙隐隐听到一种微弱的声音。仔细谛听，是人的脚步声。片刻之后，脚步声越来越响。随即一个模糊的影子出现了。他摁灭烟头，将自己隐蔽到树后，睁大眼睛警觉地观察。是谁这么晚了还出来走动？看样子不会是警卫换岗，从宿舍去任何一个哨位都不需要经过这儿。那人并没有发现他，只顾缩着脖子向前，像一个乡间的梦游者。

马龙到底忍不住了，猛地从树后跳出来。那人吓得一个趔趄，差点倒地。几乎同时，双方都喝问："谁？"

但话音未落，他们都看清了对方。马龙说："孙正平，半夜三更，你小子搞什么名堂？"

孙正平说："是班副啊，扯淡，你吓我一跳。"

"你想去干什么？"马龙有点不放心。虽然孙正平素日以老实厚道著称，但临离队之际，什么事情都会发生，他现在仍然是他的副班长，不能不过问一下。

"妈的睡不着，像你一样出来溜达溜达。"

"你刚才不是睡着了吗？睡得像头死猪，牙磨得咯吱咯吱响。"

"刚才是借酒劲儿睡着了，睡了一小觉，醒来就再也不困了，躺床上翻来覆去烙饼，实在难受。"

他们并排坐在裸露于地面的法桐树根上，马龙摸出两支烟，递给孙正平一支。他和孙正平是同年兵，在新兵团时就认识，下连后一直在一个班，二人关系保持得不错，孙正平有什么事也愿意讲给马龙听。因此，在即将分手之际，马龙觉得单独再和孙正平待一会儿，是件蛮好的事。也许往后再也无法相见了，他想。不觉一丝忧伤袭上心头。

孙正平是太行山区人，家乡在山西河北交界处。据说那地界十分荒僻，几乎与世隔绝，其蛮荒程度不用孙正平描述，连长和指导员都可以做证——十多年前，连长和指导员还是新兵时，随部队去那儿拉练。这天，一支小分队在一座山口遇到一位野人般的老头，老头见到他们战战兢兢问，老总，日本人走了吗？他们都愣了。一问才知，老头是一九三七年日军进攻此地时逃到山里去的，一待就是四十多年。老头说他又冷又饿，病了，熬不住了，估摸着日本人也该走了，这才壮着胆子出山。闻听此言，小分队的人全都笑得肚子发胀。他们笑，老头也跟着傻笑，边笑边上前抚弄着一个士兵的军装说，瞧瞧，国军的衣裳也变了，比那会儿耐看了。这一来，大家几乎笑爆了肚皮。

孙正平下连不久，就闹了点笑话。连里组织轻武器实弹射击，他打出的十发子弹全跑了靶，气得老班长鼻子都歪了，说你狗日的真有能耐，居然连靶子边都不沾，这在咱连没有第二个。老班长让他好好想想，原因到底出在哪里。又说下月连里对不及格的重新考核，你是头一个出场，到时再出洋相，你等着瞧吧！晚饭后，老班长找他谈心，问他想好了没有。他哭丧着脸说，报告班长，我想好了，原因出在搂火时我老觉得面前是个真人，大活人，还冲我笑呢，我咋能对着活人开枪？我害怕，手一抖，就跑靶了。老班长说，你这话连个响屁都不如，第一，靶子就是靶子，怎么成了活人？第二，就算是活人，也可以打嘛。他是典型的榆木脑袋不开窍，说咋能打活人，我可不敢。老班长说，我真服你了，我说能打就能打，干脆这样吧，你把靶子当成日本鬼子。老班长说完笑了，为自己的这一发现感到兴奋。哪知他就是不认这个理儿，说班长，日本鬼子早走了，眼下中日两国要友好，永远不再开战，前天报纸还登了呢，我咋下得了手？老班长哭笑不得，说当成国民党反动派也行。他仍是不干，说班长你这个提法过时了，报上早就不这样说了，报上还说台湾回归祖国呢，打不得呀！老班长说，要不当成越南鬼子。他说，那也打不得，班长你忘啦？昨天上政治课时指导员念文件，还说中越关系改善了，咱打过越南的部队要正确理解，不要有情绪；越南一个大头头马上要来咱中国访问呢。老班长给他弄得一点法子没有，气得大声说，看你这些穷道道，你他娘的把我当靶子打死好啦！老班长丢下这句话，气哼哼地走了。

老班长的话启发了孙正平，他扯下一根草棍含在嘴里，双手捂着脑袋想了半天，居然真的想出一个办法。于是，他哧哧地笑了。补考那天，他第一个出场，指挥员一晃绿旗，哨声一响，他卧倒装子弹，在很短的时间里连放十枪。乖乖，十发全中。老班长眼睛都绿了，乐得捂着屁股笑。连长倒背着手，说再给他一梭子。谁也没想到他又干脆利落打出十个十环，在场的人都大开眼界。老班长拍着屁股说，神啦，简直神啦！问他枪法突飞猛进的诀窍，他搔着光头小声说，嘿嘿没啥，净扯淡。

然而他却对马龙掏了真心话。他认为他和马龙都是那种不讨领导喜欢的人，他愚钝憨直，不会讲花言巧语；马龙性格孤僻，任你官多大，都不买你的账。二人颇有点同病相怜的味道。他神秘兮兮地对马龙说，告诉你，我把我们村支书刘大有当成了活靶子，一打一个准！马龙不明其意，问他为什么。他咬牙切齿地说，刘大有坏透了，在村里横行霸道，欺男占女，乱摊派乱集资，然后装进自己腰包，村里很多人穷得没裤子穿，刘大有却富得流油，老百姓敢怒不敢言。

他又说起一个名叫小秀的村姑。小秀长相俊，他喜欢她，她也喜欢他。一天晚上，他和小秀在山坳里约会，刘大有指使民兵将他们捉住，说他调戏妇女，败坏风气，不由分说死揍了他一顿，还扬言扒他家的房子。过后刘大有又安排小秀当了民办教师，还说将来在城里给她买个户口。没多久，小秀就不愿和他来往了。他不恨小秀，女人就这样，谁给她好处她喜欢谁，他恨刘大有。刘大有是我在这个世界上最恨的人，他说，牙齿咬得咯咯响。

为了逃避刘大有，他选择了当兵，哀求父亲卖了家中耕地的黄牛，将所得的钱全数送给乡武装部长，这才穿上了军装。我得混出个样子来给刘大有看看，他说。马龙对农村的事情感到新鲜和不可思议，说，就没人管管刘大有这种人吗？他说，他和上头的人沆瀣一气，他又是县人大代表，谁能管得了他？马龙说，你们那种天高皇帝远的地方，真没治。

又有一次，他对马龙说，我想入党。马龙说，你们怎么都把入党看

241

得那么重？他说，你不明白我，我肚里墨水少，考军校一点门没有；咱又没后台，改志愿兵更是没希望，几年后复员回去，还得和刘大有打交道。如果在部队入了党，回乡后我就有挤掉刘大有的可能，当上村支书，带领乡亲们先解决温饱问题，再好好奔小康。所以我最大的愿望就是解决组织问题。

马龙据此悟出了他的心劲。

四年过去，孙正平的愿望终于没能实现，对此他耿耿于怀，连日来情绪波动较大。谁都不否认，工作上他是任劳任怨的，只缘入党名额太少，竞争激烈。部队也没亏他，上半年给他评了个三等功。但他对立功不感兴趣，昨天下午，他掂着那枚军功章，满走廊叫唤，谁他妈的愿用党票换我的三等功？当然，换是不可能的，他不过是借机发泄一下罢了。

马龙和孙正平默默坐在法桐树根上，连着抽了几支烟。马龙知道他心里颇失落，想安慰几句，又不知从何说起。尤其是马龙已经填了党表，这种情况下安慰他反而有点假惺惺的虚伪味道。

半年前，党支部讨论马龙入党事宜时，他诚心实意地说，自己不合格，还是把机会让给那些合格的人吧，连里不少同志比我表现好。他清楚，若不是背后有盖振国撑着，这种好事怎么也轮不到他。指导员不同意，说现在真正合格的人有几个？大家都差不离，你就别谦虚了。结果不入不行，非入不可。

他真的认为自己不够格。他研究过党章，感到党章写得太好了，自己就是努力一生一世都达不到党章上的标准。填过表后，他自嘲地说，瞧，我党又混进了一个不合格的党员。

孙正平闷头抽烟，良久不语，马龙觉得应该说点啥，就打破僵局道："老孙，还在想着那事？"

孙正平叹了口长气，凄然道："怪不得别人，怪自己不争气，要是我再努把力，目标可能就达到了，如今说啥也晚了呀……"

"你年轻，以后还有机会嘛。"

"我空着手来，再空着手回，可乡亲们都盼着我回去和刘大有斗一斗呢，这样子回，我拿什么和他斗？脸也没处搁呀……"

"老孙，把目标定长远点。话又说回来，你当上村支书，难保不会成为第二个刘大有。"

"不会的，至少暂时不会的……而今，回乡后还得在刘大有的地盘上混日子，弄不好还会受他欺，看不到出头之日，我咽不下这口气……"

"他要再敢欺负你，你就给哥们儿发封电报，我带几个弟兄深夜奔袭你们刘家庄，活捉刘大有，然后开个全民大会公审他。"这话马龙是笑着说的。

孙正平并不笑："我在合计以后咋办。最好的法子就是回家后陪爹娘住几天，几年没见，怪想他们的。然后，再打上背包外出流浪，到城里当个打工崽子，养活自己……"

马龙看到孙正平的眼里有泪光闪烁。

马龙不由也感到鼻腔酸涩，他用力拍拍孙正平的后背："兄弟，不是有句老话么——此地不留爷，自有留爷处。出去混日月也好，外面天地更宽，就是到城里捡破烂，我觉得也比待在你们山沟沟里强。说不定几年后，你混好了呢。这年头，什么事情都不好预测。"

孙正平说："这话中听。先这么定了，回去后再有啥变化，我给你写信。"他们起身往宿舍的方向走。孙正平突然想起什么似的，说他前几日曾有一个想法——偷支枪回去，和刘大有真刀真枪地干。马龙一怔，紧张地问："现在还这么想吗？"

孙正平摆摆手："可不敢，可不敢。再说，拿我的命和他换，他不配，我不值。咱不能干这种赔本买卖。"

"这就对头啦！"马龙悬着的心终于放下来，痛快地捣了他一拳。少顷，又说："现在都十二点多了吧，你路途远，今晚要休息好。走，我送你回去睡觉。妈的，啥事也别想，一觉到天明！"

走到宿舍楼门口，马龙停住。孙正平说："你呢？"

马龙说："我再溜达溜达，你别管我，我没事的。"

"班副，我知道你心里也有疙瘩，千万别想不开啊！"

马龙笑了，两手一摊："你看我会吗？别为我瞎操心啦，快进去吧！"

孙正平迈上台阶，复又转身回来，摘下头上的棉帽递给马龙："夜里冷，你戴这个。"

马龙接过棉帽，将自己的单帽交给孙正平。孙正平诡谲地一笑，耳语道："喂，班副，别忘了去看看师长家那丫头，没准儿她也睡不着呢。妈的，她比小秀强多了……"

八

那个夏天，盖明华从学校回家休假，听父亲讲起肖龙的事。她问，哪个肖龙呀，听你口气，像是白捡了个宝贝儿子。父亲说，你连肖龙都忘啦，他是你肖望东伯伯的儿子，小名龙龙。小时候你们常在一起玩。她一拍额头，说我想起来了，是不是和我合过影的那个大胖小子？

父亲说，他现在改姓了，叫马龙。哼哼，我怎么叫都觉得不顺口。王静怡也真是，改啥子嫁呀，肖望东地下有知，会怎么想？孙中山先生逝世时，宋庆龄比她还年轻漂亮嘛，人家还不是守了一辈子。

父亲的话令盖明华双眉一挑。她说，换上我，可能都改过三次嫁了。爸你的观念太陈腐可笑，简直像上个世纪的人，以后没准儿你要当军长、军区司令员，甚至总参谋长，你这种落后观念不行，会阻碍部队建设，必须加以改变！父亲脸上居然透出一丝红晕，大手一挥，笑说，行啦行啦，有那么严重嘛。

盖明华说，瞧瞧，一说要当官，立马眉开眼笑。

去去，一边去。父亲故作生气状，上大学上的，越学越不像样子，早知如此，当初我就发配你去西藏新疆当兵。

在和父亲拌嘴的时候，盖明华已经打定了主意，她得抽空去见见那个过去叫肖龙现在叫马龙的傻小子。不管怎么说，他们曾经是最初的朋友。

闲来无事，她去翻腾多年未动的旧照片。那张她和肖龙腰挎盒子枪的四寸照逗得她笑出了眼泪。她对自己说，瞧这两个傻瓜，可真傻得可爱，天底下找不出第三个。又想，照片上的人离现在有十五六年了吧？自己变化够大的，也不知那傻小子变成了啥样儿……

244

九

傍晚，兵们三三两两在营院里散步。兵们有自己的活动区域，一般在宿舍楼附近和大操场上，无特殊情况不能出营门，也不得到家属区乱窜。

盖明华在落日的余晖中款款向兵舍的方向走，她身着月白色缀有碎花的连衫裙，赤脚穿一双草编凉鞋，左手提一只小巧的真皮手袋，里面放着那张发黄的照片；她的右手捏一方丝帕，边走边往脸上扇风。天气太热了，路上的行人都无精打采，一副蔫不叽叽的模样。但盖明华的出现却使兵们眼睛一亮。盖明华感到她就像追光灯下的演员一样，成了观众注目的焦点。

六年前，她的父亲当上副师长后，全家搬进了这座大院。上高三时，一天下午，她出门散步，手里拿一本英语书，边走边背那些令人头疼的单词，不时打开书页看一眼。路经特务连宿舍前的空地时，看到几个小伙子在玩单双杠。她好奇地走过去，双手贴在身后，仰起脸来看他们在杠子上翻飞。然而，在她没弄明白是怎么回事时，一个在单杠上做双臂大回环的兵突然横着飞了出去，重重地摔在水泥地上，发出一种宛若鸟类中弹落地的声音。据说那个倒霉的家伙摔成了脑震荡，已不适合在部队干，没多久就提前退伍了。

过后，有人对盖明华说，那天如果你不在场，那个熊兵可能不会出事。

为什么？她大为不解，他与我有啥关系？

人家告诉她，见了漂亮女孩，兵们就不知道姓什么了，拼命炫耀自己，结果，那家伙脑袋一热造成了大撒把。当然，不能怪你，怪他自己没见过世面。

为什么不多让他们见见世面？

人家笑说，多让他们见世面，部队不就乱套了吗？行啦，以后你们漂亮女孩没事不要靠近兵，免得他们剃头担子一头热，扰乱军心。

无意中当了回"凶手"，自那以后，她极少再接近兵们，即便路上遇见，也是目不斜视快速脱离。这座大院里的女孩子似乎都是这样。

今天破个例吧，她想。再说我长得不算漂亮呀，大学校园里漂亮女孩才真叫多呢。如果他们认为我漂亮，我得感谢他们。八一建军节快到了，就当我开展拥军活动吧。

警卫连宿舍前的白杨树下，一堆兵在那儿抽烟聊天。盖明华带一股清风飘过来，兵们都住了口，极不自然的样子。盖明华对他们说，你们里面有叫马龙的吗？兵们摇头。盖明华说，那就劳驾谁帮我叫一叫。

大热天的，女性不宜随便进兵舍，里面什么情况都有，搞不好闹个大笑话，用不了多久，就会传遍这个院子，而且还会在兵们中间一茬茬传下去。兵营里这类故事最具生命力。

有个长相很南方的列兵站起身来，诡谲地一笑，说，你找马龙？他未婚妻来队了，小两口轧马路去了。话音未落，兵们都咧了嘴哄笑。说这话的兵叫刘福宝，广东番禺人。

未婚妻？盖明华不知不觉钻进了圈套，跟着兵们笑，眉毛一扬说，他有了未婚妻？不可思议，不可思议。说罢，转身往回走。

这时，那个方才说话的南方兵又叫住她，说小姐，嘿嘿，骗你玩的，马龙在弹药库站哨呢，要不要陪你去？

盖明华觉得和兵们接触一下很有趣，连他们玩的小伎俩都带着憨直的鲜活色彩，不像学府里的那帮知识分子，满嘴满脑的假深刻。她友好地冲兵们摆摆手，带一股清风远去。

十

弹药库在营院最不显眼的地方，紧靠院墙角，它半卧于地下，用钢筋水泥构筑而成。顶上掩有浮土，一些凌乱的杂草寄生在上面，小风一过，草们点头哈腰，随风摇摆。它的前面是一片幼小的白杨林，深绿色的叶片在落日时分显得虚幻不定，像有千百个小精灵在枝条上跳动。直属分队不配备重武器，里面仅是些步兵使用的轻便家伙，因此这个弹药库并不大，离远了看，像是一座富裕人家的坟包。

在所有的哨位中，马龙最喜欢这个岗位。它静伏于营盘的一隅，平时很少有人来这儿。背靠绿漆斑驳的巨大铁门，望着面前方阵般的白杨林，可以静静地想些心事，即便什么都不想，仍可获得片刻的寂静，享受一下寂静带来的愉悦。站累了，还可以放下枪走动走动，活动一下腿脚，而不必担心自己的哨兵形象。在炎热的夏季，这地方也比别处凉爽。

一片白光在绿色叶片和地上的草丛间晃动，马龙看到一个陌生的姑娘朝他走来。他以为是个多愁善感的女孩子，来无人处凭吊一下心情，并未在意。但她却在离他十步远的地方站住，定定地望了他片刻，然后冲他挥了挥小拳头，响亮地"嗨"了一声。

有事吗？他用公事公办的口气问。

当然有事。她忍住表情，努力不使自己笑出来，我是来抢弹药库的！

就凭你？他给她逗笑了，别说抢，送你一支枪你都背不动。

白给我我也不要。她伸手从真皮手袋里拿出一张照片，趋前几步说，肖龙，马龙，龙龙，你还认识这上面的胖女孩吗？

只瞄了照片一眼，他就明白她是谁了。显然，这张照片和他那张是一个底版洗出来的，他惊喜不已地抹了抹脑门上的汗珠，讷讷道，真没想到你来看我。

盖明华也很高兴，说世界太小了不是，我们稀里糊涂又走到一块儿来了。别老站这儿，陪我散散步，咱们边走边谈。马龙说，你当我是老百姓呢，我是哨兵，不能离岗。盖明华说，你看我这脑瓜，老走神，那就在这儿聊吧。

西边的太阳落山了，满天是火红的云霞，地下的湿气开始上升，空中的小风也有了凉意，他们都感到舒坦多了。二人保持着一段微妙的距离，聊着一些没有头绪也不需要理顺的话题。当然，很多时候主要是盖明华在说，马龙认真地听。夕阳残余的光线在她脸上布下虚幻的底色，马龙不敢正眼瞧她；她身上淡淡的化妆品味儿溢到空气里，马龙感到鼻孔痒痒的，心里像有一只小虫在缓缓爬行……

这个平淡无奇的黄昏，由于盖明华的出现，马龙突然感到自己获得了一个好心情，以后再用眼睛看周围时，便觉得军营里的一切都变得有意思起来。

接下来大约半个月的时间里，盖明华没再找他，也没打电话。马龙觉得她可能把他忘记了，小时候的那一点点友谊毕竟早已成了过眼烟云，盖明华没必要时刻把他挂在心上。一天，他想找她借本书看——没别的意思，千真万确仅是想借书，就往她家拨了个电话。他告诉她，连里的几本破书他都翻过好几遍了，师图书阅览室里书倒是不少，但借阅起来非常不方便，想进城买吧，请个假更难。她问他想看什么书，他说随便，只要是新出版的小说就行。她说，我找几本，让我家的公务员给你送去。她仿佛在替军人担忧，又说，兵们不看书怎么行，没有文化的军队是愚蠢的军队，难怪现今部队地位低，你知道原因吗？原因就在兵们缺文化……

几天后，指导员喜滋滋跑来对马龙说，感谢你给咱连做的贡献。他一愣，不知自己给连里做了啥贡献。一问才知，盖师长特意给警卫连批了两千元钱，说是买书用，不得干别的。连干们猜测是他的功劳。他再三说自己一点不清楚，指导员说这就怪了，难道是天上落馅饼不成？

最终盖明华揭开了这个谜。她给指导员打电话，说你们收到书钱了吗，是我动员老爸给批的。指导员认识盖明华，他原是盖振国当团长时的老部下。指导员说是吗，我们都没想到是你干的，小盖你的心真好，部队各级领导要是都换成女的，我们日子就好过了。盖明华说，别光耍贫嘴，我给你们出力，你们也得给我出点力。指导员说，有什么事，你下命令吧，警卫连为你上刀山下火海都成。盖明华说，我要回学校了，上街买点东西，你派个兵帮我拎。指导员说，就这点事呀，别说派一个，派一个班都行。

马龙走出楼门时，一辆小车已在路口等他。这天他穿的便服——说是便服，其实都是军用品，上身是一件部队发的白衬衣，下面是军裤，脚蹬一双廉价的塑料凉鞋。这是指导员特意叮嘱的，用意不言自明：一个士兵，领着个花枝招展的姑娘逛大街，再有点亲昵动作，有碍我军形象。

上车后盖明华说，主要想带他出去转转，散散心。又说，老待在家里不行，容易把人憋坏的。营区离城市也就二十公里的样子，小车不到半小时就到了。盖明华打发司机先回去，三小时后再来这儿接他们。

盖明华带马龙逛过几家商店，她买了一大堆喜欢吃而济南又买不到的食品，马龙直咂舌头，问能吃那么多吗。盖明华妩媚一笑，说我这算嘴巴小的，班里的女同学个个都像蝗虫那样，有的半个钟头内可以吃下八个苹果外加一只汉堡包。女孩子嘛，都犯这毛病，怎么，惹你笑话啦？马龙忙说，不不，我很羡慕你们。

马龙差不多两个多月没进城了，和盖明华肩并肩在熙熙攘攘的城市里行走，他感到格外开心。三个小时够长的，逛商店只占去了不到一半的时间。盖明华提议找个清静的地方坐一坐。马龙说我今天扮演你的马弁，长官怎么吩咐我就怎么来。盖明华略略吃惊地望着他说，你的幽默细胞其实蛮多嘛，我原以为你天生是块石头呢。

他们来到穿城而过的青龙河边。尽管青龙河水连年治理连年污染，这会儿河水又泛起了气泡，但河两岸仍是这座小城最好的去处。岸边的石凳上，大都坐满了人，他们远远看到一株巨大的桂花树下，一对恋人离开了石凳，而另一对恋人正朝那儿走去。盖明华努努嘴，说龙龙你看到了吗，我命令你立即抢占有利地形，完不成任务就别来见我！马龙兴奋地说，遵命！抬脚像一阵旋风扑向石凳。

两人在石凳上坐定后，盖明华冲那两个失意而去的恋人挤挤眼睛，说龙龙你看他们那副酸样，倒牙。马龙说，你是吃不到葡萄才说葡萄酸。盖明华气得握起拳头给了他一下，眼里溢出两股说不清楚的光芒。同时，肉与肉的接触也使马龙产生了一种异样的感受。

他们处在桂花树的阴影里，有一搭无一搭地闲侃。桂花树尚未到开花的时节，但枝头已隐约透出了淡淡幽香。当他们谈起过去的时候，时光仿佛真的倒流了，他们被带回到遥远的童年时代。马龙想，那时他们也像现在这样吗？也许是这样，他想，唯有一点不同的是，在长大成人后的今天，他们彼此更容易产生深厚的、难以言说的人生意味……

一个孤坐于河边的钓鱼人引起了他们的注意。那人头戴一顶破草帽，由于背对着他们，看不清他的脸，只能看到长长的渔竿贴伏在水面上，许久不动。盖明华问，龙龙，你说他能钓到鱼吗？马龙说，我看不能。她又问，那他为什么还在坚持？马龙说，可能他实在无事可干吧。

她摇摇头，不全对，也许他压根就没想非要钓到鱼，他只是体会这种过程。

似乎盖明华带来的一切都让马龙感到新鲜，她呈现给他的，绝不仅仅是一道浅显的布景，而是他早就渴盼的，却又是眼下需要逃避的领地。它就像大海中的潮汐，能够敲击他的耳膜，却无法深入他的骨髓；它使他流连忘返，却不能真正攥住他……马龙想着这些的时候，盖明华已经回到了学校。

在那个漫长的秋天，马龙常常感到大气中有个声音劝他放弃抵抗。为了抵制这个冥冥中的声音，他决定不给盖明华写信。

生活的轮子一如往常，在它固定的轨道上依靠惯性滑行。站在哨位上，像模像样地握枪在手，然而手中的半自动步枪里并没装子弹——自从有人不慎枪走火造成伤亡事故之后，子弹就远离了哨兵的枪膛。枪与子弹的分离，成为和平年代里一个具有深意的注脚。

一天，一只麦黄色的野兔不知从哪儿偷来的胆子，居然出现在热火朝天的训练场上。正在进行队列练习的兵们像遭遇了假想中的敌人，兴奋得宛若上了战场，呼啦一下就变成了散兵线，前堵后截，左追右扑，喊杀声几乎传到天外。那阵势活脱脱像在进行一场颇具规模的战斗。

又有一次，炊事班组织力量宰杀圈里那头老气横秋的母猪。除了上岗的人外，警卫连几乎所有的兵都跑来围观，其场面犹如好事者观看刽子手行刑。说来也怪，那头平时走路都困难的老母猪在挨了致命的一刀后，居然奋力从攥住它的几双人手中挣脱出来，脖子上挂着喷血的尖刀，在人群里横冲直撞，行刑者一时拿它没办法。不知是谁喊了一声，同志们，冲呀杀呀！说时迟那时快，大约二十几个兵就地取材，操起了各式各样的家伙——刺刀、菜刀、水果刀、木棍、石块等，对困兽般的老母猪展开了猛烈的厮杀。马龙注意到，广东兵刘福宝杀得最起劲，他举着一把平时不用锈迹斑斑的切菜刀，一连砍了不下十刀。老母猪倒毙在地时，身上找不到一块好肉了。炊事班长用抹布抹着腮帮子上的血珠，说这下好了，可以直接下锅了。马龙却对自认为功劳最大的刘福宝说，没想到，你小子够勇敢的，上了战场，不会是孬种。刘福宝听不出他话里的反意，得意扬扬道，谢谢班副夸奖，你没看出来吗？我本来就

250

是个英雄坏子。呸呸！猪血真他妈腥。

树上的叶子大片大片往下落，冬天就要来临了。

马龙再次见盖明华，已经是这一年的年根儿。

星期天上午十点，马龙刚下岗，盖明华打来电话，说我从学校回来了，咱们好久没见面了，你不来看看我吗？

马龙愣了一下，没有马上回答。盖明华说，快过来吧，我有话对你说。需要我帮你请假吗？马龙想了想，说不用，我的下一班岗是晚上，白天可以自由支配。

赶到盖家后，马龙发现只盖明华一人在家。没等他发问，她便说，我老爸到军区开会了，老娘单位里有事，中午不回来。她进一步解释道，他们不在更好，我们是朋友，而他们是长辈，和长辈在一起，你会感到局促。

看上去盖明华比夏天时憔悴了，眉心里积着一团阴云，短发变成了长发，她没有整理，任蓬乱的发丝披在肩上。马龙说，明华你瘦了。她浅笑道，是吗？可能与学校伙食不好有关吧。

盖明华给他冲了一杯速溶咖啡，他小心翼翼地啜了一口，感觉很苦，味道与他的心境颇为相似。接下来，她关切地说，龙龙，你也算老兵了，不能总当大头兵呀，你想过提干的事吗？你为什么不报名考军校？

对于她突如其来的关心，马龙有些感动。他点上烟，收住情绪说，想过，但想得最多的，是我本人缺乏在这里长期待下去的耐心，或者说，这里不适合我。到现在，我的三年服役期已满，我决定再干一年，而我也只能再坚持一年，多了就不行了，很容易出毛病的。

盖明华也点上一支烟，小口小口地吸着，说，这有点出乎我的意料。我老爸向我透露过，他真心希望你留在部队。

盖明华清楚，对马龙，她老爸心中还是存有阴影的，自然是因他母亲改嫁引起，老爸总觉得和他有点隔阂。老爸曾说，这个孩子和他父亲性格大有不同，肖望东豪爽、随和、乐天，而他则继承了她母亲的秉性，固执、孤傲、阴郁，可能与家庭后来的变故有关吧。但说归说，老爸从内心里还是想为他做点什么。

251

我感谢盖叔叔的好意。马龙沉思片刻，说，我比谁都清楚，我心思太重，这里其实不喜欢我这样的人，像我这种性格，在部队不会有什么前途。前些天，他们任命我当了班副，成了骨干，指导员私下打招呼，说是支部适当时候再发展我入党。并非我表现多好，说穿了，他们是冲盖叔叔去的。

看来你已经深思熟虑过了。盖明华说，从你身上，我感到现在的兵比过去复杂多了，虽然我一直在部队长大，到如今仍住部队，咱们又是同龄人，但我仍然无法走近你们。这就叫差别。

马龙感到再谈这个话题已没有意义，遂闭了口。

中午，盖明华执意留他吃饭。她扎上围裙，下厨房简单做了几样菜，又打开一瓶五粮液。马龙推辞不喝，她说不喝白不喝，都是别人送的，借酒浇愁吧。

盖明华的酒量令马龙吃惊，她喝酒时不像别的女孩子那样一脸痛苦状，而是笑眯眯的，仿佛下肚的是蜜水。她说她上初中时就偷偷学会了喝酒，起初喝两杯头就晕，慢慢便习惯了。她得意地说，他们居然一次也没逮着我。有一回，她打开一瓶茅台，分三次喝下去大半后，为防老爸察觉，她只好往里灌水，然后再封好口。当晚家里招待客人，老爸倒上酒，先致了番热情洋溢的祝酒词，气氛搞得很热烈，随后他带头喝一口，立即感觉味不对，于是既尴尬又生气，脱口问这是谁送来的假酒。她的话逗得马龙笑起来。

酒喝得差不多时，盖明华突然一转话题，说龙龙你知道吗，我恋爱了。马龙不打断她，竖起耳朵听她往下讲。她说，她的恋人是系里一个叫高旭东的副教授，而高副教授的爱人是她的班主任。我们已经保持了两年的关系，她加重语气说，在他爱人的严密监视之下，我们的处境是多么艰难啊！然而，爱情的力量是强大的，只有爱情能够战胜这种艰难。你有这种体会吗？

马龙诚实地说，没有。

那太遗憾了。盖明华端起酒杯，一饮而尽，口齿开始变得含混不清，一缕忧伤随即笼罩了她。她顿了好久，微微摇晃着说，不过呢，没有也好，因为它太折磨人啦，一个人不可不体会一下，但也不能久陷其中……

马龙说，咱别喝了，再喝就醉了。我也该回去了，待长了不好。

在后来的生活中，马龙曾多次回想起这个冬日的午后。当时，盖明华到了醉酒的边缘，他扶她去卧室休息。从餐厅到她的闺房不过十米的距离，但他却觉得这段距离极其漫长，仿佛永远难以到达。他帮她脱掉鞋子，照顾她在床上躺好，又替她盖上被子。她很快闭上了眼睛，像是睡着了。然而，就在他扭头往外走时，她却突然坐起来，奋力抱住了他的胳膊，顺势依偎在他的怀里。

尽管他早就试图逃避，但这个时刻还是到来了。一种鲜活的女性气息逼得他睁不开眼睛，他感到有一把锋利的刀片在切割着他的心脏。他几乎凝固了，一动不动。她先是附在他耳边说了几句什么，然后泪流满面地去吻他。

那个瞬间，他感到了一种排山倒海般的眩晕，享受堕落的欲望差不多击垮了他。然而，他最终平静下来了，当时那种决绝的平静连他都感到不可思议，似乎非人力所为，而是一股神灵的力量左右了他。他轻轻放下她，笑着说，明华，好妹妹，你不是希望我当一个好兵吗？部队更不愿看到我这个样子呢，整整三年啦，我都挺过来啦，我自己也不想前功尽弃呀……谢谢你，现在欠你的，我以后再还好吗？……

十一

不知不觉，马龙走上去盖家的路。

路过汽车营食堂时，马龙听到了一阵"哗啦哗啦"的声音，声音虽不大，但在暗夜里却很刺耳。他放轻脚步，循着声音迂回过去。一条黑影猛不丁蹿出，吓得他一激灵。没容多想，他飞步上前，只一脚就把那黑影踢出了两米远。

在那人的哎哟声里，他辨认出此人是葛家村的葛大光棍，不远处放着一条鼓鼓囊囊的麻袋，显然是赃物。葛家村紧靠营区，和部队打交道多。前些年村子穷，经常有人溜进营院偷点小东西，如今日子好过了，这种事逐渐少了。但葛大光棍和他的两个光棍兄弟好吃懒做手脚不干净，还像过去那样穷，早就在这一带出了名。

"班长，嘿嘿，天冷，熬不住，我弄点煤烧烧。"葛大光棍赖在地上不起来。他其实不认识马龙，当地人习惯把所有的士兵都称作班长。

"你从哪个门进来的？"

葛大光棍说不敢走大门，他从围墙下面的一个洞子钻进来的。

"偷了多少啦？"

"嘿嘿，才偷了两麻袋。"葛大光棍仍赖在地上不动。

"走，带我去看看！"见马龙又抬脚要踢，葛大光棍麻利地爬起来，麻袋也不要了，颠颠儿向食堂后面的围墙走去。

围墙下面的洞子原是排水用的，后来被人为地扩大了一圈，平时只有狗类的动物肯从那儿进出。他们来到洞口前，马龙听到围墙外面有人的脚步仓皇远去的声音，估计是葛大光棍在外头接应的两个光棍兄弟。见葛大光棍穿着破棉袄的狼狈相，马龙也没再计较。马龙说："你就不睁眼瞧瞧，村里人是怎么过的，你又是怎么过的。不怕给祖宗丢脸吗？"

葛大光棍低下头，说："班长放我一次吧，以后不偷了。"

"快滚！以后不要再进这个院子。"

葛大光棍喜出望外，撅起屁股就往洞里钻。马龙心一软，又叫住他："回来。狗才从这底下走，你好歹还算个人，跟我走大门。"

马龙走在前面，葛大光棍跟在他身后。远远地，马龙看到了南门的灯光，门头水泥柱上的两只蓬花灯坏了一只，那一只就显得格外亮。广东兵刘福宝从木制岗亭里钻出来："哟，这不是葛大光棍吗？班副，你们怎么三更半夜到了一块儿？"

马龙说："他迷路了，我送他出门。"

马龙转身对葛大光棍说："葛老大，以后带你两个兄弟好好干活，挣了钱娶个媳妇。哎，到时候别忘了请弟兄们喝喜酒。天冷，快回家吧。"

葛大光棍抬起袖子抹抹眼角，喉咙哽住了，想说话又不知说什么，遂低了头，从虚掩的铁栅栏门里钻出，很快消失在夜色之中。

刘福宝递给马龙一支红塔山。马龙问："该换岗了吧？"

刘福宝喷口烟："刚上。两个小时，又冷又饿又困，真他妈难熬呀。"

马龙说，"明天上午，不，今天上午，我就该滚蛋了。让班副在这儿陪你一会儿吧。"

"真有点舍不得你。"刘福宝小声说。

在连里，刘福宝是个极特殊的人物，特殊就特殊在他家的钱多。"你问我家里有多少钱，"他这样对别人说，"我告诉你，可以买下这半个营盘。所以，你不要问我有多少钱。"

据他私下说，他父亲靠走私发的家，有了一定的财力后，转而合法经营房地产，生意越做越大。他说他是厌倦了豪华铺张的生活圈子才来当兵的。两年前，武装部的人上门动员他当兵，他父亲和他商量，说不行就花钱雇个人替你去算了。富翁花钱雇人顶替孩子服役，在当地并非没有先例。他想了想说，还是自己去，就当换一种活法吧，反正三年后可以回来。其实他父亲希望他到部队锻炼锻炼，将来才能经得起人生险恶。而且他父亲也曾当过几年海军，对部队感情还是蛮深的。

来了就后悔了。说这话时，他刚下连不久。

他的床铺紧挨着马龙，而且他感到马龙同别的兵不一样，有一种独特的气质，所以他愿意同马龙交流感情。他说，老马你说我当兵图什么？我不图升官，不图发财，不图入党，我图的是过一种新鲜的生活。但这里和我想象区别很大，苦不是主要的，主要是太平淡，缺乏刺激。如果把我放在战争年代，我可能成为英雄，放在现在，我觉得自己很难成个好兵。

马龙感到刘福宝同自己有不少相近之处，平时就很注意他。

对刘福宝这种格外冒尖的兵，别人是另眼相看的，他常常感到孤独。富裕兵最大的特点不外乎花钱大手大脚，与部队大力提倡的艰苦奋斗作风相抵触。他父亲每月按时汇给他三千元，他大都用于吃喝。他认为这点钱不够在家时逛一趟夜总会的，如今他用一个月的时间来消费，已经说明他入伍后有了很大进步。大伙反应却很强烈，干部们反复找他做工作，批评他不能搞特殊。他的日子很不好过。

去年冬，本地遭受雹灾，蔬菜严重歉收，上市蔬菜的价格一度直线飞升，连队伙食大受影响，兵们苦不堪言。刘福宝找到司务长，掏出三千元，说是给弟兄们补贴伙食，算我这个稀拉兵的一点心意，同时也给我一个做贡献的机会。大概司务长觉得区区三千元对于刘福宝来说不过是一根毫毛，就收下了。哪想到师里发现后极为恼火，说警卫连党支部政策观念不强，连队再穷，干部战士哪怕天天就咸菜啃干粮也不能收一个士兵的钱，并责令警卫连如数退还。

刘福宝手捏指导员亲自发还给他的三千元钱，感到很窝囊，仿佛这钱是他偷的。当天他悄悄把它捐给了葛家村小学。第二天，小学校的女校长带一帮学生呼呼隆隆给他送来一面锦旗，又在院内引起不小的波澜。师政治部专门派一名科长来警卫连，对连长指导员说，这个兵思想境界是好的，应予表扬奖励，但这种做法值得商榷。一来上级有文件，不提倡在士兵中搞各种捐款；二是虽说他是自觉自愿的，像他这种家庭经济背景的兵毕竟是极少数，他这样做，不仅无法起到带头作用，反而容易在广大士兵中产生负面影响。因此，这件事不宜宣扬，还是冷处理吧。

过后，连里仍然表扬了刘福宝，当然是单独表扬的。同时又委婉地提醒他，如果以后想学雷锋做好事的话，不必光在金钱上打主意，做好事的途径有很多嘛。

尽管刘福宝口口声声说他当兵不图什么，但他并非没有追求。马龙当上班副后，刘福宝曾在一个秋风萧瑟的黄昏，向马龙透露过一段心迹。马龙抽着刘福宝的红塔山烟，耐心听他讲。他说道——

……每次外出，我都把眼睛瞪得大大的，看谁需要我的帮助。有时居然产生了幻觉：一个行人突然发病，摔倒在地，生命垂危，我二话不说，上前背起他就往医院跑，替他交上押金，待他脱离危险后悄悄离去。当然，病人出院后四处打听，最终还是找到了我，送来了锦旗，流着眼泪感谢我，领导和同志们都为我高兴。或者是：大街上，一个歹徒拦路行凶，很多人围观，但没人上前，关键时刻我冲上去，将歹徒制伏，搏斗中我也受了伤（最好是轻伤）。马路边，一个儿童在哭泣，原来他迷了路，我领着他，费尽周折，终于将他送回家，他的父母感激不尽。河边，一名过路妇女不慎落水，水流湍急，十分危险，这时，我又出现了，勇敢地跳入水中，费了九牛二虎之力将她救上岸，她叫我恩人，问我名字，我笑而不答……可是，这样的事情我一回也没碰上。

一次，我路过铁路，见两个小孩在铁轨上玩耍。我想，不好，过一会儿火车开过来，凶多吉少。我劝他们离开，他们不听，我就坐在一边等，等待紧急关头我飞身而出，将他们从车轮下救出来，最后我不幸负伤（轻伤）。抽完两支烟后，火车真的鸣着笛隆隆驶来，我瞪大眼睛，铆足力气，随时准备往上冲。近了，近了……两个孩子却嬉笑着跳离了铁轨……

马龙意识到，这个千万富翁的儿子有了一种英雄情结。

现在，在即将分别的时刻，刘福宝又向马龙谈起这样一件事——

两个月前，我请假进城买东西，路经人民公园门口，一个姑娘死盯着我不放，眼神不对，很容易让人把她当成野鸡。我不想沾这种人，赶快转移。谁知她却追上来，说我特像她男朋友，还说了一大堆别的。我这才明白，她失恋了，难以自拔。她央求我陪她进公园坐坐。我想，这么一个漂亮姑娘，要是想不开寻短见什么的，多可惜呀，我不能不管，虽然有点那个。唉，就算我学雷锋做好事吧。我陪她进了公园，找个僻静处坐下。我劝了她好长时间，后来一联想，才知道她根本没听进去。天快黑了，我打算离开，她却突然扑过来，紧紧抱住我，嘴里叫着一个男人的名字，还……亲吻我。她把我当成那个负心人了。我有点害怕，咬咬牙丢下她回了部队。因为超了假，连长还把我批了一顿，我没敢提这事。两天后，我从晚报上看到，一个失恋的姑娘在本市人民公园投水自尽。从时间上推断，肯定是她。我好后悔。如果那晚我再陪陪她，她也许就挺过来了……

"当然，那样我可能就犯纪律了。"刘福宝边说边频频摇头。

马龙说："你已经尽心了，没必要再责怪自己。"

"班副，不说这些了，越说越不好受。"

"我马上就不是你的班副了，兄弟，请你往后好自为之吧。"马龙抬腕看看表，"离你下岗还有一小时十二分，我来替你站一会儿，以后再也没有这种机会了，虽然只是个形式。"

刘福宝也不推辞，摘下步枪递给马龙。马龙执枪上肩，站在平时上岗时习惯站的地方。刘福宝双手搓着几乎冻僵的脸，原地踏了一会儿步。这段时间是一天里最冷的时刻。

马龙赞许地说："当兵两年，我感到你进步最大的方面，是学会了吃苦。"

"既来之则安之吧。对了，还记得我爸每月给我寄钱的事吗？"

"记得。不过，好久没见你的汇款单了。"

刘福宝得意地笑笑："一直没间断。我在储蓄所办了个活期存折，然后把账号告诉了我爸，他每月按时把钱转来。"

马龙笑说："上有政策下有对策，防不胜防啊。"

"你听我说。我爸老担心我在这里受苦，他并不知道，受过苦之后，我的身体却结实了。"

"有道理。"

"班副你还得承认，这些日子我朴素多了，因为我感到，有时候金钱并不能消除烦恼。我一直没忘连里退我那三千元钱的事，长这么大，自送出的钱我从没想到再收回来。最近我有一个想法——等明年我退伍时，存折上的钱可以攒到八万元左右，我打算把它留在这里。家里确实不缺这一点点钱。人们不是常说部队是一所大学校吗？我在这里上学，就当交学费吧。"

马龙感到刘福宝似乎在一夜之间成熟了。

刘福宝指了指大门左边的一段围墙："你看，这墙有年头了，都裂缝了。我这点钱干不了大事，用它修修围墙好不好？我不求别的，只要多少年后，有人指着它，对一茬茬更年轻的兵说，这是一个家里有钱的老兵给修的，就够了……"

马龙上前拍拍刘福宝的肩膀，一时不知说什么好。

"如果这里不收，我就把它捐给希望工程。班副，在你走之前，我要说的就这些。"

马龙说："兄弟，我都听进去啦。"

马龙再次抬腕看看表："离你下岗还有半小时，班副还有些心事需要静想，我不陪你了。还有烟吗？匀给我几根。"

临离开时，马龙把头上的棉帽换给了刘福宝。他说："以后上夜岗要戴棉帽。棉帽是难看点，晚上又没有大姑娘小媳妇路过，你不用臭美。"

十二

盖家的红色小楼周围是半人多高的女贞墙。远远地，马龙看到一楼的一间房子仍亮着灯，那是盖明华的卧室。她一直保持着晚睡晚起的习惯。马龙不由加快脚步，向着那光亮走去。但他刚走到女贞墙边，面前的灯光就熄灭了。

由于站得久了，他感到双腿像灌了铅，于是屈腿坐在马路牙子上，从大衣兜里摸出一支红塔山，划火点着，然后默默地吸。

夏天，盖明华大学毕业，被分配到这个城市的市政府工作。按说单位很理想，但她仅仅上了两个多月的班就不去了。她说她不愿做那些循规蹈矩的工作，她的几个要好的同学毕业后去了海南，已经找到了理想的职业，同学打来电话，约她一同到海南发展。

盖振国和妻子周云英极力反对女儿的决定。盖振国说，什么叫发展？你们眼里的所谓发展就是挣大钱。在北方挣不到大钱，就到南方挣。我不明白，你挣那么多钱干什么用？我这辈子从没想过要挣多少钱。我们的士兵在这里别说挣大钱，小钱都挣不到，他们不是干得很好吗？

盖明华不急也不恼，说首先我不是你的士兵，再说，我认为发展不仅是挣钱，还有别的内容。嗨，不说了，说了你也不理解。

劝也罢，吵也罢，盖振国和妻子已经无法阻止女儿执意南行的脚步。

昨天下午，指导员找到马龙，说盖家大小姐来电，师座在家等你，命令你即刻跑步前往。

马龙马上猜出这是盖明华的花招。正是上班时间，盖振国不会在家里接见他。但他还是去了，慢慢腾腾走着去的。他想，就当是同她告别吧。

果然只有盖明华一人在家。马龙推门进去的时候，盖明华正手执一瓶刚刚开启的法国白兰地，往两只高脚杯里斟酒。盖明华头也不抬地说，是龙龙吗？来，咱们朋友一场，不容易，把这杯酒干了吧！

马龙接过酒杯，毫不迟疑一饮而尽。盖明华抹抹嘴角的酒液，收起杯子和酒瓶。她说，老头子让我转告你，如果你想留下的话，现在还来得及。师里还有几个士兵直接转干的机动名额，落你头上一个没问题。

马龙说，也请你转告盖叔叔，这几年他待我像亲生儿子，已经尽心尽力了，请他把那个名额留给更杰出的士兵吧。

盖明华说，龙龙，我知道你会这么说。不过，离开这里也好，这里委屈你了，离开这里，你会更有出息。

马龙说，有没有出息先不去想，我想马上回家去，多陪陪母亲和继父，两年多没见了，怪想他们呢。

盖明华没再接话。过了好一阵，她撩撩额前的散发，告诉马龙，她在海南的同学已帮她联系妥了单位，是澳大利亚一家跨国公司驻海南分公司，她不日就要启程南下。我们一块儿去那儿好吗？我们在一起会幸福的，我会给你带来意想不到的快乐……她的声音十分微弱。

马龙心说，咱们呀，原本是从两个方向运动来的两件物体，今天的相遇相交只能预示着明天的分离，因为这两件物体的运动轨迹总体上是不会改变的。但他终究没说出口。在最后的时刻，他不忍再伤害她。况且这个面容姣好的女子在过去的岁月里给过他太多的抚慰，他唯有心存感激……

马龙想着这些的时候，盖明华向他靠近，并轻轻握住他的一只手。

马龙没有动，任她一下一下地握。冬日稀薄的阳光经过深绿色窗帘的过滤，漏进来的光线很是暗淡，室内笼罩着一种极为暧昧的色彩。盖明华微喘着，握手的力气越来越大，频率越来越慢。然后她像一只折断翅膀的大鸟，正好跌落在马龙怀中，面颊伏在他的耳边。他听到她说，龙龙，在这个城市，你是我唯一喜欢的人。你很冷漠，但我恰恰喜欢冷漠的男人。冷漠只是你的外表，一旦点燃，你内心会焕发出长久的热情……

在盖明华动情的抚弄下，马龙仿佛真的被她点燃了。他们紧紧抱在一起，携手向情感的巅峰攀登。她不断地鼓励他，说既然一个人愿意将心灵托付给另一个人，那么，他们跨越肉体的屏障便成了轻而易举的事情。

仍然是在最后的关头，马龙几乎使出毕生的力气才使自己镇定下来。就像一辆高速行驶的汽车，在即将冲出路基奔向悬崖的一瞬，发动机幸运地停火了。他伸出粗糙的大手，替她擦脸上的泪痕，语无伦次地说，明华明华，别人也许会认为我不是个好兵，但我自己不那样想。你看，四年我都熬过来了，不差这一天了，如果离队前的这一会儿再越轨，我那四年的修行不是白费了吗？就让我坚持最后五分钟吧，守住这块来之不易的阵地……

马龙突然用力抱住全身瘫软的盖明华，在她脸上狠狠亲了一下，然后昂首与她道别。

现在，马龙枯坐在马路牙子上，抽着烟回忆着刚刚过去的一幕，不由自主地感到浑身发胀。他想，如果此刻我过去敲敲她的窗户，会是怎样的一种情形呢……他不敢往下想了，起身找个地方撒尿。虽感到憋得难受，却一时又撒不出来，他恼火地提上裤子。

走出好远后，马龙回过头来，对着盖家的方向，心中默道：明华，好妹妹，再见了，也许咱们今生今世都无缘相见了，就让我祝你南下顺利吧！

十三

马龙仰起头来。纪念馆在暗夜里像一座黑黢黢的山峰，压得他有点透不过气。除了头顶正在隐去的弯月和依稀的星光，周围几乎没有一点光亮。

弹簧玻璃大门上挂着冰凉的链条锁，他用力摇了摇，发出一阵刺耳的吱呀声。他又绕着纪念馆转了一圈，发现所有的窗子都紧闭着。略一思忖，他便选择一扇低矮的窗子，抬起右臂，用肘部将一块玻璃击碎，手伸进去，拨开插销，推开窗子，越窗而进。

里面黑得伸手不见五指。马龙划了根火柴，借着短暂的光辉，他辨认了一下去展览大厅的道路，然后试探着走过去。水磨石地面很光滑，虽然他极力放轻脚步，但耳边仍然响起了空洞的回声。

展览大厅是纪念馆的核心所在，这支部队创建以来涌现出的近百个著名的英雄，以图片、文字或实物的形式面对着今人。包括第三〇二师在内的 A 军的历史，可以追溯到红军时期，它的前身是鄂豫皖革命根据地的一支地方游击队，第三次反"围剿"时升格为正规军。无论是长征途中，还是抗日战争、解放战争、抗美援朝、对越自卫反击战，乃至和平时期，第三〇二师都英雄辈出。

　　马龙摸索着前行。估计进入大厅后，他又划了根火柴，寻找电灯开关，发现开关在大厅门口。随着一声清脆的开关声，头顶上的一排枝形吊灯全亮了，骤然而起的光明使马龙的眼睑发出一阵剧烈的疼痛和不适。

　　眨巴了几下眼睛后，马龙辨别出英雄们的座次是按照年代顺序依次排列的。排第一位的是一个叫苏中民的英雄。一九三二年，第三〇二师仅是红四方面军的一个连，而苏中民是这个连的第一任连长。同年十月，为了掩护主力部队撤退，苏连长率部在湖北两河口某座山头上阻击敌人，战斗从早晨开始，一直打到黄昏。苏连长在全连弟兄悉数阵亡后，拉响了腰间的手榴弹，与敌人同归于尽。半个月后，红四方面军总指挥徐向前亲自下令，重建这支连队并将它升格为营……

　　马龙在每一个英雄面前都停留一下，最后来到肖望东的位置前。他抑制住强烈的心跳，一动不动地站在那里。久久注视着墙上的父亲。似乎有阵阵低缓的音乐在他耳际流淌，并严严实实包裹了他……随着目光的游移，他注意到在父亲的遗像旁，还有几张生活照，以及生平介绍、荣誉证书复印件、登载他事迹的剪报等。紧挨墙根的，是一张桌子大小的铝合金展台。里面放有几件遗物——一顶洗得发白的老式军帽、一只几乎掉光了瓷的茶缸、一件浸着黑血支离破碎的衬衫，还有几枚指甲盖大小的步兵雷碎片。马龙凝视着那几枚丑陋的金属片，体味着它们咬噬父亲肌体时的情景，眼里噙满了泪光。

　　不知过了多久，马龙哆嗦着点上一支烟。他觉得应该和父亲说点什么，而且还觉得在黑暗中同父亲说话，也许更能捕捉到父亲闪光的灵魂，于是，他赶过去合上开关，又摸索着回到原地。在沉重的漫漫无边的黑暗中，只有他手中的烟头一闪一闪。一明一灭的烟头映照着墙上的父亲，墙上的父亲微笑着与他对视。他在心里对父亲说——

亲爱的爸爸，儿子看您来啦。以前儿子没来这里，并非他忘记了您，而是他觉得，您从未离开过他；无论他到哪里，您都一直陪伴他，给他引着路呢，您结结实实待在他心里呢……对啦，还要告诉您，我母亲和继父都很好，他们也都很怀念您。爸爸，再过几个小时，儿子就该回家了。他想，也许他一辈子都成不了您这样的英雄，那就让他当一个普通人吧。当一个普普通通的人，不也是挺好么？您说对吗？

十四

当一阵清冷的风吹来的时候，整个营院已经沐浴在东方初现的隐隐霞光里。马龙坐在纪念馆大门前高高的大理石台阶上，望着远远近近的景物出神。树木、兵舍、空旷的训练场、灰白色的道路，很多很多的实物在他眼里朦胧闪现。在漫卷的长风中，马龙觉得整个营盘像一艘刚刚驶离港湾的大船，正开足马力航行在黎明前的深海里，他身后的纪念馆便是这船的巨大舵舱，而他则是甲板上一名栉风沐雨的水手。

这个夜晚，由于经历了太多的事情，此刻，他感到疲倦。右手下意识伸进大衣兜里，摸出烟盒和火柴。连续抽了许多的烟，嘴里苦得厉害，但他还是忍不住想抽。烟盒里只剩下一支烟，火柴盒里恰恰还有一根火柴，这个巧合让他感到有趣。

正要划火柴点烟时，他突然想起小时候母亲讲的一个笑话：茫茫黑夜中，有一个孤独的守夜人想抽烟，但他不慎将一根火柴掉在地上。他非常想找到那根火柴，于是，他便一根接一根地划火柴寻找，直到手中的最后一根火柴快要燃尽时，他才找到那根丢失的火柴。捡起那根失而复得的火柴，他很高兴，美滋滋地划着它点烟，没想到一阵风吹来，猛不丁刮灭了他手中的火……

马龙小心翼翼划火点烟，直到烟头烧得冒出了火，他才放心地扬手甩掉火柴杆儿，然后会心笑了起来。美美地吸着烟，他的目光重新投向远处。他看到东方的地平线上，片片霞光越聚越浓，逐渐变浓的云霞犹如一匹匹扬鬃奋蹄的烈马，它们嘶鸣着，有的向高处跳跃，有的沿地平线飞奔。终于，它们的身影在营盘里出现了，寂静了许久的营盘开始随着它们翩翩舞动，那些冬日里原本暗淡无光的植物也被映红了，躯干和枝条上宛若涂满了鲜艳的油彩，顿时变得生机勃勃，流光溢彩……

满目汹涌的景象使久处寂静之中的马龙陡然一振。他揉揉发烫的面孔，颤抖着手摘下中士肩章和领花，然后庄重地托在手中，站起身来，在突然吹响的起床号伴随下，大步向兵舍走去。

（1996 年）

264

我的两个战友

有一天，年轻女作家小夏有些忐忑地叫住我说："陶老师，昨天下午，我在龙山公园遇到一个人，那人五十来岁，穿一身军队的迷彩服，眼神好像不大对劲，嘴里嘟嘟囔囔的，也不知说啥，后来他唱起军歌，嗓门挺大。别人问他话，他也不搭理。我老觉得，那人像您一个老战友……"

我摆摆手，示意她不要说了。小夏像做了什么错事，头一低，拎上包跑掉了。

下午，我从市文联大楼溜出来，没坐车，步行沿着喧闹的街道，朝龙山走去。马路对面有一个壮阔、整齐的院落，那是原军区机关所在地。军区大院和市文联相隔不远，里面有我的老战友，以前我常进去，现在听说改换了门庭，变成某某战区了，因为老战友退休，我有半年多没迈进这个大院了，所以具体情况我也不得而知。

原军区大院过去不远，就是龙山公园。龙山是我们这座城市的制高点，山上郁郁葱葱，满山遍野都是松林和白杨，市民们喜欢到这个地方来遛弯锻炼，这里每天都人气旺盛，歌声喊声不断。我沿着青石板铺就的台阶，朝山上走去。快爬到半山腰时，就听到前方的松林里，有个熟悉的嗓门在吼歌。路边树下有几个老头老太在交头接耳议论什么。

不用说，就是他了。

其实，小夏对我讲的时候，我就猜到是他。

他叫李和平，我最亲密的战友之一，曾经是军区宣传部长，大校军衔，现在变成了老百姓，而且是老百姓眼里的异类……

265

一九八二年春夏之交，原八十四军政治部在军直教导队举办了一个新闻报道培训班，前来学习的都是各基层单位的年轻干部，每团一到两个名额。学员须有一定的文字功底，热爱新闻报道工作，上级殷切希望这些苗子日后能够成为各单位的新闻骨干。

我本是 A 师政治部宣传科电影组的放映员，彼时刚从军区步兵学校毕业回来，还没有任命职务，依惯例我得下连当排长带兵。而我想留在师部，当电影组长也行，在师部文化站当个干事也行，图个轻松自在。听说军里要办这么个学习班，就去找宣传科长磨叽，终于争取到一个名额，盘算着先混过三个月再说。

欢天喜地到教导队报到，房间里已经有一人先我而至。此人中等个头，面相白净，吐字清晰，文质彬彬的样子，一看就是个军中秀才。果然他自我介绍说，他名叫李和平，B 师步兵三团宣传股副连职干事，兼职新闻报道工作，已经有数十篇稿件被军报、军区报社等新闻单位刊用。

一个房间住三个人，另一位当天迟迟未露面，第二天上午才匆匆赶来，学习班已经开课，他少上了半节课。此人一进教室我就料到，他是我们同一个宿舍的。看上去他有一米八的个头，身板笔挺，浓眉方脸，面相忠厚，稍显木讷，有个标准的军人模样。午饭后回到宿舍，这位名叫张无私的后到者介绍说，他是安徽人，C 师警卫营一连的排长，本来是他们连副指导员来学习，可是昨天正要来报到，突然接到电报，老婆早产，副指导员赶回河北老家了，营里请示师里后，临时把他派来顶替。他搓着大手，坦率地说："我是来充数，咱干别的还行，就是玩笔杆子不灵。"

后来的事实证明，张无私不是谦虚。

四十七个同学里面，若论文笔，李和平似乎是最棒的，他个人也自信满满，一副舍我其谁、当仁不让的样子，除了我内心有些不大服气外，其他人都是这么认为的。噢，忘了介绍一下我自己——我是龙城人，打小就热爱文艺，琴棋书画吹拉弹唱都会两下子，尤其爱好写诗，上高中时就在《龙城青年》杂志上发表诗作，曾在学校引起过不小的轰动，高中毕业特招入伍，被选到 A 师电影组工作——电影组的几个

266

放映员个顶个都是小能人，没有两把刷子是进不来的。入伍后，我写诗的热情不减，前前后后在军区报纸上发表过十几首短诗，在师里也算挣到了一点名气。有一件事为证：我名叫陶鲁，特喜欢聂鲁达的诗，不知从何时起，有人给我起了个绰号——陶鲁达——把我跟大诗人聂鲁达连到一起，对此，我不仅不反感，反而沾沾自喜，暗暗得意，做梦都想当中国的聂鲁达。正因为有这些特长，我被师里推荐上军校提了干。写诗，当诗人，在那个年代，用如今的话说，那叫高大上、帅、酷！不像现在，你说某某是诗人，那跟讽刺挖苦他差不多。在那时，我一个有点名气的诗人，跟他们这些搞新闻报道的人相比，谁高谁低，还用说吗？在本人眼里，新闻报道，无非是写点豆腐块、萝卜条，要文笔没文笔，要才华无才华，有什么值得显摆？

　　当然，我并不是有意贬低李和平他们，我只是内心自我感觉良好。半月后，三人混熟了。一个月后，三人已经熟得不能再熟了。李和平知晓了我的成色，在我面前不再托大，他与我，就算是惺惺相惜，彼此佩服吧，关系迅速推进。至于张无私，他永远是那么谦恭，脸上挂着善意而自卑的微笑，把扫地、拖地、打开水、擦窗户之类的杂活全包了。轮到我和李和平出公差，比如帮厨什么的，他也是抢着去。他说自己来这里纯粹受罪，他以后也不可能搞报道写稿子。"唯一的收获是，认识了你们两个大才子。"他由衷地说。

　　说心里话，我和李和平没怎么把张无私放眼里。那时的部队，像他这样老实巴交的人很多，你看不出他有多大前程。有一天，李和平揶揄道："无私呀，你都有哪些拿手的？亮一下给我们瞧瞧嘛。"张无私吭吭哧哧想了半天，竟然冒出一句："我喝酒可以。"

　　这话把李和平和我逗得眼泪都掉下来了。

　　几天之后，培训班搞了一次聚餐，大伙把目标对准我和李和平这两个所谓的大才子，轮番过来敬酒，我二人都不胜酒力，很快缴械投降，洋相频出，要不是张无私站出来保驾，我二人是下不来台的，结果就是，他当场把自己灌醉，几乎不省人事。我和李和平把他架回房间，他一边走一边吐，搞脏了我们的鞋和裤腿。其实他的酒量并没有我们想象的那么大，也就半斤多的样子，只不过是他人实在，敢喝，不要命

267

罢了。

第二天早晨起床，我发现，我们脏了的鞋子和裤子，都被他连夜洗涮清理干净。这让我二人不由得对他刮目相看。

培训班临近结束时，我心血来潮，突然冒出个念头，说："和平、无私，咱们仿效桃园三结义，搞个军营三结义，好不好？"

张无私积极响应。李和平略一犹豫，最终点了点头。我们都笑了，笑得特别开心。

三人都是一九五八年出生，一九七七年入伍，李和平月份最大，张无私次之，我最小。我总结说："古有刘关张，今有李张陶，哥儿仨以后就是铁杆兄弟了！"

说起来，我们三人性格迥异，文雅老成的李和平确实有点像刘备；忠厚能干、相貌堂堂的张无私蛮像关羽；我虽爱好诗文，本应儒雅一些，但我为人做事粗粗拉拉，大大咧咧，缺乏心机，性格使然，倒更像张飞。

散伙的前一天，李和平作为老大，主动到营区门口的小饭馆置办了一桌酒饭，既是庆祝兄弟结义，也是为了告别。喝到高兴处，"苟富贵，勿相忘"之类的话，重复了无数遍。酒足饭饱，觉得还不尽兴，便冒雨跑到一块庄稼地里，手挽手吼起《战友之歌》——

战友战友亲如兄弟，
革命把我们召唤在一起，
你来自边疆，
他来自内地，
我们都是人民的子弟……

我们相约，五年后，到军部聚齐。军部所在地阳城，是一个繁华的地级市，交通便利，生活条件优越，是个居家过日子的好地方，基层的兄弟最想去的地方就是军部，感觉那地方就跟天堂一般。

五年不到，我和李和平实现了当初的志向，先后调到了军部。

268

李和平最先调过来。从培训班回到团里不到一年，他就因为上稿多，成绩卓著，先是被 B 师宣传科要了去。三年后，军宣传处又盯上了他，想调他过去当教育干事，也就是说，不再让他搞报道，而让他改行写公文材料。

这时候的李和平，相当春风得意，据说不光是军宣传处看上了他，干部处也在考察他，他炙手可热，面前的路子很宽。大凡脑袋清醒点的人都知道，干部处是管干部的，职能相当于地方的组织部，是最有实权的部门，能迈进去，近水楼台，好事落不下，想不上去都难，厉害呀，应该毫不犹豫去干部处。

但是，李和平却出人意料地选择到宣传处报到。他的理由是，到干部处当干事，只能填填表格打打电话，他的文字功夫会荒废掉；到宣传处才有用武之地，至于改行写材料，他不但不怕，反而很乐意接受新的挑战。

多少年之后，提起这件事，张无私感慨道："清高害了他，他错过了人生最好的机会之一。"又说："光会耍笔杆儿顶什么用？会办事才顶用，来干部部门，才能够多交朋友多办事。"而我记得，张无私曾经很羡慕我们这类耍笔杆子的秀才，看来人的世界观是不断变化的。

我是踩着李和平的脚后跟来军部的。在 A 师当了四年多的电影组长，我厌倦了，烦了，想换个环境。当然，这一时期我发表的诗歌也越来越多，属于狗掀门帘——不时地露一小手，混成了本军乃至军区的文化小名人。恰逢军宣传处下属的文化站缺人，我稍一用力，就调了过去——那个年月，会写点文艺作品还是挺招人喜欢的，不像现在，你得藏着掖着，生怕别人知道笑话你。

就这样，李和平和我都成了军宣传处的人，不同的是，他在机关，我在下属单位。

年底，就在我们都认为张无私拖了后腿时，有一天，他给我和李和平分别打电话，说他马上要过来。

后来了解到，张无私调阳城，颇有戏剧性。此前他在 C 师司令部军务科当队务参谋，不显山不露水，这个岗位能混个科长就算不错，更难有往上级机关调动的机会。

但是，他抓住了一个不是机会的机会。

军里杨政委带工作组下到 C 师搞调研，每天杨政委的座车都数次经过营门口，他总是见一个青年军官站在警卫战士身旁，此人身材高大，相貌不凡，目光专注，腰板笔挺，敬礼的动作刚劲有力，一点不比仪仗兵差。遇到的次数多了，杨政委就问同车的 C 师领导，这人是谁。师领导看首长很欣赏这人，自然垫了不少好话。

据说，杨政委离开 C 师那天，凝视着一如既往顶着北风站在营门口、身上落满了积雪的张无私说，在军部，我就没见哪个人动作有他好，把他调军务处吧。

就这样，张无私赶在新年的钟声敲响之前，来军部报了到。

在向张无私表示祝贺之后，李和平却又对他颇有微词："就凭会敬个礼，就能调到军部？这也太那个了！"

唯有我清楚，为了练好敬礼这个动作，张无私下了多大功夫。有一年我去 C 师找他玩，房间里找不到，有人告诉我，他在操场上练呢。外面下着雨夹雪，我以为他练习踢正步，到了操场发现，他在练习敬礼。天气寒冷，呼气成冰，虽然他原地不动，却是浑身热气腾腾。我问他："你怎么不练正步？"

他说："练正步有什么用？我又不到天安门阅兵。你们笔头子硬有饭吃，我会什么？我得想点自己的招。"

"你练个敬礼，顶屁用！"我不屑一顾。

他咧嘴笑笑，憨憨地说："管他有用没用，先练好一门功再说，等到有用时再学，就赶不上趟了。"

果然让他赶上了一回。看来机会都是留给有准备的人的，这话一点没错。

不管怎么说，三兄弟齐聚军部，可喜可贺。

而这时候，我们八十四军经过整编，番号变成了第八十四集团军。

让人瞠目结舌的事情接踵而来——有一天，张无私给我打电话说，他马上要调整到司令部办公室，给政委当秘书。

杨政委选他做秘书，在机关曾经引起不小的轰动，很多人想不明白，就连我们的老大李和平也想不通——你看吧，他不能写不能画，嘴皮子也笨，着急上火时还有一点点结巴，他凭什么到首长身边？或者换句话说，杨政委看上他哪一点了？

起初我也是有点蒙。但我相信首长不会随便用人，首长自有首长用人的原则，首长一定是高明的。渐渐地，我想通了一点：张无私缺点是不少，但是优点也不少啊。我对李和平说："你瞧，无私忠厚老实，吃苦耐劳，嘴巴严实，心也细致，杨政委看中的，也许就是这个吧？"

李和平轻哼一声："我更愿相信傻人有傻福。"

他刚当上政委秘书那一阵，很多人等着看他笑话，看他怎么出洋相。作为兄弟，我与和平也着实为他担心。有一天，我们凑到一起喝酒，我把担心说了出来。他便讲了两件事情给我们听。

其一是，跟上首长，应酬多了，为了提高自己的酒量，更好地为首长保驾护航，每天晚上临睡前，只要身体允许，他都要空腹喝上大半瓶，然后倒头睡觉，这样练了一阵，酒量已大有进步，喝一瓶不在话下，喝两瓶也不至于出洋相。本来他就实在，酒风好，即使喝倒，也从不耍奸使滑，所以政委已经好几次在重要场合夸奖他说，酒品即人品，你们都要向无私看齐。

其二是，首长就餐时，他十分注意观察——菜上来，首长爱吃哪一口，盘子里的菜，哪一种剩得多。以后再陪首长参加宴请时，他心中有数，首长爱吃的菜，多给他布一点；不爱吃的，不给他夹。为此，政委对他很满意。

听到这里，我算放心了。和平微微一笑说："侍候人，真不简单哪！我是干不来，打死也干不来，还是安心写自己的破文章吧。"

我知道和平打内心里是不大瞧得起无私的，一直瞧不起。本来我二人与无私走的是不同的道路。路是路，桥是桥，各走各的道，世界很丰富的，这都正常，只要兄弟情谊永远在，就可以了。

给杨政委当秘书的头两年，张无私可谓风光一时。军里主要是杨政委说了算，他这个秘书自然跟着吃香。他很快调了正营，本来他职务比李和平慢一级，现在竟然跑到了和平的前面，更是把我远远甩在后头。

271

我当然不在乎这个，只要多给我一点自由，让我多写点诗，我可以什么都不在乎——诗人嘛，就得有超然物外的禀性。

但李和平是在乎的。我们身边很多人都在乎。

一天，谈到无私坐直升机一般的进步，和平说了这么一句话："一时之功在于力，一世之功在于德。"显然，他话里有话，对无私是有看法的。

凭良心说，无私并没有因为是首长身边人而张狂，尾巴夹得还算紧。但是因为他调级够快，扶摇直上，把同龄人压在身下，因此在别人眼里，他就是不一般。他再谦虚也是假的。

张无私风光的时候，也正是李和平最难熬的时光。

和平搞新闻报道，相当成功，集团军数得着，但是让他另起炉灶，转而写公文材料，起初他认为没有什么能难住他，不过是下这张床上那张床的问题，实际上并不是那么简单。

头两年，他写的材料一直不过关，从处长到政治部主任，再到副政委、政委，都对他甩过脸子。领导原本想把他作为材料大王培养的，后来发现，他似乎不是那块料，充其量是个平庸的写手，难成大器，处长都有了让他重搞新闻报道的想法。

他为此失眠、焦虑，到后来简直快把他逼疯了。他嘴上不服气，心里开始怀疑人生，难道自己这辈子只能写豆腐块萝卜条，驾驭不了大材料？这时候，他撂挑子脱军装转业的心思都有了。

我和无私劝他坚持，决不能退缩，尤其不能改当新闻干事。无私说："好马不吃回头草，真改回去，别人立马看扁了你，会认为你除了写报道，别的啥也干不了。"

我们都清楚，当初他乐意改行，就是担心领导认为他路子太窄。光靠写报道，想当个处长都困难，更遑论往上走。在政工部门，尤其是在宣传部门工作，材料为王，那些能够驾驭大材料的人，才是唱主角的，领导真正看重的是这种人。搞新闻报道，不过是雕虫小技，锦上添花，顶多算敲边鼓而已。也正因为如此，调来军部时他才不惧另起炉灶——如果能够华丽转身，在领导眼里，他就成了可堪大用的"全才"。

这个时候，怎么能够退缩？我和无私为他的前途着想，拼命给他打气助威。还好，硬着牙又熬过了一阵，他给王军长写的一份讲话稿，破天荒获得了军长首肯，军长还在小范围内表扬了他几句。这层窗户纸一旦捅开，他就可以甩掉包袱，轻装前进了。

从此，他找回了自信。那个曾经妙笔生花的笔杆子李和平，终于又杀回来了！

作为兄弟，我和无私都很为他高兴。无事闲聊时，他扬扬得意把写材料的法门透露给我们。我主搞文艺创作，无私当秘书，现在的秘书都不亲自写稿，所以他也无须担心我们把他的窍门"偷"去。

依他的经验，写材料主要注意四点：一是跟，笔端的事尽量往上级精神和首长指示上面靠；二是新，观点论点一定要别出心裁，要新颖，不能人云亦云；三是抄，天下文章一大抄，就看会抄不会抄，平时多积攒收集好的材料、文章，以备抄用；四是编，要学会做无米之炊，料不够，靠拼凑，不会拔高的写手，不是好写手，就好比不会兑水的调酒师，不是好的调酒师……

此后很长一段时间，和平成了军里不可或缺的人物，凡是重要的公文材料、首长讲话等等，领导都会点名让他参与进来。由此看来，他前途一片光明。

然而，对于和平"两耳不闻窗外事，一心只想写材料"，无私却有他的看法，一次，他忍不住对我唠叨："和平光闷头干活哪行，得多交朋友，不能上炕只认老婆，下炕只认得鞋，上班只认材料。不然，领导把讲话稿念完一扔，谁还记得你？"

他的意思是，和平这样下去，会成为书呆子，光会写材料还不行，得多几条路子，那样才能走得远。

世上什么最公平？要我说，天最公平——给你点甜头，马上再给你个苦头尝尝。

这不，张无私遇到麻烦了。

麻烦不是一个，而是两个。

先说第一个。他作为随员，跟随杨政委去军区开会，住进军区一所。要进会场了，政委脱下便服，换上缀有少将牌牌的军装，这都没问

273

题。但是问题紧接着来了——政委伸手取军帽，顿时愣了！

一旁的张无私等人惊愕地看到，政委那顶将军帽的黑色塑料帽檐，不知何时折断了！此刻提在政委手里，帽檐耷拉下来，像大鸟折断的一根翅膀，十分刺目。

首长的军服，原本盛在一个特制的小皮箱里，每次外出，都由秘书负责保管。后来人们回忆，可能是他们乘火车从阳城来龙城的路上，小皮箱不小心被一个大箱子压住，压折了政委的将军帽檐。

不论怎么说，不管什么原因，这都是秘书的重大失职。张无私心乱如麻，大气也不敢出。

问题是，马上要进会场，政委的帽子却不能戴了，几个随员都是校官，校官的帽子与将官的帽子差别很大，无法替换。人们为此急得团团转。

要不是随行的干部处陈处长想了个办法，政委可真要出情况了——不戴帽子，会场上见到军区首长，连个礼都不能敬。

在这紧要的关头，干部处陈处长想起招待所斜对面是军区司令部的干休所，干休所里有一位刚退下来的老将军，陈处长认识他，于是陈处长顾不上打电话，百米冲刺一般跑去了老将军家，借来一顶大檐帽，才把事情圆过去。

本来这事过去就算了，偏偏有好事者瞎琢磨胡分析——帽子呢，戴在老百姓头上叫冠，戴在大官头上叫冕。冠，很平常，甚至连猴子都可以戴；冕就不同了，那可是身份地位的象征。将军帽，绝不是一般的帽子，折了，断了，不吉利啊，预示着什么？预示着杨政委的仕途，到头了！

话传来传去，总有传到杨政委耳朵的那一天。于是在张无私眼里，政委的脸子越来越不好看。

无私感受到了无形的压力，抽空跑来找我减压。我安慰他："人有错手，马有失蹄，这很正常。谁没有一点点失误呢？要相信首长大人大量，不会计较的。"

真让我说对了，这事并没有影响到无私。

但是不久，第二个麻烦来了。

麻烦出在北京。张无私等人跟随杨政委到北京开会——看来一离开营区，就容易出幺蛾子。

会议期间，杨政委想上街转转，并且决定不带随从，独自行动，不要车，坐出租。无私当然不干，保护首长安全是他最重要的职责，让首长一个人坐出租车外出，万一路上遇到情况，出点事咋办？所以他坚决不同意，死缠着政委不放，一块儿出了宾馆，执意陪同。政委拗不过他，苦笑一下，只得点头。

杨政委吩咐司机拉他去通州——那时候还叫通县，并且自言自语打哈哈说，去看一个老熟人。至于什么样的老熟人，政委只字未露，无私也不便问。到了通县的一个小区门口，下车后政委让无私先回，不要等他，他自己想办法回宾馆。无私嘴上答应了。政委进了小区之后，他没挪地方，蹲在路边看人修理自行车，一直等到政委四个小时后露面，他迎上来，竟然吓了政委一跳。

还好，看上去政委心情蛮不错，并没有责怪他。政委只是轻描淡写地提醒道，来通县，最好不要对外人讲。

不就是去趟通县吗？无私并未当回事，很快忘到脑后。回到阳城军部后，有一天，政委夫人李阿姨与他闲聊，无意中说，她有个熟人在通县，老头子去北京开会，一去那么多天，也不知道抽个空去看看人家。无私急忙解释道：去了，阿姨，政委确实去了，在通县待了四个小时呢！

闻听此言，李阿姨愣了半天，脸色由白变绿，两手都在哆嗦。

后来无私才知晓，事情牵扯到一个叫于小凡的人。于小凡曾经是军部的打字员，北京女兵，号称八十四军一枝花。在我们三个调来军部之前，她已经退伍回通县了，所以我们都没见过她，只是偶尔听人提起过，她复员后好像在邮电部门工作。

那几天，政委家里内战不断，政委脸上还被划了一道指印。无私知道，自己闯了大祸。他预感到，这个秘书当到头了。

不久，无私给调整到政治部干部处当干事。前面说过，干部处是最令人羡慕的单位，按说这个安排还算不错。

和平不以为然，私下对我说："无私差不多给废了。"我不解："怎么废了？那么好的单位，多少人进不去。"

和平深刻地分析说："单位是不错，可你看看他分管什么？不管任免，不管调配，让他管老干部，显然把他边缘化了。最要命的是，杨政委还有五年才到点，政委不走，他别想翻身，人生好时候能有几个五年？识相点的话，他最好早点向后转，再待下去没啥意思了。"

和平的分析把我吓了一跳，冷静想想，他说得没错，无私以后很难有机会了。

一个周末，我二人把情绪低落的无私拽出营区，拉到街上散心，陪他喝酒。我们用苍白的语言劝他想开点，不当那个破秘书更好，伴君如伴虎，世界上最难办的事就是侍候人，换个环境，重打锣鼓另开张，凭自己本事，照样能干好，不是吗？

无私表现得很平静，平静得甚至有点吓人。他诚恳地检讨自己，说帽檐事件也好，通县事件也好，都是自己的原因造成的，走到这一步，不能怪首长，要怪只能怪自己粗心，不慎重，不成熟，不老练，太毛躁。当秘书的没能保护好首长，给首长添那么大麻烦，造成那么大后果，他很痛心，很后悔。都说吃一堑长一智，但愿以后还能有机会补救……

那天怕他喝多，我只带去一瓶酒，而且大部分让我和和平抢着喝了。和平近来状态极好，已经有人视他为全集团军最棒的笔杆子，多年难得一遇，他最困难的时候过去，最好的时候到来，甚至有传言说，下一步他要破格当副处长，所以他扬眉吐气，意气风发，抢着说话，抢着喝酒。酒桌上，他提出，愿手把手教无私写材料，保证不出两年，把他带出来，让他成为干部处最好的写手。和平拍着无私的膀子说："有了金刚钻，能觅瓷器活，到那时候，谁还能不用你？谁还敢忽略你？你一定会东山再起的。"

看我们俩脸红脖子粗要醉的样子，无私反而安慰起我们，说："人这一生总有几个坎，对不对？关键是不能服输啊，如果服输，那可就真输了。"

他又说："人生如棋，赢也罢输也罢，都是人生的一部分，我不会太在意。今天输的，明天我要想办法赢回来，到老了时，你们会发现，我是赢的一方。"

无私一番话，把我和和平说愣了。老天爷，敢情他不需要我们劝，他内心蛮强大的，好像并不是装的，看来在首长身边几年，他确实进步很大。如此说来，受点折腾，值了。

都以为无私会是第一个向后转的，结果呢，第一个向后转的是我。

在一个地方搞业余文学创作，时间长了，有了点小名气，难免就翘尾巴，到末了，领导一定烦死你。

有一天，宣传处长热情地对我说："陶大诗人，你怎么不想想办法调军区创作室，那地方更能发挥你的长处呀。"

这分明是下逐客令了。不错，军区是有个创作室，养了十几个专业作家、画家，我很想去，我家是龙城的，正好可以调回家乡，一举两得。

创作室主任老韩是个老诗人。同行是冤家，写好了，他防你；写不好，他瞧不上你。反正左也不是，右也不是。我折腾好一阵，眼看快办成的时候，杀出一匹黑马，八十五集团军 个业余女诗人捷足先登过去了。那好吧，我只剩下华山一条路——此处不要爷，自有爷去处，往后转，回龙城！

年底，我确定转业。离开部队的头天晚上，和平、无私大张旗鼓为我饯行，我们喝了很多酒，都醉了，还流了泪。喝到最后，扯起嗓子吼歌，反反复复唱《战友之歌》。那晚我们说了很多话，仿佛要把未来大半辈子要说的话说尽，到最后，话都记不住了，只记住一件事：我提出，给他二人三年时间，三年后，希望二人都能调到军区机关去，兄弟三人到龙城相会。机关大，庙堂就大，当和尚的，好混日子。

然而，这个愿望终归没能实现。

大约有两年时间，我与和平、无私没再见面，我们只是电话里偶尔聊两句，聊的都是不疼不痒的话题。离得远了，感情也许会变浓，但是

277

可聊的话题，似乎越来越少。

当初转业安排时，有两个单位可供我挑选：一是税务局，我妻子的表舅在那儿当局长，可以安排我当局办公室副主任，这种单位福利待遇好，有社会地位，转业干部打破头想挤进去；二是电视台，龙城电视台的书记与我家沾点亲戚关系，可以通过他帮我在台文艺部谋一个小职务，电视台也算是个蛮不错的平台，肯折腾的话，名利双收是能够做到的。但是，我孤傲成性，最大的臭脾性恰恰是不愿求人。况且我是个颇有点名气的诗人、作家协会的会员，视写作为生命，靠笔杆子安身立命足矣，我凭什么非要靠关系低声下气找饭碗呢？

最后，我义无反顾、拼了命一般不可阻挡地进入市文联，当了创作员，这个岗位没有转业干部跟我争，因此进来得很顺利——不能进军区的创作室，我回地方上当专业作家，也算是了却我一个心愿吧。

文联当然是清水衙门，没什么油水，用我老婆的话说，全世界最差的单位就是它，猪不理狗不闻，苍蝇都绕着你飞，无人待见。由于非要进这个"破单位"，我老婆三个月都没怎么搭理我。

以前我在部队，我们两地分居，感情还好，现在住到一起，关系反而变糟，这让我不由怀念起在部队的光棍生活。文联工作唯一的好处是不用坐班，但我不愿意在家看老婆脸色，每天都去单位，周末也不落，早出晚归，名义上抓紧搞创作，实际上也没写出多少有分量的东西——以前搞业余写作，新作不断，真当了专业作家，有了大把时间，反而激情骤减，作品量变少，质也没见提高，真他妈邪性！想出本诗集，出版社早就定了稿，却以订数不足为借口，迟迟不开印，责编提出让我包销三千本，首先我老婆就不同意，说只要把书拉回来，她立马就卖到废品站去。

我开始怀疑自己，是否入错了行。

李和平当上了副处长，我妻子不知道怎么听说了，对我又是一顿讥讽，说人家李和平写文章，为做官，能做官，做了官；你写那破东西，图个啥？换回什么了？今年过去一半了，那点小稿费，也就能买三筐苹果，同事问我，你挣多少外快，吓得我头都不敢抬，转身就溜……

对此，我真是烦不胜烦，晚上都不想回家了。

278

这天下午三点多，我靠在椅子上打盹，一个传呼吓了我一跳，低头拨弄一下 BP 机，看到一行新留言："陶鲁达，我在你单位门口，速下来。"后面并没有署名。起初我以为是什么人搞恶作剧，换个姿势继续打盹——突然意识到，本市无人知道我这个外号，呼我的一定是老部队的人，脑子立马清醒，急忙披上衣服下楼。

大门口果然有个身影站在那里朝这边张望，手里提着一个旅行包——没想到竟然是张无私！他怎么突然跑来了？连个招呼都不打，给我搞突然袭击吗？我顾不上想别的，拔腿跑过去，与他又是握手又是拥抱，激动得眼泪都快下来了，好久没这么开心，仿佛他是专门来给我送快乐的。

本想请无私到我办公室坐坐，看一眼我战斗的地方，却又想到办公条件那么不好，破桌子破椅子破门破窗户，墙上都是地图，漏雨造成的，索性不请他进去了，直接带他去了附近的一个茶室，打算先泡壶茶喝，傍黑再就近找个饭馆请他好好喝一顿。

两年不见，无私变化不大，还是那么精干。不像我，脱下军装，感觉突然间变老了，腰都有点弯了。以前电话里听和平说起过，无私在干部处半死不活地混日子，随时可能会步我的后尘向后转。但是此刻看上去，他心情蛮不错，像是藏有什么喜事，却又不便唐突问他。

坐下后，他说领导派他送几个老干部的档案过来，昨天半夜坐上的火车，今天中午到的，下午一上班就去了军区老干部处，很快把事情办妥。出了军区大院，抬眼看到文联的牌子，一下想起我在这里工作，便就近找了个公用电话亭给我打传呼。

他没有谈自己当前的处境，只说到和平干得风生水起，军区宣传部早就盯上他，想调他过来，军里不放人，和平本人也不着急过来，想趁热打铁，当上处长再说。我提醒道："不要忘了咱们当初的约定，你们两个将来都要过来。"他淡淡一笑说："争取吧。"

无私可能看出我有点颓废，给我打气说："陶鲁，到了新单位，得有个新气象，你得好好干，给自己定个目标，争取五十岁前当上文联主席。"我诺诺称是，心里发虚。他又说："你写的东西我虽然看不太懂，但我觉得比和平写的东西有味道，他写的那些材料，都是应景的，到底

279

有什么用，鬼才知道。"

大约五点钟的时候，无私抬腕看看表说，他得走了。他说走就走，如此神秘，饭也不吃，像做地下工作，令我感到很吃惊。我坚决不同意，说什么也要留他住一晚。他这才透露说，此次出来，他主要目的是去北京办一件事，一件很重要的事，因为不方便请假去北京，便借来龙城出差的机会，迁回到北京去，六点半的火车，票已买好，明天晚上之前必须赶回阳城军部。至于什么事，现在不能说，事情办成了，一定告诉我；事情办不成，就没必要说了。

看我发愣，他又补充说："这个行程目前只有咱俩知道，我连老婆都瞒着。"我明白他的意思，事不秘则废，怕我告诉和平，于是再三表示不会向任何人说起。

我陪他到外面打车，想到他连晚饭都没吃上，赶紧跑到一个水果摊那儿，买了一网兜水果塞给他，他没推辞，默默接过。临上车前，他说了一句让我永生难忘的话："男人到世上来，不是混饭吃的，而是来争口气。"

无私坐上出租车，很快消失了。我感觉眼窝里湿叽叽的，想必那是泪。一时没搞清他说这句话是给我打气，还是自我打气。

张无私正迎来他生命中的重大转折。许久以后，我才陆陆续续知道他两年来的一些真情实况。

他名义上负责老干部工作，实则没有多少事情可做，每年军里会有一些到龄的干部离退休，他帮助办办手续，移交一下完事。另外，阳城南郊有一个干休所，住有一百多户离休干部，这个干休所编制不在军里，而是直属于军区政治部，军里只负责就近代管。所里编有所长、政委和数十个工作人员，所里的具体事务不需要他管，遇有情况，他只负责上传下达；八一、春节两个节假日陪同领导象征性地走访一下；再就是哪位老干部去世，他协助所里张罗一下后事。都是一些程式化的事项，不需要费多少脑筋。

龙城干休所的老干部，都是早早退下来的师、团级，年龄最大的九十二，小的也有七十多。更高级别的老干部都去了龙城或者其他大城市安置，由于此处没有重要的老干部，加上建所较早，七十年代末就落成了，每家都是面积不大的简易平房，因此这个干休所条件差不说，主要的是冷冷清清，平时少有人光顾。

有人觉得，老干部退下来，时间一久，没啥用处了。张无私可不这么认为，离开杨政委之后，他的"资源"就是这些老干部了，他相信这些老干部里面，一定会有"金子"的，因此，有空他就去南郊干休所"摸情况"。当然，发现哪位老首长家里有困难，需要帮助，他自会不遗余力地进行反映，积极协调，尽量给人家解决，都是老革命，老了老了，更应当尽心尽力照顾好他们。

果然就摸到了一位。

这位老首长名叫林法五，七十五岁，是名老八路，老家是阳城本地，离休后叶落归根，从外省移交过来安置的。前些年，有传言说，北京总部的一位大首长，战争年代曾当过林老的部下——这位大首长威名赫赫，不便直呼其名，就称他为C首长吧。有一段时间，经常有人从龙城，甚至从北京赶来看望林老，八十四集团军近水楼台，看探望他的人更多。奇怪的是，林老对来人一概否认他与C首长的关系，只说二人抗战期间在一个团待过不假，但不是一个连队，二人素无交往，他不熟悉C，C也不可能熟悉他。他说："这都过去多少年了？半个世纪了，我倒想认识认识他，可能吗？你们谁帮我引见引见？"

碰壁的人一多，无人再上门，林老渐渐被人遗忘了。

张无私不信这个"邪"，无风不起浪，他觉得事情不会这么简单。他认真查了林老的档案副本（主本在军区干部部），查到林老抗战时期的经历主要在晋察冀军区一分区三团工作，分别担任过该团三连战士、三连排长、二连连长、一营副营长、该团副参谋长。紧接着他去查C首长的革命经历，当然无法查档案，只能从各种出版物上去寻找。军里有个小图书馆，他从一本书籍上查到，C首长抗战期间也曾在三团工作，分别担任战士、班长、副排长等职务，但这个结果于事无补，因为林法五早就说过，他与C确曾在一个团待过，这已无须证明。

现在最需要的就是有资料能证明林法五与C在同一个时间段、同一个连队有过交集。

281

大约半年时间里，张无私成了阳城图书馆的常客。苍天不负有心人，就在他查无可查就要放弃时，从一本解放军出版社一九六几年出版的《星火燎原》上，看到曾担任过三团团长的一位著名战将写的回忆文章，里面有一句话让他跳了起来——某次战斗中，他命令排长林法五率领战士C某某去炸鬼子的一个碉堡！

自此，张无私终于松了一口长气。

干休所的所长告诉张无私，林老是个怪人，几乎不和任何人来往，包括住在一个院里的老干部们。他有一双儿女，但都不在身边，儿子在深圳，女儿在南京，都非军人；他老伴儿身体不好，很少出门，老太太见了人也不大吭声，像个哑巴。每家的小院里都有一小块空地，勤快点的，就种些菜和花什么的，林家的小院啥也不种，常年荒芜着，稀稀拉拉冒出一些杂草。

张无私说："老人最好有点爱好，有利于健康长寿。"

所长说："林老不抽烟不喝酒不打牌，如果说爱好，只有一个——打太极拳。"

张无私专门抽出两个月的业余时间，练习打太极拳，本来他身形好，有打军体拳的基础，对各种动作领悟快，这回又经当地一位名师的指点，水平提高很快。两个月后，名师夸奖他说，你可以去参加比赛了。

一天凌晨，他精神抖擞地去了"赛场"——南郊的小清河边。河边一片空地上，氤氲水汽笼罩下，已经有一个精瘦的老头儿在聚精会神地打拳。他在一旁观察了一会儿，老头儿的拳打得并不怎么样，但动作认真，心无旁骛，一副完全入定的样子。他选一个地方，不看老头儿，同样入定一般，一招一式丝毫不含糊地打自己的拳。

一连打了七个早晨，二人各打各的，并不搭话。老头儿收势走了之后，他急忙收拾衣物，骑自行车赶回单位，有时顾不上吃早饭，直接去办公室，换上军装按时上班，饿了啃一块干面包。

第八天早晨，老头儿打着打着，停了下来，饶有兴味地看他打。他目不斜视打完一轮，收势，面不红心不跳，冲老头儿笑笑。老头儿也冲

282

他笑笑，说："你比我打得好。"他说："打拳打的是心情，心情好，比啥都好。"这是教他的那位名师说过的话。

老头儿若有所思地点点头。

他往老头儿这边靠了靠，不再说话，定定神，重新开打。老头儿居然跟着他的节奏，在他侧后方打了起来。从这以后，二人每天早晨都在这里碰面，一起打拳，但很少说话。

老头儿从未问过他是哪个单位，干什么的。他也从不问老头儿任何问题。他想老头儿一定猜出他是个军人——只有军人和军人站到一起，才这么和谐吧？

这种无声的交往持续了大约三个月。这年的八一建军节那天，他跟随政治部副主任到干休所慰问走访，走进林法五家时，老头儿一眼看到穿军装的他，张开缺牙的嘴，极为开心地笑了。

这以后，他以军里负责老干部工作的干事身份，再来林老家里，就显得很正常了。林老家里的陈设十分简陋，见不到一件值钱的东西，一套布面沙发用了二十年都不止，一坐上陷进去半个屁股，吓人一跳。这里不像一个正师职离休干部的家，而像一个下岗老工人的家，太寒酸了，让他感到心酸。

下了一场大雨，林老家的房子进了水，整修房子时，他一直在场守着，爬上爬下，搞得一身泥水，比干活的工人都卖力。他不是刻意表现，而是打心眼里敬佩林老这样的老军人，林老革命一辈子，三次负伤，老部下如今在北京身居高位，而他默默无闻，对生活的要求如此之低；再想起自己当秘书时，经常出入首长们的家，看到的都是豪华和排场……一时他拿不准，哪个是自己的榜样呢？

破沙发进了水，他劝林老借机丢掉，换新的。老头儿让人抬到外面晒晒，想接着用。他咬咬牙，照着老沙发的样子，从商场里买了一套新的，运了来。老头儿脸红了，说："我不是没钱，我的钱花不完，只是从小到老，节俭惯了。"他以为老头儿会让他把东西运走，但老头儿没那么做，爽快地收下了，可是钱必须自己付。

他与林老前后交往了一年半左右的时间，老头儿没收过他一块钱的礼，就连老人过生日那天，他送去一个蛋糕，临走时老头儿竟然送还他

283

一瓶酒，非要让他带回去喝。他彻底服气，知道自己的事情永远说不出口了。

早晨到小清河边打拳的日子仍在继续，直到有一天，打完一轮后，老头儿说，今天就打到这儿。这可能是最后一次来这儿打拳。他愣在那里。老头儿说，他和老伴儿要到深圳投奔儿子，儿子靠自己的本事发了财，买了别墅，非要老两口过去住，这一去，一时半会儿回不来了。

他脑袋嗡嗡地响，不知道该说什么。

老头儿说："年轻人，需要我做点啥？"

他欲言又止。对这样的老人，他虽然有要求，但是张不开嘴呀。老头儿拉他在河边坐下，对他讲起一个人——一个让他心惊肉跳的人。老头儿说，以前他不承认北京的小C是他老部下，是因为自个帮不了那么多蜂拥而至的人，再说，想通过这种途径往上爬，很不合适。

"你也是这个想法吗？"老头目光炯炯望着他，似乎要把他的心事看穿。

他困难地摇摇头，说："我不是，我不是……"

"不是就好。小伙子，谢谢你陪伴我。"老头儿轻松地一笑，站起来，穿上衣服。

他眼冒金星，感到面前有一根线，这根线颤动着，似乎马上要断掉。他咬咬牙，追上老头儿，喘着粗气说："林老，我不求升职，只想调走，到军区去，就为换个单位重新开始……"

老头儿停下步子，拍拍他肩膀，示意他不要紧张。他憨憨地一笑，抹抹脑门上的汗珠。老头儿再次拉他坐下，讲起他和C的过去，说一九四二年，小C家的房子被鬼子点火烧了，是他动员他参加了八路军，头一回上战场，小C吓尿了裤子，打了两仗，就啥也不怕了。抗战后期，小C随大部队去了东北，从此后他们再也没见过面，但他相信小C不会忘记他。解放后，小C官越当越大，他从未找过他，没给他添任何麻烦。

"他快退了吧？现在找还赶趟。老林麻烦小C一次，我想，他会很高兴。"老头儿咬咬嘴唇，一副沾沾自喜的样子，像小孩子一样冲他脑瓜地笑笑。

284

他差一点晕过去。

一九九五年秋天，张无私怀揣林法五写给 C 首长的一封信，秘密去了北京。

写信容易送信难。拿到林老的亲笔信后，他犯了愁——怎样把信送到 C 首长手上。

邮寄一是怕邮局给弄丢，二是怕 C 首长身边人把信扣下，到不了首长手里，这种事太正常了。

他未来的命运就系在这张纸片上，最好的办法就是亲自送去，确保万无一失。直接请假去北京，找不到合适理由，幸好眼下有几份老干部档案需要送军区，可以拐个弯去北京——这个问题迎刃而解。

然而，更大的问题迎面而来，C 首长身居高位，绝不是他说见就能见上。且不说搞不清 C 首长在哪儿办公，家住哪里，即使是到了门口，层层给人拦着，他也进不去。

他绞尽脑汁去想，北京有何人能帮他搭个桥牵个线，总部机关倒是有几个从本军调过去的人，但他与这几人交情不够，仅仅认识而已。他先打电话找了其中一个，刚说了个开头，对方马上就为难地说，不在一个院办公，更高攀不上 C 首长身边人，随即把电话挂了。

他想到了一个老乡老黄，老黄是军报记者，老家和他一个县，安徽肥西。有一年老黄来军里采访，宣传处长知道他与李和平的那层关系，委托和平找到他，提出想请杨政委百忙中出个面，陪黄记者吃顿饭。他想办法把政委给搬了出来，那晚大家都喝得很开心，老黄感觉非常有面子。那以后互相通过几个电话，还曾相约，抽空一块儿回趟故乡。但他不当秘书后，没再联系过，他唯一担心的是，老黄不再认他这个老乡。

往报社打老黄办公室电话，接电话的人说，老黄出差了。又问外出多长时间，对方说，刚走，半月左右。他心凉了小半截。他不想等，翻腾出了老黄的 BP 机号码，牙一咬心一横拨打了传呼。

但是老黄半天没回。早过了下班时间，天黑透了，他饿着肚子，不想走，怕错过老黄回话。

晚上九点多钟，他饿得实在受不了，打算关门走人，正要锁门时，座机突然响了，他扑过去拿起电话，谢天谢地，正是老黄！老黄说他来新疆军区采访，忙了一天，刚刚抽出点时间，问他什么事。他硬着头皮把要求说了。

电话里，老黄愣了好一阵，才说，以他的经验，不能去单位，太惹眼，能去家里最好。他赶紧说，希望能给个地址。老黄又是一阵发愣，末了说，他试试看，就把电话扣了。

一连三天没有等到老黄的消息，他的心凉了大半截。处长催他赶紧送档案，他暗自决定，就是搞不到地址，也得去一趟北京，到了北京再想办法。从家里去火车站的路上，突然接收到老黄打来的传呼，屏幕上显示着一个北京地址。那一刻，他激动得热泪盈眶，心想在部队，有个好老乡是多么难得……

去北京的那晚，虽然买了卧铺票，但是由于脑子是乱的，说不上兴奋还是担忧，他一夜没怎么合眼。天亮到了北京站，下火车之前，他去厕所仔细洗漱了一下，又把军装换上，出了站，费了好大劲才打到一辆黄面的，奔向传呼机显示的那个神秘的地方。

还剩最后一道关口——怎样面对面把信交出去。面见 C 首长，他当然不敢奢望，到了首长家门口，他家里的人总可以见上吧？

尽管做了心理上的准备，到了地方后，还是急出他一身汗。门口执勤的警卫战士，既不给往里面拨电话通报，也不负责寄存转交物品，说这是规定；当然更不可能放他进去，只是让他直接联系王秘书。要是能联系上王秘书，他何必跑一趟？那战士或许是大官见多了，他一个少校军官根本不放在眼里，懒得再搭理他。他赖着不走，战士冷冷地警告他，这地方不能多待，赶紧离开。

他傻眼了。

真是从来没遇到过这么难的事。

他到附近的马路边溜达，感觉时间在身边嗖嗖地流走，一会儿工夫仿佛苍老了十岁。不知过了多久，他又鬼使神差转悠到那个门口，看到哨位上换了副新面孔。他鼓起勇气，上前再一次提出，麻烦给 C 首长家通报一下，他要呈送一封重要的信。

结果与前次一样，不行。

他简直要绝望了，真想把那封信甩到门口走人——再耽搁，恐怕赶不上回阳城的火车了。

天无绝人之路——走出几步后，他依稀品味出，这个兵说话带有浓浓的安徽口音，便停下来，改用安徽腔说："班长，我家是肥西的，咱俩是老乡吧?"

那战士笑笑说："我家肥东。"

事情顿时有了转机，小老乡态度立马转变，左右看看，给他支招说，可以用门卫电话打军委一号台试试，就说找C首长的王秘书，兴许他接电话。并且说，王秘书也是安徽老乡。

他脑子豁然开朗，按照小老乡提供的一号台号码，居然顺利地找到了王秘书。王秘书听他磕磕巴巴讲了几句，不冷不热地说："你等着。"

那边电话挂了。

不一会儿，一个精干的小战士从院里跑出来，是C首长家的勤务兵。他恭恭敬敬把信递上。这一刻，他感觉世界是那么美好。

两个多月后，我接到无私打来的电话，他笑呵呵地上来就说："陶鲁达你听好，以后你到北京，有人管你饭啦!"

"……怎么了?"我有点蒙。

"我接到调令了，去北京!"

原来林老给C首长写信时，临时改变了主意，说："去军区干啥?好不容易求他一回，要办就办个大的，干脆去北京! 你挺会侍候人，让他把你留到身边，这多好!"

"这样行吗?"他心里打鼓，怕胃口太大，给搞砸了。

"只要小C还认我这个老排长……当然了，人会变的，这要看你小子的运气啦。"

调令从军区下到军里，知道的人都很吃惊。没有不透风的墙，人们终于相信林法五与C首长确有很深的故交，老家伙够狡猾的，隐藏了这么多年才露出马脚。但是这时候林法五已经携老伴儿去了深圳，想动个心思再找他帮忙，已经晚了。

张无私再次成为军里的焦点人物，本来他已经被遗忘。就这么一下子，他的风头盖过了冉冉升起的笔杆子李和平，很多年以后，他都是八十四军的人嘴里的一个传奇人物。

办好手续，就要去北京总部报到，该告别的，张无私都告别了，唯有杨政委那里，他一直没去。自从不当政委秘书之后，他一次也没进过政委办公室，更没去过政委家。因为他只是个普通干事，首长不叫，不能擅闯，况且由于自己工作严重失误，影响到首长，他也没脸再往上贴。

现在他可以"趾高气扬"去告个别，却又不想真给首长留下趾高气扬、小人得志的印象。

他打算临走前，给杨政委打电话道个别，就不见面了，只要礼数尽到就行。

星期五下午，他最后一次参加干部处党小组会，学习重要讲话。会前突然接到通知，政委要亲自来参加，弄得大家手忙脚乱的，赶紧打扫卫生隆重迎接。杨政委到后，处长认真宣读了几份文件，众人又轮流发了几句言表态，说的基本都是重复的话。

最后请杨政委发表重要讲话。杨政委简略讲了几句，话题转到即将到新单位上任的张无私身上，杨政委大大地夸奖了他一番，说他是"难得的人才""八十四军的骄傲"，叮嘱他到了总部好好干，给军里争光，并且以后"常回家看看"。

真是给足了他面子，让他感到心里暖融融的。望着政委远去的背影，他突然意识到，政委来参加党小组会不过是走过场，真正目的是借机来跟他告个别，这样既避免了单独见面场面尴尬，又补偿了对他的亏欠。首长想得真细，令他好生感动。这就是水平啊！

和平打来电话向我"汇报"，说专门置办了酒席为无私饯行，还代表我给无私敬了三杯酒。他略带伤感地说："军营三兄弟，以后就分别在三个地方了，想聚到一起，难了。"

我说："你赶紧调龙城来，或者想法调北京去，大地方好发展。"

他说："我还是先扎根基层好。我的原则是，明明白白做事，干干净净做人，万事靠自己，不想求人，不走歪门邪道。"

和平对于凭关系办事历来反感，认为应该凭真本事进步。他话里的意思，显然是挖苦无私。

这二人表面和气，其实互相不服气，一直较着劲呢。和平刚当上副处长时，无私曾给我打电话发过牢骚，说，一颗好心，顶不上一张好嘴，会做的不如会说的，像和平他们宣传部门，不就是要嘴皮子、玩笔杆子的吗？就会玩虚的。

兄弟二人在军界混，就像运动员上跑道比赛，都想抢到前头，互相有点不服气很正常，这也正是他们继续前进的动力之一。不像我，给甩到了地方上，到一个狗都不理的单位，没人会羡慕妒忌我这样的人。想到无私、和平都在不懈努力，我决定以后少睡懒觉，少找人扯闲篇，多写作品，多获奖。

总不能给那二位兄弟丢脸吧？

张无私到北京后，并没有被安排到C首长身边工作，他去了总部直属的机关事务管理部当参谋。这个安排让他颇有点失望。

他当的是队务参谋，他给杨政委当秘书之前就干这个岗位，算是干老本行。这个岗位在总部机关不显山不露水，因为机关的兵并不多，稀稀拉拉，不需要出操走正步，他感觉有劲使不上。

总部机关太大，人太多，水太深，他初来乍到，人生地不熟，总感觉分不清东南西北。如果一直在这个岗位上待下去，他永远会默默无闻，会被时间湮没。而这不是他来北京的真实目的。

硬着头皮上了几个月的班，他越发对自己的未来感到失望。李和平说得没错，他不会说，不会写，没有自己的专业，连配发的电脑都不会用，他来北京干什么呢？喝西北风？

那一阵子，他打给我的电话比较频繁，诉说自己的苦恼，说他现在真的很羡慕和平，那么能写会编，口才也好，机关很需要能写材料的人，各级领导都喜欢能说会写的人，偏偏他不行。

我劝他不要急，北京那么大，机关那么多人，并不是人人都能写会说，人家能混，你为什么不能？说到底，这个世界，能人干将是少数，大多数人是平庸的，混吃等死的，你把本职工作应付过去，不出差错就可以了。我还举自己为例说："你知道，早先我想做中国的聂鲁达，心比天高，看不起这个，瞧不上那个，现在我发现，我也就是个平庸的诗人，前不久评龙城文学奖，我以为会稳拿把攥，结果落选。怪谁呢？我老婆怪我没活动，我只能怪自己没写好，对不对？"

他自顾自说："我还是得想办法发挥自己的长处。"

他真正的拿手戏是侍候人，说好听一点，会服务。这一点林法五看得很清楚。如果不发挥自己的这个长处，以己之短比人之长，永远会落在人后，这是毋庸置疑的。

来北京后，他朝思夜盼C首长哪一天能想起他来，召见他一回，给他个当面向首长说一声感谢的机会。却又不敢过分奢望——首长身居高位，日理万机，不可能召见每一个施恩过的人，他一个小萝卜头，恐怕早给忘到脑后。

转过年来，C首长退休，他更不抱希望了。

突然有一天，桌子上的电话急促响起，军委一号台来电找他，说是王秘书通知，让他本周六下午四点来C首长家一趟。

放下电话，他愣在那里，半天没回过神——不会是假的吧？

这无疑是天降大喜，或许是他有生以来最重要的一件事！

他开始纠结，带什么东西过去？总不能空手吧？在安徽老家，即使是随便串个亲戚，也得提一只鸡割一块猪肉什么的，何况是去见这么大的首长。他考虑来考虑去，列了几个方案，总是不满意。眼看到了约见的时间，还是定不下来，急得心里蹿火，眼皮子直跳。

最后的关头，他索性大胆决定：任何礼品都不带，就空手去。因为据他过去的经验，首长家啥也不缺，带去反而是累赘。这个决定使他不再纠结，变得很放松。

他顺利地踏进了C首长的家门，院门口和家门口的警卫只扫了一眼他的军官证，痛快地放行，一点都不拖泥带水，完全不是他想象中的严格盘查。他早到了近半个小时，那个上回去接他信的小勤务兵把他领进会客厅，说，首长去游泳了，一会儿就回，请他稍等。

小勤务兵给他倒上一杯清茶，一转眼不见了，偌大的客厅里，就他一人，他有点紧张，坐在沙发上一动不动。他看到客厅里的摆设出乎意

290

料地简朴，丝毫谈不上奢华，他还看到木头茶几下面，有缕缕灰尘，沙发缝里灰更厚，地板砖上也有星星点点的尘迹。心想闲着不如干点事，暖气片上搭有一块干抹布，他起身拿到手，从一个浇花的塑料壶里倒出一点清水，湿了抹布，开始擦起来……

他干得很仔细，很投入，就像在自己家里，以至于有人进屋，他都没有察觉——似乎觉得不对劲，转过身，仰起脸来，突然看到一个过去电视上、报纸上经常见到的熟面孔，赫然立在客厅门口，门外还站着一个四十出头的军人，估计是王秘书。二人脸上都带着平静的微笑，欣赏地望着他。

他急忙利索地站起来，掸一下衣服，上前几步，稳稳地立定，庄严地抬手向首长敬礼。敬礼是他的强项，一点儿不比仪仗兵差。一个军礼就能看出一个人的素质，他是过硬的，见过大场面的首长，一眼就能看出来的。

那天下午，C首长和他谈了不到二十分钟，主要问了问林法五的情况，他把知道的都如实说了。当说到林老家里的沙发时，他观察到首长的眼圈红了一下，首长突然举起大手，用力一挥，感慨道："现在我们需要的，就是要找回这种精神啊……"

临走，首长非要把他送到小院门口。首长在他这个陌生的年轻人面前所展露出来的慈祥和平易近人，令他终生难忘。正所谓阎王好见，小鬼难求，往往越是大首长大领导，越是态度和蔼，越是好说话。

经过院门口的警卫身边时，想起去年站在这里的那个肥东籍小老乡，他问了问。对方回答，去年底复员了。

那个小老乡有同情心，很灵活，不死板，是个值得培养的好兵苗子，放走了挺可惜。

而那些太死板太较真的人，总是不讨人喜欢的。

时间过得很慢，一年之后，张无私终于在苦熬中等来了机会。

C首长的警卫参谋孙士国提了副师，到一个局担任副局长，据说是王秘书推荐的张无私。来前，单位领导严肃地找他谈话，一再强调他仅仅是去"帮助工作"，至于能否正式到首长身边，关键要看他的表现。

291

这些不用说他也知道。他对自己有百分之百的信心。

从到C首长身边第一天起，他就把自己"拴"在了首长家，"试用"期满之前，他不允许自己有一丝一毫的失误。

C首长退下来后，外出活动少了，作为首长身边的警卫参谋，安全保卫工作并不重，要做的无非是陪首长散散步、游游泳，处理一些与首长有关的杂事，担子并不重。

其工作重心主要是忙活首长家里的事。

C首长的家事，主要是侍候好两个人——首长老伴儿曲阿姨、小孙子俊杰，另外还有胜利——胜利是条狗。

先说小俊杰。俊杰八岁，父母都在美国工作。俊杰长相可爱，白胖白胖的，像个洋娃娃，也很聪明，就是淘气，十分淘气。俗话说，七岁八岁狗都嫌，他这个年龄正是淘气的时候。用曲阿姨的话说，小男孩淘气是好事，不是坏事，淘气是聪明的表现，那些蔫不拉叽的小孩子，往往长大了很愚笨。

孙参谋与张无私交接时，悄悄嘟囔了一句："在首长家七年，最头疼的就是小俊杰。"需要每天开车接送俊杰上学。无私头一回开车送他，车未停稳，他就开门下车，差点被一辆自行车撞上，吓了无私一头冷汗，一把拉住他，刚要说他，没想到小家伙张嘴就咬了无私手臂一口，让他领教了一回厉害。

他清楚，小俊杰生在这样的家庭，被爷爷奶奶和所有人哄着宠着，调皮捣蛋不听话是难免的，必然的，一言不合，就爱咬人踢人，当然他不敢欺负爷爷奶奶，只对付其他人，也很少当着爷爷奶奶的面咬人。他不是爱咬人吗？无私想，索性就让他咬个够。一天，放学回家的路上，无私有意找碴批评他几句，惹恼了他，扑上来就咬。无私把车停好，把他提溜到路边的小树林，看看周围无人，挽起袖子，把胳膊伸到他嘴边，闭上眼睛让他咬。他正在气头上，真敢咬，几口下去，无私胳膊上血淋淋的。无私一动不动，瞪着红眼珠子恶狠狠地说："咬呀！再咬呀！狗崽子！"

俊杰竟然害怕了，往后退了退，抹抹嘴上的血，左右看看，呜呜哭了起来。

从那以后，俊杰居然很少咬人。

没人知道是无私治好了他的毛病。

无私的儿子张凯，比俊杰小一岁。以前在家，无私很少抱儿子，也很少带他玩，带孩子做家务全靠老婆刘婷。现在无私把小俊杰当成张凯，真心地爱护他、疼他，为了照顾好俊杰，他做什么都愿意，再累再苦也心甘。

再说胜利。胜利是条大狗，来首长家七八年了，差不多和俊杰一样的年纪，首长和曲阿姨都很喜欢胜利，尤其是曲阿姨，视它为"二孙子"。它一撒欢，曲阿姨就高兴；它闷闷不乐，曲阿姨也跟着不开心。无私每天的工作之一，就是照顾胜利，傍晚或下午必须带它出去遛弯，时间至少一个小时。

以前孙参谋喜欢在首长驻地遛狗，这个院子住着七八家高级首长，有的尚在职，无私怕其他首长家有意见，只要天气好，他都带胜利到外面去转悠。从院子后门出去，走不远就有一个开放的街边公园，那地儿宽敞，非常适合遛狗。

小公园对面是一家军队干休所，住在里面的全是些级别较低的离退休老干部，军级居多，不少人认识胜利，知道它是 C 家的狗。时间长了，无私也认识了一些老干部，他发现大多数老同志都是令人尊敬的、友善的，当然也难免有不友善的、刻薄的。

这天，他就碰上了一位。这位老同志爱发牢骚，无私对此人有点印象。这天下午，他牵着胜利刚到一会儿，那位老同志转悠过来，眯起眼睛瞧了瞧胜利，又眯起眼瞧了瞧他，慢条斯理地问："你什么职务？"

他回答："副团。"

刚说完他就后悔了，预感到面前这位可能要发难——也许说自己是个士官就好了。果然，对方冷哼一声，指点着他道："你堂堂一个团级干部，应该到部队带兵，对不对？你爸妈要知道你在外面给人家带狗，会不会难过？啊？"

就差没指着鼻子骂他"狗秘书"了，把他噎得不由倒退两步。

无私发现，战士入伍一年之后，经过教育，这时候他觉悟最高，上战场，他会不惜命，是抛物线的最高点。以后随着职务升高，官越大，有人觉悟开始下降，到后来，什么都计较。有了车，嫌车不好；有了房，嫌房子不好，就知道攀比。有的成了军以上高级干部，待遇那么高，还是想不通，整天骂骂咧咧，好像党和国家欠他很多。个别退下来的老同志，脾气大，爱训人，看谁都别扭，看什么都不顺眼，生怕别人怠慢自己，尤其特别喜欢攀比，总觉得自己这辈子吃了亏，相当难缠。军级离退休干部每户只配一个司机，不配炊事员，更不可能配秘书和警卫人员，跟上面的大区副相比，待遇差好多。C作为总部首长，待遇更高，退下来后，秘书、警卫人员、司机、炊事员、勤务员都是配全了的。无私牵着C家的大狗整天晃荡，有人是有气的，看不惯的，今天这位就是一个代表。

望着眼前这位说话不留情面的老同志，无私虽然心里有些不快，但不会表露出来。他非常理解这些老同志的心情，谁老了都会添些毛病，看不惯就要放炮，他们有这个资格。于是，他恭敬地笑笑，温顺地说："老首长，谢谢您的关心。请您多多保重。"

老首长气哼哼把脸扭向一旁。无私觉得此地不宜久留，便带胜利拐向别处。从那以后，他基本不再到这片地方来，换了一个遛弯的地方。他不希望因为自己和胜利，而使某些老同志对C首长有意见，他得像保护自己眼睛一样保护首长的声誉。

侍候人不难，难的是有人难侍候。

后来无私告诉我，让他苦恼的并不是上面说的那些，而是曲阿姨。

开头几个月，曲阿姨确实给他出了不少难题。

我去北京参加一个文学创作活动，其间给无私打了一个电话。他让我在宾馆等他，他要等首长一家休息后，才能够脱身。

一直等到晚上快十点，他才匆匆赶来见我。我们在宾馆附近找了一家夜市，喝扎啤撸烤串，他讲了三个故事给我听，当然都与C首长夫人曲阿姨有关。

第一个是听来的。说是若干年前，生活困难时候，曲阿姨时常防着炊事员，怕他偷吃。有一回她跑到厨房，炊事员正在切肉片，她悄悄数了数，一共有多少片肉。菜端上来后，她又数了数，发现少了几片。不久，这个炊事员就给换掉了。

无私是想通过这个故事告诉我，曲阿姨比较难缠。

第二个是五天前刚刚发生的故事，无私亲自经历的。他爱人刘婷带张凯来北京探亲——他调北京后，刘婷和儿子尚未来得及办随军，仍然生活在阳城。首长听说他爱人孩子来了，特意给他放三天假，让他带娘俩好好逛逛。刘婷和张凯都是头一回来北京，第一站自然奔天安门。那天上午，刚到天安门，他包里的"大哥大"响了，他知道不会有好事，硬着头皮接了电话，一号台的话务员通知说，请他速回驻地，曲阿姨找他。

刚离开就叫他回，他以为出了什么事。打辆出租车急匆匆赶回 C 首长家，却原来是曲阿姨服药时，不小心洒了一粒药，药丸滚落到柜子底下，老太太年纪大了，行动不便，弯不下腰，捡不起来，一着急，便摸电话找他。

第三个故事，是前天发生的。他带老婆孩子到了颐和园，刚要上船，"大哥大"又响了，还是一号台电话，还是曲阿姨找他。他心想，不会又洒了药吧？憋着一股气返回驻地，这回更绝——老太太说，刚切了个西瓜，吃不完，怕浪费，请他回来吃块西瓜。

晚上，刘婷听说后，哭了起来，说你这是过的什么日子，不行咱别干了，北京不好待，你转业回阳城去。哪里不能混饭吃，非要受这个洋罪。他耐心地分析说，曲阿姨绝对是个好人，没有坏心眼，这么折腾他，是有原因的，原因就是她不希望孙参谋走，孙参谋在 C 家七年，老太太离不开他了，她不想让孙走，老头子偏让孙走，她有意见。可是，首长总得关心部下的成长吧？有个好机会，给孙提职，不放他走，就耽误了。就为这个，老太太有气，不把气撒到他这个新手身上，又能撒到谁身上？

刘婷根本听不进去，她受够了，执意要带儿子回去。昨天一大早，娘儿俩离开的。他与他们娘儿俩已经有一年没见面，本来刘婷请了一个月探亲假，可是连来带回才五天，珍贵的假期全糟蹋浪费了，他今年肯定回不去，再要见面，最快也得明年。

听完三个故事，我怒骂一句，闷头喝下满满一大扎，噎得直打嗝。

抬头看，我发现无私情绪非但不见低落，反而很亢奋，目光坚毅，炯炯闪亮。他认为这是上苍对他的考验——既是重大考验，更是重大机会。林法五写信推荐他时，他就曾暗暗发誓，一定要成长为一个最会侍候人的人，决不辜负林老的期望。曹操说，男儿要胸有大志，腹有良谋，这个他做不到，水大漫不过堤，他只会侍候人。现在机会来了，遇到一点小困难，受点小委屈，算什么呀？再苦再累也要熬下来。过去有句老话：吃得苦中苦，方为人上人。现在不能这么说了，干什么都是革命工作，为C首长全家做好服务保障，是他的本职，更是他的福气——并不是人人都能有这种机会，不是吗？

想起他曾经说过：男人到世上来，不是混饭吃的，而是来争口气。如今我终于参透了无私的想法——事情明摆着：侍候好一个人，比啥都强。C首长虽然退下来了，但是威望仍在，瘦死的骆驼比马大，当今中国，永远不要小瞧老干部的能力。他一个农村孩子，没任何背景，也没有什么出众的才干，若想进步，再没有个强有力的支撑，他能走多远？

无私跟我碰了碰杯子，抿一小口酒，有些动情地说，小时候听艺人说书，有句话给他的印象最深，永远忘不了：没有刘备，张飞就是个卖肉的，关羽就是个编筐的。所以，他无比珍惜这样一个难得的机会，任劳任怨不抱怨，愿意把C首长一家人当成自己的亲人一样对待。他相信自己一定能在C家站稳脚跟。

见他毫无委屈之意，反而信心满满，斗志旺盛，我也随之平静下来，肚里不再有气。无私只能喝一扎啤酒，不敢喝多，他害怕夜里首长那边有什么紧急情况，他得时刻保持清醒，不能放纵自己。

看上去他很疲惫。时候不早了，我想让他早点休息，便提议散伙。

榜样的力量是无穷的，正是由于李和平、张无私这两个老战友作为榜样对我无形的鞭策，才使我没有在人生的道路上落下太远。那几年里，他们当仁不让地进步，我撅起屁股拼命追赶，在北京、上海的大刊物上相继发表了几组有点影响的诗作，自费出了两本薄薄的诗集（自费出书的事，可不能与外人说），获了几个小奖，加入了中国作家协会，当上了文联下属的市作协副主席。

一切看上去很美。

但我当然不会止步，特别想在北京的某国家级出版社出一本厚一点的诗集，因为同样的作品，换个有影响的出版社出版，更容易引起重视，获奖概率更高。但是这需要更大的成本。我的画家朋友齐大伟建议我放下身段，"以书养书"，他路子广，介绍我给郊区的一个著名企业家写一本报告文学，由企业家出钱包销我的诗集，这样出版社没有销售压力，自然愿意为我出书。

齐大伟带我去郊区古镇与老板洽谈，争取签个正式合同。那位企业家姓于，专门做矿产生意，刚刚荣获全国五一劳动奖章，从北京载誉归来。酒过三巡之后，于老板说了一件事情：他到北京人民大会堂开会，中央领导接见他们这些获奖者，他特别想弄到一张主席亲切与他握手的合影，然后放得大大的，挂在办公室和家里，多气派、多荣耀啊！谁看到都得高看咱一眼。可是因为不让带照相机，只能求助于现场拍照的记者。会后，他"抓住"一位某中央级新闻单位的记者，提出了要求，记者答应挑选一张发给他，他再三表示感谢。今天上午，记者主动打来电话，说照片效果非常好，保证于老板满意。紧接着，却又提出要照片可以，但要按老规矩支付三千块钱。

这笔钱相当于一个县级干部两个月的工资，虽然对于一个大企业家来说不算什么，但是于老板总感觉心里面不大舒服，就跟对方讨价还价。对方态度还挺霸道，说一块钱不能少，爱要不要，只给三天时间，不要就把照片删除掉。

于老板太想得到这张照片了——照片无比珍贵，一辈子恐怕难再有与最高领导人握手的机会，说实在的，对方就是要一万他也干，所以他决定伸脖子挨这一刀。没想到齐大伟一拍桌子，腾地站起来说："于哥不能给钱！因为这不是钱的问题，而是面子问题！于哥作为一个全国著名企业家，不接受敲诈勒索！"

于老板微微一笑，没有表态。

齐大伟目光转悠到我身上，我心想坏了，他要打我的主意，以前我曾经向他吹嘘过张无私和李和平。果然他道："于哥，我提议请陶主席找人试试，他部队老战友多，能量大。"

我坐着不动，齐大伟给我使眼色。借着酒劲儿，我起身到屋外，先给和平挂了个电话。他现在是集团军宣传处长，长年不断有中央级媒体的记者到军里采访，他应该认识那位记者所在媒体的人。和平一听就火了，说一分钱都不能出，决不能助长这种歪风邪气，这人肯定不是头一回干这事，宁可不要照片——老板要照片不就是为了抬高身价自我炫耀吗？现在的老板说出事就出事，他出了事，家里却挂着最高领导人接见他的照片，影响多不好……

　　总之，和平虽然认识那家媒体的领导，却不愿意扯这事。他这人眼里揉不得沙子，我不怪他。挂了电话，我一时愣在那里，不知往下该怎么办。这时，齐大伟出屋蹑到我身边，满嘴酒气凑近我说："一会儿你就告诉于老板，基本办妥了。老哥你别怕，大不了三千块钱我掏。要让于老板看看你的能量，明白吗？"

　　当然，我也不死心，打算再找无私试试。自从无私进京后，我还从未找他办过任何事情呢。今天我想看看，无私到底有多大能耐？人是否变了？

　　拨通他的手机，我把情况简单一说，他咕哝一句：不就要一张照片嘛，多大点事呀。嘱我即刻把那位记者的名字，以及其人所在的单位发个短信给他。

　　结果那晚的饭局尚未结束，无私就回了短信，说是已找人说妥，让我赶紧发个邮箱过去。我不太相信，当场打电话验证，无私说，他找了中宣部一位领导的秘书，秘书刚才直接找了那家新闻单位的一把手，你说这事还能不成吗？

　　张无私的话，在场的人都清清楚楚听到了。齐大伟感到很有面子，连说北京的这位老兄路子广，够意思，要精心画几幅画送他以及他的老首长，以示酬谢。酒足饭饱，与于老板等人握手道别后，齐大伟悄悄告诉我，包销三千本诗集的事，已是板上钉钉。

　　没过多久，齐大伟真的画了两张大尺寸的山水画，装裱好之后，由我保价邮寄给了无私。

　　他这么做，让我在无私面前也很有面子。电话里我问无私，首长喜

298

欢老齐的画吗？无私说，首长不太懂书画，不论谁送给他，他都会说好。

我老婆知道了这事，很不高兴，说，就老齐那破画，扔大街上不见得有人要，你让人家无私和老首长收他的画，那纯粹是抬举他，等于免费给他做了活广告。

老齐的画扔大街上都没人要，这话是我以前常说的。近来老齐进步较快，我已经不那么说了。

这位老齐，经历和我相仿，年龄比我小两岁，也当过兵，在海军，也当过电影放映员，在部队期间学了点写写画画的小本领，与我不同的是，我后来选择了文学创作，他选择了美术。他的绘画底子当然不如我，这也是我看不上他的原因之一。据说是因为他私下与女兵谈恋爱，才没有提干，复员后安排到龙山区文化馆工作，五年前调到市文联下属的美协当创作员。他有一股子钻劲，一边拼命提高绘画水平，一边花钱上各种名人录、名人大词典等，特意把那些比砖头还厚能把人拍晕的大词典摆在画室的醒目处，借以抬高身价。几年下来，居然有了点名气。

文联是个大杂烩，下有作协、美协、书协、曲艺家协会、民间文化协会、摄影家协会等等，到底有几个协会，连我都糊涂。有的协会只挂了个破牌子，基本见不到人。由于都当过兵的缘故，也算是老战友吧，我和齐大伟走得最近，时不常地凑一块儿喝点小酒，和其他部门的人则是老死不相往来。我的级别比老齐高一级，他在别人面前狂，在我面前很谦虚，处处把我往前推，说他这辈子最大的心愿就是把我推到文联主席的位置上，让我这个内行来领导龙城的文学艺术创作，比现在的外行领导不知要强多少倍。他不遗余力帮我找企业家赞助出书，就是为了让我快点出名，尽快升到更高的岗位上去，以便多做贡献。

摸清我和张无私的底细之后，有一天老齐提醒我，应该利用好这个关系，合适的时机，请张给中宣部、中国作协的人打打招呼，争取让我获一个鲁迅文学奖诗歌奖，有了这个奖，就会比较容易当上省作协的副主席，将来当市文联主席，顺理成章。他说，同样的作品，获奖与不获奖，给人的感觉那是大不一样的，就像同一个人，当官与不当官大不一样一个道理。

我当然明白这个道理，这个奖我做梦都想获。但我这个人偏偏有一个臭毛病——清高，万事不想求人。对我来说，求人办事，比揍我一顿还让我难受。我这辈子，如果说还有一点特别之处，那便是我的清高。曾经我自命不凡，现在没有了，只剩下清高了，所以我得抵挡住，坚守住，不可再失去清高之心。即使将来张无私和李和平当了再大的官，有了再大的权力，我也不会为自己的事情去麻烦他们。这是我给自己定下的规矩。

我不会为自己的事情求人，现在却要为齐大伟的事情麻烦张无私，这是没有办法的事情。

这已经是三年之后，我的身份是市文联副主席兼作协主席，齐大伟担任了美协主席，若论起来，他也算是我的部下。他要到北京中国美术馆办个人画展，请柬一批批发出去，答应参加开展仪式的领导和名家却寥寥无几，尤其是连一位中国美协的副主席都请不动，这可急坏了老齐，嘴上长出了一串水泡——如果到场的都是些小萝卜头，个展等于白办，花了几十万冤枉钱不说，以后再想有"轰动"的机会，恐怕这辈子难了。

他想到了我的战友张无私，说："陶哥，能不能请老张把老首长搬出来，给剪个彩？老首长肯出面，局面立马就会改变。"

我考虑了一个晚上，天亮时决定帮他。到了办公室，把老齐叫来，当着他的面，给无私打电话。无私说："首长一般不参加这类活动。"

"首长不能老憋家里，经常出来转转好。无私，你得给我想想办法。"

"我试试看吧。"

"好，我等消息。"

放下电话，我心里反而踏实了——即使请不动，老齐不会怪我了。

隔了一天，无私打电话过来，严肃地说："陶鲁达，你要想好。"

我有些发蒙："想好什么？"

"这个老齐，以后会不会——威胁到你？"

"什么威胁到我？"我还是不解。

"如果画展搞成功，他的名气，会不会盖过你？"

我终于明白了无私的好意，淡淡一笑："我和他不是一行，隔行如隔山，不要紧。如果他借此火了，那也是人家的福气，我不会眼红。"

"除了名气，还有职位，你们毕竟在一个单位嘛，将来他会不会跟你争，甚至挤掉你？"

尽管心里咯噔一下，但我表现得很平静——同样还是因为清高——我不想让无私认为我小肚鸡肠小家子气，好像有意要打压老齐似的。当然我心里也有底气——老齐想在文联跑到我前面，并不是那么容易的吧？

于是，我郑重道："这个你放心，不会。"

听我这么一说，他才转入正题："我想了想，只有一个办法能请动首长。"

"什么办法？"

"以办红色画展的名义邀请，兴许能请得动首长。"

"你这个主意好。"

按照无私的要求，老齐需备几幅红色题材作品。他以前画过《井冈风云》《沂蒙颂》《大别山恋》《太行雪中情》，原本此次不展出这几幅作品，担心这类题材参展拉低他整体作品的"艺术含量"。现在顾不得什么艺术含量了，只要能请得动 C 首长就行。于是紧急通知北京办展的公司，更换部分作品，又专门为 C 首长印制一份画单，把四幅红色题材作品放在打头位置。

忐忑不安中等来了无私的确切消息：首长同意到场剪彩。我代表老齐向无私表示感谢，他说："没什么好谢的，你的朋友就是我的朋友。"

最后他着重提出：首长参加活动不接受任何礼品纪念品，包括字画和土特产，这是纪律。

这让我和老齐都很有些感动，老齐的眼泪都下来了，说："还是咱部队上的人好。"

一个月后，齐大伟的个人画展取得了巨大成功。由于德高望重的 C 首长到场剪彩，那些前期收到请柬而不想来的领导和各路专家纷纷前来捧场，数家重要媒体进行了大篇幅的报道，效果大大超出了预期。

从此以后，老齐在画界平步青云。

他眼含热泪对我说："陶哥，你是我的大恩人，以后你需要画，随时来拿；想让我给谁画画，你下个命令就行。"

从内心里，我还真没看上他的画。我也不刻意收藏国内任何当代画家书法家的作品，因为在我眼里，他们的作品大都是重复制作，像木匠做桌子椅子一样，成批地做，不像我们文学作品，每一篇必须都是原创。

我就是这么个臭毛病，文人的清高。

一天，我接到一个紧急通知：定于某日下午一点整在龙城七宝山殡仪馆，为原八十四集团军杨正群政委举行遗体告别仪式。

杨政委临近退休时出了点事，他收了一个干部的钱，因为没办成事，钱也没退，被那个干部告了，杨政委因此受了一个党纪处分，提前半年免职，后来到龙城某干休所安置休养。晚年的杨政委心情不佳，今年初查出肺癌，不到半年，人就走了。

告别那天，本市凡在八十四军工作过的人基本到齐了，熟悉的聚拢到一块儿感叹岁月无情。仪式即将开始时，张无私突然风尘仆仆地出现，引起不小的轰动。死者家人对他感激有加，众人也都向他投去敬佩的目光。

事先他并没有通知我一声，所以我更感惊讶。仪式结束之后，我赶紧把他拉到我的车里，他告诉我，事出突然，他昨晚才得知杨政委去世，无论如何也要赶来送老首长一程，便向C首长请假，C首长知道一点他与杨政委当年的"过节"，对于他不忘旧情表示赞许，痛快地给了他两天假。但他打算今天就赶回去，四点半的飞机，所以我们只能在车上聊几句。

送他去机场的路上，他主动提起当年的帽檐事件、通县事件，说这么多年来，他从没有恨过杨政委，反而一直感激，因为杨政委当年对他有知遇之恩；而且正是由于那两次失误给自己造成的挫折，才使他吸取了教训，后来再也没发生过类似的事情。他真正的成熟，就是从那时开始的，所以他千里迢迢来送别杨政委，不是做戏给人看，而是真情实感的流露。不论跟谁干，他都是一样忠心耿耿。

八年前，他去北京办事经过龙城，我们还能坐下喝一杯茶，这一次，连喝一杯茶的工夫都挤不出来，我表示深深的遗憾。他说，咱们兄弟，一切的一切都在心里，不在乎形式了。

换了登机牌，还有点时间。我们站在安检口外面，抓紧再聊几句。我察觉到，他有一丝忧虑在心头，忍不住问他："近来有啥不开心的事情吗？"

他沉思片刻，犹豫片刻，终于还是说了。

他在C首长身边已有七年时间，不久前刚刚晋升为副师职警卫参谋。在首长身边搞警卫工作，一般到正团，就该挪地方了，他的前任孙参谋就是干到正团走人的。他不想走，想在首长身边多待两年。若要留下，最好的办法就是改任首长秘书。机会是很好的——此时，王秘书平调到郊区的一个机械化师担任师政委，等待提将军，空出的位置正好可以补上。

然而问题也是实实在在的——他文笔太差，不会写材料，而给首长当秘书，即使不是材料高手，最起码文字上要说得过去。首长虽然休息了，但也会经常参加各类活动，要协助准备讲话稿；还要协助题词、写回忆文章等等，恰恰这方面是他最大的短板。这时候他不由羡慕起李和平来——当年如果跟他学几招就好了。

前一阵子，C首长在他走与留的问题上一直犹豫未决，这时刻，王秘书的意见显得尤为重要。令他没有想到的是，王秘书却向首长建议，为了他的成长进步，应尽快把他调整出去，比如平调到机关某一个局，先当副局长历练一下，这样对他好。

首长身边的警卫参谋其实就是个大警卫员，能升到师一级，已经算是破天荒了。王秘书压根儿就不提他接任秘书这一档子事，而且积极帮首长物色好了新秘书，还领到家里来让首长见了见，可见此人眼里根本就没有他张无私。

我问无私："你哪个地方得罪了王？"

他缓缓摇摇头。王秘书和他是安徽老乡，当年进这个门时曾经帮过他，也算是个恩人。七年来，他一直看王秘书脸色行事，从未说过一句王秘书坏话，从未做过一件对不起王秘书的事，可是到头来，王秘书却不帮自己。原因在哪里？

"我想来想去，只有两个原因：一是王认为我确实不是当秘书的料，他是因公不为私，对事不对人，并不是因为我哪儿得罪了他；还有一个可能，就是所谓的争宠吧，每天我在首长、阿姨身边时间久，家里杂事承担得多，首长、阿姨夸我就多一些，王心里不舒服，久而久之，就结下了梁子，关键时刻搞我一下。当然，我这只是瞎猜。"

我叹口气说："到总部机关当一个副局长也不错嘛，又不是离京。你干吗非要待在首长身边呢？侍候人的滋味难道真好受？"

他摇头道："陶鲁，这个你就不懂了。如果我有个首长秘书的履历，那就是个金字招牌。我数了数，王秘书之前，首长的四任秘书都提了将军，王秘书也跑不了。可是前面几任警卫参谋呢？据我知道的，顶多干到正师。当然了，主要是我这人没什么大本事，只会侍候人，不让我侍候人，我还能干什么？离开首长，我感觉自己就像断了线的风筝，无着无落的……"

我握住他的手说："无私，既已如此，还是听天由命吧。做好你自己，剩下的让老天来安排。不论怎样，你都是我最好的战友，最好的兄弟！"

他眼圈红了红，用力握一下我的手，转身走向安检区，像去参加一次战斗那样。

无私做好了离开的准备。

他心里失落，但绝不会表现出来，每天像往常一样，在C首长家干这干那，一直到首长全家人休息，他才骑自行车悄悄回自己的家。

一天晚上，正要离开时，他听到二楼传出剧烈的咳嗽声，C首长咳得惊天动地，他急忙跑上楼，看到首长咳得眼珠子都快掉出来了，样子很可怕。打昨天起，首长就咳嗽，众人劝他到医院去，他就是不去。首长一辈子身体好，感冒发烧的时候都很少，这一回，遇到了生命中的一道大坎——没等救护车赶到，竟然昏迷过去，把全家人都吓坏了。

紧急送到三〇一抢救，医生初步诊断是胸膜炎，为病毒或细菌刺激

304

胸膜所致的胸膜炎症，来势凶猛，症状为胸痛、咳嗽、胸闷、气急、呼吸困难，并伴有高热。幸亏及时送到医院，否则会有生命危险。

尽管C首长很快脱离了生命危险，但病情依然在肆虐，首长的身体恢复得很缓慢，要绝对卧床休息。这时候王秘书已经履新离开，新秘书尚未到位，在病房里侍候首长的担子，责无旁贷地落到了无私肩上。当然，首长有司机，还有勤务兵，也可以帮忙照顾，但这些战士粗手大脚的，他不放心，那些日子，他吃住都在首长病房，常常彻夜难眠，实在困极了，和衣躺在外屋的沙发上眯瞪一会儿，但凡首长发出一点动静，他立马爬起来，靠上去照顾……

正所谓福无双至，祸不单行——首长入院第六天早晨八点多，他接到一个电话——姐姐从老家打来的。姐姐上班时间打电话，他就预感到大事不妙，以前家里人不想影响他工作，很少主动打电话，更不会上班时间打电话。

果然，姐姐电话里哭着说，父亲凌晨突发心梗，住进了县医院急救中心，医生说病得很重，母亲希望他回来见父亲一面。

整整一上午，他都恍恍惚惚的，几次想张嘴向首长请假，然而他望着病床上身体虚弱、紧闭双眼、正在输液的首长，目光又都移开了去，望着天花板呆呆地出神……

这个时候，他怎么能张得开嘴要求走人？

他实在张不开这个嘴啊！

C首长功勋卓著，德高望重，是国家、军队的宝贵财富，而他的父亲，不过是一个普通的乡民。照顾好首长，既是他的本职工作，更是他的政治职责，他必须义无反顾。父亲呢，有姐姐、姐夫和母亲照料，他是放心的。再说，自古忠孝难两全，让他赶上了，他得先尽忠，后尽孝……考虑来考虑去，他咬牙决定，不论家里出现什么情况，他都不能回去，只能是首长康复出院之后，再回去看看。

他寄希望于父亲能挺过来，转危为安。

他把病床上的首长，当成父亲一样尽心侍候。

又过了八天，首长终于彻底康复，回到驻地。他这才急慌慌赶回老家，而这时候父亲的"头七"都过完了。他跪在父亲坟前，哭得伤心欲绝，肝肠寸断。边哭边想，父亲会原谅他的，家人会原谅他的……

父亲早年曾经干过收破烂的营生，在镇上开了个废品收购站。他记得父亲常常对他说，金银铜铁锡，金最值钱。做人嘛，得做金子；做不了金子，也要做银子、做铜，不能做铁，铁到最后都是废品。

他硬挺着不回来，就是想做金子银子，父亲一定不会怪他。他一个乡民的儿子，成为副师职干部，已经为父亲争大光了。父亲在村里很得意，很有面子。

天下什么最大？面子而已。

自从调到北京后，他只回过一次老家，那已是四年之前。这一次，他在家待了三天，寸步不离陪伴母亲。

第四天，他打起精神回到北京。C首长问他："小张，你父亲咋样了？"

他忍住泪水说："首长，我爸已经去世十多天了……他生前不让家里告诉我，怕影响我工作……"

他颤抖着，说不下去了。

C首长眼圈红了，扭过脸去。

后来，无私电话里告诉我，这件事对C首长刺激很大，首长对老伴儿感慨道："国家给我配个秘书，等于咱们多了个儿子，你看，我大病一场，亲生儿子都不回来，全靠小张照顾，他比亲生儿子还孝顺。就为这，我也要一辈子感激国家。"

曲阿姨说："老头子，小张还不是秘书呢。"

C首长一锤定音："让他改任就是了。"

该好好说说李和平了。别说你们，连我都快把他忘记了。

岁月匆匆，转眼到了二○○五年，秋天的一个中午，我突然接到他打来的电话，说他现在军区大门口，请我过来一趟。和平从不开玩笑，我知道一定是真的，赶紧跑去了。他果然站在大门外面的停车场边等我。没等我问，他一脸笑意，步履轻快地迎上来说："陶鲁，我来向你报到！"

我一时没反应过来，他又道："怎么，不欢迎？"

306

我这才意识到，他调过来了，上前紧紧握住他的手说："和平，这一天我终于盼到了！"

在此之前，他是我老单位 A 师的副政委，任现职已有五年，眼前有两个岗位可选，一是到 B 师担任政委，二是到军区当宣传部长。都很重要。他几乎没有犹豫，选择来军区机关工作，因为宣传部长一职，更能发挥他写材料的作用。多年来，他是军里最好的笔杆子，这是毋庸置疑的，一旦当上宣传部长，他相信自己一定是全军区最好的笔杆子。

昨夜他坐火车赶来，上午政治部首长同他谈过话，这事就定下了。一会儿他要赶回去交接工作。

自从我转业后，我们虽然联系不断，但见面的机会并不多。我特别想留他住一晚，兄弟二人喝顿大酒，好好聊聊。他摇着我的手，笑着说："以后我就是龙城人了，我们想不见面都难啊，你急啥呀？"

这时，开过来一辆军车，送他去车站。目送他上车，我注意到，他后脑勺的头发已经稀疏，他的腰背也有一点驼了，估计是长期伏案写材料造成的吧。想想我们都是四十七岁的人了，到了人生之秋，应是收获的季节，我离文联主席的位置已不远，下一届换届选举，我希望蛮大。和平和无私更是都在各自岗位上接近了人生巅峰，作为老战友，我期待他二人都能有一个成功的军旅人生——作为军人，能够站在将军的台阶上，无疑便是成功的人生。

差不多这个时间，无私也升了一级，调整为正师职秘书。

我和无私电话里议论过和平这次升迁，无私认为，和平应该选择当师政委，不应该来当这个部长，他说："我就是不太明白，他怎么那么痴迷写材料呢？无非就是编来编去，闭上眼说假话大话空话，吹喇叭抬轿子，搞形式主义花架子，文章狗屁不如，搞坏了风气。去当个师政委，带带兵，干点实事多好。"

我说："和平可能是为下一站考虑，未雨绸缪吧。"

到了正师这个台阶上，唯一的目标就是提副军，当将军，这是显而易见的。据说，二十多年来，军区先后六任宣传部长，除了有一位因身体原因提前退休外，其余五位都上去了。和平坚信自己也能上去。而去基层带兵，一个师近万人，压力太大，出几次事，前程也就耽搁了，不

307

如在机关稳妥。

我把这个看法说给无私听，并且说，还是你好，在首长身边更稳当，熬年头耐心等着就是了。无私却说："我真没想那么多，只想干好每一天的工作，照顾好首长，让老人家有个幸福的晚年。我没和平那么大志向，他望得太远，脖子伸太长，当心要被鞋带绊倒的。"

类似尖刻的话，和平也说过。有一次谈起无私，和平不屑地说："他不就是靠人身依附吗？说穿了就是个家奴，风气都是他们搞坏的。德不配位，必有殃灾。小胜凭智，大胜靠德。光靠拍马屁，即使上去，也会被人戳脊梁骨。我一路走来，全是靠自己，凭本事往上走，从没想过找个靠山。我是坦坦荡荡的，身边的同志们都可以做证。"

这二人虽然远隔千里，平时联系也极少，但互相不服气，互相看不惯，似乎是与生俱来的。我真担心有一天，他们坐到一起时，话不投机半句多，会不会不欢而散？

年底，无私工作也有了变动，他离开C首长，平调到机关老干部局当局长。对于这次工作变动，他不仅没抵触，反而很乐意，因为有了秘书经历，再有个机关部门领导的工作经历，履历更显丰富，对后续的成长进步更有利。老干部局无非是为老干部服务，这个他不陌生，干起来得心应手。

和平调过来后，我们见面的机会确实多了起来。他忙得很，出不来，我去看他的时候多。每次去找他，要么他在开会，要么在写材料，主要是大领导的讲话稿，或者带一群人钻进小会议室"推"材料——对着投影仪屏幕，逐字逐句地抠，绞尽脑汁反复斟酌，常常为一个字、一个词，甚至一个标点符号争来争去。我不解——领导念讲话稿，又不读标点符号，逗号也好，分号也好，有必要这么争来争去吗？他说，这是工作态度问题，首长的文稿，不能有一丝一毫的马虎。

写材料其实是最苦逼的活儿，我们地方上的人，把写材料的叫作文案狗，每天改到死，能把人逼疯。和平干这个却是乐此不疲，上瘾，一天不写心里空，三天不写心里慌，五天不写心里闷。有一回我去他办公室，见他在一张《人民日报》上勾勾画画，原来他在改人家的一篇社论，说这个词用得不当，应该这样；那个标点标得不对，应该是分号，而不是句号。我笑了，心想你把大好时光用到这上面，真不知生命的意义何在。

现在的风气，都是一切围着领导转，溜须拍马往前蹿。领导下台，讲话稿就成了废纸；领导上台，就一窝蜂地加班加点写讲话稿。领导大会上讲完，各单位还要开小会讨论，人们夸领导的讲话磅礴大气、高屋建瓴、是个纲领性文件之类的话，和平听到了，开心得很——这可都是他写的呀！

政治部徐副主任分管宣传部，徐副主任离了稿子不会讲话，哪怕他参加再小的活动，哪怕是几句主持词，或者是几句慰问的话，都要为他准备稿子，而且要求还挺高，得反复为他改。人们私下编了个小段子，说是在路上碰到徐副主任，你上前打招呼说徐副主任好，这时他也要掏出稿子，认真念道：你好。有人私下对徐副主任有意见。和平却认为，这很正常，他是首长，他混到了这个份儿上，他有这个资格啊。等你混上去，你也可以这样嘛。

几年之后，作家莫言获得诺贝尔文学奖。和平半开玩笑对我说："如果设立诺贝尔材料奖，我可以去争一下。"

两位战友蓄势待发，我却遭遇一次"重创"——说好的文联主席，让老齐抢去了。

自从在北京搞个展大获成功后，老齐的画技尤其是画价突飞猛进，用他的话说，卖画收钱，经常数得手指头抽筋。他赶上了好时候——那是腐败比较严重的年代，一张画卖十几万几十万，稀松平常，老齐赚得盆满钵满。据说从市里到省里，有头有面的领导，家里藏有他画作的不计其数，当然都是请托办事的人雅送上去的。

换届之前，老齐嘴上说一定不和我争，全力保我。但我心里有数——败给他是必然的，他在上层的人脉，他的经济基础，决定了他想不当文联主席都难。

结果就是这样，老齐高票当选。他一脸惭愧地对我说："老哥，我当主席，你来掌舵，好不好？要不，我就干一届，下届你来。我他妈说到做到。"

其实，他们都误解我了，我真的没太拿这个当回事，我自由散漫惯了，真让我衣冠楚楚主持会议讲个话什么的，我会很难受。不当主席，图个清静，符合我一贯的风格。

想不通的是我老婆，老娘儿们发牢骚说："男怕入错行，女怕嫁错郎。这两个错，怎么都让我们家摊上了？"前一句是指我不该当这个破诗人，而应该像老齐那样当画家；后一句，自然是打我脸了。我内心总结说，老子这辈子，当个诗人其实蛮快乐的，就是因为有个爱唠叨图虚荣的老婆，整天这山望着那山高，吃着碗里瞧着锅里，没个满足的时候，才使我的快乐打了大大的折扣。男人这一生，功名利禄其实都不重要，重要的是找个不让你讨厌的老婆。

没当上官，那就发愤写诗。出了本新诗集，印数还是羞于启齿。有一次请和平两口子吃饭，我老婆多嘴多舌，提出"请李大部长买五百本发给部队"。和平笑笑，没表态。回家后我怪老婆，不该给和平出难题。女人振振有词："他一个宣传部长买点书，还不是小菜一碟！"

这事说说也就罢了。没想到有一天，和平把我请到他办公室，指着一堆书说："陶鲁，这是你的大作。但我向你坦白，我不能动用公款帮朋友买书，这不符合规定，请你理解。我个人买一百本送人，你辛苦一下，签上大名吧。"

签名的时候，我的手直抖，既感到有点尴尬，如芒刺在背，内心不停地怪老婆多嘴多事，同时也颇为感动——和平还是蛮够朋友的。

后来得知，这一百本诗集，他一本也没送出去，他怕别人怀疑他用公款购买的，因为无法去解释。

无私听说后，一阵大笑，当即表态，他要一千本。他说："至于用什么款，你甭管了。把发票寄来，给你报销打款就是，书一本也不要，你自个留着送人吧。多大点事呀！藏着掖着的，怕什么呀！谁没有个三朋六友？公款买几本书怎么了？谁没买过？"

这便是无私与和平的区别——无私实在、忠厚、灵活；和平虚妄、孤傲、死板。

他继续感慨道："中国是个人情社会，总是你照顾我，我帮助你，不能什么都按规定来。人就得既有原则性，又有灵活性。我就不相信他李和平什么都按规定来，如果你对他有用，五千本书他也敢买。"

无私的意思，和平是假正经，虚伪，是作秀。这令我哑口无言。

军区新上任的陈司令要在大礼堂对全体机关干部做一次报告，写讲话稿的重任毫无疑问地落到李和平身上，他带几个笔杆子不分日夜，拼命干了半个月，拿出讲稿，信心满满交给陈司令审阅。无人能想到，陈司令对此稿非常不满意，具体的表现就是，大会上，陈司令把那篇稿子扔到一旁，而是拿着自己拉的两页纸的提纲，侃侃而谈，讲的都是大白话、大实话。效果居然出奇地好，大礼堂掌声雷动，有人统计，两个小时的报告，响起十五次掌声，平均八分钟一次。

坐在听众席上的和平，原本是要享受掌声的。但是这掌声完全不属于他。这对号称军区第一笔杆子、高度自信的他来说，无异于当头一棒。

事情并没完。过了一段时间，陈司令又把他主持写的一份重要材料扔到了地板上。

陈司令是有名的务实派，人称"陈大炮"，总部首长都敢顶撞，批评人从不留情面。陈司令小范围批评道：形式主义的东西，军区政工部门表现得尤为明显，写出的材料看上去引经据典，滔滔不绝，实则内容假大空，文过饰非，没几句实话、真话、良心话。他对文稿的要求就三个字：短、实、深。他还借用毛主席的话，评价宣传部搞出的那两份材料，像老太婆的裹脚布——又臭又长，是典型的"党八股""军八股"，令人反胃。当前机关转作风，首先要从转文风抓起……

和平自信心因之受到重挫，机关不少人开始对他侧目。他不由得怀疑自己，二十多年的历练，难道跑偏了方向吗？

这一时期正是他升迁的关口，正师四年了，上头该考虑他了，却由于不期然撞到陈司令枪口上，让他失分不少。

事情还没完。宣传部大张旗鼓推出一个典型，是某基层单位的指导员，带兵有方，思维超前，各大媒体纷纷报道，称赞他是创新型革命军

311

人，在军内外反响较大。但是墙内开花墙外香，那个典型所在单位却有人不买账，给上级写信反映情况，认为过度拔高，水分太大，不实事求是。事情传到陈司令耳朵里，老头儿把政治部主任以及李和平等人叫去，当众拍了桌子，斥责他们工作不实不细，好大喜功，肆意拔高典型，败坏风气。并且道，你们不能为了材料而材料，把主要精力用到写材料上，效率低下，浪费惊人——听说为了搞一个演讲会的材料，不到两万字，兴师动众，居然抽调几十号人，住宾馆开小灶，花费几十万，有这个必要吗？……

陈司令说的都是实情。众人大气都不敢出，个个像霜打的茄子。

有人私下揣测，陈司令与政工口的人"屡屡过不去"，是因为他与军区胡政委有矛盾，或许是有意拿胡政委欣赏的人出气，杀鸡给猴看。曾几何时，胡政委是很赏识李和平的。

不管什么原因，让陈大炮瞧不上眼的人，升迁之事，暂时就别想了。

无私迎来了一次重要机会。

总部机关空出一个副军职的位置，一群人竞争，明里暗里，八仙过海各显神通。无私也是人选之一，但他优势不明显，如果不努把力，也就是个陪太子读书的角色。

电话里给我说起这事，他居然有点难为情的样子，讷讷道："一个农民的儿子，成为正师职干部、大校军衔，按理说我该知足了。可是，可是，久在江边站，必有望海心，既然有机会，也就想再冲一冲。陶鲁，你说我没错吧？"

我鼓励他，有机会一定抓住，不要留遗憾，别像我，败给齐大伟，终生是桩憾事。

他最大的优势就是C首长。当年他离开的时候，老爷子曾说过，小张，以后你的事，我还会管的。有了这句话，他才下决心离开，否则他真想在老爷子身边干到底，直到为夫妇二人养老送终，然后退休。

一天晚上，他硬着头皮去了首长家，磕磕巴巴把要求说了。以前他从没张口要过官，这可是大姑娘上轿头一回，搞得脸红脖子粗，后背都湿透了。首长威严地坐在那里，一声未吭，半天不语。他坐不住，慌里慌张告辞出来，给我打电话。这种事他只能说给我听，在北京找不到一个可靠的听众。

他说："可能要坏事。首长很正派，不会为我坏规矩的。"

我安慰他道："你只要努力过，听天由命吧，不成再等下一个机会。机会还会有的。"

听我这么一劝，他便把事情放下，专心干工作，任别人争来争去，传言满天飞，他不再去关心。

一天上午，接替他的刘秘书打电话说，首长让他下午三点半，务必来家一趟。他忐忑不安赶去，一进门，见总部分管干部工作的赵主任坐在客厅里，原来赵主任今天专程来登门看望老首长。

C首长冷冷地指指沙发，示意他坐下。他搞不清老爷子葫芦里卖的什么药，紧张地坐下。老爷子眯起眼睛问："你正师几年了？"

他答："四年半多，快五年了。"

老爷子一拍沙发扶手，满脸不悦，道："你怎么干的？我身边出去的，个个是将军，就你无用！"

他诺诺称是，冷汗直淌。

一旁的赵主任赶紧道歉，大声说："首长！是我们工作疏忽，没好好考察培养，不怪小张。他很好，工作没的说，人也正派、老实！"

老爷子这才抚掌一笑道："小赵呀，你这一说，我就不生气啦！"

一个多月后，无私胜出，被任命为总部机关一个部的副部长。他第一时间跑来，向老爷子报喜。老头儿得意地说："我早知道会是这么个结果。所以呀，凡事别急。过去打仗，最怕心急，寻找到合适的战机，才是胜利的保障嘛。"

据说，C首长曾对老伴儿念叨："不为别的，就为我的面子，咱也得帮小张一回。他跟我这么多年，上不去，我这张老脸往哪儿搁呀？"

无私获提之后，和平见到我，心里虽然还是不服气，但他并没有发牢骚讲怪话，而是深沉地说："张无私——他是笨功夫，大智慧。"

两年很快过去，和平还是原地踏步。我都跟着着急，打电话给无私，请他帮和平想想办法。无私嘴巴不饶人，说："一个只会写材料的人，当上将军，他有什么用呢?"又说："李和平自认为是个人才，可是，人才人才，才是人用的，不用你，你这才啥也不是。"还说："军队几十年不打仗，机关的人整天开会、写材料，再这样下去，军人会生锈的。"

他不说帮，也不说不帮，每次都是打太极那般绕来绕去。我相信无私一定会帮和平一次，只是需要耐心等待时机。

二〇一二年初夏，八十多岁高龄的C首长要来龙城休息几天，无私作为主要随从陪同前来。这时候，陈大炮已经调往南方军区任职，胡政委也已到龄退休，新到任的黄政委是C首长的老部下，黄政委几番邀请，正是在无私的鼓动下，老爷子才同意离京。来龙城路上，无私就吹风说，他有个"最好的战友"，在军区机关工作，非常崇拜首长，特别想见首长一面，了却半辈子的心愿。老爷子很开心，发话说，可以找个时间安排见一下嘛。

黄政委在龙山半山腰的八一山庄隆重宴请C首长一行，这当口把李和平拉来作陪，是最好的时机。但是这种高规格的场合，和平是靠不上边的，无私便打着C首长旗号，向黄政委秘书提出要求，秘书报告黄政委后，打电话把李和平叫来了。

谁也没有想到，酒桌上，和平急于表现自己，闹了个大洋相。刚上来几个凉菜，他就开始敬酒。他端起满满一杯茅台，足有二两，先是代表军区宣传部全体同志，向崇拜已久的C首长敬酒，豪爽地一口闷；接着代表自己八十七岁的老父亲，向C首长敬了第二杯，又是一口喝下。随即他转向黄政委，继续表演。无私劝他停一停，劝不住，结果喝完第四杯，他出溜到桌子底下，被两个战士抬了出去。

无私鼻子都气歪了。

好在酒宴的气氛没怎么受影响，C首长哈哈大笑，说："这个李和平可真够实在的，和我年轻时一模一样。"无私却认为，首长这是替他撑脸面，因为出洋相的人是他喊来的。

临走之前，无私才打电话告诉我，他来龙城了，简单把和平的表现讲了讲。并且说，原本想三兄弟单独一聚，因为和平闹了这么一出，只能以后再找机会了。

老齐现在已被人尊称为大师，他的国画很有名，近几年又转攻油画，据传也不错。他自我标榜说，他属于"左右开弓，齐头并进"。社会上绝大多数人其实并不懂艺术，人们只看名气，某些人只要名气一大，他创作的狗屁作品，都有人大唱赞歌。我认为齐大师就属于这一类。

给上头的人送字画，自然要选名家作品。

和平委托我找一个有名的画家，为总部的谷副部长画一幅标准像。他家与谷家是邻县，两家直线距离不超过五十公里，算是很近的老乡。以前就有人提醒过他，想办法和谷攀上关系。他迟迟未动。因为他过于自信，一副舍我其谁不求人的劲头，他不想学张无私，非要找个靠山——他曾经那么瞧不起无私。

然而现在他五十四了，再不进步，就没机会了，军旅生涯该画句号了。他通过老家的县领导和谷副部长的亲弟弟搭上了关系，谷弟回话说，已给大哥打过招呼，大哥欢迎他这个老乡来北京家中做客。

对于和平来说，这是一个好信号，谷副部长权势熏天，能量惊人，他这点事，一个电话就解决了。但是去登人家的门，总不能空着两手。想来想去，决定请一位有名的画家给谷画一幅标准像，这样做不俗气，甚至显高雅，对方易于接受。

我实在不想请老齐帮忙，可是扳着指头算来算去，本省的名画家，哪个都不好求，北京的就更不用说了，都是眼盯着钱，谁出高价给谁画。不得已，还得回头求老齐，毕竟是老关系、老兄弟，当年没有我，也没有他今天，他总得给我个面子吧？

和平不便出面，一切都交给我办。我在龙城大酒店请齐主席吃饭，从家带去珍藏了十几年的一瓶茅台，把谷副部长的几幅照片和五万元定金装在一个小箱子里。事先我问过老齐的助手小张，得知老齐当下画一幅标准尺寸的人物油画，市价不低于八十万元。我合计，看我的面子，给老齐三十万，他不画也得画。

315

尽管和平为这个价格惊得张大嘴巴，但还是默默接受了。他叹了口气说："这世道，肥了这些画家。"

我笑笑说："只要一加大反腐力度，画价就得噌噌往下掉，可是咱们等不起。"

和平开玩笑道："谷副部长要是喜欢诗歌就好了，我买你一千本书送给他才多少钱？比买个画便宜多了。"

我叹口气："都怪我，要是一开始我不写诗而是画画，此刻就不用求人了。"

和平摇头苦笑："你不写诗，我们就不会到一块儿学习，也许这辈子都不认识呢。"

几杯酒下肚，趁着齐主席高兴，我把想法说了，并且把小箱子打开，请他过目。他豪爽地说："照片留下，钱拿回去。咱们哥们儿，这点事还要钱，不像话嘛！"

他坚决不收定金，这让我很是感动。

约定的两个月时间到了，我找老齐要画。他竟然说还没开画呢，最近太忙，要给谁谁谁画，还要给谁谁谁谁画，都是以前应下的。腰也不好，老疼。老哥，多担待啊，再给我两个月，好不好？

我感觉不对劲儿，又去问他的助手小张。小张把我拉到一旁小声说："陶主席，别人求画，可都是把全款提前付了，或者至少付一半。您一毛钱没拿，您说齐主席先给谁画？"

我瞪眼说："是他不收定金，不怪我啊！"

小张摇摇头说："我给您说实话，他不收定金，就是不想给画。这您明白了吧？"

我脑袋嗡嗡地响，想起鲁迅先生说过的话，人一阔脸就变，这话用在齐大伟身上，真是再合适不过。和平躲在郊区的一个仓库写材料，我坐上车去找他，把情况一说，他脸都绿了，半天才道："拿八十万买画，不如把这钱送出去。再说，时间也耗不起。"

他决定即刻去一趟北京。

他一路走来，直至当上正师职的宣传部长，从未给上级送过礼。而

316

今，他只能放手一搏。

"心诚求之，虽不中亦不远矣。"登上去北京的高铁时，他就是这么想的。

三个月后，和平得到确切消息，提拔的事情定了，他将回老单位八十四集团军，担任军副政委。

他特意请我喝了顿酒，兴奋之情溢于言表。他老父亲奋斗了一辈子，仅仅混到小县城工商局的小科长退休，连个局长都没当上。他就要当上将军，但现在还不敢告诉老人，怕老头儿一激动，心脏受不了，得慢慢给他说。他写了半辈子材料，几乎把人写死，还好以后就不用写材料了，开会讲话要念别人写的稿子。

命令没下达之前，他要我为他保密。我连老婆都不告诉，但我得告诉无私，因为无私关心过他，因为我们仨是兄弟，让无私也分享一下他的喜悦，那是必须的。

我打通了无私的电话，并且忍不住透露说，和平专程去过谷副部长家。闻听此言，无私呆愣了许久，我以为电话断了，喂喂叫了几声，打算挂掉重拨。这时，他才语气沉重地说："他这是在弹药库玩火，弄不好给炸飞都不知怎么死的。"

我给吓得一激灵。

无私此时已经获悉谷副部长出事的消息，只是不便与我明说。当然我也猜到了七八分。他不满地嘟囔道："陶鲁，你为什么不制止他？"

我难以作答，沉默着。

最后他说："是福不是祸，是祸躲不过——能不能躲得过，就看他运气了。"

不久，谷出事的消息传开。和平的任职命令最终没能下达，他被谷案给卷了进去。

他去谷家走动，带去一个皮箱，内装一百万元。他并没有傻到在箱子里面留简历和电话，开始谷也没有交代他，这点钱在谷眼里，也许真不算啥，懒得说。办案人员偶然调看谷家大门外马路边的一个公共监控

317

探头，寻找线索，其中有一个中年男子下了出租，提着一个皮箱进了谷家大门，恰恰专案组里面有一个从龙城调来帮助工作的人，这个人脱口而出："呀，这不是李部长嘛！"

他就这样暴露了。

因为没能帮他弄到画，才造成后来他铤而走险去送钱，我为此感到愧疚。如果仅仅是送一幅画，应该不算是多大问题吧？老齐又不是徐悲鸿张大千，他那破画算个屁？

后来才搞清楚，李和平提升，与送钱无关，姓谷的根本没为他给军区打招呼，提拔他完全是军区党委的意见，他当宣传部长七八年，没有功劳也有苦劳，只要没有大毛病，组织上一定会认真考虑的。他还是太急了，战机没寻好，应该再坚持最后五分钟。说到底，最可靠的依靠是组织，而不是某个人，组织可能帮不了你，但是组织绝对不会害你。

身陷囹圄的李和平，得知这么个结果，一定会悔青肠子的。

转过年来，我去北京领一个诗歌奖，与无私小聚了一次。他的司机开车送我们去吃饭，离老远他就让司机停车，我们下车，车子掉头开走，我们步行走过去。他是怕被人拍到军车牌号。

这条街上有几家特别高档的餐饮，全北京都有名，我以前来，无私经常在这里招待我。如今那几家名店是不敢去了，他在这附近找了个路边小店，我们钻进一个小包间，要了四菜一汤。他自带了一瓶茅台。在这种小饭馆喝茅台显得很不协调。

我们边喝边聊，话题绕不开时下轰轰烈烈进行的反腐。无私消息多，对这个很敏感，他说得多，我说得少，基本都是听他讲。他嘴里一套一套的，真应了那句话：官越大，水平越高。他说："这回可是动真格的，不像以前那样走走过场。做官的黄金时代过去了，春江水暖鸭先知，我身边不少人都开始收手。有道是'明者见危于无形，智者见祸于未萌'，《道德经》里还说'飓风过岗，伏草唯存'，都是这么个道理。小心点没错。话又说回来，中央也真该好好抓抓了……"

我隐隐为他担心，端起酒杯祝他平安顺利，每天都能睡个安稳觉。他听出我话里的意思，轻拍着胸脯说："我不怕，说出来你不信，我家

318

里一百万都拿不出来。我既没收过，也没送过。都说升官要花钱，我当上将军，一路走来，没花一分钱。如果要树一个不买官的典型，我觉得我够格。这么些年，C首长老是送我东西，从茶叶、土特产到酒，我都记在小本子上，而首长家，我只送过五斤红枣、十斤小米——那年回安徽，从老家带来的，首长就很不高兴，说咱们之间，不搞庸俗那一套。以后再回老家，我一根草叶都不敢带了。"

我相信无私说的都是真话。

无私又说："很多人都是被钱害了，就像李和平，敢送钱，说明家里钱多。"

我摇头道："他也没钱，他送的一百万，有二十万是借小舅子的。这个我可以做证。"

无私不信："他当了七八年部长，能没钱？宣传部虽然说是清水衙门，我听说经费也不少的，管着好几个直属单位，每年这费那费的，几千万总有吧？他当部长，能不捞一点？"

我郑重地说："他真没捞。他送的那点钱，是他家全部的存款。这个我敢保证。"

闻听此言，他默然许久，道："李和平他一辈子不可谓不卖力，不可谓不努力，不可谓不尽心，不可谓不干净。可是他干的事，基本就是形式主义战车上的一颗螺丝钉。"

我点点头。

话题随之转到我身上，他说："人这一辈子，能干自己最喜欢的事，就是幸福，比如你。世上什么最珍贵？我认为，是自由。陶鲁，你多自由，想睡懒觉就睡，想骂谁就骂谁，想写就写，想不上班就在家待着，每天不用看谁脸色，不用猜别人的意图。说实话，我不羡慕那些中将上将，我羡慕你。"

他说的是真话，我能感觉出来，他不是讽刺我，他是真心羡慕我。我一个名气不大的诗人，能得到一个将军的羡慕，说明自己这一生，路没走错。

大约半年之后，李和平的事情有了结果，因为问题并不太严重，他

319

没有被刑事处理，而是做了组织和行政处理：开除党籍，正师降为副师，安排退休。

这已经算是很好的结局了。

我去他家看望他，他闭门不见。第二次去，还是不见。第三次去，仍是不见。给他打了无数次电话，就是不接。他爱人说，老李精神状态不大好，老是嘟囔一句话：那么多人没事，为什么偏偏是我？他不想见任何人，你们的心意领了，以后请不要打扰他了。

我不觉悲从中来，潸然泪下。

后来就听说龙山公园里，经常有一个穿迷彩服的中年人，在那儿哼唱军歌，别人问他话，他一概不理。

那天下午，我在龙山公园半山腰徘徊了两个多小时，从不远处的松树林里，传来断续的军歌声。李和平把我所知道的军歌都唱了一遍，有的唱了好几遍，比如《战友之歌》。

听着他沙哑的歌声，我的心感到刺痛。我很想上前，同他一起歌唱。

年轻时我们风华正茂，那时唱这支《战友之歌》，浑身是劲。数十年来，一些无聊的事情，耗费了人们太多的精力。军营变成了官场，人人都被职务、金钱这两只狗追得魂都掉了。如今年华老去，现在来唱，徒添悲凉。

如果大家都少一点功名心，这世界才会更精彩。

那天下午，我几次鼓起勇气，想上前去，同李和平一起歌唱，然而最终迈不开脚步。太阳落山时，我踽踽下山去了。

年底，张无私以军改后新成立的某部正军职副司令的名义，来龙城参加一个会议。一天下午，我闯进他开会的地方，强行把他拽出来，拉他前往龙山公园。我们迎风上山，刚下过一场中雪，山上游人并不多。走着走着，就听到半山腰的一片树林里，传出一个人的歌声。我停下脚，无私狐疑地望我一眼，渐渐被那歌声吸引。

他听出来了，是李和平。

这时，李和平又在唱《战友之歌》。他的歌声感染了我，也感染了无私。我们迟疑片刻，然后大步走向那片小树林，来到一个高处，我们看到李和平一身迷彩服，正动情地引吭高歌。

大约二十年前，我们曾经相约，兄弟仨到龙城相聚。这是分别二十多年后，我们第一次聚到一块儿，没想到，是在这样的场合，以这样的方式相聚……我的心里暖暖的，我看到无私眼里闪着泪光……

我和无私随着和平，大声唱起来——

战友战友亲如兄弟，
革命把我们召唤在一起，
你来自边疆，
他来自内地，
我们都是人民的子弟……

和平望见高处的我们，略显无神的眼睛，忽然间变得明亮起来。

我们唱呀，唱呀，到后来，都禁不住流下了眼泪，感到热血沸腾。我想，太久不打仗，本该单纯的军人都变复杂了。我虽然早已不是军人，但我还是想说：让我们出征吧……

让我们仗剑出征吧！

(2017 年)

葡 萄 园

这一条穿越整个鲁西北地带的河流一定有过它的辉煌时期。你看它宽阔的河道，高耸的堤岸，河滩上小如红枣的鹅卵石，以及大堤上那些站弯了腰、渴裂了皮的古老的杨柳，它们都会在风雨中告诉你这条河流往昔的峥嵘岁月。它是黄河的一条分支，许多年里，它连接着黄河与鲁西北这块虽然肥沃但并不丰盈的土地，每当进入雨季，它浩荡的水势便响彻两岸，日夜不息，贴着波涛翩飞的水鸟比走动在两岸土地上的人头还多。因为河滩上满是野生的芦苇，苍茫水色中苇荡像兵阵那样壮观，于是人们约定俗成叫它苇河。

曾玲儿的父亲曾广文常常蹲在堤岸上回忆苇河过去的情景，脑子里塞满了汹涌的河水和摇曳的苇荡。村里上了年纪的人又有哪一个不对它感慨万千呢？当年那些胆大妄为的男孩子是苇河的一景，他们兴高采烈地离开村落、田野、学校，中午或者傍晚出现在河岸上，旁若无人地脱光衣服，用手接一泡尿胡乱在肚脐眼上抹几下，白光一闪跃入水中，转瞬之间，他们已游出一箭之地。尽管每年夏天都有运气不佳的人葬身河中，但人们仍然恋着这水，离了它就仿佛不能活。

现如今苇河的确是名不副实了。它早已没了过去的水势，即便雨季来临，它也只在河道中央保留一条细细的水流，掀不起一点儿波澜。当年那些溢满河滩的芦苇也踪影皆无，它们都被勤快的农人连根拔起，成了牲畜的食物和灶膛里的灰烬。沿河滩走上一段，偶尔能见到几株瘦弱不堪的苇芽儿，在阳光下泛出一点儿难得的绿意。遍地的鹅卵石显得河道更加宽阔，而堤岸却在连年风剥雨蚀下变得矮小了。风吹来之际，滩地上扬起的烟尘经久不息，让人疑心苇河曾经作为一条河的存在，并使那些上了年纪的人徒生悲凉。

曾玲儿不记得苇河过去的模样，她只有十九岁。曾玲儿只是感到现在的苇河没有多少生机。村里曾经有人试图开垦一片河滩，种上一点儿庄稼，但他们的这点想法很快就打消了。一来滩地太贫瘠，要想让庄稼长出个样儿，需要多施肥，有点儿不划算；二来他们担心有朝一日发大水，所有的努力都得泡汤。这里毕竟是河道，谁知道老天爷啥时候发威。三是这两年情况变化更大，别说滩地，就连上好的土地都没人愿意种了。村里心高气傲的年轻人大都到城里做工去了，剩下的差不多全进了村支书丁圣根开办的地下工厂，偷偷摸摸生产一些市场上的紧俏货。因此，人们只在河道上留下了几片鸡刨狗扒般的痕迹，并未见一粒粮食生长出来。

村里没人会想到，尚未发育成熟的小姑娘曾玲儿居然看中了河滩地。现如今像她这般年纪的人谁还恋着黄土？他们在城里或者从村支书丁圣根那里挣了点钱，沾了点洋气，马上就腊月里光屁股一般抖起来了。你让他们去种地，他们会立马瞪起眼来，一惊一乍道："种地？那是人干的活吗？只有牛才肯种地！"

更令人惊奇的是，曾玲儿没在河滩上种庄稼。两年多前，有一伙黄河南岸的人开着手扶拖拉机来这一带推销果苗儿，有苹果苗、桃树苗、梨树苗、山楂苗，还有葡萄苗。他们向村人散发了几十张油印的广告，说苹果品种是烟台红富士，桃树品种是肥城大肥桃，梨是莱阳梨，山楂是泰山脚下的一串红，葡萄嘛，是大泽山的玫瑰香。反正都是山东最有名的特产。人们已经对种田不感兴趣了，自然对这些来路可疑的果苗儿也是心存芥蒂，于是拿着广告纸回家揩屁股去了，只有少数人围着拖拉机搭讪几句。曾玲儿恰巧路过，她被藏在塑料布下面绿生生的果苗儿吸引住了，忍不住问道："这是啥苗儿?"

"葡萄呀。"一个额角上长颗黑痣的小伙子亮开大嗓门说，"这是全国最有名的玫瑰香，平度大泽山品种。一年上架，二年结果，三年大丰收。种上几亩，比开工厂都强呢!"

那人边说边递给曾玲儿一张油印的栽种说明书。他额角上的那颗黑痣使他无形中显出一副凶相。但他的嘴很甜，似乎还叫了曾玲儿几声大姐。曾玲儿不觉脸红了红。此刻的曾玲儿已经出落得光彩照人了，有人说她的脸蛋儿比城里姑娘还要光鲜。曾玲儿去年秋天从镇上的中学毕业，由于父亲的眼睛突然失明，而母亲又因严重的关节炎无法干重活，唯一的姐姐也已远嫁异乡，曾玲儿只得放弃了上高中的打算。村里一些同龄的姑娘曾约她进城做工，她想了想，没有去成。村支书丁圣根多次上门找她，请她到他的厂里去，想干什么都行，什么都不想干也行，反正钱是少不了她的。她去了不几天就捂着发烧的脸跑回了家。丁圣根虽然四十多岁了，按辈分曾玲儿还要叫他叔叔，但丁圣根做起邪事来是不顾脸面的，这一点村里很多人都清楚。

半年多来一直心灰意懒的曾玲儿被那些绿生生的葡萄苗儿弄得心潮澎湃。春天的小风吹来，她感到心头更为舒畅。于是，她跑回家同父亲曾广文商量种葡萄的事。父亲说："家里只有二亩半责任田，哪有闲地栽葡萄？"

曾玲儿说："我想好了，到河滩上栽。反正滩地都闲着，又不用交租金。"

"要是赶上发大水咋办？"父亲忧心忡忡地说。

"我打听过，上游连接黄河的大铁闸早就锈死了，再也打不开了，苇河成了条废河。听说上游的人在河滩上种满了庄稼。咱这一带年年雨水不足，还能发什么大水？再说，村里那些做工的人终有没活干的时候，等他们回过劲来再想种地，咱家的地已经肥得流油了。"曾玲儿振振有词。

自从父亲双目失明后，家里的事渐渐就由曾玲儿说了算。见她执意要栽，父亲叹了口气，不再阻拦。

曾玲儿说干就干，她用五袋小麦换回了两筐葡萄苗。那个额角上长着黑痣的小伙子摆出一副牙疼的样子，抽口气说："这买卖没法干了。我从山东到河南，从河北到山西，卖了无数的果苗，就数换给你的这份便宜，真是赔本了。不过，谁让你长相俊呢，我是活该吃亏。小大姐，好好种吧，三年后我来吃你的葡萄。"说罢，他有点儿不怀好意地干笑了几声。

曾玲儿在靠近村子的堤岸处圈出了一块滩地。她忙活了整整一天，

324

捡净了里面的鹅卵石，又用了三天时间，将葡萄苗儿一棵棵精心埋进土里。干完这一切后，曾玲儿测算了一下，她的葡萄园不多不少，整整五亩。

两年过去了，曾玲儿在村人的议论声中越干越欢。她经常冲着在地头撒欢的壮壮说："他们是吃不到葡萄，就说葡萄酸。你知道吗？这话是说狐狸的。"壮壮"呜汪"一声，表示知道了。壮壮是曾玲儿豢养的一条狗。

慢慢地人们不再见怪曾玲儿，她的葡萄园长势愈加喜人。如果你有兴趣沿着苇河走一遭，你会发现在苇河广阔的河滩上，曾玲儿是创造了一个怎样的奇迹！在满目黄沙和杂草之间，那座用篱笆圈起来的翠绿色园林就像一颗夺目的宝石，仿佛古老的苇河滩因它而重新焕发了往昔的魅力。

春天来临的时候，河滩上唯一的景色就是曾玲儿的葡萄园了。逐渐变暖的风从南面刮过来，一阵连着一阵，似乎没有停歇的时候。风掀起河滩上的黄尘和砾石，河道里变得沙尘滚滚，很像两军交战的战场。

春风吹起了黄沙，也吹拂着曾玲儿的葡萄园。直到某一天早晨，起了个大早前来溜达的曾玲儿欣喜地看到，枯了一冬的枝条上开始冒出了新芽。芽尖儿小如米粒，那一串串的小米粒静伏在湿漉漉的枝条上，在晨间的薄雾中透出绿生生的光泽，令曾玲儿感动不已。曾玲儿在园子里小心翼翼地走来走去，忘记了回家吃早饭，每一个新芽都能使她眼睛发亮。

这天早晨晚些时候，曾玲儿盘腿坐在堤岸上，背对着初升的太阳，面向自家透了隐隐香气的葡萄园，不由得想好了一首小诗——

> 升起的霞光里传来鸟儿的啼鸣，
> 枝头上露珠闪烁，谁在园中劳动。
> 我还记得你昨日的神情，
> 你说那不是梦，
> 是你童年失落的歌声。

你的村庄紧挨我的果园，

丰收果实即将堆满庭院。

你说在果园里，

与世上最美的一位少女相爱，

那是一个有月亮的夜晚。

满街的人们都很孤单，

找到果园就是找到幸福，

春风啊，吹着我手中幻想的诗篇⋯⋯

在回家的路上，曾玲儿为自己的小诗起好了名字。她在心里说，就叫《走进果园》吧。多美的意境啊！望着路边田野里同样有了绿意的麦苗，曾玲儿愈发陶醉。

曾玲儿一进胡同口，壮壮就从家里跑出来迎接她，兴奋地在她身前身后兜圈子，并不时地用嘴蹭她的裤角，嗅她身上的气味，一副贪婪的模样。她母亲任秀英已将早饭热过第三遍，此刻正拖着两条膝骨节格外突出的伤腿，一拐一拐地扫院子；父亲曾广文则蹲在磨盘上打磨铁锹，预备着开春后使用。曾广文眼睛失明后，起初整天烦躁得不行，饭不想吃觉睡不着，逮着谁骂谁，后来慢慢习惯了，也能摸索着干些杂活了。

见曾玲儿头发和身上湿叽叽的样子，母亲有点儿不高兴地说："你不瞅瞅都啥时候了，也不知道回来吃饭。唉，真是儿大不由爷，女大不由娘！"

曾玲儿抬脚轻轻踢了一下壮壮又凑上来的嘴，响亮地说："告诉你们一个好消息，咱家的葡萄架冒芽啦！再过几个月，葡萄就大丰收啦！"

任秀英看了一眼女儿和丈夫，并不为曾玲儿带来的好消息所动，也许她觉得葡萄冒芽和太阳每天都出来一样，没什么好稀奇的。她顺着刚才的话题不停地埋怨曾玲儿。曾玲儿笑嘻嘻地说："不就是晚回来一会儿吗？等以后葡萄坐了果，吃饭就更没个钟点啦。"

曾玲儿并没有直奔饭桌。她来到自己的小屋里，找出纸和笔，把刚想好的那首《走进果园》一笔一画认真抄下来，装进信封里。母亲在外面生气地说："你疯了吗？还想不想吃饭？"

"不吃了不吃了。"曾玲儿头也不抬地说。她把信封放进贴身的口袋，走到饭桌前，拿起一个馒头狠狠咬了一口，然后推起自行车，咕哝道："我到镇上发封信去。你们快点吃吧，别等我啦。"

曾玲儿打算把诗寄给县文化馆的老鬼。老鬼在当地是个颇有名气的诗人，已出过好几本诗集，县城里很多人都认识他，但他仍觉得自己怀才不遇。老鬼其实不老，只有二十八岁。曾玲儿上初二那年，老鬼下来采风，在镇中学的墙报上看到了她写的一首小诗，感觉不错，便向学校领导提出，非要见见她，说是点拨一下，这孩子将来会有出息的。曾玲儿本来就是个见花伤心见月流泪的人，喜爱幻想，多少有点儿诗人气质，听说有个大诗人要见她，兴奋得不行。一见面，老鬼披至肩头的散乱长发和浓密的络腮胡子让她吃了一惊，但老鬼莫测高深的见解又使她钦佩不已。在后来一年多的时间里，曾玲儿写了不少诗，遇到满意的就寄给老鬼指教。老鬼差不多每次都回信说："火候不到，尚须努力。"退学回家后，曾玲儿诗渐渐写得少了。现在，发了新芽的果园又点燃了她的激情。

在村北一座高大的宅院前，停着一辆崭新的小卧车，它流光溢彩的姿容同脏乱的村街很不协调，仿佛是一块躺在杂草乱石中的金锭。小卧车是支书丁圣根刚从济南买来的，据说值十好几万。有一只红眼睛的长毛狮子狗趴在车门上往里探头，无奈窗玻璃挡住了它，它急得抓耳挠腮。这只长毛母狗是外国种，非常温驯，从不咬人，丁家的人叫它琳达。据说琳达也值个万儿八千的，它是丁圣根的心爱之物。有人说丁圣根对琳达比对老婆还好，也有人把琳达戏称为丁圣根的小老婆。

车门一响，丁圣根从车里钻出来。丁圣根中等身材，仪表堂堂，穿着笔挺的西装，脚上的皮鞋油光瓦亮，搭眼一看根本不像别的土里土气的村干部，倒像城里有身份的领导。他抬手捋了一把打了发蜡的小分头，不错眼球地盯住曾玲儿说："小玲子呀，看你这高兴劲儿，是去相女婿吗？"

虽说不情愿，曾玲儿还是骗腿儿下了车。父亲曾多次交代，路上见到支书和村里其他头头脑脑，不管有事没事，如果骑着车子都要下车。琳达跑过来嗅了曾玲儿几鼻子，马上掉头回到主人身边，不停地搔首弄姿。

曾玲儿低了头说："丁叔，外出吗？"

"去县里开会。"丁圣根冲曾玲儿眨巴了几下眼睛，"你还没回我的话呢。刚才我在车里看见你小脸笑成一朵花，有啥喜事？讲给我听听，让叔也高兴高兴。"

"我家的葡萄发新芽了。"曾玲儿推着车子绕过横在路中间的丁圣根，"我去镇上发封信。"

"坐我的车，我捎你去。"丁圣根压低声音说，"你这丫头，一天一个样，真是女大十八变，越变越中看……"

曾玲儿不敢停留，慌忙上车。她听到有个尖利利的声音从丁家深宅大院里飘出来，是丁圣根的老婆王春花在说："一大早就浪，也不怕烂屁股眼子！"王春花表面上可能在骂她家的鸡，其实在骂男人，这谁都可以听出来。

有时曾玲儿又觉得丁圣根还是不错的。丁圣根是个很有本事的人，如果没有他，村子不会是如今这个样子。原先的老支书丁长锁人品德行没说的，可就是萤火虫的屁股——能量不大。丁圣根当支书后，仅仅几年工夫，村子就变了个样。现在人们骂归骂，但从内心里还是服他的，至少是怕他。去年冬天，有人到河滩上拔了几十棵干枯的葡萄架，可能拿回家烧火了，心疼得曾玲儿站在寒风中哭了半天鼻子。丁圣根知道后，再三安慰她，并说只要他当一天支书，这种事儿绝不会再出现。当天晚上，丁圣根亲自到村委会用大喇叭喊话，恶声恶气地说谁要再敢动一动曾广文家的葡萄架，他就剁他的狗爪子！还说他在这村里上管天下管地，中间管空气，谁要不信，那就走着瞧，有你们喝西北风的时候！从那以后，曾玲儿家的葡萄架果真安然无恙，她可以放心地在家过冬了，无须再隔三岔五去河滩上守望。

出了村子，曾玲儿觉得视野豁然开朗。太阳已升到了半空，照耀着平坦的原野和零乱的树木。村东有几座孤立粗糙的建筑物，屋顶上并不高大的烟筒冒着黄烟，那是丁圣根开办的私人工厂。村北新修的柏油公路上，有个熟悉的影子立在一棵小杨树下左顾右盼。曾玲儿一眼就认出，是她上初中时的同班同学贾丽。贾丽比曾玲儿大一岁，虽说长相比曾玲儿差一截，但在村里也是很惹人眼目的。贾丽初中毕业后没考上高中，她去了城里打工，在舞厅当服务员，但干了一年就回来了。她对曾玲儿说："玲子，你没进城算你走对了，城里男人脸皮真厚，死乞白赖，而且舍不得掏腰包。打死我也不进城干了。"

曾玲儿有点儿不解其意："你为啥掏人家腰包？"

贾丽瞪圆了杏眼说："咦？你真不明白还是假装糊涂？"

不久曾玲儿才真正明白了贾丽的用意。贾丽进了丁圣根的厂子当了出纳，经常背着王春花跟丁圣根外出。与此同时，她身上的穿戴愈来愈光鲜，令很多同龄的女孩子眼馋而又无计可施。起初她的父亲贾老旺自觉在人前矮三分，但随着六间大瓦房平地而起之后，贾老旺的脸面也壮了，经常拎着个锡制酒壶往人堆里钻，亮开大嗓门呵呵笑着谈天说地，道古论今，俨然一方绅士。人们学城里样子，把贾丽叫作丁圣根的小蜜。偶尔有个把胆气壮的人冲贾老旺开玩笑说："老哥，如果说你闺女是小蜜，那你就是老蜜啦。"

贾老旺仰起细脖子灌口酒，然后毫不客气地回敬道："我就瞧不起你这种爱嚼舌头的穷棒子。有本事你也找个小蜜让我瞅瞅！别说舔小蜜，你天生就是个舔屎尿的命！"

曾玲儿放慢了蹬车速度。她一下子猜出贾丽这是在等丁圣根。她不想同贾丽打照面，免得败坏了自己难得一现的好心情。她把车把一拐，上了一条田间小路，准备斜插过去。果然，丁圣根的小卧车从村口露了头，驶到公路边上停下来，贾丽飞快地钻了进去。

曾广文眼睛没瞎之前是个身强力壮的汉子，种那二亩半责任田都不够他活动筋骨的，农闲时他就做豆腐卖，小日子还算过得去。先前他曾讥讽过妻子任秀英，说别人的骨头都好好的，偏偏你的关节老是捣蛋，说你是个废人有点儿冤枉你；说你是个利索人吧，你又利索不起来。任秀英便冷了脸噙了泪说，你这是嫌弃我，当初谁让你非要娶我？你那狗眼为啥不睁大一点儿？曾广文忙改口哄她，连说我是闲扯淡，你还当真？都怪咱家老屋地势低，潮气散不出去，加重了你的关节病。等攒够了钱，咱也盖六间大瓦房，把地基垫得高高的，冬天点上火炉，把你的伤养好，就等着享清福吧。

任秀英马上破涕为笑。

然而谁也没想到，曾广文的眼睛突然不明不白瞎掉了。任秀英哀痛过后打趣道，这下扯平了，我成了拐子，你成了瞎子，咱们以后谁也别笑话谁了。话毕，辛酸味儿再次袭上心头，难免一天到晚唉声叹气的，仿佛全村的苦难都让他们一家摊上了。这时，别说盖大瓦房，就连生计眼看都成了问题。幸亏他们有个能干的小女儿，不然真要面临断炊的局面。

冒出新芽的葡萄园成了曾家最大的希望。

曾广文刚瞎那阵儿，曾玲儿曾同姐姐姐夫带父亲到县医院看过，医生也没说出啥道道，只说先住院观察，如果是白内障，需要手术。正要办理住院手续时，曾玲儿多了个心眼，嘱咐他们别急，她找个熟人问问情况再说。

曾玲儿所说的熟人就是诗人老鬼。老鬼是她在县城唯一的熟人。

费了好大周折，她才在一座筒子楼里找到老鬼。这是她第三次见老鬼，上一次见面是半年前，她来县城买衣服，顺便到文化馆找老鬼请教了一番。

老鬼的屋子乱得像个鸡窝，他打着哈欠解释说，原来的套房被前妻霸占去了，他现在住的是馆里的仓库，既然是仓库，他没必要搞那么利索。曾玲儿此刻没心思听他讲这些不着边际的话，急急把她的来意讲了。老鬼问："全瞎了么？"待弄明白后，老鬼说："我觉得瞎了也好。这世界多糟糕啊！眼不见心不烦，图个内心清静不也具有一种悲壮的情怀么？"

都这个时候了老鬼还在调侃，曾玲儿不由伤心起来。老鬼像个长者那样抚弄着她的肩头，正色道："绝不能相信县医院，他们最拿手的就是把事情搞糟。要做手术最好到济南去，当然去北京更好。"

老鬼接着举了个例子：一天，县医院给一个病人做手术。主刀医生狠狠一刀切下去，病人立马从手术台上跳下来，鬼哭狼嚎破口大骂。原来他们把蒸馏水当成麻药注射上了，这和杀猪宰羊有什么区别？

曾玲儿忍不住笑起来。她想起村里烧砖的丁福贵，不慎被脱砖机轧掉了两根指头。能做断指再植手术的医院寥寥无几,但县医院偏偏敢收治丁福贵,结果不仅断指没植上,伤口感染后只得把整只手都锯掉了,丁福贵一家恨不能点把火烧掉县医院。

"可是,去大城市住院要花很多钱,钱从哪里来?"曾玲儿笑过之后更是满面愁容。看来,父亲的病只能以后再想办法了。

"假若苍天有眼,会让你爸爸双目复原的。"老鬼点上一支烟,深情地吸了一口,"有你这么漂亮的女儿,如果他不能日日面对你,该有多么遗憾。"

葡萄树吐出新芽后,需要施肥、浇水、固定那些过冬时松动的木架子,够曾玲儿忙活的,责任田里的活计只好有劳母亲任秀英了。任秀英每天一大早和女儿一块儿出门,然后在村头分手,各奔自己的目标。任秀英多年来很少下地,如今试着干了几天,叫苦不迭。但又过了些日子,她居然能够胜任庄稼地里的角色,说是腿呀腰呀胳膊呀也不像过去那么疼痛不堪了。

曾广文是个闲不住的人,他常常在妻子女儿离家之后觉得憋闷。吸过几根劣质烟,他便拎上探路的竹竿,摸索着走出家门。他一般不去责任田,他觉得老婆任秀英在家享了那么多年的清福,此番让她出点力气完全应该;他心疼的是女儿,所以他要去河滩上帮曾玲儿干点力所能及的活。

长长的竹竿敲在路面上,笃笃地响;曾广文双脚贴着地面划行,发出难听的嘶啦声。由于需要穿越大半个村子,还要经过一片田野才能到达河滩,所以他常常在途中受阻。有时他不得不求助于某个无事可干的半大小子,请他们引领他走过那些容易绊脚或出错的地段。偏偏有的顽皮小子故意把他往错误的道路上引领。更有甚者,他们事先在他的必经之路上挖几个"陷马坑",然后躲在一边等着看笑话。每每他洋相一出,他们便发出惊天动地的欢呼声,令他哭不得笑不得,打不得骂不得。一次,他一脚踏进一个深至小腿肚的"陷马坑"里,当即扑倒在地,手中的竹竿像标枪那样飞出去丈把远,随即一股汹涌的牛屎马粪的气味扑面而来。坏小子们不仅挖了深坑陷他,还在里面下了大量秽物。他们怪叫着振臂欢呼:"嗷嗷,地雷响了,地雷响了——"

这时，一个瓮声瓮气的声音盖过了孩子们的欢叫。那人好像跺着脚骂道："我操你们所有人的亲娘！"

曾广文听出，此人是老铁匠贾木康的大儿子贾宏图。贾老铁匠多年以前死了老伴，贾宏图眼看就小三十了，仍未讨到媳妇。他还有个弟弟叫贾宏利，也到了婚娶的年纪。村里人因此讥笑他们一家子是筷子夹骨头——三根光棍。贾宏图骂跑了那群作恶的坏小子，赶过来扶起曾广文，帮他揩干净脚上的秽物。曾广文感激地说："大侄子，你心眼这么好，为啥就没人愿意嫁给你？"

"现在的好心人不吃香了，人们认为好心眼的人犯傻。"贾宏图干笑两声，换了个话题，"大叔，你家情况这么糟，为啥村里就不管管？丁圣根这狗舅子只想自己发财，根本不管咱穷人是死是活，早晚会有人给他算总账的！"

当天晚上，村里一些人家的院落里陆续传出打骂孩子的嘈杂声。贾宏图把那几个孩子的劣行挨家挨户告诉了他们的家长。虽然他们都是不懂事的孩子，但作弄一个瞎子毕竟令他们的父母脸上无光，因此，那些当父母的打起孽子来一点儿都不手软，显出一副侠义心肠。收工回家的曾玲儿搀着父亲走在村街上，曾广文一个劲地唉声叹气，连连说："孩子小，不更事嘛，大人哪能动怒？"

壮壮跟在爷儿俩后面，像个忠实的男仆。每逢遇到熟悉的狗，壮壮便摇头摆尾，亲热地同它们打着招呼。

为了避免再出现掉进"陷马坑"孩子遭打的情况，曾广文以后想去河滩时，就由曾玲儿搀着走。这一阵子最要紧的活儿是给葡萄浇水。老天一点儿雨意都没有，河道里见不到一滴水。曾玲儿听从贾宏图贾宏利两兄弟的建议，在河道中央挖了口两米多深的井，井水虽不算旺，但能凑合着浇一遍水。

贾宏图贾宏利两兄弟有时来葡萄园帮着干点力气活，譬如这口井，主要是两兄弟挖的，曾玲儿给他们打打下手。贾宏图身材高大，浑身有使不完的劲，他最大的毛病是性格暴躁，像个拼命三郎。小时候他打架打出了名，这一带没有不知道的，弄得学校都不敢收他。他头顶上有一块巴掌大的白癫，就是打架留下的纪念，那块头皮被人用铁耙子抓掉了，以后再也没能长出头发，这使他更显凶猛和狰狞。全村人都对丁圣根畏之如虎，唯独他不尿丁支书那一壶，丁圣根拿他一点儿办法没有。同哥哥相比，弟弟贾宏利驯顺多了，长相也比较秀气。贾宏利是个初中生，平时喜欢读《七侠五义》那一类的武侠书，满脑子侠肝义胆，因此他最佩服的人就是哥哥，觉得贾宏图是个真英雄，将来要成大事的。贾宏利越读书越感到这小地方盛不下他，但又没有好地方可去，因此他逐渐变得好吃懒做，很少见他下地干活。不过，帮曾玲儿干活时，他却一点儿都不惜力气。曾广文忍不住在一旁数落他道："我说二侄子，你若一直这么能干，还愁找不到女人？"

贾宏利说："我宁愿一辈子打光棍，也不想当牛做马。"

贾宏图说："大叔，帮你家干活我们哥儿俩是心甘情愿的，天下穷人是一家嘛。如若不是怕别人耍嘴皮子说闲话，我们天天帮你干都行。我们倒不怕闲话，就怕那些难听的话传到玲妹子耳朵里，她脸上挂不住。"

曾玲儿忙打断贾宏图："喂喂，少提我少提我！"

贾宏利抹了把脑门上的汗说："大叔、玲妹子，我哥说得极是。我们哥儿俩一不想做官二不想发财三不想娶媳妇，我们就想做侠客，替天行道，伸张正义，杀富济贫，助寡扶弱！"

贾宏图从井底用力甩上一锹泥巴："眼下我们的死对头，就是为富不仁的狗舅子丁圣根！"

"乱说不得，乱说不得。"曾广文摇晃着瘦骨嶙峋的大手说。

挖好了井，贾家兄弟真像传说中能飞檐走壁的侠客那样，突然没了踪影。曾广文偶尔念叨说："真是哪家的经都不好念。当初老铁匠贾木康三年内得了两个儿子，村里人都去贺喜，我和你娘眼馋得睡不着觉。谁知他们长大了，个顶个不成器。"

曾玲儿撇撇嘴说："现在你还眼馋老铁匠吗？"

曾广文拍着大腿说："妮儿呀，我早想开了，你才是个金不换呢！"

曾广文其实干不了太多的活计，他常常为自己的无能而犯急。他寻思着站在井口往上提水兴许能成，便试着提了几桶。曾玲儿担心父亲一头栽到井里，执意不肯让他干。曾广文说："你不想想，这么浅的井，就是掉进去，也淹不死我呀。"

再往后，往上提水的活儿就由曾广文包下来了，曾玲儿负责挑水和浇灌。她挑着两只水桶，风摆杨柳一般，颤悠悠走在阳光飞舞的河滩上，滩地和晴空在她的眼里闪着金黄色的光芒，扁担钩和水桶一经摩擦便发出"吱呦吱呦"的响声，犹如劳动号子。干一阵子，曾广文就有些心疼地拖长声调说："妮儿，挑累了吗？累了就歇歇，别硬撑着。"

"再挑几担，浇完这一垄再说。"曾玲儿一般都这样回答她的父亲。

父女二人劳动时的动作和声音让每一个过路的人顿生怜爱之情。

曾广文提水时为防不测，双脚踏在井口不敢乱动。几天下来，他就踩出了两个深深的坑，远看过去，像两只古代的脚印。

浇过一遍水，葡萄的芽尖已经宛若寸钉。往下的活儿便是施肥。曾广文这时插不上手了，他只好坐在堤岸上打盹儿，或是谛听女儿穿越葡萄架子的声音。柔软的柳枝儿在他耳边摇荡，堤外的大田里，妇女和老人边干活边搭腔，牲口和雀类的叫声此起彼伏，影影绰绰，给他一种夜晚的感觉。壮壮越来越闲不住，它一会儿在园子里蹿来蹿去，弄出类似老鼠钻柴垛的响声，害得曾玲儿不停地呵斥它，防止它撞坏葡萄架；一会儿它又像奔马一样蹿到堤外，去大田里兜圈子。曾玲儿这时又担心别人暗害它，不时扬起嗓门呼唤它。曾广文连连摇头叹息。壮壮折腾了一阵，终于跑乏了，便跪伏在曾广文脚边，气喘吁吁地舔他的脚脖子。这时候的壮壮仿佛是曾广文亲生的小儿子，使他有一种子孙绕膝的幸福感觉。

曾广文先前的面相虽说不上凶悍，但至少是古板。自他眼瞎之后，他的面部表情却愈来愈显丰富了。每逢他静下心来久久端坐于一隅时，就有一种慈态可掬的微笑模样，像一个大智若愚的古时候的哲人。

阳光在葡萄架子间缭绕，地表温度开始上升。曾玲儿喜欢在头上罩块丝巾挡挡直射的阳光。她施肥时手脚十分协调，婀娜有序，离远了看，很像正在织网的渔家少女。每每她干至离曾广文近的地方就停下来，活动活动腰身，顺便同父亲说几句话。她说："爹，我觉得今年葡萄丰收没问题。等卖了钱，秋后就带你到济南看病，做手术时你可别怕疼。"

"不怕，不怕。"曾广文撑开空洞无物的眼睛说，"皮肉受点苦没啥，就怕钱花出去了病治不好。"

"听说济南大医院连人的肾都可以换，治你的眼病不会有问题。"

曾广文嘿嘿一笑，额头上的皱纹像水波纹那样游动了几下，仿佛他的眼疾已经见好了。

曾玲儿又说："先给你治好病，明年再收一季葡萄，咱也盖六间大瓦房，像贾丽家那样的。不，争取比她家盖得更漂亮！"

曾广文脸上堆满了笑纹。他混浊的眼珠转动着，似乎那六间明亮的大瓦房已经立在了面前。

村里以前极少有人种葡萄，人们对栽种知识一无所知。曾玲儿每干一阵，就得停下来翻书。这本《果木栽培》的书籍是她写信托诗人老鬼帮着买的。老鬼寄书时附信说："相信书本，准没错。妈妈的，如果人类相信诗歌，世界大同早实现了！"

丁圣根和贾丽的事终于被他老婆王春花彻底发现了。王春花连着同丁圣根大闹了一天一夜，闹得丁圣根实在受不住了，狠狠踢了老婆两脚，并威胁说如果再胡搅蛮缠，就打发她滚回娘家去。王春花撕扯着自己的头发说："我要到镇里去告你！"

丁圣根却哈哈笑道："告吧告吧。镇长也有小蜜，你告我，我看他咋办。"

王春花没了主意。呆愣了一阵，她决定去娘家住些日子，于是她到仓房里收拾东西。虽说家里一日富于一日，但她往常回娘家仍是舍不得带贵重物品。这回不同了，她拣好的装了两大包袱，临了没忘记把男人刚给她买的一枚蓝宝石戒指揣进兜里，打算送给妹妹。收拾停当，她大声吩咐司机丁小明："快送我去王家集！"

丁小明是丁圣根的远房侄子，他一时不知怎么办好，频频抬眼瞅丁圣根。丁圣根摆摆手说："送你婶走吧。她走了我好清静清静。"

王春花上车时恼羞成怒地踢了赖在车门前的琳达一脚。她平常就很讨厌琳达，因为一见琳达就让她想起那些勾搭自己丈夫的风骚女人。桑塔纳鸣着笛远去了，丁圣根整整领带，点上支烟吸了两口，觉得没滋没

335

味，甩手扔了出去。挨了一脚的琳达已从刚才的屈辱中解脱出来，此刻正在空旷的院子里追逐着一只刚出壳的小飞虫玩，一副悠然自得的机灵模样。丁圣根忽然觉得，人有时活得都不如一条狗自在。他清清嗓子，对琳达说："走，咱到厂里瞧瞧。"

琳达得令后，丢下仓皇失措的小飞虫，甩着尾巴跑在了前面。

村里原先有两家村办企业，由于经营不善倒闭了，丁圣根折价买下了那些破旧厂房，自己开起了工厂。他的厂子主要生产"名酒名烟"和化肥，有一阵子效益出奇地好，为他的家业打下了坚实基础，也使他很快有别于其他村子的领导，成了鹤立鸡群的人物。不但村里百姓跟着他受益，而且镇里的头头脑脑也都跟着沾了不少光，因此他们乐意睁一只眼闭一只眼，并不计较丁圣根的厂子生产什么。

太阳已升到了半空，村外的麦田仍罩着一层缥缈的雾气。路边一小块田里的油菜已长到了筷子般高，也不知谁家种的。由于被老婆吵闹了一夜，早饭也没顾上吃，丁圣根此刻感到十分倦怠。几个扛着农具下地的中年人见了他，亲热地打着招呼，他懒得回话，抬抬下巴便超过了他们。往前走了几步，又觉得不对劲，他停下来，对他们说："你们也不搭眼瞧瞧，都啥时候了。过去在生产队里干活你们磨洋工，现在土地早就承包了，你们给谁磨洋工？"

那几个人一起嘿嘿地笑。有个叫曾庆堂的搓了把脸说："昨晚打了半夜牌，赢了点钱，一高兴就不想早起了。"

丁圣根生气地说："照这样下去，你们早晚还要出去讨饭的！"

"嘿嘿，圣根哥当支书，我们不会吃不上饭的。"曾庆堂笑嘻嘻地说。

丁圣根不想再同他们费唇舌，抬脚趔向去工厂的沙石路。工厂里那些老旧的机器和锅炉快不行了，曾促使他起了洗手不干的念头。但工人们不同意，说老板你若歇手，我们还不得喝西北风去！

快走到厂门口时，丁圣根看到一辆破破烂烂的吉普车下了新修的柏油路，像艘旧船一样朝他驶来，发出老人咳痰般的粗糙声音。吉普车在他面前勉强停下，一个披蓝大衣的人钻出车篷，来人是副镇长陈道坤。陈道坤紧紧握着丁圣根的手说："哎呀老丁，刚才我还担心找不到你呢。"

丁圣根抽出手说："陈镇长有何指示？"

"扯淡，我哪敢指示你老丁。"陈道坤说，"徐镇长让我来瞅瞅你的厂怎么样了。"

"一般一般。"丁圣根忙说，"今年明显不如去年。你们这些当头头的年底可别再狮子大开口，我都被你们掏空了。"

"哪有那么严重。"陈道坤赔着笑脸说。又弯腰拍了拍琳达的额头，琳达突然烦躁不安地跳了几下，吓得陈道坤后退一步。说话间，陈道坤腰间的BP机响了起来，他低头拨弄了一下："是县里的老同学，不理他。"

丁圣根却咧嘴笑了。陈道坤有点儿警觉地问："老丁你笑啥？"

"你这模样让我想起一段顺口溜。"丁圣根说，"刚听来的——身上穿着蓝大衣，腰里挂着BP机，家里养着小蜜，嘴里骂着他妈个×，一看就是个副乡级。"

陈道坤捧腹大笑，说："够精彩。不过，其他都像，就是家里养着小蜜这句不符合我，我不像老丁你那么有艳福啊。"

他们边说边进了厂办公室。陈道坤关上门问丁圣根，你现在生产什么酒？茅台还是五粮液？丁圣根说早不干了，我现在专门生产苇河牌老白干，利润了了。陈道坤说我又不是外人，老丁你没必要瞒我。丁圣根吸口烟说，那就直说吧，我现在生产孔府宴酒，你放心，我力争在质量上超过真的，如果能打进北京人民大会堂更好。陈道坤说老丁你这种干劲真是可嘉可佩，如果咱乡有三分之一的村支书像你这样，咱乡的经济还愁上不去吗？

接下来，陈道坤话锋一转，向丁圣根透露道，上边可能要轰轰烈烈打假，这回搞不好动真的，他让丁圣根务必提高警惕，以防不测，不出问题则罢，一出问题就是大问题。"当然，我们会及时和你通气的。"陈道坤补充道。

"我怕什么！"丁圣根摁灭烟头，"我现在办厂已经不是为我自己了，我是为了百姓着想，另外给你们这些当领导的弄点福利。"

"这我知道。"陈道坤说，他支吾了一阵，又说，"老丁，还有件事，徐镇长让我务必转告你。他的车子太破了，想换辆桑塔纳，镇里财政状况你又不是不知道，眼下拿不出这么多钱来，只好请你再想法垫三万块。"

"他买那辆伏尔加时，我曾出过两万。现在又来要，没有没有！"丁圣根瞪起眼睛说。他意识到刚才陈道坤所说打假的事是唬他的，纯粹为要钱做铺垫。

"老丁你别急。"陈道坤又塞给丁圣根一支烟，"你个当村支书的都坐上了桑塔纳，徐镇长是一镇之长，换辆车也是应该的嘛。"

陈道坤接着告诉丁圣根，秋天县政府换届选举，徐镇长很有可能当副县长，你痛痛快快掏一下腰包，到时候他能亏待你老兄吗？丁圣根说我不指望他善待我，以后少来抠我就是了。陈道坤立马眉开眼笑，说："这是最后一次，咱说定了！"

陈道坤走后，丁圣根的情绪一直未见好转，谁进来呵斥谁，贾丽从门口瞄了他一眼，飞快地钻进了会计室。他突然觉得贾丽那张化了浓妆的脸俗气极了，还有她的穿戴也不对劲，无论从哪个方面讲，她都比不上曾瞎子家的姑娘曾玲儿。一想到曾玲儿，丁圣根就感到小腹有些发胀。

丁圣根拐进臭烘烘的露天厕所，一个正在小解的工人慌忙地给他腾地方。未及撒完尿，他猛然意识到少了点什么。"琳达。"他自言自语说，"咋不见琳达了？它去了哪儿？"

十几个工人从乌烟瘴气的车间里跑出来，兴冲冲地到处找琳达。过了好一阵子，他们才把琳达带到丁圣根面前。琳达鲜亮的长毛上沾有黄土，眼角还挂着清泪，一副失魂落魄的哀怨神态。丁圣根气呼呼地问："谁他妈欺负它了？"

"没人欺负它。"一个裤角上涂满酒糟的小伙子嬉皮笑脸地说，"是一条公狗想找小蜜，而琳达好像也有那个意思。"

小伙子的回答引出一片哄笑声。丁圣根脑子一炸，急问："干成了没有？"

"就差一点点儿。如果我们再晚到一分钟，它们怕就生米做成熟饭了。"

丁圣根也给逗得笑起来："春天一到，别说人，连狗都变得不安分了。"

"老板，琳达是外国种，外国种更骚，干脆让琳达入一次洞房算了，免得它熬不住。再说，人家琳达不远万里来到中国，咱更不能虐待它。"有人建议道。这些在丁圣根厂里干活的人都喜欢称他为老板。

"我也这样想过。可是，咱这一带的狗没一个配上琳达的。"

"老板，那总不能老让琳达闲着吧？"

"看你比它还急。你他妈的要是有啥想法，不妨和它来一下。"丁圣根说，"都快干活去吧，别闲扯淡了！"

工人们互相开着玩笑进了厂房。琳达终于平静下来，规规矩矩地伏在主人脚边，并且有些羞涩地低着头。丁圣根对它说："你先别急，过几天我带你到济南去，找一条名贵公狗和你配配。"

但是，琳达并没有坚持到那一天，丁圣根的错误在于没把它拴起来。琳达在一个阳光充足的下午悄悄离开了家门，激情满怀地在大田里游荡。

琳达最终在夕阳下与壮壮相遇了。

曾玲儿先前从未想过要养一条狗。要说女孩子喜欢动物的话，一般首选小猫。最早是贾宏图提醒了她。贾宏图说，你家葡萄长成了，如果不养条狗守着，夜里还不得被人偷光。曾玲儿一想有道理，将来自己和父亲免不了到葡萄园里守夜，有条狗做伴，至少可以壮胆。

贾宏图那段时间经常进城收购茅台等名酒的酒瓶，然后卖给丁圣根。他瞅准机会，逮回一条耳朵宛若黄烟叶的外国狗送给曾玲儿。但这条洋狗大概过惯了花天酒地的生活，起初对曾玲儿端给它的粗糙食物连看都不看，眼角湿了一片，一副伤心至极的模样。后来它勉强喝点小米糊糊，也仅是维持着不马上死掉，没过几天就饿得奄奄一息。曾玲儿既心疼又无奈，对它说："你到咱乡下来，咱家里又没好东西喂你，真是委屈你了。谁让你碰上贾家老大呢？他一副凶相，见了他你为啥不躲得远远的？"曾玲儿实在不忍心看着它惨死在自己手里，就把它抱到公路上，打算送给过路的有钱人。

一天，两条公牛挡住了一辆小卧车的去路，小卧车不得已停下来，司机摇下车窗玻璃大声吆喝。说来也怪，一见小车，那条将死的洋狗马上来了精神，挣扎着跑过去，拼命用爪子扒车门。司机说，牛还没走又来了条狗，谁家的脏狗？曾玲儿忙说，它是条富贵狗，过不惯乡下生活，师傅你行行好把它带走吧。司机不高兴地说，我可不想给它送终，你快抱走吧，别弄脏我的车。这时，后面的车门打开了，一个红光满面的中年人钻出来，把狗揽在怀里，微笑着说，小姑娘，这狗我要了。中年人边说边掏出一张百元大票递给曾玲儿。曾玲儿如释重负地说："不要钱，只要你养活它就成。"

过了许久，曾玲儿还念叨："也不知那条洋狗咋样了。"

后来，贾宏图不知又从哪儿帮着弄来了一条小花狗，它就是现在的壮壮。壮壮是本地狗，随便丢给它什么东西它都不嫌弃，曾玲儿没费多少心，它就长大了，而且出落得一表狗才，体形优美，健壮机灵，毛色油亮，目光锐利。它几乎和曾玲儿形影不离。起初每逢曾玲儿带它走过人群，人们便发出笑声。曾玲儿不解其意，问你们笑什么呀，人家笑而不答。问急了，才有人这样说："你瞧壮壮多像个新郎官呀！"

曾玲儿脸腾地红了。她这才明白，一个姑娘家，整天领着条公狗出出进进，太惹眼了。但她实在舍不得丢弃壮壮，只好以后再出门时，尽量把它拴在家里。后来她又想，养壮壮就是为了守园子的，老不让它出门也不行，因此，她慢慢地不再理会别人，心说壮壮不就是愿意跟在我屁股后面吗？你们眼馋啥呀？做人的，和一条狗计较啥呀……

就连贾宏图也吃壮壮的醋，他瓮声瓮气地说："玲妹子，我连它都不如吗？"

曾玲儿白他一眼："我想，在狗群里，壮壮是很不错的；而在人群里，你算啥样的，你应该有数。"

"我觉得我总比丁圣根强，至少比他心眼好。"贾宏图嘟嘟囔囔走开了。

葡萄叶子长到酒盅大小时，壮壮一连好几天六神无主，稍不留意它就往堤外的麦田里钻，任曾玲儿喊破嗓子都唤不回来。曾广文嗅嗅空中的气息，说："到时候了。麦子要扬花，果木要坐果，牲畜也要吊

340

秧子。"

曾玲儿琢磨了一会儿，才明白父亲话里的意思。曾广文又说："要想让壮壮老实，只有请兽医劁了它。"

曾玲儿立即反应过来，她咬了咬嘴唇，口气颇硬地说："那可不行，劁了它它就不是壮壮了！"

这天下午，曾广文没到河滩上来。曾玲儿把该干的活干完了，就坐在堤岸上翻那本《果木栽培》，等着壮壮来找她，好一起回家。

太阳快落山时，壮壮喘着粗气回到曾玲儿身边。曾玲儿一边斥责它太不像话了，光知道疯野，一边收拾农具准备回家。正要下坡，突然听到有人大声喝道："小玲子！"

曾玲儿吓得一激灵。

丁圣根牵着琳达从一条沟渠里冒了出来。没等曾玲儿明白怎么回事，丁圣根已经爬上了河堤。他头上冒着热气，脸上挂着汗珠，衬衣领子大敞着，领带像没扎紧的裤腰带那样当郎着。曾玲儿怯怯地问："丁叔，咋啦？"

"你问问你家的熊狗！"丁圣根怒气冲冲。

曾玲儿此时仍不明底细："壮壮咬琳达了？不会吧，壮壮从不咬人的，也不咬狗……"

"它和琳达吊上秧子啦！"丁圣根强忍怒气，尽量选择着合适的词汇，"琳达让你家的熊狗给毁啦！它如果生一窝子笨狗，还不寒碜死我！"

曾玲儿脸涨得像远方的落日，捏着衣角一时不知怎么办好。丁圣根余怒未消："我看这条熊狗活够了，即便我不干掉它，也要劁了它的卵子！"

"叔，都怪我没看住壮壮……"曾玲儿眼里含着泪，头压在胸前。少顷，她奋力抬起腿，朝壮壮的肚子狠狠踢去。壮壮疼得"呜汪"叫着，翻滚到一边。但壮壮并没有逃跑，它犹如做了错事的孩子那样满面羞愧，而琳达却像小公主一般高昂着毛茸茸的头，悠闲地交叉晃动着四肢，脸上挂着心满意足的表情。

大概丁圣根觉得有点儿过火，他努力挤出一个笑脸，说："小玲子，当然也不能全怪你，你先回家吧。"

"叔，回去后我再抽它！"

丁圣根的本性终于藏不住了，他压低声音说："你家壮壮欠了我家琳达的，如果你愿意替它还账，贾丽有什么，我就让你有什么，好不好？"

曾玲儿不敢停留，几乎是连滚带爬下了河堤。丁圣根呵呵笑着说："你怕什么？我又不是老虎……你记住，咱俩的事还没有完！"

曾玲儿走出好远了，仍能听到丁圣根在堤顶上说："咦嘀，还真别说，你这葡萄园种得蛮像一回事呢。"

壮壮和琳达苟合事件过去不久，又发生了一桩怪事：曾广文感到身上痒得不行，好像有什么东西在叮咬他。任秀英掀开男人的衣服，果然在衣缝里发现了一些密密麻麻的椭圆形小虫子。"天哪！这是啥玩意儿呀！"任秀英失声叫道。

曾玲儿随着母亲的喊声跑过来察看。她斗胆捏起一只银灰色的小虫子，举过头顶，迎着阳光观察。她看到这种虫子形状像虱子，但个头比过去见到的虱子大。"我看就是虱子。"曾玲儿判断道。

"可现在不是生虱子的时候呀，而且光你爹身上有。再说，村里人好多年不生虱子了。"任秀英一个劲地摇头。

"它不是虱子又能是什么？"曾玲儿也觉得不可思议。

分析来分析去，母女二人只能认定，它就是虱子。曾广文也捏一个在手里，虽然他看不见，但他仍做出细细端详的样子。他叹口气说："个头够大的。难道几年不见，连虱子都变大了吗？"

她们把曾广文穿过的所有衣服都拿到太阳地里，认认真真逮过一遍。过了几天，曾广文仍叫唤浑身痒痒。任秀英懒得再帮他逮，她把大锅烧热，拿过衣服在锅上使劲抖，虱子们掉进红彤彤的铁锅里，发出爆豆般清脆的噼啪声，同时一股焦煳的臭气弥漫开来。

曾广文在一旁嘟嚷道："真是怪了，八成要出点岔子。"

结果曾广文的预感灵验了。曾玲儿在葡萄园里转悠时，看到有些枝蔓和叶片上挂着一些翠绿色的小虫子，形状如葵花籽大小。起初曾玲儿没当回事，以为不过是绿色植物上常见的肉虫，不用理会它，过几天它们会自生自灭的。但她很快发现，这种虫子生殖力和食量惊人，没多久它们就出现在几乎所有的葡萄架上，有些叶片已被咬成了筛子状。

曾玲儿被它们吓坏了。她翻遍了《果木栽培》里关于葡萄种植的所有章节，上面并没有对这种害虫进行介绍。她又不敢随便使用农药。无奈之下，她火烧火燎般赶到镇农科站咨询，一个戴金边眼镜的工作人员为难地说："我们很少研究葡萄病虫害的防治，因为咱们镇没听说谁家栽种葡萄。你最好到县里或地区打听打听。"

曾玲儿为难极了。就在她拿不定主意是否去县里时，风把一张废旧的报纸刮到她脚边来。可能这张报纸被人用来包过猪肉或其他腥气物品，在它游动的过程中，仍有几只苍蝇跟着飞行。曾玲儿漫不经心地瞄了报纸一眼，看到正对着她的是文艺副刊版，上面有几首诗，作者不是别人，正是老鬼。若在往常，曾玲儿会如获至宝般认真拜读的，但今天顾不上了。

"我为啥不找老鬼想想办法？"曾玲儿对自己说，"他曾说过他的朋友遍天下，他遍天下的朋友里一定会有懂果木的。"

曾玲儿一刻也不想耽误，她骑上车子，飞快地往村里赶，回家翻出老鬼单位的电话号码，然后直奔贾丽家。贾丽的父亲贾老旺正在胡同里给几个老太太讲汉朝的事，曾玲儿尖着嗓门儿对他说："贾大爷，我想用用你家的电话！"

贾老旺因为故事被人打断，颇有些不悦，便头也不抬地说："电话线让老鼠咬断了……本来呀，天下是项羽的，却生生让刘邦抢去了。刘邦，哼，脸皮厚得很呢！"

"旺老弟，你说要是项羽败不了，天下会是啥样子？"一个嘴里没牙的老太太问。

"对咱百姓来讲，谁当皇帝都一个球样！"贾老旺举起锡制酒壶抿了口酒。

曾玲儿哀哀地说："贾大爷，我真有急事，想往县里打个电话。"

贾老旺脸扬了扬，看清是曾玲儿后，态度转了个个儿："哟，是玲子闺女呀，真是越长越俊了。进去打吧，机子在八仙桌上。"

居然顺利找到了老鬼，曾玲儿急急地把情况讲了。老鬼在那头打着哈欠说："不就是几个小虫子吗？干掉它们没问题，包在我身上了。"

放下电话，曾玲儿情绪好多了。她在胡同口向贾老旺道过谢，贾老旺背着手说："以后碰到我讲古，最好别打岔。听说你爹身上生虱子了？大热天生虱子，自古少见。"

"如今怪事就是多。"那个嘴里没牙的老太太说，"昨夜里我家的猫咪被一群老鼠撵得到处蹿，碰碎了三个碗。"

曾玲儿说："我爹身上的虱子已经没了，可我家的葡萄园又生了虱子。"

转天上午，诗人老鬼果真带着县农科站的技术员小马来到了河滩上。他们是骑一辆破摩托车来的。老鬼穿一件脏兮兮的花格子T恤衫，小马则身着洁白的短袖衫。老鬼一见曾玲儿就说，这是他新买的旧摩托。壮壮见了陌生人，伸长脖子吠叫。老鬼胆怯地对它说："自我介绍一下，我叫老鬼。你听说过我吗？噢，忘了给你带本诗集来。"

曾玲儿喝退壮壮。她如遇救星似的迎接他们，并把尊贵的客人介绍给父亲。曾广文脸上漾出动人的微笑，一个劲儿地说让你们跟着受累了。曾玲儿经过春风熏陶和劳动的锻炼，出落得更加丰腴结实，脸蛋儿宛如秋季沉醉于阳光下的苹果。小马俯在老鬼耳边说，她可是比你描绘的还要漂亮。看来在美面前，一切语言都是无能为力的。老鬼说山中出俊鸟嘛，这回你小子没怨气了吧？

老鬼介绍说小马也喜欢写诗。小马说："那是过去。我现在不写了，因为我感到诗歌的时代已经一去不复返了。"

老鬼不同意小马的话。他挥手捋了一把飘拂的长发，说："你只讲对了一半。请你张望一下，这美丽的葡萄园、美丽的玲儿姑娘，还有曾大叔灿烂辉煌的笑容，不都是现成的诗吗？"

曾玲儿脸微微一红："可是，我的葡萄秧快被害虫吃光了。"

小马吸完一支烟，从随身带的黑皮包里拿出一只放大镜，对着叶片上的害虫仔细辨别。曾玲儿凑过去，她看到放大镜里的虫子像小孩那般大，胃管不由抖了抖，差点儿呕出来。老鬼孤立在河堤上，双手卡腰做江山如画一时多少豪杰状，嘴里吟诵着古人的诗篇。

小马收起放大镜，做结论道："这是蚜虫的一个变种。"他告诉曾玲儿，消灭它们并不困难，用百分之四十的乐果按一比五百的比例兑水打药便是。"每周打一遍，连打三遍。再想见它们，就得明年了。"

曾玲儿早已准备好了乐果、敌百虫等多种农药。她说干就干，喷雾器射出的浓雾在绿叶间蒸腾，仿佛给葡萄树洗桑拿浴。她边喷药边吩咐父亲马上回家，让母亲做几个菜，中午留两位客人吃饭。"别忘了宰只鸡。"她强调说。

"我帮你干会儿吧。"小马说。

"不用不用，这点小活累不着我。"曾玲儿感激地说，"这活哪是你们城里人干的，你好好歇着吧。"

小马无事可干，就站在一株葡萄前研究它的生长情况。他总觉得什么地方不对劲，脱口问道："你这葡萄是什么品种？"

曾玲儿说："大泽山的玫瑰香，品种不错吧？"

"品种当然很好。"小马边思考边说，"从哪儿买的果苗？"

"黄河南岸的人开着拖拉机来卖，我用五袋麦子换的。我记得卖给我果苗的那个人脸上长着一颗黑痣，他还说三年后来吃我的葡萄呢。"

"去年结果了吗？"

"只结了几嘟噜。我尝了尝，挺酸，可能还没长成。马老师，有啥问题吗？"曾玲儿一愣怔，不由住了手。

小马忙说："啊，没啥事，我随便问问，随便问问。"

"等葡萄熟了，我要最先请你和老鬼老师品尝。"

小马欲言又止。天气已经很热了，空中没有一丝云彩。小马爬上河堤，盘腿坐在一棵柳树下抽烟，心头的隐忧总也排不掉。老鬼发完了思古之幽情，正用诗一般的语言赞美处于劳动状态下的曾玲儿和她的葡萄园。曾玲儿给他的话弄得满面绯红，干得更加起劲儿，仅用了两个小时，就把一遍药打完了。小马走到最先淋药的葡萄架前，看到已经有些虫子进入了昏迷状态。

他们三人说笑着往村里走去时，吸引了很多人的目光。人们盯着老鬼窃窃私语："说他是女人吧，他长着胡子；说他是男人吧，他的头发比女人还长。"老鬼一点儿都不感到难为情，他大大方方地挥着手说：

"乡亲们好！乡亲们辛苦了！"

大老远他们就听到鸡受了惊吓时的悲鸣声。任秀英把那只金红色的公鸡当成了宰杀目标，但她就是捉不住它。曾广文帮不上忙，只能徒劳无益地吆喝。她拐着腿，一趟趟绕着院子跑，所有的鸡都被搅得胡乱飞舞，那只该死的公鸡飞得更高更远。曾玲儿见状有些不悦地说："一上午了，你连一只鸡都捉不住！"

任秀英露出无可奈何的神情："它跑得比我快，它还会飞，我真拿它没办法。"

"人有时候确实不如鸡。"老鬼说，"对他最好的惩罚就是把你家的母鸡全杀掉，让它忍受没有配偶的煎熬。"

小马出来圆场："人没必要和一只鸡过不去。我看算了，大婶你也别忙活了，随便弄点吃的就行。"

"吃不到鸡，咱们就吃鸡们的蛋吧。"老鬼说。

因为没有杀鸡，曾玲儿和父亲感到十分歉疚，不停地劝老鬼和小马喝酒。小马酒量一般，不敢多喝；老鬼酒量大，加之他兴致颇高，便喝得一张白脸红若鸡冠。小马说："玲儿，你看老鬼是啥样，李白当年就是啥样。"老鬼说："我的酒量比他大，他的诗比我写得好。"曾玲儿说："我看你们都是了不起的人。"

一提起诗，老鬼突然想起什么，舌头打着弯说："玲儿，你上次寄给我的那首《走进果园》写得不错，我推荐给了县里刚创刊的电视周报，估计发表没问题。"

曾玲儿眼睛睁得圆圆的，站起身说："是吗？那我谢谢老师您啦！"

老鬼说："不用谢，你喝一杯酒就行。"

曾玲儿从未喝过酒，曾广文平时最反对女孩子喝酒，但这天碍于客人的情面，尤其是葡萄园里的虫患除掉了，他很高兴，因此便网开一面说："听你老师的，喝一盅吧。"曾玲儿咬咬牙把酒倒进嘴里，辣得眼里漾出了泪。老鬼击掌道："好！曾大叔，要想让玲儿成为我这样伟大的诗人，就得让她以后多喝酒……"

这顿饭一直吃到日头西斜。老鬼喝得几乎站不住，回去的路上，摩托车只好由小马来骑。那辆破摩托喷着浓烟消失在胡同口，有人问出来送客的曾广文："看玲儿那个高兴样，今天你家相女婿吗？"

曾广文乐呵呵地说："不是不是。玲儿说过，我家的葡萄不丰收，她是不会嫁人的。"

入夏以后，老天仍没有下雨的意思，土地干得裂了缝，就像等奶吃的孩子张开的嘴。好歹把小麦收完了，秋庄稼却由于严重干旱无法播种，早些时候套种在麦田里的玉米或大豆根本没发芽，白白浪费了宝贵的种子。

虽然这几年人们已经对干旱天气习以为常了，但这场干旱的严重程度却是人们始料不及的。村里有些日子过得殷实的人家已打算放弃秋种，他们平静地说，少收一季没关系，反正我家囤里的粮食三年也吃不完。

丁圣根此时表现出了他的远见。他亲自来到村委会，用大喇叭喊话，要求村民全力抗旱，并威胁说谁家的秋庄稼绝产歉收，秋后要加收一倍的提留款。鉴于土地上的劳动力不足，他决定自家工厂放假一周。有几个年轻人不同意放假，丁圣根对他们说："你们连自家的地都种不好，在我厂里能干好吗？我劝你们以后不要再来这里上班了！"

好在以前打下的十几口机井破坏得不严重，勉强可以使用。丁圣根差人买来了八台水泵，抽水浇地，每家每户交一定数目的钱。土地上人喊牛叫，出现了多年少见的繁忙景象。

全村最着急的莫过于曾玲儿。河道中央那口浅井早已干涸，她使出吃奶的劲儿又往下挖了两米多深，尽管两手打满了血泡，疼痛钻心，却仍不见一滴水。葡萄架子像遭了霜打，燥风吹过，发出唰啦唰啦的落叶声。她急得眼睛红肿，嗓子也哑了，嘴上全是水泡。她哀哀地说："葡萄就要干死了，可我没有办法……"

曾广文蹲在一旁唉声叹气："现在后悔也晚了，谁让你当初非要种它。"

"我不后悔！"曾玲儿抹了把眼角上的泪，说，"我挑水来浇！"

离葡萄园最近的机井也有一里多远，且还要翻过高高的河堤。曾玲儿强打精神，趔趔趄趄在葡萄园和机井间运动，几天下来，她的双肩就磨烂了。有人用同情的口吻说："种点葡萄可真不容易。玲儿，但愿秋后能卖个好价钱。"

曾玲儿连回话的力气都没有了。

眼看水泵就要拆走，贾宏图贾宏利两兄弟帮着曾玲儿挑了半天水，而此时喝过水的葡萄架仍不到三分之一。贾宏图累得龇牙咧嘴，说："连我都抗不住，玲儿你别干了，这哪是你能干得了的!"

曾玲儿固执地摇头道："不行! 只要我还活着，就不能让葡萄渴死!"

贾宏利说："为啥没人来扶寡助弱? 人心不古呀!"

贾宏图说："现在只有丁圣根能帮你。可你不是贾丽，他能帮你吗?"

临近黄昏时，曾玲儿孤独地朝村子走去，田野里涌出的湿气在头顶上飘拂，使她的心头更显焦躁。不少收工回家的人在路上遇见她，都问她葡萄浇得怎么样了，他们无一例外地流露出爱莫能助的神情。丁圣根的小儿子丁爱武正在村口的打麦场上玩耍。丁爱武去年秋天刚上小学，他的姐姐丁爱文在县里的重点中学读书，平时很少回家。此刻，丁爱武拉开裤衩上的松紧带，指着裆里的东西，冲一个年龄同他差不多大的小女孩说："小妮小妮快来看，一个鸡子两个蛋。"

曾玲儿急问："爱武，你爸爸在家吗?"

"你找他干啥? 我最烦女的找他。"丁爱武颇有点儿不高兴。

"好兄弟，快告诉我，我有急事找他。"曾玲儿哄着他说。

"他上午进城了，不知回来没有。"丁爱武又重复着刚才的动作对曾玲儿说，"大妮大妮快来看，一个鸡子两个蛋。"

曾玲儿打算先到丁家找找。她走到村委会门口时突然遇见了款款而来的贾丽。贾丽穿着件月白色的丝织短裙，肩挎一只真皮小包，高跟鞋踩出的响声很空洞。曾玲儿忙叫住贾丽问道："丁支书去了哪里?"

贾丽条件反射一般，冷了脸道："你问我我怎么知道!"

曾玲儿带着歉意，把找丁圣根的原因给贾丽讲了一遍。也许是曾玲儿的这副落魄相打动了贾丽，贾丽诚实地告诉她，老板刚刚坐车回家。曾玲儿说我去家里找他。贾丽忙叫住她说，去不得，王春花那个母夜叉不把你轰出来才怪。贾丽边说边叫过一个背着草筐路过的半大男孩，从小包里摸出一把水果糖塞给他，让他去叫丁圣根。"千万别说是我让你叫的，你就说镇里来人了，在村委会门口等他呢。"

贾丽走了没一会儿，丁圣根就到了。离老远曾玲儿就听他说："是不是又来了要钱的？厂子效益很不好，都他妈关门了，我哪还有闲钱！"

曾玲儿嘶哑着嗓子叫了声丁叔。丁圣根一愣，说你怎么在这里，镇里的人呢？曾玲儿把事情经过简单讲了讲。丁圣根掏出钥匙打开铁门，曾玲儿跟他进了村委会的小院。天差不多全黑了，月亮倒是露了脸，洒下一片清辉。没有风，炊烟味儿缓缓飘过来，曾玲儿觉得肚肠跟着蠕动，这才想起自己已经一天没吃没喝了。她担心丁圣根把她带进黑黢黢的屋子，她不知道怎样应付可能突然出现的险情。那种险情以前曾出现过，都被她挣脱了。但今天情况不同，她实在是有求于他。

万幸的是，丁圣根并没去开办公室的门，他们就站在院角的一棵刺槐树下说话。丁圣根说，你真是大姑娘讨饭死心眼，为了那几棵破葡萄，犯不着着急上火，它们渴死更好，那样你就该回心转意了。世上的路千千万，哪条好走走哪条，为啥非要在一棵树上吊死？曾玲儿低头不语，任他瞎说，心想只要你答应想法给我浇地就行。丁圣根又说，你家没经过村里同意，就在河滩上开荒种地，属违法行为，每亩每年需交一百元提留款，秋后交齐，少一分也不行。曾玲儿吓得一哆嗦。丁圣根接着说，你家那条熊狗还活着吗？琳达这段时间身子变笨了，饭量也小了，弄不好怀上崽了，它要是真给我生一窝笨狗子，它就不是它了，你看我不宰了你那熊狗。曾玲儿脚下没根，身子晃了晃。丁圣根说了老半天，偏偏不提是否帮着浇园子的事，曾玲儿急得要哭了。

丁圣根边说边伸手往兜里掏东西，曾玲儿吓得眼里蹿火，以为他掏钥匙开房门。等他把一根白棍棍塞进嘴里时，她才明白他想吸烟。火光一闪，她看到丁圣根嘴里的烟卷点着了。与此同时，丁圣根吃惊地望着她，怔了好一阵，他才说："你咋变成了这模样，像个女小鬼。"

曾玲儿的眼泪终于止不住流下来："要是我家的葡萄活不成，我真会变成小鬼的……"

"唉，葡萄，葡萄，葡萄早晚会害了你。"

"叔，你到底帮不帮我浇园?!"曾玲儿不再顾忌自己说话的口气。

"……容我再想想……"丁圣根丢掉烟头，抬脚踩灭，"若是我兴师动众帮你家干活，别人还不知怎么编派我呢，你的脸上怕也得落灰……唉，人有时活得真不如狗自在!"

曾玲儿觉得自己该说的都说了，于是她转身往院外走，把丁圣根晾在了那里。她隐约听到前面有人穿着高跟鞋行走，便断定那是放不下心来的贾丽。

第二天上午，没见任何动静，曾玲儿心灰意懒到了极点。她枯坐在河堤上一动不动，壮壮跪伏在她脚下，一往情深地舔她的脚踝。曾广文和任秀英比女儿心宽，因为他们原本就没对栽种葡萄抱太大的希望。他们反复劝女儿想开些，不就等于损失了五袋小麦吗？家里虽然穷，但还不至于为了五袋麦子而要死要活。

"我不是心疼麦子，我是心疼葡萄。"曾玲儿有气无力地说。她觉得有些话真是对他们说不清道不明。

后来，曾玲儿坐在那里睡着了。再后来她隐隐听到人的喧哗和流水声，以为是梦中的景象，但壮壮的狂吠声惊醒了她。日影已经西斜，她懵懵懂懂看到几十个人挑着水桶像蚂蚁上树那样朝堤上爬，有人用一根粗粗的塑料管把水从机井那边引过来，引到离大堤不远的地方，这样再挑水就省事多了。

前来挑水的全是在丁圣根厂里做工的人，他们边干边嬉皮笑脸地同曾玲儿开着玩笑，说跟我们老板当小蜜没一个不感到甜的，你家也要盖六间大瓦房了吧？往后你也可以穿金戴银了，将来成了我们老板娘，可别忘了我们哟……无论他们开什么样的玩笑，曾玲儿都不觉得气恼。她笑着说："秋天我请你们吃葡萄，让你们也甜一甜自个的臭嘴。"

"你还是多请老板吃吧，我们可没那个口福!"

转瞬之间，葡萄架已经连成一片，像一座巨大的绿房子，在艳阳下发出翡翠般的光芒。那些上扬的须子嫩得醉人，犹如一个个面对苍天的问号。曾玲儿欣喜地看到，有些葡萄架上已有细碎繁密的果实颗粒冒了出来，看得她心里美滋滋的。她仿佛闻到了果实成熟的气息，脑壳不由得跟着一阵眩晕。

疯长的葡萄棵子也乐坏了壮壮，它像一条鱼一样出没其间，曾玲儿常常小半天逮不住它的影子。有时它会突然从一片绿荫下钻出，吓主人一跳。曾玲儿嗔怪道："小坏蛋，你在和我捉迷藏吗？"

在这个不平凡的夏秋之交，曾玲儿注定要和她的葡萄园厮守在一起了。

前几天虽下了一场不大不小的中雨，但持续了两个多月之久的干旱仍未解除，河滩上燥气冲天，热浪逼人。好在上次浇地时葡萄树喝足了水，而且葡萄同西瓜一样，并不是太喜欢水。水分过足，它们果实的甜度就要减弱。因此，曾玲儿感到，她的葡萄园再坚持一个月没问题。也许就在这一个月的时间里，她的葡萄架子已结出了累累果实。丰收的喜悦正像饱满的青春那样向她招手。

曾玲儿剪过一遍荒枝，然后用架子车拉来了木棍、草苫子、木板床和塑料布，准备搭两个窝棚。她还吩咐母亲任秀英紧着缝制两顶蚊帐。曾广文坚持只搭一个窝棚，到时候他一个人守夜就行。曾玲儿不同意，说不是我怕你吓不跑小偷，而是我喜欢日日夜夜和葡萄做伴，在家里我会睡不着觉的。曾广文只好依她。

她和父亲用了两天时间把窝棚搭起来了。两个窝棚相距五十米，棚顶高出葡萄架子一米左右，远看像碧海中的两只小帆船。现在还不需要守夜，他们仅是白天在里面休息乘凉。曾玲儿特意给曾广文买来一个袖珍收音机，让他听听戏曲和音乐，以免他烦闷时唠叨。她则从家里搬来一张矮凳当桌子用，趴在上面写诗。

她一连写出了十几首新作，当然都是赞美土地、小草和果园的。虽然她感到都不如那首《走进果园》满意，但还是挑了其中三首寄给了老鬼，请他不吝赐教。

这天，曾玲儿收到老鬼一封来信。信上说，报社已准备发表她那首《走进果园》，有几个地方尚需改动一下，请她务必于本月十号上午九点来县城，他在汽车站等她，不见不散。

这段时间曾玲儿心情出奇地好，很想出去玩玩。眼下也没有多少活可干，她便决定如约前往。

老鬼果然在那里等她，隔老远她就看见了他与众不同的模样。下了三轮车，老鬼仿佛不认识似的打量她，说："我不得不承认，在人世间，只有你能和我的诗歌相媲美。"

曾玲儿说："你老爱讲文绉绉的话，我都不敢来见你了。"

老鬼骑着比上次更显破旧的摩托车，带曾玲儿来到县电视周报社，由她执笔在那首诗上改动了几个字。其实都是老鬼酌定的，不过是用她的手改她的诗罢了。下楼时她听到有人怪声怪气地对老鬼说："这是你的第一百零几个女朋友？"老鬼说："亵渎美是一种犯罪。请闭上你的脏嘴！"

离开报社，老鬼发牢骚说这县城里整天乌烟瘴气，没一个好去处，如果把你的葡萄园搬来，人们的生活该多么有意义。"可是，这里没有葡萄园，这里只有葡萄皮，每到秋天，满街都是，一不留心就会滑倒。"老鬼边说边做了个趔趄动作。

曾玲儿被他逗得咯咯笑起来。

"我带你去见一个诗人吧，他才是顶顶伟大的诗人。"

"他住哪里？比你还伟大吗？"曾玲儿兴冲冲地问。

"我连他的一个脚趾头都不如。"

曾玲儿从未见老鬼这么谦虚过。她的好奇心愈发浓烈了："你还没说他住哪里呢。"

老鬼故意停顿了一下，急得曾玲儿一个劲地催问。老鬼说："他住黄河边的一个山洞里，很孤独很孤独，只有我偶尔去拜访一下他老人家。"

"那你赶快带我去！"曾玲儿有些迫不及待了。

两个小时后，他们到达了黄河边上一座有两千多人口的村落。老鬼把摩托车托付给一个在街头摆摊的人照看。那人笑哈哈地说："你不怕我把你的车偷走吗？"

"你如果连这么破的车都想偷，那我太瞧不起你了。"

"可你还是怕丢，不然你扔在路边就是了。"

"你想偷就偷吧，我正犯愁没法处理它呢。"

"那我就给你留着，让你接着犯愁吧。"那人笑得更加起劲儿。

老鬼带着曾玲儿奔向村东的一座小山包。路上，老鬼颇为感慨地说："你瞧，由于那个大诗人住在这地方，连这里的平头百姓都变得如此智慧。"

他们进入一个很深的山洞时，曾玲儿有些惊骇。里面的光线越来越暗，他们踏出的声音空茫而悠远，仿佛逆着时光行走。来到一个用青砖封起的分洞口前，老鬼停住脚步，说他就住里面。曾玲儿如坠云雾之中，不知道老鬼在搞什么把戏。老鬼虔诚地说我不骗你，他确实住这里。不过，他已经死了一千七百多年了。

"他叫曹植，是曹操的小儿子，汉末建安时期最有才华的诗人。"

东阿王曹子建的名字曾玲儿并不陌生，也能背下他那首有名的《七步诗》："煮豆燃豆萁，豆在釜中泣。本是同根生，相煎何太急。"明白过来后，曾玲儿不免有些失落，怪老鬼神神道道的，原来是带她来看曹植墓。

"他前期的《白马篇》写得要多棒有多棒，后人再也写不出这么纯粹的诗篇了。"老鬼颇为伤感地说，"也许诗歌的时代真的一去不复返了。可是，我为啥就不能成为与他比肩的诗人？"

曾玲儿随口说道："我看你能行，你的诗写得也挺棒呀。"

"是吗？"老鬼激动地伸出双手，按住她的肩膀，"只有你这么认为，真是太谢谢你啦！"

老鬼告诉曾玲儿，沿着这个山洞一直往里走，就能进到黄河下面。老鬼还说，曹植墓室里原本有一口深不见底的井，某天早晨，有个早起捡粪的老者偶然进到里面，看到井口哗哗往外涌金银财宝，老者喜出望外，就用粪筐满满兜了一筐，又搬过一块青石板盖住井口。半个时辰后，他带着自己的儿孙再次赶来，搬开石板，哪还有金银财宝的影子？他们垂头丧气回到家里，发现刚才背回去的那些也变成了碎石烂砖。"这当然是传说，传说总是很美丽的东西。"老鬼补充道。

曾玲儿渐渐有些陶醉。老鬼朝洞口作了个揖，嘴里念念有词："曹老师，小的刚赋了一首小诗，我念给你听听：在故乡月光里/我打开我的诗歌/拂去言词/发现启迪我的是土地纯净的爱/和一些普通的植物……"

他们往山上走去时，曾玲儿的手已经不由自主地被老鬼握住了。山不算高，上面光秃秃的。对面的山却显得高大异常，黄河就从两山之间的峡谷中穿过，此刻水流缓慢，风平浪静，像一口起不了波澜的水塘，也见不到一只水鸟。老鬼说："啊，黄河！可是，这哪里像黄河？它为什么不波涛汹涌，一泻千里，似万马奔腾？"

"它不能像你说的那样。"曾玲儿理智地说，"不然，我家的葡萄园就该倒霉了。"

"你应该这样想——宁可自家的葡萄园倒霉，也不愿见它这副死气沉沉的样子。这才叫博大胸怀！"老鬼说。

曾玲儿忙伸手去捂老鬼的嘴，却被他的胡子扎疼了手。

山上阳光猛烈，他们伫立了一会儿，就沿着河的走势，朝与山相连的河堤走去。橘黄色土质的河堤上红柳飘拂，遮天蔽日，树脂散发出浓郁的清新气息，宛若一处人间乐园。他们找个地方坐下，透过树隙能看到下面黄铜般凝止不动的河水。现在已是正午了，但他们并不感到饥饿，老鬼连绵不绝地排遣他的古今幽情，曾玲儿真是大开眼界。

不知过了多久，曾玲儿感到有些迷迷糊糊，发现自己和老鬼挨得很近，老鬼硬硬的胡须就在眼前抖动，犹如风中的茅草。她本是不喜欢别人留胡子的，生怕胡须丛里突然蹦出一只跳蚤或是爬出一只虫子。待她想要挪挪地方时，老鬼有力的大手已把她结结实实按住了……

"爱是人类唯一合理的行为。"迷乱之中，老鬼这样对她说，又像是对他自己说。

到了最炎热的时刻，丁圣根才发现曾玲儿的葡萄园确实是一个难得的去处，他已不再对当初派人替她浇园感到后悔。

这些日子，丁圣根不怎么带贾丽进城了，有时在天黑尽之后，他领着贾丽来葡萄园。壮壮好像格外惧他，一见他的面就赶紧躲起来，连叫唤两声的胆量都没有。他们头一次在园子里突然出现时，曾玲儿吓得差点儿扔掉手中的马灯，以为遇到了传说中的厉鬼。丁圣根摆摆手，示意她小声点。钻进窝棚，丁圣根说："小玲子，我和贾丽连个约会的地点都找不到，借你的地方用一用，你不会腻歪吧？妈的，人有时确实不如一条狗自在。"

曾玲儿不说行，也不说不行，心想你们看着办吧。丁圣根又说："不过，你这地方一点儿都不比城里的高级宾馆差。若是木板床再换成席梦思，那就更没治了。"话没说完，丁圣根就像到了自己家里一样，鞋一脱便撩起蚊帐钻进去。曾玲儿不由在心里骂道：你们在这里作孽，连带着把我的园子也弄脏了，真是恨人！

曾玲儿只好起身来到父亲的窝棚里。一般这时候曾广文都在听收音机唱戏。曾玲儿把熏蚊子的艾草拨弄几下，让它放出的烟更浓一些。然后她劝父亲把音量调大一点儿。曾广文说："音儿已经够大了，除了咱俩，你还想让谁听？"曾玲儿说："河滩里的虫子们也想听戏呢，它们天天和咱在一块儿，咱不能光顾自个儿。"曾广文虽觉荒唐，但又不想拂女儿的意，遂依了她。于是，黑灯瞎火的河滩上，嘶啦嘶啦的唱戏声荡来荡去，不知内情的人没准儿以为是小鬼在唱大戏呢。

但曾广文有时仍能觉出那边窝棚里的异常情况。他侧起耳朵警觉地问："啥动静？"曾玲儿忙掩饰道："是壮壮在跑着玩呢。"曾广文说："不对劲呀，壮壮不是这动静。"曾玲儿又说："噢，可能是壮壮和别的狗在吊秧子。"曾广文说："牲畜吊秧子的时辰早过了。"曾玲儿便做出不耐烦的样子对父亲说："好好听你的戏吧！它们不吊秧子，在一块儿玩玩还不行吗？"

丁圣根和贾丽一般晚上十点钟左右离开。

贾丽往后再见到曾玲儿时不再对自己的私情藏藏掖掖，她变得很坦然了。一次，曾玲儿回家取食物，在村口碰到贾丽。贾丽把她拉到一座麦秸垛后面说，玲儿我知道你瞧不起我，但我感到很幸福，你瞧瞧我身上这些被他抓出的伤痕就知道，我真的很幸福。丁圣根确实是条汉子，如果能嫁给这样的人，那是再好不过了，偏偏王春花那个母夜叉占着茅坑不拉屎。曾玲儿不知其意不便开口，静静地听贾丽讲。贾丽又说，其实丁圣根那狗舅子更喜欢你，他和我睡时常常念叨你的名字……曾玲儿立马拉长了脸，说你胡咧咧啥，以后我不愿再听见这样的话！

丁圣根和贾丽大约在葡萄园里出没了一个月左右的时间。这期间葡萄架子已结出了累累果实，一嘟噜连着一嘟噜往下坠，葡萄枝子就像临近分娩的孕妇那样，八级风都刮不走。丁圣根最后一次来时没带贾丽，他一个人溜来的，用意不言自明。他让曾玲儿把挂在窝棚门口的马灯拧暗一点儿。曾玲儿说亮点暗点都没关系，反正我爹是个瞎子啥也看不到，你说话小声点就是了。

丁圣根说你家这五亩园子提留款的事党支部已经研究过，决定不收了，不但不收钱，每亩还要奖励五十元开荒费。丁圣根说我家虽开着工厂，但我更喜欢那些种田的人，民以食为天，人以地为本，咱做农民的啥时候也不能离开土地，和土地打交道的人才是最本分的人，世世代代都是如此。丁圣根说我知道自己的缺点，乡亲们对我也有一些意见，但我不想改，也改不了，人吃五谷杂粮，哪能没有缺点？圣人也有缺点呀。还是那句话，人有时候就是不如狗活得自在……

曾玲儿有一搭无一搭地听着，已搞不清他想卖什么关子。自从那天离别老鬼那坏家伙后，曾玲儿的胆量可是比过去大多了。要在以前，她可不敢在夜深人静的时候和一个居心叵测的家伙待在一起。但现在她对那些乱七八糟的事情不感兴趣，她甚至连诗都不写了，她唯一要做的事情就是等待收获季节的到来。

丁圣根顾自笑着说我突然想起一段顺口溜，人们编派县级干部"坐桑塔纳，喝二百八（茅台酒价格），怀里抱着一枝花（指年轻女人）"；编派乡村干部"坐三轮儿，啃猪蹄儿，怀里抱着骨头皮儿（指妇女主任之类的老女人）"。曾玲儿被他说得扑哧一声笑起来。

曾广文在那边的窝棚里拉长声调问："妮儿，你在干啥？"

"我和壮壮玩呢。"曾玲儿说。

那边没了动静后，丁圣根接着刚才的话题说："我嘛，是村干部，但县级干部做到的，我也做到了，按说也该知足了。可我这人最大的毛病就是难以知足。比如怀里抱着的那枝花吧，就不如你鲜亮……"

这时，久不露面的壮壮站在了窝棚门口，警惕地往里面张望了几眼，停了一阵，它才不情愿地离开。也许它意识到主人处境不妙，才过来看看的。但它的出现又使丁圣根找到了一条理由。他说："你家壮壮对不起我家琳达，当然也对不起我；它欠了琳达的，当然也是欠了我的；它欠了我的，等于你欠了我的，你替它还我也是顺理成章的……"

丁圣根三说两说就下了道，并且攥住了曾玲儿的一只手。曾玲儿哎

356

哟哎哟叫唤着，一时拿不准是否用另一只手扇他的脸。恰在这危急时刻，有人站在河堤上大声咳嗽，还弄出唰啦唰啦的响声，可能是撒尿。丁圣根当即气恼地低声说："我他妈的早晚要把你们送到局子里去！"

丁圣根在夜色中消失了，贾宏图贾宏利两兄弟神不知鬼不觉，扬扬得意地进了园子。曾玲儿手提马灯，一再叮嘱他们别碰坏了葡萄架。贾家兄弟的装束令曾玲儿忍俊不禁。贾宏图肩挎一支长筒猎枪，腰间挂着药葫芦；贾宏利手里提着一把锈迹斑斑的大砍刀，刀把上拴一条颜色已不太鲜艳的红绸布。他们都扎着绑腿，腰里束着皮带，头上戴着柳条帽，活脱脱像电影里的游击队员。贾宏图悄声问曾玲儿："没让那个狗舅子得手吧？"

曾玲儿推了贾宏图一把："别瞎说！"

贾宏利说："我们哥儿俩尾随他来这里的。凡是敌人想干的，我们就要反对。"

大概为了避嫌，两兄弟先来到曾广文的窝棚里。曾广文说："又有好久没听到你们哥儿俩的动静了，干啥去啦？"

"我闭门谢客，一直躲在家里研究兵书。"贾宏利说。

"我进城收购茅台、五粮液酒瓶，弄回来二百多个。"贾宏图说。

"卖给丁支书，一个可以赚好几块吧？"曾广文说。

"嗨，别提了。这回丁圣根死活不收，说他现在专门生产孔府宴和秦池特曲，这不把我害苦了吗！按十几块一个收的，白白毁了我两千多块钱，他狗舅子存心想让我喝西北风！"

贾宏图把那支猎枪的枪栓扳得咔咔直响。

自从贾家兄弟在夏末的葡萄园出现之后，丁圣根再也没敢露面。每逢来这里，两兄弟一般先陪曾广文说会儿话，然后再转到曾玲儿的窝棚里多待上一阵。他们似乎在酝酿着一个惊心动魄的计划。夜晚的葡萄园凉爽怡人，连虫子们的叫声都亲切甜蜜，然而两兄弟的频频出现却使这个宁静的地方渐渐显露出杀机。

贾宏图有一天说玲儿你这地方多像过去的青纱帐。贾宏利说我们哥儿俩便是那神出鬼没的游击队员。贾宏图说我爹年轻时当过土改积极分子，打土豪分田地，领着穷人翻身得解放。贾宏利说我们为啥就不能痛

357

痛快快干一场。曾玲儿打断他们说，看你们的样子真吓人，我现在都搞不清你们是好人还是坏人了。贾宏图瞪起眼睛说，我们当然是好人。贾宏利接上说，因为我们打算干掉坏人丁圣根！他为富不仁，假冒伪劣，欺男霸女，横行乡里，为害一方，死有余辜，不杀不足以平民愤……

曾玲儿简直被他们吓坏了。

这个晚上月黑风高，气氛异常。两兄弟像游魂一样钻进曾玲儿的窝棚后，把马灯的火苗拨暗一些，他们压低声音研究行动方案。贾宏图摘下柳条帽，他头上的白癣发出锐利的光芒。贾宏利用一根木棍在地上画了个草图。贾宏图说主要由他来执行，贾宏利配合。具体步骤是，贾宏图翻墙进入，尽量用刀子解决，不到万不得已，不能开枪；贾宏利藏在后窗下待命，万一敌人跳窗逃跑，那么只好由他斜刺里杀将出来干掉他。行动时间定在深夜一点，行动暗号是三声布谷鸟叫。事成之后，二人远走高飞，浪迹天涯……听得曾玲儿头皮直跳。

进入待命状态的贾家兄弟打算先睡一觉。他们对曾玲儿说，就当你是我们的老房东，只好委屈你腾个地方了。曾玲儿心慌意乱，她来到父亲的窝棚陪着听了一会儿河北梆子，越想越觉得可怕。后来她恍恍惚惚翻过河堤，行踪诡秘地朝村里走去，犹如一个旧时代的告密者。壮壮悄无声息跟在她身后，她竟然没有察觉。

约莫九点多钟的时候，曾玲儿在丁圣根家高大的门楼下止住了脚步。露水打湿了她的发梢，汗水濡湿了她的发根，短衣长裤紧贴在身上，看过去她像一个刚从水塘里爬上来的女妖。丁家门楣上的一盏小灯泡发出虚弱昏黄的光，照着她焦虑的脸盘。大铁门虚掩着，她轻轻推开一条缝，门轴发出刺耳的响声。

琳达在院子里温柔地叫了几下，当它看清门口站着壮壮时，立即跑过来摆头摇尾打招呼，亲热得像一对久别的夫妻。"这么晚了，谁呀?"王春花的影子先伸过来，随后她扎着围裙从里面拉开铁门。

"丁叔在家吗?"曾玲儿颤着嗓音问。

"刚把镇上讨吃的馋狗送走，他喝醉了。"王春花耷拉着眼皮，冷冰冰地说，"你找他干啥?"

"我……我有急事，想告诉他……"曾玲儿实在不知怎么解释好。

曾玲儿的含含糊糊使王春花疑窦丛生。王春花讥笑道："深更半夜的，有事当然是急事了，可我们家老东西喝醉了，实在干不成事了！"

曾玲儿急得想哭，越急越说不出话来。王春花不由分说，伸手抓住琳达脖子上的皮圈把它拉回门里，低头呵斥道："你就知道浪！"

"有恶人想……想谋害他，请你们提防点。"曾玲儿终于咬咬牙说。

"我们不怕恶人，我们就怕骚人！"王春花砰的一声闩紧了门。

曾玲儿真正是没了主意。

风停了，天黑得锅底一般，潮气很重，看来久违的雨即将来临了。

曾玲儿浑身湿淋淋地回到葡萄园，曾广文不高兴地问她干啥去了，连个招呼都不打。曾玲儿信口说回家取件衣服。曾广文嘟囔道，大黑天的你也不怕路上撞见鬼。曾玲儿说满天都是星星，月亮又大又圆，有啥好怕的。

曾玲儿悄悄走进自己的窝棚，发现贾家兄弟已经不见了。这一夜她辗转反侧，恐怖的画面不时在脑海里闪现。尤其是夜半时分从远处传来的几声枪响，更让她心惊肉跳，大汗淋漓。凌晨到来时打了一阵闷雷，下了一场小雨，真应了那句雷声大雨点小的老话。

一大早曾玲儿就爬起来。她脚踏潮湿的田间小路，怦怦着一颗心进了村子，先在村里几条主要街道上转了一遍，没发现任何异常。她心一横又来到丁圣根家附近，那里也没出现想象中的混乱场面。但一股若有若无的血腥味令她呼吸陡然加剧，她不敢停留，小跑着朝两兄弟家走去。在他们家大门口，她正碰上外出拾柴的老铁匠贾木康。贾木康早到了举不动铁锤的年纪，两个儿子又对打铁不感兴趣，所以他的铁匠铺前年就关了门。曾玲儿迎上去急火火地问："他们兄弟两个在家吗？"

贾木康吃惊地望着曾玲儿，说："咋啦闺女？他们欺负你了吗？"

"我现在也弄不清。"曾玲儿的心越悬越高。

"闺女你有啥事快讲给我听，我绝饶不了他们！那两个王八羔子天快亮时才回家，我就知道他们又去闯祸了。"老铁匠神情悲凉地哆嗦着嘴唇。

"他俩在哪里？"

贾木康扔下柴筐，噔噔噔跑回家，一脚踢开破旧的厢房门，喝道：

"你两个浑蛋，快给我出来！"

愣了好一阵，两兄弟才提着裤子趿拉着鞋，满脸不高兴地走出来。贾宏图闭着眼睛打着哈欠说："刚刚睡着，老爹你闹什么闹！"他一眯眼睛看到了曾玲儿，又说："我们可没偷你家的葡萄。我尝了几个，又酸又涩又苦，白送我都不要。"

曾玲儿打断他说："昨晚你们走后干啥去啦？"

贾宏图这才明白过来，嘿嘿笑着说："我和开油坊的丁圣柱一起，到大田里打了半夜兔子，好歹打上一只，我们炖着吃了，还喝了半斤酒，差点儿醉了。你说我醉醺醺的还能干啥！"

贾宏利搓了一把脸，说："我提着大刀走到村西头，正碰上几个光棍汉在曾广军的烟酒铺里侃大山，他们非拉我讲《七侠五义》。我没办法，只好讲，一讲就讲到了东方欲晓。你说我还能干啥！"

曾玲儿悬着的心终于放了下来。她疲倦地一笑，说："没干啥就好。"

贾木康木呆呆地望着他们，说："你们到底搞啥名堂呀？我都糊涂了。"

曾玲儿说："老伯，你两个儿子都很争气，你就放心吧。"

贾木康听到村里最漂亮的闺女曾玲儿满口夸自己的儿子好，马上咧嘴笑了："闺女，以后遇到合适的，你给他们介绍个媳妇。我都被他们愁死了。"

曾广文前一阵子听厌了戏曲，近来转而听评书和天气预报。没过几天，他连评书都不听了，专听天气预报。他听天气预报并非没有来由，因为入秋之后连绵不绝的阴雨天气使他坐立不安，脾气变得格外焦躁。

那个小小的收音机被他握在长满老茧的手掌里，听过这个台的天气预报，他赶紧调到另一个台上等着听。有时他边听边叨叨："江苏有雨，湖北有雨，陕西有雨，河南有雨，山东有雨，山西有雨，北京也有雨……满天下都有雨，老天爷真是要疯了。"

曾玲儿被父亲搅得心烦，说："不是告诉过你吗，别处有雨不关咱的事，光听咱们本地台就行。明天咱们地区有雨吗？"

"这你就不懂了，"曾广文说，"我毕竟比你多吃了二十多年的盐。咱这地方有雨倒不怕，怕的就是别处的雨顺着黄河往下灌，黄河一发威，苇河能有好吗？麻烦就出在这里。"

曾玲儿的心被父亲的话狠狠扯动了一下，她为自己的愚笨而心生愧意。但她不愿承认这个事实，因此嘴上仍硬着说："我早打听好了，上游的大铁闸至少十年没开了，都锈死了，轻易打不开的。"

"但愿它打不开。"曾广文忧心忡忡地说。

连着下过几场大雨后，苇河里的水流已有了十几丈宽，泛着泡沫的河水缓缓流过曾玲儿面前，使她有一种小腹胀疼的紧迫感。窝棚也漏了水，在里面待不住，曾玲儿就撑一把油纸雨伞久久站在河堤上。曾广文不愿离开窝棚，他披着蓑衣戴着草帽孤坐在里面，样子像一个躲在乌篷船中的打渔人。

一种不祥的预感已经占据了曾玲儿的脑海，她被这种预感咬噬得如坐针毡。最多再过半个多月，第一批葡萄就该下架了，现在它们一串串吊挂在枝头上，正一步步迈向成熟。曾广文劝女儿不妨先摘一些，有几个县城里的水果贩子也愿意进货。曾玲儿摘下几粒尝了尝，的确像贾宏图说的那样又酸又涩又苦。她便认定还不到收获的时候。她想，我已经侍弄了它们三年，总不能让它们没长成就离开我家。她对父亲说："比如我吧，你忍心我没长成就把我嫁出去？"

曾广文被女儿的这种比喻弄得张口结舌。

曾玲儿日夜关注着葡萄园的命运，却一时忽略了壮壮的命运。这天傍晚，壮壮呜咽着一瘸一拐回来了，曾玲儿以为哪个坏小子揍了它几下，仔细一看，她立即发现了它肚子上的血迹，不由失声尖叫起来。原来下午丁圣根家的琳达生产了，琳达果然下了一窝笨狗子，小狗们身上甚至见不到一点儿外国血统。不少人涌到丁家去看，他们嘲笑琳达说，看着蛮金贵的一条外国母狗，稀里马哈地轻易让一条中国笨狗给弄了，生下一窝小杂种，看你以后脸往哪儿搁。丁圣根觉得人们在讥笑自己，脸上很有些挂不住。他悄悄让几个亲信想法找到曾玲儿家的壮壮，无论如何劁了它。丁圣根对他们说，不劁它不解我心头恨，如若不是看着曾玲儿的面子，我非宰了它不可。丁圣根还说，劁了它它也不亏，它毕竟开过洋荤，在咱这一带，它是开天辟地头一个。

雨还在下，晶亮的雨滴击打着葡萄叶，发出噗噗的响声。曾玲儿心如刀绞，她流着泪把壮壮抱到自己窝棚的床上，一下一下抚摸它。壮壮眼角泅出大片的水泽，仿佛是一个负了重伤刚下战场的士兵。曾广文也赶过来，他让曾玲儿用清水给它洗洗伤口，说只要不感染就不会有生命危险。他又叹口气说："这样也罢，以后它就老实了，不会惹是生非了。"

"可这样一来它就不是壮壮了。"曾玲儿痛不欲生地说。

"只要它能活着就行。"曾广文安慰道。

"它这样子活着真不如死了好。"曾玲儿眼泪滴落在壮壮身上。

这天夜里雨倒是停了，苇河的流水声愈显响亮，水面已接近最低处的葡萄架。天气预报说明天仍将有雨，曾广文恨不得摔碎那个收音机。熏蚊子用的艾草被水浸透无法点燃，大群的蚊子涌到窝棚里来，曾玲儿不忍心让失去抵抗能力的壮壮遭受蚊虫的攻击，就把它留在了蚊帐里的床铺上。她一点儿睡意也没有，干脆坐着轻轻抚摸壮壮，语无伦次地说一些安慰的话。大约在接近黎明时分，她渐渐支持不住了，头一歪倒在了潮湿的褥子上。而此时她并不知道，那个令她终生难忘的时刻正在迅猛地向她逼近。

曾玲儿是被壮壮惨绝的哀鸣突然惊醒的。壮壮不知什么时候爬到了窝棚顶上，它面朝上游的方向引颈长啸，像啼血的杜鹃。曾玲儿一坐起来，马上就听到了一阵轰轰的响声。

"好像发大水了。"她呆呆地想。

她顾不上穿鞋，飞快地来到父亲的窝棚，拉起父亲就往大堤上跑。他们刚在大堤上立住脚，万马奔腾般的浪头就席卷过来。眨眼之间，河滩里所有的东西都没了踪影，包括血气方刚的壮壮，仿佛它们压根儿就没存在过。

"葡萄园没了。"曾玲儿悲哀地说。

"壮壮也没了。"曾玲儿接着说。

"我失败了。"曾玲儿又说。

她反复说着这几句话，奇怪的是她连一滴眼泪都流不出来。她觉得脑子里一片空白，耳朵好像也失灵了，居然对河水巨大的咆哮声充耳不闻。曾广文过了好久，才从骤然而至的惊吓中回过神来。他大声咳嗽着说："你不是说上游的大铁闸锈死了吗？是谁把它打开的？"

"葡萄园没了。"曾玲儿说。

"我早知道会没的，但没想到这么快。"曾广文站不住，一屁股蹲在地上。

"壮壮也没了。"

"它受了伤，跑不动了。"

"它能跑得动，你说得不对！"曾玲儿嘶哑着嗓子大声反驳父亲，"它是不想活了，它比我们有志气！"

后来他们都不再说啥，就那么孤单地待在河堤上，望着汹涌的河水从面前流过。再后来云雾初开，太阳从东方升起来了。已经半个多月没露面的太阳鲜艳欲滴，乍一看令人感到十分陌生。

村里几乎所有的人都不约而同涌到了大堤上。任秀英也来了，连日的阴风阴雨使她的关节疼痛难忍，她是被人架着走来的。一见丈夫和女儿的面，她就哀号着说："这下好了，你们爷儿俩种的葡萄没了，我种的秋庄稼也淹死了，咱们谁也别怪谁了……"她低头做出前扑的架势，那架势仿佛在说，若不是你们拽着我，我真要跳到河里去。

在阔别了相当长的时光之后，苇河终于恢复了过去的模样。每天都有很多人来这里看水，那些上了年纪的人眉开眼笑，似乎他们又回到了年轻的时候。但他们并非没有遗憾，他们捻着发白的胡须说："和先前相比，这水可是混浊多了。那时候的水那个清呀！"

如今村里会水的人也不多了，因此人们只是站在河堤上，望着水向前奔流，很少见谁下去游上一阵。

曾玲儿也时常来河堤上待一阵子，有时她单独来，有时领着父亲来。有十几株葡萄架子没被大水冲走，它们上扬的青黄须子露出水面，仍然保持着问号的形状，风一吹，问号们不停地摇晃，像在反反复复地问。曾玲儿对父亲说："咱家的大瓦房盖不成了。"曾广文咳一声，说："盖不成就盖不成吧。"曾玲儿又说："秋后也没法带你进城看眼了。"

363

曾广文猛咳一阵，说："看不成就看不成吧，我已经习惯这样了。有时我想人瞎了眼不见得是坏事，你们这些眼没瞎的人是体会不到的。"

这时的曾广文倒真像一个修行很深的哲人了。

诗人老鬼和县农科站的技术员小马有一天突然出现在曾玲儿面前。小马告诉曾玲儿，她种植的葡萄根本不是什么大泽山的玫瑰香，而是一种本地少见的劣质品种。曾玲儿说："你现在说这些也晚了，反正它们都被大水冲跑了。"

"就是不被大水冲跑也没用。"小马说，"这种葡萄产量虽高，但它们又酸又涩又苦，不会有人掏钱买的。"

老鬼双手卡腰迎风站在河堤上，他吟诵过大江东去浪淘尽千古风流人物之类的诗篇后，用悲壮的语气说："我非常难过。当然，我不是为葡萄难过，我是为葡萄园难过。城里到处都有葡萄，但城里没有葡萄园。如今，这里的葡萄园也消失了，真让我有点儿痛不欲生！"

发完感慨，老鬼又对曾玲儿说，他现在基本上不写诗了，眼下正在筹建本地第一座教堂，到处拉款跑赞助，整天累得屁滚尿流。"诗歌是不能拯救人类的，只有信仰能够完成这种使命。"他说，"我原以为等你的葡萄丰收了，来找你拉点赞助的，现在看来，一切都泡了汤。"

曾玲儿这才看清老鬼的脖子上戴着一个铜质的十字架。

没过几天，曾玲儿又听说了一件闹得沸沸扬扬的事。地区工商局的人长途奔袭，穿过县、乡两级的数道封锁线，突然出现在丁圣根面前，捣毁了他所有的工厂，并且把他带走了。据说这次事件的告密者不是别人，正是贾宏图贾宏利两兄弟。

原先在丁家厂里做工的人全部失了业，他们不得不再次回到土地上。他们把怨气全发泄到贾家兄弟身上，骂他们是罪魁祸首，诅咒说就凭你俩这个孬样这副狠心，还想娶媳妇，等着打一辈子光棍吧！

曾玲儿在村头遇到了背着行囊匆匆外出的贾家兄弟。两兄弟说村里容不下他们，这回他们真要浪迹天涯四海为家了。曾玲儿叮嘱哥儿俩出门在外多加保重，并把他们送上了开往远方的长途汽车。

丁圣根被带走后，王春花当即把琳达逐出了家门。村里没人敢收养它，因为谁家也拿不出那么多的鸡鸭鱼肉给它吃。琳达像一个落魄贵族一样在街头和田野流浪。有一天傍晚，它来到大堤上，对着夕阳下血红的河水哀婉地悲鸣。曾玲儿弯腰抱起它，轻轻拍打着它的额头说："小琳达，我知道你想壮壮了。明年我还要建一个葡萄园，就由你帮我守园子吧！"

（1997 年）

图书在版编目（CIP）数据

雨中玫瑰 / 陶纯著. — 北京：中国文史出版社，
2019. 1

（中国专业作家小说典藏文库·陶纯卷）
ISBN 978 - 7 - 5205 - 0520 - 8

Ⅰ. ①雨… Ⅱ. ①陶… Ⅲ. ①中篇小说 – 小说集 – 中
国 – 当代 Ⅳ. ①I247.5

中国版本图书馆 CIP 数据核字（2018）第 206110 号

责任编辑：牟国煜　薛未未

出版发行 **中国文史出版社**

社　　址：北京市海淀区西八里庄 69 号院　邮编：100142
电　　话：010 - 81136606　81136602　81136603（发行部）
传　　真：010 - 81136655
印　　装：廊坊市海涛印刷有限公司
经　　销：全国新华书店
开　　本：720×1020　1/16
印　　张：23.75　　　字数：338 千字
版　　次：2019 年 1 月第 1 版
印　　次：2019 年 1 月第 1 次印刷
定　　价：75.00 元